Kranichblüten

Anekdoten und Erinnerungen von
Lufthanseaten

Folgende Autoren haben Geschichten zu diesem Buch beigetragen

Natascha Ahrens | Klaus Alderath | Steffi Ammon | Harry Andresen |
Beatrice van Baalen | Pe Becker | Dirk van den Berg | Kim Susanne
Berggruen | Susi Berghammer | Michael Bergt | Ulf Biester | Hans Willi
Blum | Tom Borgerding | Joannis von dem Borne | Matthias Brauner |
Thomas Buchert | Jeanette Buettinghaus | Birgit Bund | Franziska Carl |
Marion Carmignani | Kirsten Casilli | Mitchi Chita | Stefan Czky | Petra
Dance | Sandra Dibbern | Maja Dillner-Bürger | Melanie Dippel | Ma Doc |
Waltraud Doser | Martina Engels | Antje Enzerhoff | Maite Estevez
Montalban | Klaus Fassbender | Ulrike Feldhoff | Lothar Flathmann |
Monika Frank | Inge Friedrich | Karin Fröschl | Susanne Galvani | Sybille
Gianakakis | Gunter Gomola | Michaela de Greiff | Wolfgang Grimm |
Sven Gross | Kendra Hachmann | Chris Hardy | Jürgen Herlth | Helge G.
Hoffmann | Jochen Hoffmann | Oliver Holzinger | Anja Homeyer | Werner
Heinrich | Leila Heim Saddi | Jürgen Husemann | Eva Idecke | Gisela
Jacques | Klaus-Peter Janke | Ester Jansen | Patrick Janssen | Claudia
Kaufmann | Joachim Kebbekus | Matthias Kelter | Ingrid Kirchleitner |
Dieter Kissner | Helmut Klein | Michaela Klinc | Irina Klug | Peter Koene |
Max Krause | Michael Krug | Monika Kuehl | Jens Kühne | Peter Kunze |
Thorsten Langguth | Sabine Lee | Marina Lenting | Ellen Link | Ulrich Link |
Svenja Lorenzen | Elke Lotze | Ilse Lukaschek | Ruedeger von Lutzau |
Christa Manz | Viktoria Markolf | Gundi Mathews | Markus Matt | Michele
Mitch Abawi | Jochen Meier | Marion Merker | Birgit Mosler | Ingrid
Müssemeyer | Evelyne Nageleisen | Sofia Navrozidou | Gregor Nichtig | Birgit
Oko | Stephanie Olsen | Michael Otto | Lars Pramme | Kathrin Phillips |
Stefan Pistairs | Mike Reitz | Heidrun Rehner | Sigrid Rentsch | Bettina
Reusch | Robert Revet | Herbert Roessler | Maria do Rosario Gabriel | Kerstin
Rost | Roland Rost | Viktoria Rudo | Karl-Heinz Ruester | Doris Ruyters |
Ricky Saghir | Ute Samson | Wally Schiebel | Gerhard Schlenker | Hanno
Schlingloff | Oda Schmidt | Roland Schmidt | Brigitte Schönfelder | Gabi
Schöngart | Frank Scholz | Andy Schuhbauer | Christine Schuster | Horst
Schwarzer | Angelika Schweitzer | Julia Seeland | Padmini Seifert | Ingrid
Seiler | Sandra Rebekka Seiringer | Rosemarie Siebler | Mia Sigmund-
Langendriess | Sigrid Sinke | Heinz Soll | Ulrich Sommerfeld | Christine
Stark | Claudia Steinbrecher Santos | Jan Dirk Strauss | Petra Tursky-
Hartmann | Frank Umlauf | Peter Vanderlinden | Peter M. Vöhringer |
Jochen Voltz | Barbara Vorndran | Asim Wachter |
Dr. Bettina von der Way | Reinhold Weber | Birte Wild | Antonie Wöckel |
Horst Wörsdörfer | Barbara Woinke | Rainer Wulf | Michael Wurche |
Christiane Zaiser | Stephan Zehren | Anke Zimmermann | Florian
Zimmermann | u. a.

Udo Schneider hat uns freundlicherweise das Foto für das Cover zur
Verfügung und freien Nutzung gestellt.

Kranichblüten

Anekdoten und Erinnerungen von
Lufthanseaten

Eine Sammlung von authentischen Geschichten, die von
Lufthanseaten so erlebt und zusammengetragen wurden.

Die Auswahl und Zusammenstellung hat ein siebenköpfiges
Redaktionsteam übernommen.

Verantwortlich und als Herausgeber fungierend:
Peter M. Vöhringer

© 2024 Peter M. Vöhringer (Hrsg.)
Verlag: BoD • Books on Demand GmbH, In de Tarpen 42,
22848 Norderstedt
Druck: Libri Plureos GmbH, Friedensallee 273, 22763 Hamburg
ISBN: 978-3-7597-6819-3

Übersicht der Kapitel

Vorwort

Liebe Leserin, lieber Leser,

Fliegen – das ist die weite Welt mit fernen Ländern, exotischen Städten und großen Horizonten; das sind neue Perspektiven und Begegnungen anderer Art.

Daran erinnern sich Weitgereiste gern; und wer es noch nicht selbst erlebt hat, hat meist von solchen Reisen geträumt und Flugzeugen vielleicht mit Fernweh nachgeblickt.

An einem trüben Herbsttag des Jahres 2020 hatte ich die Idee, die Facebook-Gruppe *Lufthansa Senioren / Lufthanseaten* zu gründen. Bald zählte sie 1.000 Mitglieder, und heute sind wir schon bei mehr als 7.500 ehemaligen, aber auch etlichen noch aktiven Kollegen, von denen sich manche jetzt nach Jahren in der Gruppe wiedertrafen.

Viele posteten nun außergewöhnliche Erlebnisse aus ihrer Berufslaufbahn. Einer von ihnen ist Michael Wurche, der den Anstoß dazu gab, die besten dieser Geschichten zu einem Buch vor allem für Lufthanseaten zusammenzustellen.

Aber unser Projekt ist auch für eine Leserschaft außerhalb des Unternehmens interessant, die wir mitnehmen möchten in die Welt der Fliegerei.

Die in ganz verschiedenen Bereichen tätigen Lufthanseaten erzählen hier wahre Begebenheiten aus ihrem beruflichen Alltag am Boden oder in der Luft: Lustiges und Spannendes, aber auch Dramatisches und Trauriges. Ihre Storys berichten nicht nur vom Fliegen selbst, sondern auch davon, was vor und nach dem Flug passiert; vor allem aber von ganz besonderen Passagieren und unvergesslichen Kollegen. Viele Lufthanseaten werden sich bei der Lektüre wahrscheinlich an eigene Erlebnisse erinnert fühlen und über die eine oder andere Geschichte schmunzeln.

Am Ende des Buches stellt sich unser Redaktionsteam vor, das die Beiträge ausgewählt und redigiert hat. Wer mit der

Luftfahrt nicht so vertraut ist, findet dort auch Abkürzungen und Fachausdrücke in einem ausführlichen Glossar.

Wir wünschen ebenso viel Freude bei der Lektüre, wie wir sie bei der Zusammenstellung hatten!

Peter M. Vöhringer und Team

P.S.:
Noch ein Hinweis zu unserem Sprachgebrauch: Mit dem Gendern mag es jede und jeder halten, wie sie oder er es will, wir haben aber darauf verzichtet – für uns sind wir alle Lufthanseaten!

Bevor es in die Luft geht: Flughafendienste

Reservierung, Check-in, Boarding, Lost & Found

Buchstabieren will gelernt sein

Kurz vor Dienstschluss klingelte mein Telefon in der Info-Zentrale, und ein Gast, hörbar etwas angetrunken – was nachts des Öfteren vorkam – wollte einen Flug nach Lagos buchen.

Ich gab also an meinem Computersystem die Reservierung in die Tasten und fragte dann nach seinem Namen.

»Orange Kaiser Emil Kaiser Emil«, war die Antwort.

Da ich zu meiner Anfangszeit bei Lufthansa noch nicht so mit den gängigen Namen der einzelnen Nationen bewandert war, dachte ich mir nichts dabei.

Der Computer sagte aber »NO«. Ich bekam den Namen nicht ins System.

Also fragte ich nochmal nach, und wieder kam als Antwort: »Orange Kaiser Emil Kaiser Emil«, aber der Computer sagte wieder »NO«.

Bei meinem dritten Klärungsversuch war der Gast schon ziemlich ungehalten, und seine Stimme wurde immer lauter.

Ich blickte verzweifelt zu meinen Kolleginnen, während der Gast zum vierten Mal ins Telefon brüllte: »Orange Kaiser Emil Kaiser Emil!«

Mir brach der Schweiß aus, und mein Kopf nahm wahrscheinlich die Farbe einer Tomate an. Der Gast brach nun in lallende Schimpftiraden aus.

Endlich stand eine Kollegin auf, stellte sich hinter mich, starrte auf meinen Bildschirm und flüsterte mir leise ins Ohr: »OKEKE heißt der Mann.«

Dann klickte sie auf den Druckerknopf, um das sofort für die Nachwelt festzuhalten.

Ich buchte nun schnell den Namen ein und konnte dem Gast freudig mitteilen, dass er eine Buchung nach Lagos hatte.

Wann immer für einen Lagos-Flieger ein Herr Okeke an meinem Schalter stand, wurde mir wieder heiß. Auch die Kollegen zogen mich noch Jahre damit auf.

– *Marion Carmignani*

Kunst ist Geschmackssache

Ich war alleine im Back-Office bei CGN SU (Lost & Found). Passagiere, die unser Büro betraten, wurden stets durch ein Licht und einen Spiegel angekündigt, aber diese Frau hörte man schon von weitem.

Ich begrüßte sie mit den Worten:»Wie kann ich Ihnen behilflich sein?«

Sie schrie mich nur an:»WAS HABEN SIE MIT MEINEM KOFFER GEMACHT, GUCKEN SIE SICH DAS DOCH MAL AN!!!«

Ich ging selbstverständlich zum Koffer, um ihn mir genau anzuschauen.

Währenddessen zeterte sie weiter.

Ich war aber so fasziniert von dem Schaden an diesem Gepäckstück, dass ich ihr Geschrei nicht wirklich wahrnahm.

Ich sagte nur in einem sehr ruhigen Ton, dass es wirklich ein äußerst seltsamer Schaden sei.

Der Koffer, ein Trolley der Marke Rimowa aus Kunststoff mit Reißverschluss, hatte weder Kratzer noch Einrisse, und auch der Rahmen war komplett intakt. Aber er wies fünf tiefe, faustgroße Dellen auf, die sich in einem Halbkreismuster entlang an einer Seite des Koffers befanden.

Mir war klar, wenn ich ihr gleich auch noch sagen müsste, dass der Koffer nur entschädigt werden könne, wenn er nicht mehr funktionsfähig sei, würde sie komplett ausrasten.

Um den Gepäckanhänger zu entfernen, griff ich nun an die Seite des Koffers. Dabei fiel mir zu meinem Erstaunen auf, dass ein Crew Label am Griff befestigt war, wie er das Gepäck von Flugzeugbesatzungen kennzeichnet.

Ich fragte sie, ob sie ein Crewmitglied sei, und ihr fragender Blick und das anschließende Geschrei sagten mir eindeutig »NEIN!«.

Mittlerweile befanden sich mehrere Kunden in meinem Büro, die dieses Geschehen sehr aufmerksam verfolgten.

Ich informierte die aufgebrachte Dame, es sei offensichtlich, dass sie den falschen Koffer mitgenommen habe. Wir gingen zum Gepäckband, wo kein Koffer mehr in Sicht war.

Doch dann sah ich, wie eine Kollegin über einem Koffer kniete, wahrscheinlich, um ihn nach einem Hinweis auf den Besitzer zu untersuchen. Ich sagte der Kollegin, dass die Dame, die ich im Schlepptau hatte, wohl versehentlich den falschen Koffer mitgenommen habe.

Die Antwort der Kollegin klang ziemlich genervt: »Wie kann man DEN denn verwechseln?« Darauf fauchte die Dame: »SIE WERDEN GLEICH SPASS HABEN MIT IHREM TOTALSCHADEN!«

Die Kollegin antwortete gereizt:
»DAS IST KEIN TOTALSCHADEN, SONDERN EINE *LIMITED EDITION*!«

Nachdem ich mich von der Dame verabschiedet hatte, die nun ihren richtigen Koffer hatte, ging ich mit der Kollegin zurück ins Büro, wo andere Gäste schon geduldig warteten.

Auf deren Gesichtern war ein Schmunzeln zu erkennen, und einer meinte lakonisch: »Na, Ihre Ruhe und Geduld hätte ich auch gerne!«

– Martina Engels

Schiffscrew auf Abwegen

Wegen der verspäteten Ankunft ihres Fluges verpasste eine Schiffscrew am Abend den letzten Flieger nach Bremen. Ihr Schiff sollte am nächsten Tag ablegen, und man erwartete die Crew ungeduldig.

Also wurde ein Bus bestellt, der sie auf dem Landweg nach Bremen bringen sollte. Ich hatte die Aufgabe, die Gruppe überwiegend philippinischer Seeleute zum Bus zu bringen und den Fahrer zu informieren, wohin er fahren solle.

Auf der Ankunftsebene in Frankfurt hatte ich der Gruppe zu verstehen gegeben, dass sie auf mich warten solle, ich sie dann abholen und zum Bus bringen würde. Ich ging nun raus, um nachzusehen, ob der Bus schon da war und wo er stand.

Als ich zurückkam, war die Schiffscrew verschwunden, kein einziger Mann mehr da!! Ich sah mich suchend um und stellte fest, dass ich die Seeleute ausgerechnet vor *Dr. Müllers Sexshop* deponiert hatte!! Und da waren sie jetzt alle drin.

Es dauerte etwas, bis ich die ganze Crew im Bus hatte ...

– Monika Kuehl

Die antike Zahnbürste

Ein älterer Herr kommt ganz aufgelöst zu uns ins Büro von *Lost & Found* (Gepäckermittung).

»Ich habe meinen Kulturbeutel im Flugzeug vergessen!«

»Wie sieht der denn aus, und was ist darin?«

»Eine Haarbürste, eine Zahnbürste, Seife und Zahnpasta.«

»Oh, tut mir leid, solche Fundsachen vernichten wir aus hygienischen Gründen.«

Daraufhin sagt der Gast ganz entsetzt: »Ach du meine Güte!

Um die Haarbürste geht es mir ja gar nicht so, aber die Zahnbürste habe ich schon 30 Jahre. An der hänge ich sehr!«

– Birgit Bund

Klein, aber *schlagfertig*

Es war um Weihnachten während meiner Check-in-Zeit 1984–1985. Am Gate B34 verantwortete der Sektionsleiter Ernesto S. die Abfertigung der RIO-Maschine am Abend. Die Schlangen vor dem Check-in-Schalter waren lang und die Zahl der als Wartelistenpassagiere aufgereihten Kollegen, der PADs (passengers available for disembarkation), immens. Eine kleine, ältere Brasilianerin, schick gekleidet und nicht gerade zierlich, wurde zum Schalter geschickt, weil sie für ihren kleinen Schoßhund keine geeignete Tasche hatte. Da sie sich schon etwas echauffierte und die Sprachbarriere problematisch war, sprang der Portugiesisch sprechende Ernesto S. ein. Mit dem ihm eigenen Charme konnte er die Dame beruhigen: Sie habe noch ausreichend Zeit, in die Halle B zurückzukehren, wo man ihr eine faltbare Schachtel für ihr Hündchen schenken würde, eine Box für Kleintiere zum Transport in der Kabine.

Die Abfertigung nahm ihren Lauf, und dann kam es zur Standby-Annahme. Etwa 50 PADs drängten sich im großen und zum Teil recht emotionalen Pulk vor dem Schalter. Ernesto stand auf der Gepäckwaage, denn sonst hätte man ihn nicht gesehen, und dirigierte die Annahme, auch unter energischem Vertrösten der Zurückbleibenden.

Als der Pulk sich langsam auflöste, der Flieger bis auf den letzten Platz zuzüglich von fünf Jumpseats geschlossen war und zurückgeschoben wurde, stand nun eine kleine, ältere Lateinamerikanerin samt Schoßhund und einer faltbaren Box mit entspanntem Gesichtsausdruck vor dem Schalter.

Ernesto S. entgleisten sämtliche Gesichtszüge! Die Dame war schon vor längerer Zeit zurückgekehrt, doch hatte sie sich in der Schlange erwartungsvoller PADs angestellt. Ernesto erklärte die Situation:»Ihr Flieger ist weg ...«, und stammelte Entschuldigungen.

Niemand war auf das vorbereitet, was nun folgte. Aus der lieblichen brasilianischen *Miss Daisy* explodierte ein Schwall von Flüchen, und die faltbare Box mutierte zur Waffe, mit der die Dame auf Ernesto einschlug.

13

Er hechtete nun filmreif zwischen den Schaltern über die Waage hinweg, doch unterschätzte er, wie agil ihm diese ältere Dame folgte.

Diese Szene – eine kleine, ältere Dame mit einem japsenden Schoßhund im Schlepptau, die unnachgiebig mit der Box auf den armen Kollegen einschlägt – werde ich so schnell nicht vergessen!

– Ricky Saghir

Wo laufen sie denn?

Mitte der Achtzigerjahre war ich mitfliegender Techniker auf einem für die Condor operierenden Lufthansa A310 nach Agadir, AGA.

Der Transit in AGA zog sich hin, weil der Tankwagen erst zum Hafen fahren musste, um Sprit zu holen.

Wir standen weitab vom *Terminal*, das damals eine Hütte mit Blechdach war. Irgendwann war alles fertig, und der Purser fragte den Stationskollegen, wann denn die Busse kämen.

Der Kollege zog nur die Augenbrauen hoch und erwiderte: »Es gibt hier keine Busse, die Gäste laufen übers Vorfeld.«

Was sich dann abspielte, ist der Tatsache zu verdanken, dass es damals noch keine feste Sitzplatzvergabe beim Check-in vor dem Einsteigen gab.

Jeder Passagier durfte sich im Flugzeug hinsetzen, wo er wollte, und wer zuerst an Bord kam, hatte die beste Auswahl.

In der Ferne sahen wir also eine Menschentraube, die sich erst langsam, dann immer flotter auf den Flieger zubewegte.

Viele überholten sich gegenseitig – trotz ihres hinderlichen Handgepäcks.

Dieses Spektakel veranlasste den Purser dazu, das Ganze über das Bordansagesystem wie ein gewiefter Sportreporter beim Pferderennen zu kommentieren:

»DA KOMMT MÜLLER MIT EINER LÄNGE VORSPRUNG. SCHMIDT GREIFT VON RECHTS AN UND VERSUCHT ZU ÜBERHOLEN. DAS KANN KRAUSE DOCH NICHT AUF SICH SITZEN LASSEN, UND ER SPORNT SEINE FRAU AN ...«

14

Das ging so weiter, und als die Ersten dann unten die Treppe erreichten, konnte ich nicht mehr vor Lachen und verdrückte mich ins Cockpit, wo auch alle anderen Kollegen Lachtränen in den Augen hatten.

– *Harry Andresen*

Trimmprobleme

Es war im Terminal 1 in München an einem Bus-Gate für den Flug nach Münster.

Ich war allein am Gate, als ein Anruf von der Einsatzleitung kam, ich solle doch bitte wegen Trimmproblemen ein bis zwei Gäste von vorne nach hinten setzen.

Gesagt, getan. Ich entwickelte also den Plan, zwei Gäste von Reihe 6 in Reihe 22 zu setzen, und rief die Herren aus, um ihnen die neuen Bordkarten zu geben.

Einer meldete sich sofort, der andere, ein Vielflieger, ließ auf sich warten.

Ich rief ihn wiederholt aus, und endlich stand er vor mir: 1,95 Meter groß und geschätzte 200 Kilo schwer. Wie sollte ich ihm jetzt erklären, dass ich ihn, ohne ihn jemals zuvor gesehen zu haben, ausgewählt hatte, um das Gewicht des Fliegers ins Lot zu bringen?!? Ich fing an zu stammeln und wich seinem Blick aus.

»Also, Herr F., das Flugzeug hat heute Probleme mit der Gewichtsverteilung, und ich musste Sie in eine der hinteren Reihen setzen.«

Da fing der Gast schallend zu lachen an und sagte: »Das braucht Ihnen doch nicht peinlich zu sein. Wenn ich helfen kann, gerne!«

Es entwickelte sich noch ein sehr freundliches Gespräch über Körpergröße und Flugzeugsitze, und beim Einsteigevorgang überhäufte mich der *gewichtskritische* Passagier mit etlichen Werbekugelschreibern, Notizblöcken und Maßbändern, alle mit seinem Namen versehen. So nette FTLs gibt es!

– *Birgit Oko*

Ein unerwartetes Geschenk

Es war im Frühjahr 2007. Das Verbot, Flüssigkeiten an Bord zu bringen, bestand noch nicht allzu lange. Ich saß in Halle A am First-Class-Ticketschalter. Ein Herr, gekleidet wie ein Geschäftsreisender, kam mit zügigen Schritten und gerötetem Gesicht von der Sicherheitskontrolle her auf mich zu.

Er stand wohl unter Zeitdruck, und ich war anscheinend die nächstgelegene Anlaufstelle für die schnelle Lösung seines *zeitkritischen Problems*.

»Junger Mann«, rief er mir noch im Lauf entgegen, »haben Sie Kinder?!?«

»Ja! Eine kleine Tochter. Warum?«, erwiderte ich überrascht.

Da knallte er mir ein fünf Kilo schweres *Special Edition* Nutella-Glas auf den Tresen mit den Worten:

»Hier! Lasst es euch schmecken! Und grüßen Sie die Kleine lieb von mir!«

Völlig perplex stammelte ich noch ein »Dankeschön!«, aber das bekam der Herr schon nicht mehr mit. Er war bereits auf halbem Weg zurück zur Sicherheitskontrolle.

Damit war dann unser morgendlicher Brotaufstrich für die nächsten Monate festgelegt.

– *Gregor Nichtig*

Ausraster am Check-in

Ich sitze am Check-in in FRA, es muss so in den frühen Achtzigern gewesen sein. Damals gab es noch kein Lining – das Einteilen von Warteschlangen mit Bändern – und die Schlangen vor unseren Schaltern standen bis zu den Türen des Terminals.

Plötzlich erscheint neben dem Gast, den ich gerade abfertige, ein rotgesichtiger *Herr Wichtig* und schleudert mir grußlos entgegen:

»Wo ist die Lounge im A-Bereich?«

»Naja, ist ja nur 'ne schnelle Frage«, denke ich und antworte: »Zwischen A13 und A14 durch die Passkontrolle und die Treppe nach oben.«

Da lässt der Herr seine Taschen auf die Erde fallen und brüllt mich an:»Sie wollen mich wohl verarschen!«

Einen Moment bin ich wie gelähmt. Ich bin noch ziemlich neu am Schalter, und sowas ist mir noch nie passiert. Die Gäste in der Schlange verfolgen das Schauspiel interessiert. Plötzlich übernimmt mein freches Mundwerk die Kontrolle. Ich senke kurz den Blick, um den ungehaltenen Gast dann freundlich zu fixieren, und sage:

»Ja genau, heute ist Mittwoch, ich bin also um 03:30 Uhr aufgestanden, schnell ins Bad und in die Uniform gehüpft. Seit 05:00 Uhr sitze ich hier und fertige einen Gast nach dem anderen ab, ständig in der Hoffnung, dass Sie doch endlich erscheinen mögen, damit ich Sie verarschen kann!«

Erst Totenstille – dann prustendes Gelächter in der Schlange.

»Sie hören noch von mir, Fräulein Werre!«, schnaubt der Mann und rennt davon. Immerhin in die richtige Richtung.

»Ohhhh, wenn das mal nicht böse ausgeht«, denke ich noch und mache mich mit flauem Gefühl im Magen wieder an die Abfertigung der Schlange.

Und tatsächlich, etwa eine Stunde später erscheint *Herr Wichtig* wieder an meinem Schalter. »Jetzt werde ich wohl richtig Ärger bekommen«, denke ich und packe im Geiste schon meine Sachen.

Da zieht er eine Schachtel Pralinen unter seinem Mantel hervor, legt sie mir auf den Schalter und entschuldigt sich. Er habe heute morgen verschlafen, sei viel zu spät gewesen und habe in der Lounge ganz dringend einem Geschäftspartner wichtige Papiere übergeben müssen. Davon habe sehr viel abgehangen. Er sei in dem Glauben gewesen, zwischen A13 und A14 gebe es nur eine Glasfront und eine Anzeigetafel, er sei da schon oft vorbeigerannt.

Leider habe er sich in seinem Stress dann heute morgen sehr im Ton vergriffen. Es sei aber alles gut ausgegangen, die Lounge sei wirklich dort, sein Geschäftspartner sei auch noch da gewesen und habe herzlich gelacht, als er ihm von unserem *Zusammenstoß* erzählte.

Ich bin sehr erleichtert, gleichzeitig aber auch ziemlich beschämt. Manchmal gibt es wirklich einen Grund, warum Menschen ihre gute Erziehung vergessen. Man muss sich im Service sicher auch nicht alles gefallen lassen, aber das Fliegen und Flughäfen sind für viele Menschen mit großem Stress verbunden.

Nach dieser Geschichte war ich deutlich nachsichtiger mit *wichtigen* Menschen.

– Wally Schiebel

Das Handy *im Heuhaufen*

Ende Mai 2012 sitze ich gegen 11:30 Uhr am First-Class-Check-in in Düsseldorf. Plötzlich stürmt ein aufgeregter Gast an meinen Schalter:

»Ich bin gerade aus Tegel gelandet und habe mein iPhone an Bord vergessen!« Dazu legt er mir die Bordkarte und seine

Senator-Karte auf den Tresen.

Ich:»Kein Problem, das haben wir gleich.«

Also rufe ich am Gate an, die dortige Kollegin geht zur Maschine runter und fragt nach einem vergessenen Handy. Doch zurück am Telefon sagt sie:»Negativ – nix gefunden oder abgegeben.«

Der Gast wird bleich und murmelt so etwas wie:»Das war's – alles weg! Ich kann jetzt einpacken.« Er habe kein Backup gemacht, und wie er sagt, befinde sich sein gesamtes Leben auf diesem Gerät.

Plötzlich zieht er sein iPad aus der Tasche und tippt darauf herum.»Hier, sehen Sie, dort ist mein Handy!«

Er hat die Funktion *Wo ist* auf seinem iPad und auf seinem iPhone aktiviert. Schon kann ich sehen, dass sich das Handy von der Position A12 in Richtung Vorfeld zum GAT bewegt, dem General Aviation Terminal.

Also muss sich das Handy in einem Auto befinden. Na klar, die Cleaner, die Flugzeugreiniger! Also dort angerufen, und die Dispo fragt bei der Gruppe nach.

Wieder negativ, die Cleaner haben angeblich auch nichts gefunden. Also was nun? Ich weiß, wo sich das Handy befindet, aber wie drankommen?

Zwar bin ich allein und habe kein Auto. Aber da ich früher bei Operations (OPS, Flugabfertigung) gearbeitet habe, kenne ich dort noch alle Kolleginnen und Kollegen. Ich rufe also den Schichtleiter OPS an. Wolfram V. ist im Dienst. Ihm erkläre ich alles kurz, und er macht sich auf den Weg Richtung GAT, wo auch die Einsatzzentrale der Cleaner ist. Ich sage ihm, wo sich der betreffende Wagen befindet, und er hält ihn an.

Nochmals fragt er die Cleaner, ob sie ein iPhone gefunden hätten.

»Nein, haben wir nicht. Sie können uns ja durchsuchen.«

Nichts leichter als das.

Er geht zur Ladefläche, wo etwa 25 Tüten mit Müll liegen. Was nun? Er kann ja schlecht den Inhalt von 25 Mülltüten auf dem Vorfeld verteilen. Da fällt mir auf, wie genau die

19

Ortung des Handys ist. Deshalb sage ich ihm, er solle eine Mülltüte nach der anderen etwas beiseite tragen lassen.

Und so etwa bei der zehnten Tüte bewegt sich wieder das Handy. Bingo – Handy gefunden!

Wolfram durchsucht die Tüte, findet aber nix. Das kann doch nicht wahr sein!

Nun frage ich den Gast nach seiner Telefonnummer, damit ich das Handy anrufen kann. »Nutzt nichts«, meint der SEN, es sei auf lautlos gestellt. Also nochmals den Sack auf links gedreht. Wieder nix.

Plötzlich hat der Fluggast eine Idee. Er pingt das Handy an, und Wolfram hört etwas. Das iPhone befindet sich ganz super verpackt in einer alten Zeitung. Angeblich haben die Cleaner die Zeitung so aus der Sitztasche genommen und in den Müll getan.

Egal – wie auch immer. Der Gast hat sein Handy und *sein Leben* wieder!

Das Ganze habe ich jetzt im Zeitraffer beschrieben. In Wirklichkeit hat alles viel länger gedauert, und mein und auch Wolframs Feierabend ist inzwischen längst vorbei. Aber es hat richtig Spaß gemacht!

Der Gast bedankt sich tausendmal und verspricht, uns in sein Abendgebet einzuschließen. Außerdem will er die Geschichte in einer Vielflieger-Community posten, und das macht er dann auch tatsächlich.

– *Rainer Wulf*

Good Vibrations

Wir bekamen in München bei Lost & Found vor kurzem einen neuen Sektionsleiter, und nun hatte ich meine erste gemeinsame Schicht mit ihm.

Ich war hinten im *Kämmerchen*, in dem man Gepäckstücke öffnete, die keinem Passagier zugeordnet werden konnten, in der Hoffnung, durch den Inhalt herauszufinden, wem dieser Koffer gehört.

Ich öffnete einen Koffer, der spürbar vor sich hin vibrierte, was durch elektrische Zahnbürsten u. ä. manchmal vorkam.

Ich suchte also nach der vibrierenden Zahnbürste und fand stattdessen – einen lilafarbenen Vibrator!

Als ich das Ding in den Händen hielt, fand ich den Knopf zum Ausschalten nicht, und natürlich kam genau in diesem Moment der neue Chef herein, um sich bei mir vorzustellen. Also drehte ich mich um, noch immer dieses vibrierende Ding in der Hand.

Peinlich, peinlich!

Wir haben uns während der folgenden Jahre gut verstanden und noch oft über die damalige seltsame Situation gelacht.

– *Antonie Woeckel*

Topmanager und Gentlemen

Als Flight Manager in FRA begann ich den Einsteigevorgang der Passagiere bei meinen Flügen grundsätzlich mit den *Betreuungsgästen*. Dazu zählten bei mir auch Eltern mit Kleinkindern und ältere Menschen.

21

Es war bei einem Flug nach New York, der nicht ausgebucht war. Ich hatte auf dem Fluginformationsblatt gesehen, dass acht Topmanager unseres Landes in der First Class gebucht waren. Sie kamen 45 Minuten vor dem Boarding aus der Lounge und bauten sich direkt vor dem Eingang in die Brücke zu einem dunkel gekleideten *Pulk* auf.

Ich hatte vorher schon eine sehr alte, zerbrechliche Dame gesehen, die ich vorab einsteigen lassen wollte.

Ahnend, dass das diesen Herren nicht unbedingt gefallen könnte, instruierte ich mein Team, dass ich sie selber an Bord bringen würde und danach auch das Einsteigen der acht SENs übernähme.

Ich nahm nun die Dame an meinen Arm und ging auf die Herren zu. Keine Bewegung von ihnen, obwohl sie uns sahen. Direkt hinter ihnen angekommen, sagte ich:

»Meine Herren, Ihnen ist doch bestimmt Knigge ein Begriff – ich möchte die Dame bitte zuerst an Bord bringen.«

Schweigend öffnete sich daraufhin eine Gasse, und man ließ uns widerwillig durch. Ich übergab die Dame der Crew, ging wieder zurück und verabschiedete die Herren mit einem freundlichen »Auf Wiedersehen«.

Schweigen und strafende Blicke.

Ich überließ das weitere Boarding meinem Team und zog mich einige Meter zurück.

Plötzlich stockte der Einsteigevorgang, und zwei der Herren kamen wieder heraus. Sie steuerten direkt auf mich zu und fragten, ob sie mich wohl sprechen könnten. Ich erwartete eine massive Beschwerde, doch stattdessen kam Folgendes im Originalton: »Herr Gomola, als Sie das vorhin mit uns gemacht haben, waren wir sehr erbost. Aber wir möchten uns jetzt bei Ihnen bedanken! Auf dem Weg zu unseren Plätzen haben wir uns darüber unterhalten und festgestellt: Wie weit sind wir eigentlich gekommen, dass wir die Situation nicht selbst bemerkt haben? Ich spreche im Namen von uns allen! Auf Wiedersehen und herzlichen Dank!«

Ich stand dort, sprachlos und mit Gänsehaut ...

– Gunter Gomola

Märchenhafte Dienste

Ticket-Counter in Düsseldorf, morgens um 04:50 Uhr. Das Licht war noch gar nicht eingeschaltet. Ich richtete gerade meine Kasse ein, als ich von der Seite angesprochen wurde.

Ein älterer Herr fragte mich in seinem Kölner Dialekt: »Frollein, wo jeht et denn hier zum Dornröschen-Service?« Meine Kollegin Ingrid Odtallah, die gerade vom Backoffice zum Schalter kam, hörte die Frage und meinte nur: »Wieso? Wollense wachgeküsst werden?« Sie konnte sich das Lachen nicht verkneifen.

Der Herr weiter: »Aber de Lufthansa hat doch so 'ne spezielle Service für de alten Leute un' so.«

Uns war natürlich sofort klar, dass er den *Rotkäppchen-Dienst* meinte, den es jedoch in Düsseldorf nicht gab.

Tja, was soll ich sagen?

Dornröschen – Rotkäppchen – da kann man aber auch schon mal durcheinanderkommen, oder?

– *Doris Ruyters*

Die fünfjährige Vierjährige

Meine Eltern erwarteten ihre vierjährige Enkelin aus Berlin. Ich flog mit ihr TXL–FRA, und sie verlebte eine schöne Zeit.

Vier Tage vor ihrem mit mir geplanten Rückflug rief ich meinen Bruder an und fragte ihn, ob die Kleine auch alleine fliegen würde.

Er sagte:»Sicher, es hat ihr gut gefallen, sie schafft das, und wir holen sie in Tegel am Gate ab.«

Aber wir mussten ihr beibringen, dass sie bei Fragen am Check-in und an Bord sagt, dass sie fünf Jahre alt sei – das Mindestalter für unbegleitete Kinder, UMs (Unaccompanied Minors) genannt.

Oma und Opa erklärten ihr alles, das Kind freute sich, und sie fuhren am Abflugtag nach FRA.

Am UM-Schalter wurde sie eingecheckt, und natürlich kam die Frage:

»Wie alt bist du denn?«

Mit strahlendem Lächeln sagte sie:»Fünf!«

Uff!

Daraufhin drehte sie sich zu meinen Eltern um und sagte vernehmlich:

»Aber wenn ich in Berlin ankomme, bin ich wieder vier!«

– *Kerstin Rost*

Das Highlight kommt zum Schluss

In den Achtzigern hatte ich bei FRA SP auch Nachtdienste. Man löste die Spätdienstkollegen an ihren Flügen ab, kümmerte sich bis in die Nacht um extreme Verspätungen (es gab damals noch kein Nachtflugverbot) und bestückte sowohl die Schalter als auch die Backoffices mit Verbrauchsmaterial (Gepäckanhänger, Baggage Boxen – wer hat sie nicht geliebt? – Adressaufkleber, Kulis etc.), damit wieder alles vollständig war.

Zum Dienstende hin eröffnete man das Check-in für die Condor-Flüge, die damals noch von LH abgefertigt wurden – Condor war ja schließlich eine Lufthansa Tochter.

24

Erstes Highlight, wenn man die Tür vom Backoffice zur Halle A hin öffnete: Die Halle war komplett mit Menschen gefüllt, die im Chor unser »Guten Morgen« erwiderten.

Das zweite Highlight war die Frage des allerersten Gastes: »Ich hätte gerne einen Nichtraucher-Platz am Fenster, ist da noch etwas frei?«

Das dritte Highlight, wofür ich meinen Job an der Front echt liebte, bestand darin, dass ich ihm diesen Wunsch problemlos erfüllen konnte!

So beendete ich nach ein paar weiteren Check-in-Vorgängen meinen Dienst mit einem Lächeln und steuerte zufrieden mein Bett zu Hause an.

– *Christine Stark*

Rampe und Operations

Rampen-Fieber

Es muss im Frühjahr 1986 gewesen sein. Ich hatte bei MUC SO, Operations München, als eine der wenigen Frauen und eine der Jüngeren meine Lehrgänge hinter mich gebracht, und meine Abschlussprüfung stand an: mein erster L/S Checkout auf der B737. (Mit dem Load and Trim Sheet wird die Gewichts- und Verteilungsberechnung einer Maschine vorgenommen.) Natürlich wurde alles per Hand erstellt, was anderes gab's noch nicht. (Ich habe es geliebt, mit dem Computer war es dann später nicht mehr dasselbe!)

Ich war an dem Tag für sechs Loadsheets eingeteilt, was für einen Neuling schon sportlich war. Mein letztes sollte dann dem Checkout dienen.
Sicherheitshalber hatte ich dafür zwei Loadsheets so weit wie möglich vorbereitet. Ich wollte bei eventuellen kurzfristigen Änderungen kein ausgebessertes Load and Trim Sheet abliefern.

Eine halbe Stunde vor Schedule erschien in unserem Büro am Flughafen München-Riem Kapitän Rainer R. zusammen mit Manfred L., dem Schichtleiter.
Die beiden bauten sich neben meinem Schreibtisch auf und begannen augenzwinkernd, *ernsthafte* Überlegungen darüber anzustellen, wie weit es mit Lufthansa gekommen sei, dass jetzt schon so junge Mädchen bei OPS arbeiten dürften.

So gut es ging, versuchte ich, mich auf das Loadsheet und den Funk zu konzentrieren, ohne irgendetwas zu verpassen.
Wir kommunizierten auf zwei Kanälen mit der Rampe und Operations Control.

Nach 15 Minuten verabschiedete sich Kapitän R. in Richtung Flieger, und mir blieben genau noch fünf Minuten, um das

Loadsheet fertigzustellen und es nach dem Crosscheck dem L/S-Fahrer zu übergeben, der es zum Flugzeug bringen sollte. Gerade als ich anfing, mich zu entspannen, kam die Stimme des Kapitäns auf der Company-Frequenz. Er ließ mir ausrichten, dass er das Loadsheet geringfügig abgeändert habe.

Die Stimmung im Büro wurde geradezu ausgelassen. Es folgten einige Kommentare und Mutmaßungen meiner Kollegen im Büro. Als das Load and Trim Sheet endlich wieder zurückgebracht wurde, begann ich, mir ernsthaft Gedanken zu machen, ob das wirklich der richtige Job für mich sei. Ich hatte mich ganz erheblich verrechnet, und auch wenn es nicht wirklich eine sicherheitsrelevante Diskrepanz ergab, so war es mir doch sehr peinlich.

Der Kapitän, der wie vorgeschrieben meine Werte überprüft hatte, hinterließ auf dem Loadsheet zusätzlich noch einen launigen Kommentar, so nach dem Motto *Beim nächsten Mal wird's dann schon.*
Am liebsten wäre ich im Boden versunken! Meinen Checkout bekam ich an dem Tag nicht, dafür aber viele aufmunternde Worte von meinen Kollegen.

Als ich am nächsten Tag zum Dienst kam, überreichte mir der Schichtleiter fünf Flaschen Wein mit einem Zettel von Kapitän R., der sich für die Ablenkung entschuldigte.

Meinen Checkout bestand ich dann an diesem Tag, und ich war mir nun doch sicher, dass OPS das Richtige für mich war.
– *Ingrid Kirchleitner*

Der barfüßige Einweiser

Sharjah war im Jahr 1992 der Lufthansa Cargo Hub in Middle East. Ich erwartete dort eine Lieferung von befruchteten Hühnereiern für eine Farm in Ras Al Khaimah.

Die Sendung war auf einem B747-Frachter geladen, der gegen Mitternacht in SHJ ankommen sollte. Da ich das Frachtgut beim Ausladen kontrollieren und zum Kunden begleiten sollte, war ich gegen 23:00 Uhr am Flughafen und staunte nicht schlecht, als ich die Lagerarbeiter schlafend auf dem Steinfußboden im Frachtterminal vorfand.

Die Situation änderte sich schlagartig, als eine Sirene heulte und zur Arbeit rief. Dutzende von müden Arbeitern erhoben sich, rieben sich die Augen, streckten sich und warteten auf die Ankunft des Frachters am Terminal. Ich begab mich vor das Gebäude, wo bereits zwei B747-Frachter so standen, dass ein weiterer Parkplatz zwischen den beiden frei geblieben war.

Es war ein majestätischer Moment – ein klarer, warmer Abend im Mittleren Osten, ein B747-Frachter, der über den Taxiway rollte, um dann in einem Neunzig-Grad-Winkel zum Gebäude abzubiegen.

Triebwerkslärm und Kerosinduft in der Luft und die Königin der Flugzeuge beim Heranrollen: Je näher sie kam, desto größer wurde sie. Irgendwann stand sie dann hinter den parkenden B747-Frachtern und wartete offensichtlich auf den Einweiser, der sie zwischen die beiden Flugzeuge dirigieren konnte.

Aber da war weit und breit kein Einweiser zu sehen, und es sollte auch keiner kommen.
Jetzt stand ich hier und die B747F dort – beide wie bestellt und nicht abgeholt. Die Minuten verstrichen, und da sich der Flieger dem Frachtterminal nicht weiter näherte, wurden die Lagerarbeiter neugierig und kamen auch vor das Gebäude, um den Grund für die Verzögerung herauszufinden.

Als dann immer noch nichts passierte, löste sich einer der Lagerarbeiter aus der Gruppe, streckte sich ein letztes Mal,

gähnte und fing an, dem wartenden Captain zu winken. Der setzte den Riesenvogel tatsächlich in Bewegung in Richtung der freien Parklücke.
Ein indischer Lagerarbeiter, der einen B747-Frachter einwies – konnte das gutgehen? Durfte das sein? Was sollte ich tun?

All diese Gedanken schossen mir durch den Kopf, während der Inder – barfuß und in einem schmutzigen, über dem Bauch gewölbten T-Shirt – mit der einen Hand den Flieger einwinkte und die andere beim Gähnen vor den Mund hielt.

Und immer noch war kein Einweiser oder sonst ein Verantwortlicher in Sicht!
Also half nur anpacken und mitmachen. Da der Lärm keine andere Kommunikationsmöglichkeit zuließ, signalisierte ich zwei weiteren Lagerarbeitern mit Handzeichen, auf der einen Seite zu schauen, dass der Vogel nicht mit den Tragflächen hängenblieb. Währenddessen rannte ich auf der anderen Seite nach vorn und wieder zurück, um das dort ebenfalls sicherzustellen.

Die Ruhe des majestätischen Moments am klaren, warmen arabischen Abend wich auf diese Weise schlagartig einer starken Anspannung.
Triebwerksgeräusch und Kerosinduft in der Luft waren nur noch Krach und Gestank, und der ruhige Abend artete zu einem Konditionstraining mit Vor-und Zurückrennen aus.
Aber ich war der Einzige, der umherrannte und schwitzte, alle Lagerarbeiter blieben gelassen auf ihren Plätzen stehen.

Als der Flieger zum Stillstand gekommen war und endlich ein Follow-me-Car erschien, um die Blöcke anzulegen, drehten sich die Männer in aller Ruhe um, gingen in die Halle zurück und warteten dort auf ihr Tage- oder in diesem Falle besser Nachtwerk.

Am nächsten Tag traf ich die Piloten im Hotel am Pool und erzählte ihnen die Geschichte. Die wollten es gar nicht glauben, denn sie hatten wirklich gedacht, das seien reguläre Einweiser gewesen.

Und da fiel mir ein, was meine Mutter immer gesagt hatte: »Achte auf die Schuhe, die verraten sehr viel über einen Menschen!«

Ein barfüßiger Einweiser? Oder vielleicht doch ein Fall von *Andere Länder, andere Sitten*?

Mit den *Hatching Eggs* klappte übrigens alles bestens.
Der Kunde war happy und somit ich auch.

– *Michael Krug*

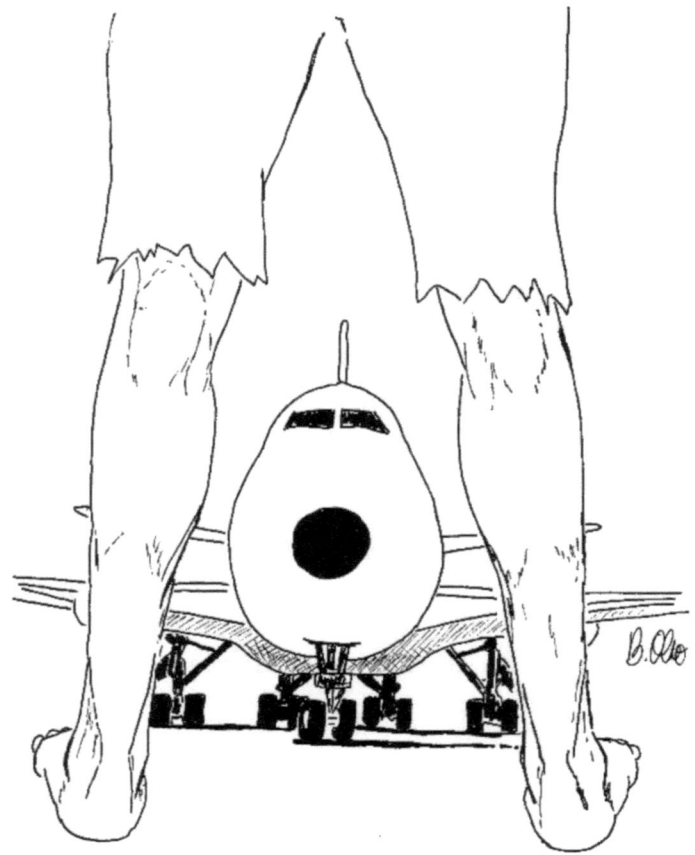

Der Moskau-Flug der Berliner Symphoniker

Anfang der Neunzigerjahre half ich als Rampagent in Berlin Tegel aus. Eines Tages stand eine B757 von Condor bereit, die niemand abfertigen wollte, also machte ich das.

Mit dieser Maschine wollten die Berliner Symphoniker nach Moskau fliegen. Die bereitstehenden Frachtstücke wurden problemlos in den Frachträumen verstaut, die schnell so voll waren, dass keine Maus mehr hineingepasst hätte.

Als ich hinauf in die Kabine ging, machte ich große Augen: Da war eine ganze Sektion komplett ohne Sitze – nur blanker Teppichboden und Sitzschienen, sonst nichts.

Auch der Kapitän wunderte sich, aber dann kam ein Mitglied der Symphoniker und erklärte uns den Grund: Hier sollten die Musikinstrumente verladen werden. Die wurden auf etwa dreißig Gepäckwagen herangefahren, und die Koffer der Musiker kamen auf weiteren zehn Gepäckwagen hinzu.

Durch diese besondere Situation sah sich der Innendienst von Weight & Balance außerstande, das Loadsheet zu machen. Wie sollte man die Frachtbeladung in der Passagierkabine bloß trimmen?!?
Der Kapitän meinte nur, das sei nicht sein Problem ...

Doch die Zeit drängte, denn die Musiker waren angekommen und sagten ganz klar, dass sie ohne ihre Instrumente gar nicht erst loszufliegen bräuchten.

Also ging ich zum Kapitän und bot ihm an, ein Loadsheet von Hand zu machen. Hierzu musste das Gewicht der Instrumente und Koffer in der Sektion ohne Sitze so getrimmt werden, als ob es Passagiere wären. Das Gewicht war dann unter *Sonstiges* zu erfassen.

Die Gewichtsangaben hatten wir ja von den bereits zuvor verwogenen Wagen.

Die Instrumente und Koffer wurden in die Kabine geschleppt und abgelegt. Nun besorgte ich von der Fracht ein paar Palettennetze, hakte sie in die Sitzschienen und zog sie fest. Dann arbeitete ich das alles in das manuelle Loadsheet ein, das der Kapitän nach meinen Erklärungen dazu schließlich unterschrieb.

Endlich konnten wir die Türen schließen, und der Flieger hob mit vier Stunden Verspätung nach Moskau ab.

Nur eine Abfertigung am Tag – die dafür stundenlang und ohne jede Pause – hatte ich nie wieder.
Aber das Wichtigste war, dass die Symphoniker mit allen ihren Instrumenten und ihrem Gepäck fliegen konnten.

– Rainer Wulf

Luftfracht: »Wir packen's richtig an!«

Rettung vor dem Genozid in Ruanda

Seit 1992 organisierte ich als Frachtleiter Nairobi (NBO) den Versand von den Frachtsendungen in der Region, die mit dem B747-Frachter der Lufthansa Cargo in NBO ankamen und an diverse afrikanische Destinationen weiterbefördert wurden. Umgekehrt musste Fracht dieser Orte nach NBO geflogen und von dort nach FRA verladen werden.

Dafür hatten wir ab 1993 einen lokalen Partner aus Miami, die Customer Air Transport, *CAT*.

Sie bediente für uns mit einem B727-Frachter und einer Dreier-Crew aus zwei Piloten plus Flugingenieur exotische Flughäfen wie u. a. Addis Abeba, Kigali, Entebbe, Harare, Bujumbura und Lusaka.

Am 06. April 1994 wurde beim Landeanflug in Kigali/Ruanda ein Flugzeug abgeschossen, und alle Insassen kamen ums Leben, darunter der Präsident von Ruanda, Habyarimana, sowie der Hutu-Präsident von Burundi, Ntaryamira.

Noch in der darauffolgenden Nacht begann der Bürgerkrieg von Ruanda. In diesem grauenhaften Genozid ermordeten Hutu mehr als eine halbe Million Menschen, überwiegend aus der Minderheitengruppe der Tutsi.

Ich erfuhr davon in Nairobi am 07. April 1994.

Um 14:00 Uhr war noch ein Flug NBO–KGL (Kigali, die Hauptstadt von Ruanda), weiter nach BJM (Bujumbura, die Hauptstadt von Burundi) und dann nach NBO geplant. Zu diesem Zeitpunkt hieß es, dass der Luftraum sowie die Flughäfen dort noch nicht geschlossen seien.

Ich überließ es der Crew, ob sie den Flug durchführen wollte oder nicht. Die Antwort von CPT Earl Davis:

»Man, we operated 15 months during the war in Angola – sure we will do our job!«

Wir erwarteten die Maschine gegen 18:30 Uhr zurück. Also begab ich mich um 18:00 Uhr in den Tower in NBO. Aber ATC (Air Traffic Control) NBO, die Flugsicherung, hatte noch keinen Kontakt zur B727 – und auch nicht zur ATC in BJM und KGL.

19:00 Uhr: negativ, immer noch kein Kontakt.

Um 20:15 Uhr endlich ein Lebenszeichen. Via Funkfeuer Ngong Hills verkündeten unsere Jungs die geschätzte Ankunftszeit in NBO für 20:35 Uhr – Mann, was war ich froh!

Doch nach dieser frohen Kunde folgte unmittelbar ein weiterer Funkspruch von der B727:

»By the way – we need passenger buses on arrival.«

Mir schwante Schlimmes – und so kam es!

Als die Maschine auf der Rampe hielt, hastete ich die Treppe hoch.

Auf der Flugbegleiterbank saßen fünf Leute. Im vorderen Flugzeugabschnitt standen weitere zwanzig mit Spanngurten an das Crash-Netz gezurrte Menschen. Nachdem ich sie alle losgezurrt hatte, bekam ich freie Sicht auf die Frachtkabine.

Auf acht Frachtpaletten waren 65 weitere Leute festgezurrt.

Im Cockpit befanden sich neben der dreiköpfigen Crew noch einmal fünf Personen.

Als Flugbetriebsleiter musste ich jetzt erst einmal ein lautstarkes Donnerwetter loslassen und mich so von diesem Verstoß gegen jede Flugsicherheit distanzieren. Innerlich aber ballte ich die *Siegerfaust*, denn die Crew hatte in KGL unsere lokalen Agenten, die GSAs (General Sales Agents), samt ihrer Familien mit an Bord genommen und auch noch alle diejenigen des Aircraft Handling Personals, die wegwollten – und es wollten ALLE weg.

In BJM hatten sie den verbliebenen Platz ebenfalls mit GSAs und Mitarbeitern des Handling Personals aufgefüllt.

Die Crew hatte somit 95 *Jumpseats* an gefährdete Tutsi vergeben, von denen nur sechs einen Pass dabei hatten.

Zum Glück war ich mit dem Direktor der Civil Aviation Authority, *CAA Kenia*, befreundet. Den rief ich nun sofort an und schilderte ihm die Situation. Er wohnte nicht weit vom Flughafen entfernt und war in einer halben Stunde vor Ort. Er schaltete und waltete besser, als ich je zu hoffen gewagt hatte.

In der Nähe des Flughafens befanden sich Baracken des Sicherheitspersonals vom kenianischen Militär. Eine dieser Baracken stand leer und wurde deshalb vom Direktor CAA umgehend zum *Refugee Camp* deklariert. Die Passagierbusse fuhren ohne Passkontrolle direkt zum Camp des Militärs. Mein Freund von der CAA regelte am nächsten Tag alles Weitere unbürokratisch.

In der Zeitung stand zwei Tage später, dass am 07. April 1994 insgesamt 95 Flüchtlinge aus Ruanda und Burundi in NBO angekommen seien. Diese unbürokratische Hilfe vergaß ich dem Direktor des CAA nie, obwohl wir vier, die dreiköpfige Crew und ich, uns am nächsten Morgen bei der CAA einen offiziellen Rüffel abholen mussten.

Alle Flüchtlinge flogen nach dem Friedensschluss im Oktober 1994 wieder zurück nach KGL und BJM, dieses Mal auf Sitzen offizieller Liniendienste. Im Nachhinein betrachtet hatten wir fünf – die drei Crewmember, der Direktor Civil Aviation und ich – 95 Menschen in Sicherheit gebracht, und das machte uns froh und stolz.

– *Roland Rost*

Zweckentfremdung

Anfang der Siebzigerjahre fehlte in der Frachthalle von einer Goldladung ein Barren. Tagelang war dort die Hölle los, bis jemand über einen verdreckten *Türhalter* stolperte ...

Wir haben Tränen gelacht!
– *Gunter Gomola*

Airliner-Turnier mit Fußballstar

Die *Lufthansa Cargo Bulls* wurden 1992 als Fußballverein für Lufthansa Cargo gegründet; es durften aber auch Spieler anderer Lufthansa Firmen mitspielen.

Zu meiner Zeit als Leiter der Fracht Portugal richteten sie im Jahr 1996 ein Fußballturnier aus, das von Lufthansa Cargo gesponsert wurde und mit 24 Mannschaften aus aller Welt im Stadion von Kickers Offenbach auf dem Bieberer Berg stattfand.
Voraussetzung für die Teilnahme war, dass die Mannschaften aus Kunden von Lufthansa Cargo bestehen mussten.

Im fußballbegeisterten Portugal lösten wir dadurch einen Hype aus.
Jeder wollte in der Mannschaft sein, und die Verkaufszahlen stiegen entsprechend.

Dies war unserem Fracht-Verkäufer Antonio Alberto Sotto Mayor Vaz aber nicht genug – er wollte auch noch *ein Sahnehäubchen*.
So kam er eines Tages und eröffnete mir, dass er wisse, wo Eusébio täglich zu Mittag isst: Eusébio da Silva Ferreira (1942–2014), Portugals größtes Sportidol und mit 733 Toren während seiner Karriere in den Sechzigern und Siebzigern einer der torgefährlichsten Stürmer der Fußballgeschichte.

Wir konnten mit ihm zu Mittag essen und ihm dabei erklären, dass wir ihn gerne als Coach für die Mannschaft und Ehrengast für das Fußballturnier hätten.
Er war sofort einverstanden, als Bezahlung wollte er lediglich vier Tickets für sich und seine Familie nach Brasilien.

Vier Tickets für einen Weltstar, der wahrscheinlich First Class gewohnt war, das dämpfte unsere Euphorie, bis er von sich aus sagte, dass er immer Economy fliege und es für ihn etwas Besonderes wäre, nun einmal mit Lufthansa fliegen zu können.
Wir bekamen sogar vier Tickets für die Business Class, und Eusébio war hin und weg.

Freitag, Tag des Abflugs in Lissabon, Abflugzeit 16:00 Uhr, Treffpunkt am Flughafen um 14:00 Uhr. 19 sehr aufgeregte Spieler/Kunden plus eine Dame von einer portugiesischen Zeitschrift waren (fast) alle pünktlich da und fieberten dem Abflug entgegen. Gegen 15:00 Uhr begann am Flughafen ein Geraune: Eusébio traf ein.

Dazu muss man wissen: Eusébio war und ist immer noch ein Volksheld, nicht nur bei den Fußballbegeisterten, sondern bei allen Portugiesen. Und entsprechend groß war der Aufruhr am Flughafen.

Auch unsere Gäste sahen ihn kommen, und dann stand er mit seiner Tasche und einem Lächeln im Gesicht vor Antonio und mir.

Die Mannschaft war begeistert, als sie hörte, dass er unser Coach sein würde, und die anfängliche Scheu wich großer Begeisterung. Nun gab es Fragen über Fragen an Eusébio, die er alle freundlich beantwortete.

Dann die Nachricht, dass die Maschine technische Probleme habe und sich der Abflug verzögere. Das zog und zog sich, und am Ende flogen wir statt am Freitagabend am Samstag frühmorgens.

Obwohl er nur 15 Minuten vom Flughafen entfernt wohnte, blieb Eusébio die ganzen zwölf Stunden mit uns am Flughafen, erzählte, spielte Karten und zeigte Tricks.

Nach der Ankunft im Hotel gab es ein kurzes Frühstück, und danach ging es ab zum Bieberer Berg.

Eusébio führte den Anstoß zum ersten Spiel aus, und das Turnier begann. Unsere Mannschaft hatte an diesem Tag fünf Spiele, die Nacht davor nicht geschlafen und war in entsprechend müder Verfassung. Krämpfe bei den Spielern waren die Folge, und was machte Eusébio?

Er massierte den Fußballern die müden Beine, coachte von der Außenlinie, motivierte das Team und schimpfte mit den Schiedsrichtern und Gegnern – einer von uns halt!

Am Ende reichte es immerhin zum Halbfinaleinzug am nächsten Tag.

Abends gab es eine Party mit Live-Musik und wieder kaum Schlaf, und so kämpften wir uns im Halbfinale gegen die Brasilianer mit ihrem 195 Zentimeter großen Torwart ins Elfmeterschießen.

Wir hatten zwar ausgezeichnete Dribbler und Fummler, aber leider keine Elfmeterschützen. So verschossen wir vier von fünf Elfmetern und waren draußen.

Zum Abschluss dieser tollen Veranstaltung ließen wir noch mit unseren Mitspielern und jedem von den anderen Mannschaften Fotos mit Eusébio machen, die dann auf Postergröße gezogen und von Eusébio handsigniert wurden. Diese Poster hängen heute noch in den Spediteurbüros in der ganzen Welt.

Das Schönste für mich: Wann immer ich heutzutage alle Jubeljahre in Lissabon über den Frachthof am Flughafen laufe und von einem der damaligen Spieler gesehen werde, gibt es ein riesiges Hallo und mindestens eine Einladung zum Kaffee.

Und das nach über 25 Jahren!
– *Michael Krug*

Küken nach Kairo

Lufthansa flog ab Ende der Sechziger- bis Anfang der Siebzigerjahre einmal pro Woche mit einem B707-Frachter Tausende von Eintagsküken nach Kairo.
Der Flieger wurde auf dem Frankfurter Vorfeld mit Kartons beladen, die je etwa 50 Tiere enthielten.

Ein Schlepper war mit drei Anhängern voller Kartons auf dem Weg zum Flieger, als er in den Abgasstrom der Düsen einer vorbeirollenden B727 geriet.
Dutzende von Kartons wurden zu Boden geworfen und etliche in die Luft geblasen. Dabei gingen viele kaputt, und plötzlich liefen Hunderte von Küken auf dem Vorfeld herum.
Sie bildeten einen gelben Teppich, der rasch immer größer wurde.

Alle Mitarbeiter, die in der Nähe waren, eilten herbei und machten sich verantwortungsbewusst daran, die kleinen

gelben Küken einzusammeln. Ein Crewbus hielt an, und die Mitglieder der darin sitzenden Besatzung halfen ebenfalls beim Einsammeln.
Was für ein Bild, all die Menschen in blauen Uniformen mit Armen voller gelber Küken!
Unterdessen waren auch Feuerwehr und Polizei gekommen, und alle rannten hinter den Küken her.

Nach etwa 30 Minuten waren dank einer super Teamarbeit sämtliche Tiere wieder eingesammelt, in die mit Klebeband reparierten Kartons gepackt und damit bereit für ihren Flug nach Ägypten.
Dieser sich ausbreitende gelbe Kükenteppich auf dem Flughafen-Vorfeld wird mir immer unvergesslich bleiben!
– *Jochen Voltz*

Ein Flug, der keiner war

Ende der Siebzigerjahre organisierte German Cargo einen sehr werbe- und ertragsträchtigen *Stand-Charter.*

Der Autohersteller FIAT aus Turin hatte die Idee, seine Topverkäufer aus der ganzen Welt zur Präsentation seiner neuen Modelle, der sogenannten Erlkönige, einzuladen, diese am Flughafen vorzustellen und dort eine große Party zu veranstalten.

Also charterte FIAT eine B747-Frachtmaschine, mit der die Erlkönige laut der Einladung an die Gäste direkt aus dem Werk in TRN, Turin, nach FRA eingeflogen würden. Die Maschine sollte dann sofort nach der Ankunft in eine Flugzeughalle rollen, wo der FIAT CEO zusammen mit dem Flugkapitän die Erlkönige enthüllen und so den Verkäufern präsentieren würde.

Gesagt, getan. Die Flugzeughalle wurde freigeräumt und mit circa 500 Sitzgelegenheiten versehen, Catering aufgebaut und die Halle festlich geschmückt.

Die 500 Verkäufer trafen auf LH Linienflügen aus aller Welt ein. Sie wurden als VIPs von LH internen Begleitern vom Terminal in die Halle gebracht.

Die Hallentüren öffneten sich und gaben den Blick auf das Vorfeld frei.
Über Lautsprecher wurde nun der Funkverkehr zwischen der Cockpit Crew des Fluges aus TRN mit dem FRA Tower *live* übertragen.
Da hörte man auch schon den Anflug. Die Maschine näherte sich, rollte auf der Landebahn aus, und jeder vernahm, wie die Triebwerke zum Stillstand kamen.
Das imposante Flugzeug war vor die Halle gerollt und wurde nun hineingeschleppt.

Der Kapitän stieg aus, begrüßte zusammen mit dem FIAT CEO von einem Podest aus mit Mikrofon alle Anwesenden,

und das vorgesehene Programm begann.
Alle waren begeistert!

Was nur ganz wenige Eingeweihte wussten:
Dieser Flug TRN–FRA hatte überhaupt nicht stattgefunden.

Die Erlkönige waren per LKW aus Turin gekommen und in Frankfurt bei der Fracht in der Nacht zuvor in die Maschine geladen worden. Allen Anwesenden wurde nur vorgegaukelt, dass die B747F direkt aus TRN kommend gerade landete; in Wirklichkeit rollte die Maschine auf dem Taxiway nur vom Frachtstandplatz zur Halle 5. Und jeder glaubte es, da auch die Flugsicherung mitspielte und die rein fiktive Cockpit-Konversation simulierte.

Das alles war für FIAT günstiger als ein tatsächlicher Flug und für Lufthansa ein Riesengeschäft.

Dank der sensationellen Zusammenarbeit von Fracht und Passage (es wurden immerhin circa 500 Tickets weltweit verkauft) sowie Werft und LSG, die für das Catering und die komplette Veranstaltungsorganisation verantwortlich waren, klappte dies perfekt.

Wir machten keinerlei Unterschiede zwischen den einzelnen Unternehmenszweigen – wir waren alle eins: LUFTHANSA.

Mir als Verkäuferin bei German Cargo Charter hat die LH interne Koordination viel Spaß gemacht, da auch all diejenigen mit am selben Strang zogen, die nicht unmittelbar für die Kunden zu sehen waren, aber einen erheblichen Anteil am Gelingen dieser Großveranstaltung hatten.
– *Birgit Mosler*

Man muss sich nur zu helfen wissen

Als ich Frachtleiter Nairobi, NBO, war, flog ein B727-Frachter einmal pro Woche aus Lusaka, LUN, in Sambia Blumen nach

Nairobi, die dort abends auf den Frachter von Lufthansa Cargo nach Frankfurt umgeladen wurden.

Eines Tages wurden in Lusaka sieben Paletten mit zwölf Tonnen Blumen eingeladen. Um 14:00 Uhr kam ein Anruf von unserem GSA (General Sales Agent) in LUN. Die Main Cargo Door verriegelte nicht, und obwohl ich mit zwei linken Händen ausgestattet war, sollte ich denen dort telefonische Ratschläge geben.

Ich rief deshalb meinen Freund Ludwig Graumann an, den zuständigen Flugzeugmechaniker in Nairobi (NBO SW), und bat um Hilfe. Ludwigs Kommentar war einfach und klar: »Entweder wir haben in LUN ein AOG (*Aircraft on Ground, das heißt eine für unbegrenzte Zeit auf dem Boden stehende Maschine*), oder ...«
Ich schilderte der Crew der B727 nun telefonisch die Variante *oder*.
»WILL DO«, war die Antwort. Aber – was war *oder*?

Die Fracht der Palette auf Position B musste ins Belly (den unteren Frachtraum) verladen und die defekte Main Cargo Door mit so vielen Spanngurten wie möglich an der leeren Palette verzurrt werden.

Dann hieß es, Sprit *bis zur Halskrause* zu tanken und in Low Level (Tiefflug) von LUN nach NBO zu fliegen. Kapitän und Copilot der B727 waren von der Idee nicht begeistert, aber der Flugingenieur setzte sich durch. »Wenn Roland und Ludwig sagen, dass das so funktioniert, dann wird es so auch funktionieren!«

Das Flugzeug landete zwanzig Minuten vor der geplanten Ankunftszeit, und die defekte Frachtraumtür konnte in NBO in Ruhe repariert werden.

Später erfuhr ich, dass ein AOG in LUN Lufthansa Cargo rund 50.000 USD an Ausfällen verursacht hätte. So kostete mich die Aktion nur schlappe 200 USD für Steaks, Whisky und Bier für die Crew der B727.

– Roland Rost

Luftfracht gibt's nicht überall

Hier eine kleine Episode aus der Fracht in DUS.

Ein Kunde kommt an den Export-Counter und möchte eine Sendung abholen.
Der Kollege zum Kunden:
»Da müssen Sie in die Importabteilung auf der ersten Etage, bitte durch die linke Tür.«

Der Kunde geht und kommt sofort wieder mit der Frage zurück:
»Wo ist denn hier der Aufzug?«
Der Kollege: »Es gibt keinen Aufzug.«
Der Kunde: »Jeder Puff hat einen Aufzug!«

Kollege: »Da können Sie aber keine Luftfracht abholen!«
– Inge Friedrich

Affentheater im Frachtraum

Starke, rhythmische Schläge, im ganzen Flugzeug spürbar, beunruhigten während eines Fluges die Besatzung.
Alle Anzeigen der Motoren und sonstigen Aggregate waren normal, und selbst Veränderungen am Triebwerksschub brachten keine Abhilfe. Alles schien technisch in Ordnung zu sein.
Bis zum Ende des Fluges konnte die Ursache der Schläge nicht festgestellt werden.

Die Technik am Boden schrieb auf den Flight Report hin:
»Als sehr wahrscheinliche Ursache für das Geräusch kommt

das offensichtlich etwas rüpelhafte Benehmen von vier Affen in Frage, die sich in einem Käfig auf einer insgesamt 1,3 Tonnen wiegenden Palette im Frachtraum befanden.«

Das Nettogewicht dieser vier Gorillas betrug laut Auskunft der Fracht 600 Kilogramm.

– *Petra Tursky-Hartmann*

Dazu ergänzt der Techniker *Ulf Biester*:
Diesen Flieger bekamen wir in der Nacht in die Wartung geschoben, um den Grund für den Krach herauszufinden.

Wir positionierten deshalb einen Kollegen im Frachtraum. Der hämmerte dann mit voller Kraft gegen die Aluminium-Container. Schon hörte man lautes Klopfen in der Kabine.

Des Rätsels Lösung könnte sein, dass die armen Affen beim Druckausgleich wohl Probleme mit den Ohren hatten und deshalb tobten sowie an ihren Container schlugen.

Was für eine unvergessliche Erfahrung!

Technik sorgt für Sicherheit

Rätselhaftes und Amüsantes

Der Fehler liegt zwischen den Kopfhörern

Bei den Avionikern/Elektrikern gab es einen Kollegen, der immer mal einen lustigen Spruch auf den Lippen hatte und gerne auch rein Dienstliches humorig ins Bordbuch schrieb, manchmal auch sehr grenzwertig.

Der A320 war neu in der Flotte. Auf beiden Seiten hatten viele, Crew und Technik, noch Probleme mit dem Handling der zahlreichen neuen Dinge, z. B. den Radio Management Panels.
Bordbucheintrag des Captains:
»Verständigung über Captain's Headset nicht möglich.«

Kommentar des Technikers:
»Der Fehler lag zwischen den Kopfhörern.«

Ohaaa. Das schaffte jede Menge Interpretationsspielraum für den Leser.
Vor allem aber bedeutete dieser Vermerk, dass der Kapitän ein großes Problem mit der Bedienung hatte. Es ließ zudem jeden Kollegen, der das las, darüber schmunzeln, egal ob Flieger oder Mechaniker. Jeder las es. Und jeder kannte den Piloten ...

Nachdem der Flight Report eingegangen war, gab es zunächst ganz viel Schriftverkehr. Der Pilot beschwerte sich zu Recht über diese sehr saloppe Art der öffentlichen Bloßstellung, die jedem suggerierte, dass er keine Ahnung und einen groben Bedienungsfehler gemacht habe. Er blieb bei seiner Version und erwartete eine Entschuldigung des Technikers von Angesicht zu Angesicht.

Man traf sich also zum *Showdown* beim Flottenchef, zur Aussprache und Schlichtung, bei der jeder seine Version darstellen sollte.
Der Kapitän war erbost und wütend; er schimpfte auf den Kollegen ein. Der war aber vorbereitet und hatte das Corpus Delicti bei sich: den schwarzen Sennheiser Kopfhörer mit den gelben Ohrmuscheln.

Er hatte die Kabel freigelegt, und nun sah man oben auf dem Bügel zwischen den Kopfhörern einen Kabelbruch, der zu den störenden Fehlern in der Kommunikation geführt haben musste: *Der Fehler lag zwischen den Kopfhörern.*

Nun waren alle baff.

Schlussendlich entschuldigte sich der Kapitän bei unserem Kollegen, und der war – mal wieder – fein raus.
– *Frank Umlauf*

B.Oo

47

Der Takeoff klappt auch ohne Klappen

Mitte der Achtzigerjahre flog ich an einem Freitag kurz nach meiner Techniker-Qualifikation für den A310 als Standby nach HAM.

Im gut besetzten Flieger saß neben mir am Fenster ein sehr netter Kollege aus einer anderen Abteilung, der als ein absolutes Techniker-As auf der B707 bekannt war. Nur mit den neumodischen Flugzeugen hatte er es nicht so, und den A310, mit dem wir flogen, kannte er gar nicht.

Wir saßen kurz hinter der Tragfläche, und ich war in die Zeitung vertieft.
Als wir nach dem Pushback Richtung Startbahn rollten, murmelte der Kollege leicht nervös:
»Der hat die Klappen noch nicht draußen.«
Er meinte die Landeklappen an der Hinterkante der Flügel, die beim Start mehr Auftrieb generieren können.

Ich sagte nichts, las weiter meine Zeitung und bemerkte auch nicht, dass uns nun die Passagiere in der direkten Umgebung als *Experten* und *Insider* betrachteten und die Ohren spitzten.

Der Flieger näherte sich nun langsam der Startbahn, und der Kollege wurde unruhig.
»Der hat die Klappen immer noch nicht gesetzt, das wird jetzt aber langsam Zeit!«

Ich las weiter, und der Kollege berichtete mir später, dass viele der anderen Gäste mittlerweile sehr besorgt schauten.

Der Flieger rollte auf die Bahn, der Kapitän legte die Schubhebel in Position *LAUT*, und es ging los. Mein Kollege sah nochmals aus dem Fenster, verschränkte grimmig die Arme vor der Brust und knurrte sichtlich nervös:
»Der hat die Klappen immer noch nicht gesetzt, das kannst du vergessen, der kommt nicht hoch!«

Um uns herum wurden Köpfe und Schultern eingezogen.
Der Flieger hob ganz normal ab, und ich erklärte meinem
erstaunten Kollegen:
»Der A310 braucht zum Start keine Klappen – die Vorflügel
reichen dem völlig!«

Mein Kollege nahm diese technische Neuheit gelassen hin,
aber vor uns kam ein Kopf wieder aus den Schultern hervor,
drehte sich aufgeregt zu mir um und schnaufte:

»Das hätteste ruhig vorher erzählen können. Wo soll ich denn
nun 'ne saubere Unnerbüx herkriegen?«
– *Harry Andresen*

Der Sandsturm-Hellseher

1991 war ich als Techniker beim Flugtraining in Sharjah.
Gewohnt wurde in Dubai, und hier lernte ich eine deutsche
Familie kennen, die in der Hotelanlage einen Bungalow
gemietet hatte. Der Mann war bei Emirates Trainingskapitän
auf dem Kampfjet Mirage 2000.

Eines Morgens sagte er mir, dass die Farbe des Himmels und
auch die Wolken darauf hindeuteten, dass ein Sandsturm im
Anmarsch sei. Er sei sicher, dass unser Flieger um zehn Uhr
am Boden stehen werde und es bei ihm heute nur Simulator-
Schulung gebe.

Nachdem er sich zum Dienst verabschiedet hatte, gingen wir
zum Pool, wo schon die ganze Mannschaft versammelt war.
Ich schaute zum Himmel und sagte ganz laut:
»Um zehn Uhr steht unser Flieger am Boden, wegen eines
Sandsturms. Das ist klar erkennbar an der Himmelsfarbe und
den Wolken.«

Die Crew bedachte mich nur mit mitleidigen Blicken, die
ausdrückten:
»Vom Wetter hat die Technik sowieso keine Ahnung!«

Keine Stunde später lief ein Hotelpage mit einem Schild durch die Anlage:
»Anruf für die LH Trainingscrew.« (Handys gab es damals noch nicht.)

Unser Trainingskapitän ging zur Lobby und kam nach einigen Minuten zurück. Er schaute mich fassungslos an und sagte kopfschüttelnd:
»Der Flieger steht wegen Sandsturm!«

Alle wollten nun wissen, woher ich diese Erfahrung hätte, und unter großem Gelächter erklärte ich meine Vorhersage.

Den Kampfjetausbilder wollten jetzt alle kennenlernen, und zwei unserer Trainingskapitäne durften dann sogar ein paar Runden im Simulator mit ihm drehen.

Während dieses Flugtrainings hieß ich nur noch *der Mann mit der Wüstenerfahrung.*
– *Werner Heinrich*

Die Bierkasten-Wette

Ende der Siebziger-, Anfang der Achtzigerjahre. Zu dieser Zeit war der Bodybuilding-Kult recht *in*. Bei uns gab es auch einige Kollegen in der Halle 5, die es damit ziemlich ernst meinten und glaubten, im Kraftsport unbesiegbar zu sein, wenn man sie so reden hörte.

So begab es sich, dass ein Kollege, der nichts mit diesem Kult zu tun hatte, mit einem anderen Kollegen eine Wette um einen Kasten Bier abschloss, wer von den beiden mit einer Werkzeugkiste in jeder Hand schneller eine Runde um die Halle 5 laufen könne.

Zunächst lief der Muskelprotz los und rannte, so schnell er konnte, mit zwei gut gefüllten Werkzeugkisten, jede so um die 25–30 Kilogramm schwer, einmal um die Halle 5. Ein dritter Kollege stoppte die Zeit.

Als der Bodybuilder ankam und recht stolz auf seine Zeit war, brachte ihm der andere Kollege den Gewinnerpreis, die Kiste Bier, und sagte fröhlich grinsend:
»Das war mir der Spaß wert!«

Das soll er allerdings während des Weglaufens gesagt haben – so erzählen es sich zumindest die Kollegen bei der Technik!
– *Sven Gross*

Die Überführung der ersten Lufthansa B747

Die Maschine mit der Kennung D-ABYB wurde 1970 von Seattle direkt nach Tucson in Arizona zum Flugtraining der Piloten überführt. Die Kabine war noch nicht ausgerüstet, sie hatte daher noch keine Seiten- oder Deckenverkleidung, keinen Fußboden, keine Galley etc.

Nachdem die Cockpit Crew drei Wochen Training absolviert hatte, wurde die Maschine nach Hamburg geflogen. Zu diesem Flug hatte sich der bundesdeutsche Verkehrsminister Georg Leber (*Leber Schorsch*) in Begleitung von Presse und Mitgliedern des Lufthansa Vorstands angesagt.
Im vorderen Bereich der Maschine gab es deshalb Sitze und drei Steckdosen zur Stromversorgung für den Service durch zwei Cabin Crew Member. Dieser Bereich war durch einen Vorhang abgeteilt.
Im hinteren Bereich waren die Sitze für die Technik, für etwa 20 Personen.
Wir bauten uns auch selbst eine kleine Galley, darin zwei mit einem Blech verbundene Elektroplatten als Grill. Und wir hatten jede Menge Steaks und Dosenbiere dabei.

Als wir den Grill in Betrieb nahmen, zog der Duft unserer Steaks durch die Kabine, und es dauerte nicht lange, da kam der *Leber Schorsch* mit Presseleuten und den anderen VIPs zu uns nach hinten. Es gab ein großes Hallo, als sie sahen, dass wir im Heck der Maschine mit den leeren Bierdosen sogar eine Kegelbahn aufgebaut hatten.

Beim Anflug auf Hamburg drehte das Flugzeug in niedriger Höhe noch zwei Runden über die Innenstadt, und nach der Landung machten die Reporter viele Fotos von unserer *Küche*.

So etwas wäre heute undenkbar – das war eine tolle Zeit damals!
– *Jochen Voltz*

Anmerkung der Redaktion:
Aktuell sind Flugzeuge des Musters B747-8 ebenfalls mit der Kennung D-ABY_ registriert.
Die Kennzeichnung D-ABYB hat Lufthansa jedoch nach dem Absturz einer B747-130 mit genau dieser Kennung 1974 in Nairobi nie wieder beim Luftfahrtbundesamt beantragt.

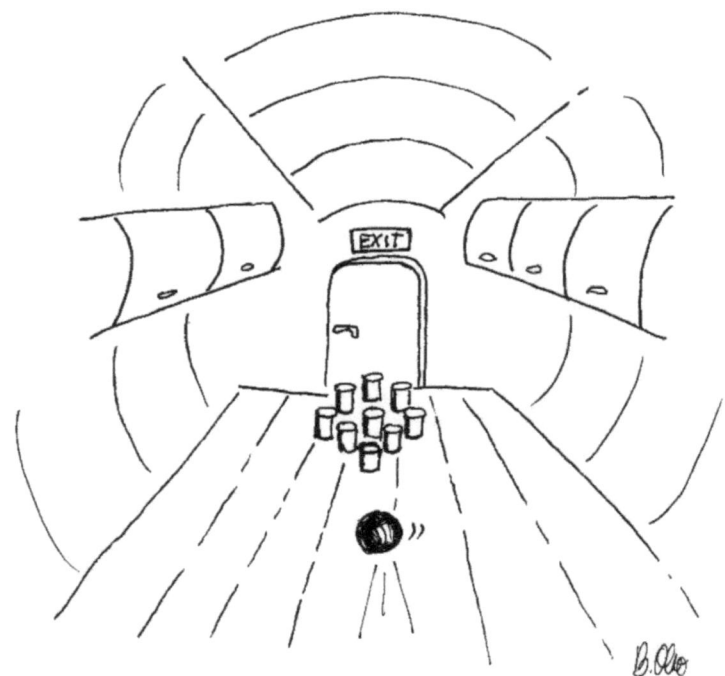

Technischer Fehler auf Wanderschaft

In der Technik werden zur Fehlersuche manchmal Bauteile von einem System zum anderen getauscht, vor allem bei Computern, um zu sehen, ob der Fehler *wandert*, womit man so die Sache einkreisen kann.

Mitte der Achtzigerjahre kommt ein Kollege der Technik an Bord. Es ist Crewchange, und im Bordbuch steht, dass der Cockpit Augmentation Fan – dieser dient bei der B737 zur besseren Luftzirkulation im Cockpit – Geräusche macht.

Der Kollege schaltet und waltet, kann aber nichts feststellen. Die neue Cockpit Crew erscheint, also lässt er die Kollegen auch gleich noch einmal horchen: keine Geräusche.
Ins Bordbuch schreibt er nun:
»Crew gewechselt, Fehler ist mitgewandert.«

Zwei Tage später wird er wegen seiner laxen Ausdrucksweise in einem Flugzeugdokument ermahnt, wobei sich aber auch der Ermahnende nicht völlig das Grinsen verkneifen kann.
– *Harry Andresen*

Die Stotterer

In den späten Achtziger- und frühen Neunzigerjahren war es noch so, dass man schon hier und da zu spüren bekam, wenn man ein Handicap hatte, ohne dass es böse gemeint war.

So geschah es, dass sich im Cockpit der Flugingenieur, ein Mechaniker und ein Elektriker unterhielten. Der Copilot erschien und hörte dem Gespräch eine Weile zu. Als nun der Mechaniker und der Flugingenieur das Cockpit verlassen hatten, raunzte der Copilot den Elektriker an, wie er denn die beiden anderen so nachäffen könne. Die hätten nun mal dieses schreckliche Handicap.

Daraufhin verließ der Elektriker lächelnd und schweigend das Cockpit.

Und nun kommt die Pointe der Geschichte.

Der Kapitän fragte nun den Copiloten:

»Sagen Sie mal, ist Ihnen nicht aufgefallen, dass alle drei Stotterer sind?«

Dazu noch eine weitere wahre Geschichte.

In früheren Zeiten hatten wir Elektriker immer mal wieder die Aufgabe, die Funkanlagen nach Beanstandungen aktiv zu testen.

Hierfür meldeten wir uns nach einem bestimmten Muster per Sprechfunk bei der Station und baten jeweils um Bestätigung des Empfangs. In der Regel kam immer ein »Laut und klar« zurück.

Nun begab es sich, dass ein Kollege mit einem Sprachfehler diese Kontrolle durchführte, was sich wie folgt abspielte:

»Lululufthaansaa Frafrafrankfurt, hierhier iiiist die ... (das Flugzeug-Kennnzeichen, gestottert) mit eieinem Rararadio Grgrgrgroundchcheck, wiewie bibibin iiiich zuzuzu versteeeeehen?«

Diesmal kam die Antwort:

»Laut und klar, mein Lieber, aber du sollst funken und nicht morsen!«

– *Sven Gross*

Wiener Schmäh

Auch zu den Spitznamen einzelner Kollegen gibt es nette Geschichten.

So hatten wir einen ERI-Kollegen, Elektriker/Avioniker aus Wien, der von fast allen *Sexbox* gerufen wurde, was allerdings nichts mit seinem Aussehen zu tun hatte.

Das kam so:

Es war wieder mal ein hektischer Tag auf der Rampe, und an einer B747-200 ging kurz vor der Bereitstellung die Accessory Box vom Stab Trim kaputt.
Der zuständige Kollege sprang also ins Auto und bestellte über Funk (damals gab es nur den Gemeinschaftsfunk) im besten Wiener Dialekt eine Accessory Box (kurz: Access-Box), was sich ungefähr so anhörte:

»Werft fünf Werft zehn, bittscheen, i hätt gern a Stabileiser asexbox, bittscheen!«
(Man stelle sich hier noch den Wiener Dialekt vor!)

Und *bums* war es geschehen – seitdem nannte man den Kollegen nur noch *Sexbox*!
– *Sven Gross*

Die Schnitzel-Fee von Bombay

Nach drei Monaten Dienst in Bombay will ich endlich wieder einmal zurück in die Heimat fliegen. Das Check-in und die Passkontrolle verlaufen glatt und entspannt.
Der Flieger, eine B747, kommt noch vor der planmäßigen Zeit an.
»Das läuft ja«, denke ich so.

Das Boarding beginnt und ist auch frühzeitig beendet.
Doch da bekomme ich dieses typische Bauchgefühl eines Technikers:
»Das läuft alles zu rund – das passt so nicht.«

Wir machen Pushback und rollen los. Doch kurz vor der Startbahn geht es plötzlich wieder nach rechts und zack, ab, zurück ans Gate. Schnell stellt sich heraus, dass wir ein Problem mit den Bremsen haben.

Und nun sitzt uns auch noch die Zeit im Nacken wegen der maximalen Dienstzeit der Crew. Doch das Problem kann zum Glück noch rechtzeitig von uns Technikern gelöst werden, und wir heben mit nur einem zarten Delay ab.

Nach der Ankunft in Frankfurt sagt die Purserette zu mir: »Also Respekt, dass du das Problem noch lösen konntest! Ich bin ja relativ oft in Bombay, was kann ich denn mal Gutes für dich tun?«

»Schnitzel mit Kartoffelsalat, das wäre was!«, lache ich und gehe von Bord.

Zwei Wochen später schlägt diese P2 wieder in BOM auf und sagt zu mir:
»Ich habe dir da was mitgebracht.«
Und tatsächlich – es liegt ein Päckchen mit Schnitzel und Kartoffelsalat in der Galley, versehen mit einem Aufkleber auf der Folie: *FÜR DIE TECHNIK.*

Bis zum Ende meiner Dienstzeit in Bombay brachte mir diese Kollegin jedes Mal ein Schnitzel mit.
– *Jan Dirk Strauss*

Russische Problemlösung

An den B40er-Gates in Frankfurt fertigten wir die Aeroflot nach Moskau ab. Es war keine Brücke angelegt, und ich ging zur Maschine, um nach der Klarmeldung zu fragen.

Sowohl unterhalb der Tür vor der Maschine als auch im Eingangsbereich lagen ein paar zerknüllte Papierhandtücher und oben in der Kabine bei der Tür ebenfalls.
Ich fragte die Kabinenchefin, ob wir bereits einsteigen lassen könnten oder sie erst säubern und den Müll aufräumen wolle.

»Nein«, war ihr knapper Kommentar sowohl zum Einsteigen als auch zum Aufräumen. Die Papiertücher brauche sie noch.

56

Die Fragezeichen standen mir wohl ins Gesicht geschrieben, und die wirklich sehr nette Kollegin erklärte mir, dass die Türdichtung ein bisschen undicht sei und sie deshalb beim Türschließen Papiertücher dazwischenstopfen und dann mit Cola übergießen würde, damit es nicht so zieht.

Ideen muss man haben!
– *Lars Pramme*

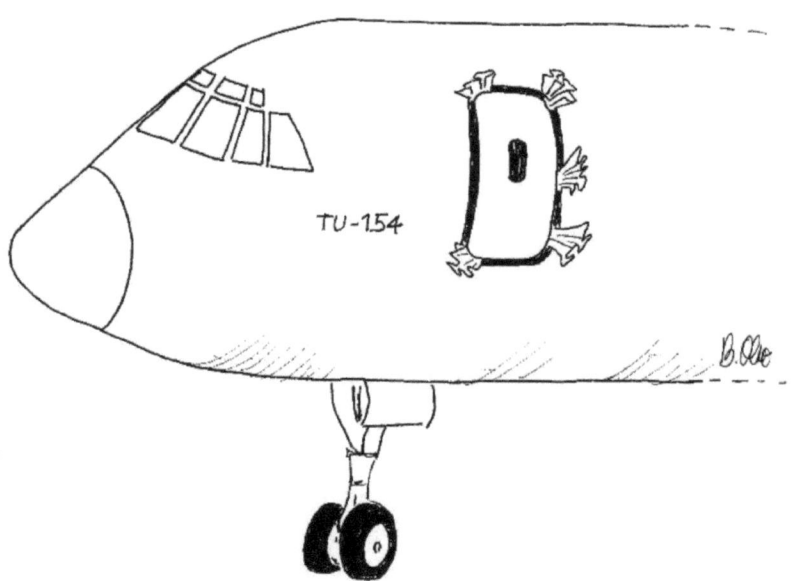

Wilder Osten (1): Samara ist speziell

Es war Mitte der Neunzigerjahre. Der Eiserne Vorhang war gefallen. Man entdeckte Russland als einen sehr profitablen Handelspartner, und ich entdeckte Russland von oben.
Viele Male war ich an der Wolga in Nischni Nowgorod und Samara, nicht weit weg von Tolyatti, wo der Lada Samara gebaut wurde. Gerade hier machten zum Beispiel die Kfz-Zulieferer gute Geschäfte.

Viele Airlines flogen nach Russland, die meisten aber über Moskau. Man musste übernachten und am nächsten Tag mit der Aeroflot weiterfliegen, wenn sie denn flog. Das erkannte

Lufthansa schnell und nahm Samara ins Netzwerk auf. Der A319 konnte dorthin bei gleicher Reichweite mehr Nutzlast als die B737-300 mitnehmen, da im Belly auch noch Platz für Frachtpaletten war.

Die Crew hatte in Samara zwei Tage frei und war deswegen in der Stadt untergebracht, doch ich als Techniker wohnte im legendären *Aeroflotski-Hotel* direkt am Flughafen, wo tatsächlich auch alle Crews der Russen übernachteten. Dieses Hotel schlug alles je Dagewesene, wie das folgende Erlebnis im tiefsten russischen Winter illustriert:

Nachdem ich den Flieger winterfest gemacht habe, gehe ich den kurzen Weg ins Hotel zu Fuß. Ich betrete die Hotelhalle, einen nüchternen, stockdunklen Raum mit blankem Boden und Wänden aus Beton. Es zieht wie Hechtsuppe, und es ist bitter kalt.
Hinter einem kleinen, vergitterten Fenster brennt ein Licht. Dort sitzt eine blonde, kräftige Russin – eben eine richtige *Matrjoschka*, so wie man sie sich vorstellt – und öffnet ein kleines Türchen in der Scheibe. Die Dame entblößt ihre frisch polierten Goldzähne, lässt mich in ihren großen Ausschnitt schauen und begrüßt mich mit einem tiefen »Baschalsta!«
Auf ihre Bitte hin muss ich nun meinen Reisepass mit dem Geld für die Übernachtung darin durch das kleine Fenster schieben, das sofort wieder geschlossen wird. Es könnte ja da drinnen kalt werden ...
Kurz darauf öffnet es sich wieder, ich bekomme einen Zettel mit einer Nummer darauf und werde angewiesen, irgendwo weiter oben vorzusprechen. Zimmerschlüssel gibt es keinen.

Eindringlich haben mich die Kollegen davor gewarnt, den Aufzug zu nehmen, denn der ist einmal stecken geblieben, und es musste jemand darin übernachten. Das war zum Glück keiner von uns.
»Da holst du dir den Tod, so kalt ist es da drin!«

Also gehe ich mit meinem sehr leichten Gepäck für eine Übernachtung die Treppen hoch. Oben werde ich von einer anderen kräftigen, blonden *Matrjoschka* empfangen. Sie begleitet mich zum Zimmer.

Ein riesiger, langer Zimmerschlüssel dreht sich im Schloss, und es öffnet sich die Tür: boah, wie groß, was für eine Suite! Ein Flur, daran anschließend ein Wohnzimmer mit Couch, einem Fernseher, Kronleuchter und einem Kühlschrank; nebenan das Schlafzimmer und das Bad.

So weit, so gut. Als ich das Licht einschalte, brennt auf dem Kronleuchter aber lediglich eine der vielen Kerzen. Zudem kühlt der Kühlschrank nicht, und der Fernseher ist ebenfalls kaputt. Aha: das Antennenkabel ...

Naja, hier werde ich mich sowieso nicht aufhalten. Also gehe ich nach nebenan ins Schlafzimmer. Da stehen zwei Betten, sehr komfortabel, aber die Bettdecke ist mit lauter bunten Stoffresten geflickt und das Bett nicht frisch bezogen.
Auf gar keinen Fall werde ich meinen Kopf auf dieses Kissen legen, denn wer weiß, wer da schon alles drin geschlafen hat ...
(Später ließ ich mir von unserer Schneiderin einen bequemen Hotelschlafsack nähen.)

Also lege ich mich angezogen, wie ich bin, ins Bett, platziere meinen Mantel zusammengerollt als Unterlage für den Kopf und schlafe ein.

Morgens will ich duschen, gehe ins Bad und stehe vor einer fünfzig bis sechzig Zentimeter hohen Duschtasse. »Das ist wohl eher eine Badewanne für kleine Menschen«, denke ich. Zwar gibt es einen Hahn für Kaltwasser, jedoch keinen für Warmwasser.
Aber als ich dann in Richtung Decke schaue, sehe ich ein Stromkabel, das dort aus der Wand ragt und oben auf dem Brausekopf endet. Ah jaaa ...

Dort ist auch ein Schalter mit Farben. Blau, so nehme ich an, steht für *kalt*. Dementsprechend müsste dann Orange für *warm* sein und Rot eben für *heiß*, so interpretiere ich die Markierungen. Das muss man erst einmal sacken lassen ...

Weitere Kontakte habe ich nicht. Abendessen und Frühstück sind hier nicht vorgesehen.

Also übergebe ich meinen Zimmerschlüssel am nächsten Morgen wieder artig dem Etagenpersonal und mache mich auf den Weg zum Flughafen.

Es hat in der Nacht einen guten halben Meter Neuschnee gegeben.

Auf einem frisch geräumten Weg laufe ich mit meinem Koffer zum Dienst am Flughafen.

– *Frank Umlauf*

Wilder Osten (2): Schneeräumen auf russische Art

»So kalt, wie alle immer erzählen, ist es hier in Samara im Winter eigentlich gar nicht«, denke ich so für mich. »Ich habe noch nicht einmal eine lange Unterhose an!«

Als mir der Lufthansa Stationsmitarbeiter die Wetterdaten sagt, falle ich aus allen Wolken: Minus zweiundzwanzig Grad sollen es sein!

Ja, meint er lachend, das sei die trockene Kälte in Russland, man würde das kalte Wetter deshalb nicht so merken wie bei uns.

Er drückt mir eine Schippe in die Hand und sagt, ich solle mir mal eben selbst den Weg zum Flieger freischaufeln.

Drüben auf der Parkposition steht der A319. Die Reifen sind zugeweht und fast nicht mehr zu sehen, und auch in den Triebwerkseinlässen liegt viel Schnee.

Die Motoren sind im Fancase, dem Lufteinlass, komplett mit Schneewehen zugeschneit.

Na danke! Das kann ja jetzt dauern. Wir wollen doch in eineinhalb Stunden los! Lächelnd meint der Kollege, der Schnee hier sei wie Daunenfedern, man müsse einfach nur wedeln, und alles würde sofort wegfliegen.

Gesagt, getan. Ich lege also den Weg für die Treppe frei und habe auch sofort einen super Einfall, wie ich die Position in Nullkommanix freibekommen werde.

Alle Vorsichtsmaßnahmen berücksichtigend, habe ich den Flieger vorbereitet und bin nun dabei, mich beim Tower anzumelden, um eine Startfreigabe für die beiden Motoren zu erhalten.

»Samara Tower ... Lufthansa A319 ... on stand. Request idle run on both engines.«

Keine Antwort. »Samara Tower ... Lufthansa A319 ... on stand. Request idle run on both engines.«
»Here Samara Tower ... say again.« Ich soll also wiederholen.
»Lufthansa A319 ... on stand. Request idle run on both engines.«

Keine Antwort. Der Russe kann wohl mit meiner Frage nichts anfangen, daher kommt schließlich von ihm:
»Here Samara Tower. Do what you want!«

Aha, ich soll also machen, was ich will.
Mit den Triebwerken blase ich nun einfach schnell die Parkposition frei, und niemanden stört es.

Gerade als ich die Motoren wieder abgestellt habe, kommt auch die Crew.
»Na«, meint der Kapitän lachend, »wir dachten schon, Sie wollen ohne uns los!«

Alles eingeladen, Passagiere rein, Türen zu. Und los geht es – wieder nach Hause!

Ich war nur eine Nacht weg, aber es hat sich für mich wie eine lange Reise angefühlt.

Es sind diese Erlebnisse, die mich immer wieder zu schätzen lehren, was alles in meinem heimischen Leben so normal und selbstverständlich ist!

– *Frank Umlauf*

Verrückte Kompassrosen

Als Ramp Agent bin ich spät am Abend der Air Zimbabwe (UM) zugeteilt, einer B707, die aus London Heathrow kommt und nach Rom Fiumicino und Harare weiterfliegen soll.

Das Loadsheet kommt von Weight & Balance, wird von mir überprüft, und dann gehe ich ins Cockpit:
»Captain, here is your loadsheet.«

Der britische Pilot erwidert, ohne sich umzudrehen, das Loadsheet sei fehlerhaft.

Ich gehe in die vordere Galley, überprüfe das Loadsheet, aber es stimmt alles. Also wieder ins Cockpit zurück:
»Captain, I checked your loadsheet, and all is ...«

Er zieht entspannt an seiner Zigarette und wiederholt, dass es fehlerhaft sei.

»Do you mind elaborating what is wrong?«, will ich wissen.

»The date is wrong.«

»The date?!« – »Yes«, sagt er, »the date. It doesn't look like we are flying today.«

Erst da bemerke ich eine offene Luke im Cockpitboden, und prompt kommt die genervte Stimme eines hörbar gestressten Mechanikers aus dem E-Compartment:

»Heinz, hier sind weitere Kabel ohne Verbindung!!«

Tatsächlich hat eine B707 insgesamt fünf Kompasse, und als der Flug morgens in Harare startete, funktionierten vier, bei der Landung in Rom nur zwei, dann bei der Landung in FRA wieder vier. In London waren es drei und bei der abendlichen Landung in FRA nur zwei.

Das reicht nicht für eine Startfreigabe, und nachdem der Mechaniker auf engstem Raum ein Kabel-Chaos vorfindet, dessen *loose ends* er beim besten Willen nicht flicken kann, muss der Flieger zur Reparatur in die Werft.

Die Cockpit Crew ist entspannt und die Kabinenbesatzung einfach nur erschöpft, da sie die ganze Strecke ohne Layover geflogen ist.

Ich persönlich bin jetzt sehr dankbar, bei OPS zu sein und nicht am Check-in, wo alle Gäste nun spätabends betreut und Unterkünfte für sie organisiert werden müssen.

– *Ricky Saghir*

Das Feldlager in Anchorage

Im Sommer Anfang der Achtzigerjahre in ANC, Anchorage/ Alaska, mit einer B747 im Transit nach NRT, Narita/Tokio. Motor Nr. 2 *no light up.*

Die intensive, etwa zweistündige Fehlersuche zeigte, dass es kein elektrisches Startsignal am Motor gab.

Durch die Funk-Rücksprache mit den Kollegen in Frankfurt konnte die Ursache weiter eingekreist werden: Entweder war ein Microschalter im Cockpitpedestal zwischen den beiden Piloten oder ein Relais unter dem Cockpitboden defekt.

In Narita gab es Curfew, das heißt Nachtflugverbot. Dadurch musste der Flug um mindestens sechzehn Stunden verspätet werden. Und Ersatzteile waren in ANC nicht zu bekommen.

Anruf bei Boeing in SEA am AOG-Desk, bei den Fachleuten für *Aircraft on Ground*: Kein Problem, die Teile würden nach ANC verschickt. Als Sicherheit wollte man eine Kreditkarte. Meine private war zwar keinesfalls gedeckt, aber das spielte keine Rolle, die Nummer der Karte musste eingegeben werden. Die Kosten für das komplette Pedestal betrugen 25.000 USD und für das Relais 11,75 USD.

Nun kam das Debakel: Es gab keine Hotelzimmer für unsere Gäste. Einer der Passagiere war zudem Lufthansa Senator.
Unsere Kolleginnen fanden selbst in dieser Notlage durch gute Improvisation und Kreativität kundendienstfreundliche Lösungen. Der Purser organisierte Übernachtungen auf der *Elmendorf Airforce Base* in Wellblechhütten, und selbst das Besorgen von Getränken und Verpflegung für alle gelang der Crew. Unsere Gäste waren trotz der Umstände gut gelaunt.

Am Abend konnte unser Purser für den Senator ein Zimmer im Sheraton ergattern und überbrachte ihm im Feldlager die freudige Nachricht.

»Nix da, ich bleibe! Hier ist die Stimmung super, wir spielen Skat, und das Bier schmeckt!«

Am kommenden Morgen, als Unterstützung aus FRA kam, wurde das Relais eingebaut und der Motor gestartet.

Hurra!!!

Wir ließen die Passagiere einsteigen, und los ging es Richtung Japan!

Kapitän A. präsentierte während des Fluges allen Passagieren das ausgetauschte Relais.

Das löste Begeisterung und Dankbarkeit bei den überwiegend japanischen Gästen aus:

»Sicherheit geht bei Lufthansa eben immer vor – wegen eines so kleinen Teils ein derartiger Aufwand!«

Das war ein toller Einfall von unserem Kapitän und die beste PR für Lufthansa.

Fazit: Es gab so gut wie keine Beschwerden – nur positives Feedback!

– *Ulf Biester*

65

Bremsüberhitzung

Frühdienst in München, MUC, 06:00–14:30 Uhr – keine besonderen Vorkommnisse, bis unser Wartungsleiter Frank Wittnebel erschien und zu mir sagte:

»In London-Stansted ist ein A320 mit Bremsüberhitzung liegengeblieben. Aber für die Rückreise gibt es nur zwei Flüge nach MUC, und die sind beide ausgebucht. Würdest du trotzdem hinfliegen?«

Das hieß *Feierabend ade*, doch egal:

»Klar, aber ich bin in einer Fahrgemeinschaft, dann muss Rüdiger auch mit.«

»Den habe ich schon gefragt«, grinste Frank, und so ging es zur Halle.

Mein Kollege Rüdiger Krefft war dort schon dabei, die Werkzeuge zusammenzupacken. Zum Umziehen war keine Zeit mehr, also allen Krempel gegriffen und in voller Mechanikerkluft rein in die Maschine nach Stansted. Die erstaunten Blicke der Passagiere wegen unseres Aufzugs waren unbezahlbar!

Bei der Ankunft in STN wurden wir von einem sehr netten englischen Techniker abgeholt, der für uns schon Reifen- und Bremsenwechselgerät sowie außerdem die Bremsen und Reifen bereitgestellt hatte, die mit dem Lufthansa Flug aus Frankfurt gekommen waren. Das Wechselwerkzeug und der Flugzeugheber allerdings schienen noch aus dem Zweiten Weltkrieg zu sein. Egal!

Wir sortierten uns, gingen nach oben, um uns erst einmal der Crew vorzustellen, und fanden einen vollbesetzten Flieger mit erwartungsvoll dreinschauenden Fluggästen vor. Das war Motivation vom Feinsten!

Der Kapitän erklärte uns kurz die Lage, und dann machten wir uns ans Werk.

Mittlerweile hatte es angefangen zu regnen und zu stürmen, sodass sich der Regen fast horizontal über das Vorfeld bewegte. Flieger hoch, beide Reifen runter, Bremsen runter, neue Bremsen drauf, Reifen drauf, fertig.

Was sich hier so einfach anhört, dauerte tatsächlich rund drei Stunden und wurde netterweise von einer super Bewirtung mit ausreichend Heißgetränken aus der Bordküche begleitet.

Die Arbeit war getan, Reifen und Bremsen dem freundlichen englischen Kollegen übergeben, dann noch unser Werkzeug im Frachtraum verstaut, das Bordbuch abgeschrieben, auch dem Engländer ausgehändigt.
Der fragte nun den Kapitän, in welchem Hotel wir denn gebucht seien.
»Hotel? Wir sind in keinem Hotel gebucht!«
Darauf die Antwort des Kapitäns:
»Die Jungs nehmen wir im Cockpit mit zurück!«
Die Tür schloss sich, und der Kapitän machte seine Ansage, dass es nun nach mehr als sechs Stunden Verspätung dank der Mechaniker aus München endlich losgehen könne.

Es war das erste Mal, dass unsere Arbeit mit viel Applaus honoriert wurde, und ich gebe zu: Ich hatte Tränen in den Augen.
Auf dem Rückflug bekamen wir dann noch ein tolles warmes Abendessen.
Ich glaube, Feierabend war dann irgendwann gegen 20 Uhr.

Ein paar Wochen später durften wir beim Chef antreten, der uns belobigte und einen positiven Flight Report übergab.
– *Wolfgang Grimm*

Techniker-Humor

Amüsantes von Troubleshooting
Folgendes erreichte die Kollegen von Troubleshooting:
»Bitte nicht lachen. Unter Sitz 45A legte sich eine Frau hin und ist nun mit dem Bein eingeklemmt. Können wir die Sitze selbst aus der Bodenschiene lösen?«
(Der Ausgang der Story ist unbekannt.)

Anfrage von der Technik am Boden, warum denn der Flieger wieder zurück ans Gate gerollt sei.
Die Antwort: »Ein Passagier hatte vergessen auszusteigen.«

Meldung an Trouble Shooting in FRA:
»Katze entkam während des Fluges aus dem Käfig eines Passagiers.
Jetzt sucht die Feuerwehr mithilfe eines Hundes die Katze, bisher ohne Erfolg.«
(Ausgang der Geschichte unbekannt.)

Kurioses aus dem CLB (Cabin Logbook)

Pursereintrag: »Kaffeemaschine im Eimer.«

Techniker-Antwort: »Im Eimer nachgesehen, keine Kaffeemaschine gefunden.«
– *Horst Wörsdörfer*

Purser-Eintrag: »Beanstandung: Knopf Toilettentür PUTT.«

Mechaniker-Antwort: »WIEDER HEILE DEMACHT.«
– *Mia Sigmund-Langendries*

Stilblüten aus dem TLB (Technical Logbook)
(*P* steht für Pilot und *M* für Mechaniker)

P: »Zwischenbeingurt zu kurz.«
Drei Mechaniker kommentieren nacheinander:
M 1: »Respekt!«
M 2: »Wunschdenken!«
M 3: »Angeber!!«
– *Stefan Pistairs und Asim Wachter*

P: »Irgendetwas im Cockpit klappert.«
M: »Irgendetwas im Cockpit befestigt.«
– *Joannis von dem Borne*

P: »Das linke innere Hauptfahrwerksrad muss fast gewechselt werden.«
M: »Das linke innere Hauptfahrwerksrad fast ausgetauscht.«

P: »Tote Insekten auf der Windschutzscheibe.«
M: »Lebende Insekten nachbestellt.«

P: »Anzeichen eines Lecks am rechten Hauptfahrwerk.«
M: »Anzeichen entfernt.«

P: »Feststellschraube verursacht Sperre der Gashebel.«
M: »Dafür sind Feststellschrauben da.«

P: »Riss in der Windschutzscheibe vermutet.«
M: »Ich vermute, Sie haben recht.«

P: »Triebwerk Nr. 3 fehlt.«
M: »Nach kurzer Suche konnte Triebwerk Nr. 3 an der rechten Fläche gefunden werden.«

P: »Flugzeug verhält sich seltsam in der Handhabung.«
M: »Flugzeug wurde verwarnt, geradeaus und korrekt zu fliegen und ernsthaft zu sein.«

P: »Zielradar summt.«
M: »Zielradar mit Liedtexten unterlegt.«

P: »Maus im Cockpit.«
M: »Katze installiert.«

P: »DME Lautstärke unglaublich laut.«
M: »DME Lautstärke auf ein glaubwürdigeres Niveau reduziert.«

Anmerkung des Autors
DME = Meilenanzeige zum Funkfeuer.
Die Lautstärke der Morsekennung zur Identifizierung des DMEs kann der Pilot einstellen.

P: »Geräusch unter dem Instrumenten-Panel. Hört sich an, als wenn ein Zwerg mit einem Hammer auf irgendetwas schlägt.«

M: »Dem Zwerg den Hammer weggenommen.«

– *Stefan Pistairs*

Kurioses & Anekdoten

»Sie können mich mal …«

Es gab Nebel-Operations mit Chaos in der Gepäckausgabe.
Der Kundenraum war knackevoll mit irritierten und sehr verärgerten Gästen.
Mein Kollege, der am Nachbartisch saß, hatte einen extrem uneinsichtigen Passagier vor sich. Ein Wort gab das andere, und der Gast schimpfte schließlich lautstark:
»Sie können mich mal am Arsch lecken!«
Mein Kollege lächelte freundlich und antwortete:
»Das würde ich wirklich gern tun, aber in Uniform ist uns das strengstens untersagt!«
Nun gab es einen Moment der Totenstille, dann fingen alle anderen Gäste und auch die Lufthanseaten an, schallend zu lachen!
Der Passagier verließ den Kundenraum mit hochrotem Kopf, und die übrigen Gäste waren plötzlich sehr zahm!
– *Claudia Kaufmann*

Nach dem Fahren endlich fliegen

Nach ewigem Rollen der Maschine auf dem Vorfeld kommt eine Ansage aus dem Cockpit:
»Meine Damen und Herren, den Rest des Weges fliegen wir jetzt …«
– *Sigrid Sinke*

Turbulenzen über dem Äquator

Es war ein privater Teamausflug auf die Seychellen.
Da ich Geburtstag hatte, durfte ich ins Cockpit der Condor-Maschine.
Der supernette Pilot:
»So, gleich fliegen wir über den Äquator. Wir foppen mal die Gäste.«

Er machte eine Ansage:

»Wir fliegen jetzt über den Äquator, daher kann es zeitweise zu Turbulenzen kommen. Bitte anschnallen!«

Und schon legte er durch kurzes Wackeln nach rechts und links, rauf und runter eine Mini-Turbulenz ein.

Was hatten wir für einen Spaß! Und eine Äquator-Turbulenz zum Geburtstag bekommt auch nicht jeder, oder?

– Kirsten Casilli

Gut gekontert (1): Kühe und Bauern in der First Class

»Seit wann beschäftigt Lufthansa denn Milchkühe?«, fragt beim Einsteigen ein angetrunkener First-Class-Gast die mit einer üppigen Oberweite gesegnete Stewardess, worauf diese kühl antwortet:

»Seit Bauern Erster Klasse fliegen.«

– Maja Dillner-Bürger

Beruf und Hobby

Ein Gast bittet darum, einmal einen Blick ins Cockpit werfen zu dürfen.

»Vielen Dank, ich bin ein sehr großer Fan der Fliegerei und begeisterter Privatpilot!«

Captain:

»Immer gerne. Was machen Sie denn so?«

Gast:

»Fliegen ist mein Hobby. Beruflich bin ich Gynäkologe.«

Captain:

»Bei mir ist es genau umgekehrt!«

– Oliver Holzinger

Bingo

Ich saß mal neben einer Kollegin, die beim Abfertigen einer etwas älteren amerikanischen Lady triumphierend »Bingo!« sagte, als ihr eine Computer-Eingabe gelungen war.

»Oh, so you know Bingo in Germany as well?«, fragte die Dame erstaunt.

Und meine Kollegin antwortete fröhlich lächelnd:

»Yes, ma'am, and we even have electricity in Germany!«

– Wally Schiebel

Der schnellste Weg nach Köln

In FRA Anfang der Achtzigerjahre in der Halle B – Nebel-Ops mit allen dazugehörigen Flugunregelmäßigkeiten.

Da kommt ein Gast und fragt aufgeregt, wie er am schnellsten nach Köln komme.

Die Antwort der Kollegin neben mir:

»Geradeaus raus aus dem Flughafenbereich, dann auf die A3 und wieder geradeaus: direkt nach Köln.«

Ich glaube, der Passagier war mehr irritiert über meinen Lachanfall als über die Auskunft der Kollegin.

– Maite Estevez Montalban

Sind Sie schon voll?

Es muss irgendwann Ende der Siebzigerjahre gewesen sein:
Ein LMC (Last Minute Change) rannte in DUS hechelnd zum
Gate und fragte meine Kollegin am Schalter:
»Frollein, sind Sie schon voll, oder kann ich bei Ihnen noch
drauf?«
Das war dann der Brüller des Tages.
– *Klaus Fassbender*

Die Datenleitung

MUC Terminal 1, in der ersten Zeit nach der Eröffnung.
Wir saßen teamweise am Check-in und fertigten Gäste mit
Unisys ab. Das System stockte manchmal, was wohl an den
Datenleitungen lag.
Am Schalter neben mir saß unser lieber Kollege Willy M.,
dessen Datenleitung Nr. 6 trotz mehrmaligen Hämmerns auf
die Tastatur nicht reagierte.
Die Passagierschlange war lang, und so rief Willy in die
Kollegenrunde:
»Meiner steht! Ich habe *sechs* – ihr auch?«
Worauf bei Passagieren und Kollegen schallendes Gelächter
einsetzte.
– *Birgit Oko*

Bleiben Sie während des Fluges an Bord!

Kennt ihr das auch, dass man manchmal Sachen quasi *auf Autopilot* macht und dann plötzlich etwas anderes als das Beabsichtigte dabei herauskommt?

Als Kurzstrecken-Purser auf der B737 ist mir mal Folgendes passiert:

Statt »Wir empfehlen Ihnen, während des gesamten Fluges angeschnallt zu bleiben«, sagte ich in meiner Service-Ansage: »Wir empfehlen Ihnen, während des gesamten Fluges an Bord zu bleiben.«

Ein Lachen ging durch die Kabine, und ich wusste nicht warum, bis mir eine Kollegin erklärte, was ich soeben von mir gegeben hatte.

Als ich dann beim Service einen netten Business-Class-Gast fragte, was er trinken wolle, antwortete er:

»Na ja, wenn ich dann doch den ganzen Flug an Bord bleiben muss, geben Sie mir bitte einen Kaffee.«

– Peter Koene

227 VIPs an Bord

Nach 13-stündiger technischer Verspätung steht der A340 des Fluges LH565 nun schon seit 30 Minuten zum Ablegen bereit am Flugsteig des Murtala Muhammed Flughafens von Lagos, als sich der Kapitän mit einer Ansage an die Gäste wendet:

»Meine Damen und Herren, wir können losrollen. Fahrwerk und Bremsen sind wieder in Ordnung, aber der Kontrollturm verweigert uns die Startfreigabe, weil ein VIP im Anflug sei.«

Die ungeduldige Erwartung der Gäste löst sich in Gelächter, als der Kapitän fortfährt:

»Wir müssen wegen des Sicherheitsbedürfnisses dieses *einen* VIPs weitere 15 Minuten warten, obwohl ich den Tower darauf hingewiesen habe, dass wir hier sogar 227 VIPs an Bord haben!«

– Michael Wurche

Prompter Rückflug

Wir wurden sehr oft an Bord gefragt – gerne nach einem Zehnstunden-Flug – ob wir denn gleich wieder zurückfliegen würden.

Meine Antwort war immer:

»Ja natürlich! Wir putzen jetzt zuerst den Flieger und schälen die Kartoffeln für den Rückflug. Anschließend baden wir unseren Kapitän – der muss sich ja auch mal entspannen. Danach geht's gleich wieder zurück.«

Die meisten Frager haben nun schallend gelacht, aber so mancher meinte: »Ach so!«, und hat wohl erst später am Gepäckband verstanden, was ich damit sagen wollte.

– *Michaela de Greiff*

Königliche Post

FRA Check-in in den Achtzigerjahren. Ich war allein für einen Fremdcarrier eingeteilt, an einer kleinen Maschine, die nur ein- oder zweimal in der Woche nach FRA kam. Ich kann mich an die Airline leider nicht mehr erinnern, es muss aber etwas Arabisches gewesen sein.

Der Rampagent knallte mir ein kleines Paket auf den Tresen und ging wieder. Ich erledigte erst einmal alle Arbeiten und schaute mir das Päckchen dann genauer an. Es war an die Queen von England adressiert und mit lauter roten Siegeln versehen. Das kam mir doch komisch vor.

Ich rief VIC an, die Abteilung für Very Important Cargo, und von dort holte dann jemand das Päckchen ab.

Bald darauf kam ein kurzer Anruf von VIC: Das Paket war voller Diamanten.

Ich habe später des Öfteren darüber nachgedacht, ob es jemandem aufgefallen wäre, wenn ich das kleine Päckchen einfach mitgenommen hätte ... Ich wäre versorgt gewesen bis an mein Lebensende!

– *Gabi Schöngart*

Geile Säcke

Eine Gruppe von Männern im besten Alter checkt bei mir ein. Sie wollen eine Woche zusammen verreisen. Die Gruppe ist supergut drauf und bunt gemischt.

Genau wie ihre stylischen, bunten Seesäcke, die sie aufgeben möchten. Vier Männer aus der Gruppe stehen mit ihrem farbenfrohen Gepäck, das mich an eine damalige Werbung erinnert, schon bei mir. Munter wird durcheinandergeredet, es kämen noch drei Personen mit fünf Säcken, oder nee – vier Säcken??? Nein, vielleicht seien es doch fünf?

Ich will das Gepäck poolen und frage irgendwann verwirrt: »Was sagten Sie: Wie viele geile Säcke kommen da noch?«

Pause – dann prustendes Gelächter! Da erscheinen auch schon die übrigen Herren mit den restlichen Seesäcken, und mein Fauxpas wird lautstark wiederholt.

Meine verzweifelten Versuche zu erklären, dass es zu diesen Seesäcken eine Werbung gegeben habe (der Spruch zu dem Bild hieß: *Ach, SO sehen geile Säcke aus!*), bleiben vor lauter Lachen ungehört.

Die Herren hatten sicher eine lustige Reise ... wenn sie schon so anfing!

– *Svenja Lorenzen*

78

Einzel- oder Doppelzimmer?

Wetterbedingt erlebten wir starke Unregelmäßigkeiten des Flugbetriebs, und am Ticketschalter war die absolute Hölle los. Die Gäste mussten bis zu drei oder vier Stunden in der Warteschlange stehen, um sich bei uns einen Hotelvoucher abzuholen und hoffentlich auch eine passende Umbuchung zu erhalten. Dementsprechend war natürlich die Stimmung bei den meisten.

Ein Mann und eine Frau mit unterschiedlichen Reisezielen kamen zu mir, und ich buchte beide um. Dann ging es um das Hotel. Es war offensichtlich, dass sich die beiden erst in der Schlange kennengelernt hatten.

Ich fragte:

»Do you need two singles or one double room?«

Er stand etwas hinter ihr, und sie schaute ihn auf eine sehr laszive Art an, drehte sich wieder zu mir und sagte:

»Double room, please!«

Er grinste daraufhin breit und machte mit der Faust ein Siegeszeichen.

Auch ich konnte mir ein Lächeln nicht verkneifen und wünschte den beiden noch einen schönen Abend.

– *Eva Idecke*

Knoblauchduft

Samstagabend: köstliches Dinner beim Italiener mit Knoblauchbrot und einem schönen Glas Wein.

Sonntagmittag: die Ankunft der DC-10 FRA–ORD (Chicago O'Hare). Ich bin der diensthabende Ramp Agent.

Die Tür geht auf, die Purserette begrüßt mich mit einem fröhlichen »Hallo!«, und ich erwidere ebenso fröhlich:

»Hallo, herzlich willkommen in Chicago! Der Bus kommt gleich. Dürfte ich bitte den Weight Folder haben?«

Daraufhin fragt die sehr attraktive Purserette:

»Haben Sie etwa Knoblauch gegessen?«

Ich:

»Wieso? Wollen Sie mich küssen?«

Und schon beginnt der Tag in bester Stimmung!

– Michael Bergt

Ein dringendes Geschäft

Anfang der Neunzigerjahre gab es am Frankfurter Flughafen meist Außenpositionen für die kleinen Flieger.

Zu denen gehörten auch die Dash 8 Propellermaschinen der Gesellschaft Tyrolean Airways, die im Auftrag der Austrian flogen.

Ein echtes Highlight war eines Tages die Ankunft einer dieser Tyrolean Maschinen. Ich war zu der Zeit Rampagent und empfing das Flugzeug. Es ging On-Blocks, die Bremsklötze wurden gelegt und die Motoren ausgeschaltet. Die vordere Tür öffnete sich, und die integrierte Treppe fuhr herunter.

Der Aufschrei der Tyrolean Flugbegleiterin in der Tür lenkte meine ganze Aufmerksamkeit auf das, was nun geschah:

Ein Mann mittleren Alters hatte die Flugbegleiterin zur Seite gestoßen und stürmte regelrecht aus dem Flieger. Er rannte über das Vorfeld und über den Rollweg hinweg bis in die Einflugschneise auf den Rasen.

Dort angekommen: Hose auf, und ein kräftiger Strahl schoss hervor!

Nach Erledigung des offensichtlich wirklich sehr dringenden Geschäfts, das keinen weiteren Aufschub mehr zugelassen hatte, ging der Herr entspannt wieder zurück und stieg in den dort wartenden Bus.

Es stellte sich nach einem kurzen Gespräch heraus, dass er sich schon beinahe den ganzen Flug über gequält hatte, fälschlicherweise annehmend, dass es bei einem so kleinen Flugzeug doch keine Toilette an Bord geben könne.

Die gab es aber – im Heck.

Warum hat er nicht wenigstens einmal gefragt?

– *Ulrich Sommerfeld*

Die Passagiere vergessen

Anfang der Siebzigerjahre bin ich als junger stellvertretender Stationsleiter in Mexico City tätig. Für zwei Tage pro Woche fliege ich mit der Mexicana in die Industriestadt Monterrey (MTY) im Norden Mexikos und fungiere da als Stationsleiter. Dort kommt montags unsere B707 aus Nassau an und fliegt dann weiter nach MEX. Am Folgetag geht es umgekehrt von

MEX über MTY wieder nach NAS und anschließend nach FRA. Unser Handling Agent Mexicana erledigt unter meiner Aufsicht die Bodenabfertigung in MTY.

Eines Dienstags kommt die Maschine aus MEX insgesamt 33 Minuten zu spät an, und wie immer ist es mein Ehrgeiz, die Verspätung durch eine Verkürzung der geplanten Bodenzeit aufzuholen.

Da wir nicht tanken müssen, treibe ich die mexikanischen Kollegen am Boden an, die Koffer der Zusteiger möglichst schnell einzuladen, und überreiche dem Kapitän schon nach 30 Minuten mit stolzgeschwellter Brust das Loadsheet: »Los geht's! Damit sind wir wieder pünktlich!«

Da fragt mich der Copilot: »Haben wir denn heute keine Paxe?«

Mich trifft fast der Schlag: Die 24 im Terminal wartenden Fluggäste einsteigen zu lassen, habe ich in meiner Hektik einfach vergessen.

Deren Gesichter hätte ich gern gesehen, wenn unsere B707 ohne sie losgeflogen wäre!

Aber wer weiß, wie belämmert ich wohl aussehe, als mir aufgeht, dass ich die Maschine beinahe ohne Passagiere, aber mit deren Gepäck hätte starten lassen ...

Prompt haben wir wieder genau die 33 Minuten Verspätung von der Ankunft, aber wenigstens alle Zusteiger an Bord.

– *Michael Wurche*

Die Dritten auf Abwegen

Zweites Ausbildungsjahr, ich arbeite für drei Wochen in der Kabinenwartung.

Das Kabinenbordbuch wurde nach Ankunft des Fluges JFK–FRA auf Beanstandungen gecheckt.

Eintrag im CLB:

»First-Class-Pax vermisst sein Gebiss. Bitte vordere Toilette checken.«

Aktion:

Toilette abgelassen, Gebiss gefunden, gereinigt, desinfiziert und dem Pax übergeben.

Dieser war sichtlich zufrieden und setzte seinen Flug nach Tokio fort.

– Jürgen Herlth

Eine haarige Sache

Anfang der 2000er, der letzte Flug des Abends MUC–DUS. In München ist die Kosmetikmesse zu Ende gegangen. Der Flieger ist voll mit kosmetik- und haaraffinen Menschen in guter Stimmung; so werde ich schon beim Einsteigen nach Prosecco gefragt. Die Business Class ist gut gefüllt.
Ich renne durch den Flieger, sammle Mäntel und Sakkos für die Garderobe ein. Da nehme ich in Flugrichtung rechts, in Höhe der Reihen drei und vier, ein sonores, walrossartiges Schnarchen wahr und muss schmunzeln. Die Dame an der Seite des Schlafenden bemerkt das und trällert fröhlich und lauthals:
»Ja, dat kann er – schnarchen wie ein Walross. Darum haben wir zu Hause auch getrennte Schlafzimmer. Aber sonst is' mein Walter ein Juter.«

Ein fröhliches Schmunzeln der anderen Passagiere breitet sich aus, und ich antworte nur mit meinem Lächeln und einem Augenzwinkern, denn das Pax-Briefing muss gemacht werden.

Gesagt, getan; schon stehe ich dort in der ersten Reihe und beginne mit der Demo.

Das Walross namens Walter liegt mittlerweile an der Schulter seiner Frau, weiterhin selig schnarchend, während er langsam mit dem Kopf über die Schulter seiner Angetrauten in Richtung ihrer Brust abgleitet.

Und da geschieht es: Sein Toupet verfängt sich in ihrem Einkaräter-Ohrring und bleibt genau auf Halbmast schief auf seinem Kopf hängen.

Dieser Moment beschert mir den Lach-Flash meines Lebens!

Ich laufe zurück in die Galley, wo mich die Purserette fragt, was denn passiert sei. Ich kann vor Lachen nicht antworten und deute nur in die Kabine.

Zum Glück begreift die Kollegin sehr schnell, und da stehen wir nun, überströmt mit Lachtränen. Aus den Reihen eins und zwei, wo man nicht sehen kann, was dahinter passiert, sind fragende Blicke auf uns gerichtet.

Die anderen Passagiere lächeln amüsiert, und alle schauen uns beide in der vorderen Galley an.

Da ich mich vor Lachen nicht einkriegen kann, dauert es nicht lange, und die ganze Business Class lacht mit mir.

Die Kollegin, die am Vorhang steht, um die Demo in der Economy Class durchzuführen, weiß nicht, was geschehen ist, lacht aber zum Glück einfach mit und versucht so, das Beste aus der Situation zu machen.

Und als ob das alles nicht schon lustig genug wäre, nimmt Walters Frau dann burschikos ihre Hände zur Hilfe, schiebt den Kopf ihres Mannes von ihrer Brust, befreit das Toupet aus dem Ohrring, bringt den halb schlafenden Walter in eine gute Sitzposition, zupft noch schnell das Toupet zurecht – wenn auch etwas schief – und verkündet:

»Ich rate ihm schon seit Jahren, sich Haare implantieren zu lassen. Aber er will das nicht, weil wir weltweit die Nummer

84

Eins der Toupet-Hersteller sind. Er meint, er selbst sei unsere beste Werbung.«

Die gesamte Business Class schmunzelt mittlerweile, und die Dame wendet sich noch ganz souverän an die anderen Gäste: »Sollte einer der hier anwesenden Herren Interesse an einem Toupet haben – ich habe noch ein paar Prospekte von der Messe übrig!«

Walter, das Walross, schlummert übrigens bis DUS und steigt dort verschlafen aus.

Das Bild des im Ohrring verfangenen Toupets werde ich wohl nie vergessen!

– *Marina Lenting*

Maske auf Mund und Blase

Es konnte losgehen mit dem Passagierbriefing vor dem Start. Ich dachte noch kurz vor meiner Ansage:

»Mist, ich muss aufs Klo, aber egal, mach' ich erst schnell die Ansagen.«

Also fröhlich losgelegt, und während ich alles runterrasselte, merkte ich, dass die Blase doch arg drückte, und sagte dabei:

»... In diesem Fall ziehen Sie die Maske zu sich heran, und drücken Sie sie fest auf Mund und Blase.«

Und dann ging nichts mehr für die nächsten Minuten ...

Wir alle, Crew und Passagiere, bogen uns vor Lachen!

– *Melanie Dippel*

Alarm im Crew Rest Compartment

Für die Ruhezeit der Crew bei sehr langen Flügen wurde beim A340-300 im Belly ein Container mit Betten beladen, in den man über die Mitte der Economy-Kabine gelangte.

Wenn man diesen Ruheraum verließ, hatte man hundert Gäste vor und hundert hinter sich, die einen dann direkt anschauten.

Während des hier geschilderten Fluges hatten wir circa zwei Stunden Ruhepause, sodass ich aus der Uniform in etwas Gemütlicheres wechselte. Meinen eher dezent aussehenden, dunkelgrauen Trainingsanzug hatte ich diesmal vergessen, und so zog ich meinen mit großen, roten Mickymäusen bedruckten Schlafanzug an.

Tja, es kam, wie es kommen musste: Wir hatten einen Low Air Pressure Alarm (Ausfall der Belüftung) im Crew Rest Compartment und mussten schnellstmöglich raus. Ich rief noch kurz den Kapitän an, der mit »ALLE RAUS!!!« die Lage klarmachte.

Und schon stand ich in meinem Mickymaus-Anzug und der Uniform am Bügel im Blickfeld von zweihundert Gästen. Sie nahmen meinen Anblick gelassen und schmunzelten nur.

So marschierte ich nach vorne in die Galley, wo sich alle Kollegen über meinen Aufzug totlachten.

Es war übrigens ein Fehlalarm.

– *Claudia Steinbrecher Santos*

WC mit Einblick

Passagiere, die in der Ersten Klasse mit der B747 von British Airways reisten, waren aufgrund einer Neugestaltung der Flugzeuge besorgt, denn einige Toiletten hatten nun Fenster.

Eine nach New York fliegende Dame beschwerte sich, dass die Toilettenfenster keine Jalousien hätten.

Eine Stewardess sagte ihr daraufhin:

»Madam, sollte sich irgendein Perverser auf dieser Höhe von 12.000 Metern an der Seite des Flugzeugs festklammern, verdient er wirklich, alles zu sehen!«

– *aus einer englischen Pressemeldung*

Kuschelbärhöschen

Flughafen Düsseldorf am Bus-Gate. Ich bin allein und lasse einsteigen.

Da fehlen mir drei Gäste, die allerdings laut Passagierliste Namen haben, die man besser nicht zusammen über die flughafenweite Lautsprecheranlage zum Gate bitten sollte.

Also rufe ich die bis dato noch fehlenden Passagiere ohne Namensnennung aus.

Die drei Herrschaften kommen sofort, und wir haben einen Moment Zeit bis zum Einsteigen.

Also frage ich:

»Wissen Sie eigentlich, wie Sie alle zusammen heißen? Kuschel – Bär – Höschen!«

(*Höschen* habe ich wie *Unterhöschen* ausgesprochen.)

Frau Kuschel lacht sich mit Herrn Bär kaputt, aber der dritte Gast sagt etwas pikiert:

»Mein Name ist *Hö-schen*, nicht *Hös-chen*!«

– *Ulrike Feldhoff*

Schwäbischer Funkspruch

Wir standen an der Startbahn, ich hatte gerade auf die Tower-Frequenz umgeschaltet, als folgender Dialog zwischen einem kleinen Flieger und dem Tower stattfand:

»Stuttgart Turm, hier isch die Delta Uniform Whisky.«

»Delta Uniform Whisky, Stuttgart Turm, guten Tag.«

»Delta Uniform Whisky, bin hier bei Reutlinga (*Reutlingen*), däd gern bei Ihne lande.«

(Offiziell: *Befinde mich fünf Minuten südlich von Meldepunkt Sierra, erbitte Landeinformation.*)

Es war einen Moment lang still, wie eine Generalpause in der Musik, dann der Tower:

»Delta Uniform Whisky, fliegen Sie ein über Sierra, linker Gegenanflug Bahn 25, eine Warteschleife, dann kreuzen Sie die Bahn in den rechten Gegenanflug 25.«

Spontane Antwort:

»Sie, i wollt' bloß bei Ihne lande!«

Tower:

»Wir haben gerade sehr viel Verkehr, es geht nicht anders.«

D-UW:

»Desch mer elles z'kompliziert, da gang i wieder hoim auf Biberach!«

(*Das ist mir zu kompliziert, da fliege ich zurück nach Biberach.*)

Die nächste Minute konnte keiner einen vernünftigen Satz auf der Frequenz sagen, denn wir prusteten alle nur noch vor Lachen!

Wobei man sagen muss:

Er war ja eigentlich hochprofessionell, denn er kannte seine Grenzen!

– *Joannis von dem Borne*

Orlando oder Arlanda?

Ich wusste nicht, woher die Dame stammte, die an unseren Ticketschalter in Tegel kam. Sie sprach kein Deutsch und nur sehr schlecht Englisch.

»I want go Olanda«, sagte sie, und ich fragte, ob sie nach Florida oder zum Flughafen Arlanda in Stockholm möchte.

»Sweden or do you mean Orlando?«

»Ja, Olanda«, antwortete sie.

Das Frage-Antwort-Spiel wiederholte sich noch einige Male. Irgendwann hatte ich den Eindruck, dass sie nach Orlando (USA) wolle, und sie nickte stets lächelnd. Also prüfte ich die

Flüge und nannte ihr den günstigsten Preis, nachdem ich ihre Reisedaten hatte.

»1.200 Euro«, sagte ich zu ihr.

Sie schaute mich verdutzt an und meinte:

»Aaaaw! Very expensive. No, too much!«

Ich erwiderte, dass wir Ferienzeit hätten und ihr Wunsch für Florida sehr kurzfristig sei.

Dann holte ich einen Atlas hervor, um ihr zu zeigen, wie weit entfernt Florida doch liegt. Sie stutzte und schüttelte den Kopf. Mit ihrem Finger zeigte sie, wohin sie wollte.

Es war tatsächlich nicht so weit, sie wollte nach Holland!

– *Jens Kühne*

Wohl bekomm's!

Eines Morgens kam ganz früh ein russischer Umsteiger aus Johannesburg mit Weiterflug nach Moskau zum Check-in in

FRA. Er hielt eine Flasche Wodka in der Hand, die er aber natürlich nicht mit durch die Sicherheitskontrolle nehmen konnte.

Nachdem er sie nicht einchecken und auch nicht wegwerfen wollte, trank er sie einfach auf ex!

Ich rief dann nur am Gate an, dass sie ein bisschen auf den Pax achten sollen.

Aber der fiel überhaupt nicht auf! Er muss gut im Training gewesen sein!

– *Rosemarie Siebler*

Die Schuhverwechslung

Es war Ende der Neunzigerjahre auf einem Flug von San Francisco nach Frankfurt in der Business Class. Etwa zwei Stunden vor der Landung schliefen viele Gäste noch, und wir bereiteten gerade den Frühstücksservice vor.

Ein Gast war bereits länger wach und wechselte von seinem bequemen Jogging-Outfit in einen adretten Anzug. Frisch rasiert wollte er die letzten beiden Stunden nutzen, um sich auf seinen Termin und ein Meeting direkt nach der Ankunft vorzubereiten. Er klingelte nach uns und schilderte mir sein Problem: Er komme nur sehr schwer in seine Schuhe, ob ich wohl einen Schuhlöffel hätte.

Ich sagte:»Ja, ich bringe Ihnen einen«, und beruhigte ihn, dass es öfter vorkomme, dass die Füße auf so langen Flügen etwas anschwellen.

Nach einer Viertelstunde kam wieder ein Klingeln des Gastes. Er hatte mittlerweile einen hochroten Kopf. Er schaffe es einfach nicht, in den Schuh reinzukommen, und es fehlten nur wenige Millimeter. Ich solle ihm doch bitte eine Schere bringen. Er werde die Schuhe hinten etwas aufschneiden, dann sei es okay.

Ich holte die Schere, und er fing an, den Schuh zu bearbeiten. Es handelte sich übrigens um einen teuren, rahmengenähten amerikanischen Alden Schuh.

90

Auf meinen skeptischen Blick hin beruhigte er mich: Er werde die Schuhe später wieder beim Schuster reparieren lassen.

Fünf Minuten danach war er endlich drin – ein perfekter Schnitt genau an der Naht. Nun war er zufrieden und begann erleichtert, sein Meeting nochmals anhand seiner Unterlagen vorzubereiten.

Wir führten unseren Frühstücksservice durch – alles war entspannt, und ein langer Nachtflug neigte sich dem Ende zu.

Fünfundvierzig Minuten vor der Landung weckte ich den genau hinter meinem nun zufriedenen Schuhgast platzierten Mr. XY. Der verschwand im Bad, zog sich um, kam dann auf Socken zu mir in die Galley und sagte: »Ich finde meine Schuhe nicht mehr!«

Mir war sofort klar, was passiert sein musste: Mr. XY hatte nachts seine Schuhe ausgezogen und unter den Vordersitz gestellt. Anscheinend waren diese dann doch recht weit zu meinem anderen Gast vorgerutscht. Dieser war jedoch der festen Meinung, es seien seine Schuhe, aber die waren oben im Gepäckfach verstaut. Das hatte er wohl wegen des vielen Champagners zum Dinner vergessen.

Zum Glück nahm Mr. XY das alles sehr entspannt und humorvoll auf. Die Herren tauschten ihre Visitenkarten aus und werden den Schaden sicherlich einvernehmlich geregelt haben, eben wie zwei wirkliche Gentlemen.

– *Markus Matt*

Erst schütteln, dann öffnen …

Früher hatten wir an Bord noch Säfte aus der Dose, die in Glasbehälter umgefüllt wurden.

B737 Kurzstrecke, Frühaufsteher-Flug, volles Haus, lauter frischrasierte, graubetuchte Passagiere. Mein Tomatensaft geht zur Neige.

Der Kollege bringt mir aus der hinteren Galley eine Dose Tomatensaft.

Ich nehme sie ihm ab, ohne groß hinzuschauen, und schüttle sie wie immer kurz, aber kräftig nach hinten durch, bevor ich sie öffnen will.

Das Öffnen hat allerdings der Kollege schon erledigt ...

– *Ute Samson*

Nasentropfen einmal anders

Wir hatten mal einen japanischen Passagier, der uns um Hilfe bat, weil er wegen seiner Erkältung zu Beginn des Sinkflugs Ohrenschmerzen bekam.

Die Kollegin versorgte ihn mit Nasentropfen in kleinen Einwegampullen.

Beim Aussteigen ging der japanische Gast an mir vorbei, und aus seinen Ohren ragte links und rechts jeweils eine Ampulle.

– *Karin Fröschl*

Fensterplatz ohne Aussicht

Da war der Gast, der darauf bestand, seinen vorreservierten Fensterplatz 8A zu bekommen. Er habe sich extra auf den einschlägigen Seiten informiert und wolle genau dort vor dem Flügel aus dem Fenster gucken. Es MÜSSE 8A sein.

Meine Erklärungen, dass wir einen Fluggeräte-Wechsel gehabt hätten und er nun besser auf 10A vor dem Flügel säße, interessierten ihn nicht. Er wollte auf 8A.

Okay. Also setzte ich einen anderen Gast von 8A auf 10A um. Und was entdeckte ich, als ich dann den auf seiner Wahl beharrenden Gast auf *seinen Sitz* 8A umgesetzt hatte? Bei diesem Fluggerät gab es dort überhaupt kein Fenster! Shit happens ...

– *Svenja Lorenzen*

Indische Akzente

Da war der witzige Kollege, der im Anflug auf Delhi im Funkverkehr Pidgin-Englisch sprach.
Worauf der Tower meinte:
»And after landing you show up on the tower and you'd better be an Indian, sir!«

– *Roland Schmidt*

Mit Service überschüttet

Mein allererster Flug als FB auf Kurzstrecke ging von FRA nach Stuttgart, also eine Ultrakurzstrecke mit nur 20 Minuten Flugzeit.

Ich war sehr aufgeregt. In der Economy gab es keinen Service, aber in der Business Class Getränke und Streuselkuchen vom Tablett als Fingerfood.

Der Purser schärfte mir noch ein, wie schnell alles gehen müsse. Das beruhigte mich natürlich seeehr!

Die Anschnallzeichen gingen aus, ich schnappte mir das Kuchentablett und lief los. Es ging alles ganz schnell. Nach der letzten Reihe drehte ich mich um und blieb dabei mit der Tablettkante an einer Kopfstütze hängen: Das Drama nahm seinen Lauf!

Das Tablett mit dem letzten Streuselkuchen kippte auf und über den Kopf eines Passagiers. In dem Moment stand die Zeit für mich still. Der Gast war noch am Kauen und sagte kein Wort. Ich dachte, ich kriege einen Infarkt und flüsterte wiederholt sowas wie »Ach du lieber Gott ...«

Vom P1 kam nur ein böser Blick. Die Anschnallzeichen leuchteten auf, und ich fing an, dem Herrn mit seiner hohen

Stirn und einigen geschickt drapierten langen Haarsträhnen auf dem Haupt die Streusel vom Kopf abzusammeln.

Die meisten anderen Gäste waren ganz still, und ich glaube, es wurde auch gelacht. Aber nicht von mir.

Der wirklich nette Herr sagte:

»Machen Sie sich bitte keine Sorgen, ist nicht so schlimm!«, während ich weiter Streusel abpflückte und am liebsten in einem Loch im Boden verschwunden wäre.

Ich habe es überlebt, der nette Herr und mein P1 übrigens auch, aber diesen Erstflug auf der Kurzstrecke werde ich nie vergessen!

– *Christine Schuster*

Eiskalt erwischt

Christine, sei froh, dass dir das nur mit einem Streuselkuchen passiert ist! Ich kann da noch 'ne Schippe drauflegen.

Das war der allerallerpeinlichste Moment meines Lebens!

TXL–FRA, frühmorgens. Ich bin bereits P1. Die Gäste sind genau wie wir noch alle müde.

Ein prominenter Gast döst auf Sitz 1D am Gang, ich spreche ihn also nicht an. Als ich aber die Bremse des Trolleys löse und zur nächsten Reihe weiterfahren will, bleibt mir die Eiszange, die im Eiseimer steckt, an seiner Rückenlehne hängen. Der ganze Eiseimer kippt um und ergießt sich auf diesen armen schlafenden Herrn, der natürlich zu Tode erschrocken ist.

Bitte, Boden – tu dich vor mir auf!!!

Ich glaube, ich bin ganz blass geworden.

Die Gäste, die in den drei folgenden Reihen sitzen, haben das selbstverständlich mitbekommen.

Der Gast ist ein vollendeter Gentleman; er sagt kein Wort, pflückt sich nur die Eiswürfel aus dem Schritt und tut sie zurück in den Eiseimer. Seine Miene zeigt allerdings ein zur kalten Dusche passendes eisiges Pokerface.

So oft »Entschuldigung« habe ich noch nie gesagt!

Am Ende des Fluges gebe ich ihm eine Flasche Sekt mit, entschuldige mich nochmals und empfehle ihm, die Flasche heute Abend mit einer netten Person zu trinken und von dieser unvorsichtigen Flugbegleiterin zu erzählen, die ihn heute Morgen so unsanft aus dem Schlaf geschreckt hat.

Er lächelt wieder. Gott sei Dank!

– *Irina Klug*

Gut gekontert (2): Nippelgate

Boarding im Winter. Es ist kalt an der Tür. Eine Kollegin steht ohne Sakko da.

Ihre Brustwarzen zeichnen sich durch die Bluse ab.

Ein Pax steigt ein und schaut ihr aufs Dekolleté:

»Na, kalt?«

Die Kollegin:

»Nee, geil!«

– *Dirk van den Berg*

Onkel Miezekatze

Auf der LH Basis in Hamburg, wo mein Fliegerleben begann, waren wir ein eingeschworener Haufen, und es ging sehr familiär zu. Man kannte sich eben.
Vor langer Zeit ging ich mal mit einer sehr lustigen Crew auf einen mehrtägigen Umlauf.
Am ersten Tag verschwand mein Koffer. Damals machte man deshalb kein Fass auf, sondern flog zumindest noch einen Tag weiter in der Hoffnung, das Gepäck dann doch noch zu bekommen.

So begab es sich, dass wir Hamburger in München einen Nightstop hatten und ich immer noch ohne Gepäck dastand. Mein großartiger Purser telefonierte unermüdlich, aber mein Koffer sollte es erst Tage später zu mir schaffen.
Wir verabredeten uns auf ein Bier im *Dampftheo*, und ich fummelte im Zimmer meine Uniform so zurecht, dass ich im Lokal nicht gleich als Crewmitglied zu erkennen war.
Da klingelte das Zimmertelefon, meine Mutter war dran: Sie habe meinen Kater einschläfern lassen müssen.
Schon heulten wir beide ins Telefon. Der Kater lag noch beim Tierarzt, dem meine Mutter mitgeteilt hatte, dass ich mich sicherlich selbst um alles kümmern möchte.
Nun gut, frühestens am nächsten Tag wäre ich ohne frische Wäsche bei der Tour sowieso ausgestiegen. Ich legte auf, schnäuzte mich und begab mich zu meiner Crew.
Alle saßen schon beim ersten Bier. Der Purser berichtete, dass mein Koffer in XYZ sei und es nicht gut aussehe mit dem Nachsenden.
Da fing ich an zu heulen. Die Crew guckte mich fassungslos an und versicherte mir, dass mein Gepäck bestimmt wieder auftauchen werde.
Nun erzählte ich unter Tränen, es tue mir leid, aber ich würde nicht wegen meines Gepäcks heulen, sondern weil mein Kater habe eingeschläfert werden müssen.
Wieder schwiegen alle bedrückt, und der Kapitän bestellte noch 'ne Runde – auf meinen Kater!

Dann stand mein Purser auf, ging telefonieren, nahm mich in den Arm und sagte:

»Du steigst morgen bei der Tour aus, fliegst heim und regelst das mit deinem Kater. In HAM weiß man schon Bescheid, dass du einen Todesfall in der Familie hast!«

Alle nickten.

So saß ich frühmorgens im Flieger nach Hamburg und ging direkt zu OPS. Dort wurde ich mit mitleidigen Mienen empfangen. Irgendjemand fragte dann:

»Du und dein Onkel – ihr wart euch wohl sehr nah? Fahr jetzt erst mal nach Hause, wir kümmern uns um deinen Dienstplan und um den Koffer!«

Ich muss richtig verwirrt geguckt haben, begriff dann aber, dass mein Purser sicher etwas falsch übermittelt hatte. Sofort spielte ich also die trauernde Nichte.

Tage später traf ich den Purser und fragte ihn, was er denn gesagt habe. Dass mein Lieblingsonkel plötzlich verstorben und ich dermaßen daneben gewesen sei, dass ich so nicht hätte weiterfliegen können, erwiderte er und lachte.

Recht hatte er, schließlich hatte mich dieser Kater 19 Jahre begleitet, so lange halten nur wenige Beziehungen.

Also musste *ein Onkel sterben* ...

Der Kater wurde standesgemäß in einer schönen Gegend begraben.

Mein echter Onkel aber lebte noch sehr viele Jahre, und der Purser, mit seinem riesengroßen Herzen für Mensch und Tier, fliegt noch heute.

– Sandra Rebekka Seiringer

Slavery is over!

Dann gibt es da noch die Geschichte unserer langjährigen dunkelhäutigen Kollegin, die jeder kennt.

Ein Passagier kommt rein und knallt ihr das Handgepäck mit den Worten »Stow it away!« vor die Füße.

Die Kollegin erwidert nur kurz und sehr bestimmt:

»I'm sorry, honey, but slavery is over!«

– Dirk van den Berg

ICH BIN SO FETT!!!

Als ich noch als junges Küken am Check-in in der Halle saß, musste ich einmal eine sehr kräftige Frau einchecken. Sie gab mir ihren Ausweis und stellte den kleinen Koffer aufs Band. Ich schaute sie an und fragte höflich nach ihrem Mutterpass. »Ich bin nicht schwanger: ICH BIN SO FETT!!!«, brüllte sie mir lauthals entgegen.

Ich wollte im Erdboden versinken ...
Sie sah wirklich wie im neunten Monat aus!
– *Eva Idecke*

Gut gekontert (3): Holz vor der Hütte

Passagier zur Kollegin beim Boarding:
»Na, Sie haben aber auch wenig Holz vor der Hütte!«
Die Kollegin:
»Um kleine Würstchen zu grillen, reicht's allemal!«
– *Helmut Klein*

Zähe Brötchen

Frühstücksservice zum Ende des Nachtflugs auf der B747 in der Economy Class.

Ein Passagier meint:

»Oh, merkwürdig zähe Brötchen gibt es hier, woher beziehen Sie die?«

Die spontane Antwort des Kollegen:

»Von Wrigley's!«

– *Pe Becker*

Auto-Akrobatik

Ich kam aus Buenos Aires, völlig platt vom langen Flug, und ging schnell ins Parkhaus P43 zu meinem Peugeot 205.

Ich schloss auf, schmiss mein Gepäck ins Auto und stieg ein, um die Heimfahrt in Rock und Uniformmantel anzutreten.

Aber das war mir dann doch zu unbequem, und deshalb stieg ich wieder aus, um den Mantel auszuziehen.

Die Tür war schnell zugeknallt, doch da sah ich mit großem Schrecken: Mein Schlüssel steckte im Zündschloss, und der Wagen war verschlossen!

Völlig übermüdet dachte ich: »Verdammt, was jetzt?«

Zum Glück erinnerte ich mich, dass der Kofferraum nicht abgeschlossen war, denn das Schloss war kaputt.

Erleichtert öffnete ich die Heckklappe des Wagens, kroch in den Kofferraum und setzte mich im engen Rock und Mantel auf die Rückenlehne der Rückbank. Nun wollte ich die Beine rüberschwingen, kippte aber nach hinten und landete mit dem Rücken auf dem Rücksitz. Meine Beine ragten in die Luft. Ich konnte mich überhaupt nicht mehr bewegen wegen des blöden Mantels.

Natürlich kam ausgerechnet in diesem Moment ein Kollege an meinem Auto vorbei. Ich möchte gar nicht wissen, was der sich gedacht haben mag!

Er konnte wohl nur zwei nach oben ragende Beine in Strumpfhose und mit Schuhen erkennen. Er schaute weg und ging weiter.

Ich brauchte noch eine kleine Weile, um mich in dem Mantel aus meiner Lage zu befreien, aber dann saß ich schließlich auf dem Fahrersitz und konnte, durchgeschwitzt und völlig fertig, nach Hause fahren.

– *Angelika Schweitzer*

Die beste Fluggesellschaft ...

Am 20. März 1995 findet anlässlich des Besuchs von US-Vizepräsident Al Gore ein Empfang in der US-Botschaft in Kairo statt. Als Lufthansa Chef Ägypten werde auch ich Mr. Gore vorgestellt und unterhalte mich anschließend noch mit dem Sicherheitsbeamten des Weißen Hauses, Craig B. Kirby.
»You're from Lufthansa? That's the very best airline I've ever flown!
Well – next to Air Force Number One!«
– *Michael Wurche*

Scharfe Tabuzone

Wir sollten zwei Tage Aufenthalt in Belgrad haben. Mein Mann war dabei und saß in der Business Class genau vor dem Passagier, bei dem mir Folgendes passierte:

Während des Service rutschte mir das Tablett ab und glitt ausgerechnet mit der Essensseite, die gut mit Meerrettich und diversen Cremes versehen war, am Oberkörper des Gastes entlang bis auf seine Beine.

Er fing an zu fluchen:»Scheiße, Scheiße, Scheiße ...«, und hörte gar nicht mehr auf.

Derweil hatte ich angefangen, wild an ihm herumzuwischen: Hemd, Krawatte, immer weiter runter ...

Mein Mann drehte sich kurz um, zog die Augenbrauen hoch, grinste erst und fing dann an, vor sich hinzukichern. Dabei unterhielt er sich mit der Sitznachbarin darüber, was an Bord so alles passieren könne. Die beiden verstanden sich prächtig.

Jedenfalls war ich kurz vor dem Schritt des Herrn angelangt und sagte nur trocken:

»Hier machen Sie wohl besser selbst sauber.«

Er hatte vor lauter Fluchen gar nicht mitbekommen, wie viele Erfrischungstücher und Servietten ich an ihm verarbeitet hatte, und meinte ziemlich sauer:

»Auch DAS noch!«

Ich zeigte nochmals auf seine Hose und erwiderte:

»Ich glaube, mein Mann, der direkt vor Ihnen sitzt, hätte was dagegen, wenn ich Ihnen *da* herumfuhrwerke.«

Jetzt erst wurde ihm bewusst, um welche Region seines Körpers es sich handelte.

Nun fing er erstaunlicherweise an zu grinsen und machte sich selbst an die Arbeit des Säuberns. Dabei erklärte er mir, er habe einen wichtigen Termin bei einem Minister und nur diesen Anzug dabei.

Dank der Erfrischungstücher, die an Bord waren, bekamen wir alles wieder soweit hin.

Zwei Tage später stieg eben jener Passagier gutgelaunt wieder in unseren Flieger mit dem Spruch:

»Naaaaa, was gibt es denn heute aufs Hemd?«

Zufälligerweise war auch die Dame neben meinem Mann wieder an Bord. Die drei setzten sich wie alte Bekannte auf ihre Plätze und plauderten den ganzen Flug.

Dabei erfuhr mein Mann, dass der Termin mit dem Minister super gelaufen sei. Unser Gast hatte ihm als Einstieg ins Gespräch unsere schöne Geschichte über die ungeschickte Stewardess erzählt ...

War ich heilfroh, dass er nicht mehr sauer war!

– Birte Wild

Blick ins Weltall

Im Jumbo nachts über dem Atlantik.

Eine amerikanische Passagierin der Economy Class klingelt sehr energisch. Die Kollegin eilt herbei und erkundigt sich, was denn passiert sei.

Die Dame zeigt völlig aufgeregt aus dem Fenster auf den Mond und fragt:

»Excuse me, but is this the Earth?«

– ein Lufthanseat

Iceland or Greenland?

Ich kann mich noch an den Spruch eines Kollegen erinnern:

Pax klingelt, Purser kommt:

»Ja bitte?«

Pax zeigt aus dem Fenster:

»Is this Iceland or Greenland?«

Purser:

»Sir, what makes you happier?«

– Dieter Kissner

Antibabypille für den Mann

In Tripolis hatte ich einen Mitarbeiter namens Hassan, einen geborenen Sudanesen. Hassan hatte sechs Kinder, und er wollte verhindern, noch mehr Kinder zu bekommen.

Antibabypillen gab es 1988 in Libyen nicht. Deshalb bat mich Hassan, ihm jedes Mal, wenn ich nach Deutschland reiste, einige Packungen davon mitzubringen.

Kein Problem für mich, das tat ich gern.

Ein halbes Jahr später teilte mir Hassan mit, dass die Pillen nichts taugen würden, denn seine Frau sei wieder schwanger.

Ich fragte Hassan:

»Hat denn deine Frau die Pillen auch wirklich regelmäßig genommen?«

Hassan:

»Meine Frau? Pillen für 34,00 DM gebe ich doch nicht meiner Frau!«

Hassan hatte die Antibabypillen selbst genommen ...

– *Roland Rost*

Der HON-Bomber

Vor etlichen Jahren flog ich als Purser die Strecke HAM–FCO (Rom Fiumicino) mit einer B737. Vor dem Flug bekam ich meine Papiere und sah, dass auf dem Flug 48 (!!!) HONs in der Business Class gebucht waren.

Ich dachte: »Das kann ja wohl nicht wahr sein, da stimmt sicherlich was nicht.«

Ich ging meine Papiere weiter durch, dann kam die Erklärung:

Lufthansa hatte alle Topkunden aus HAM und Umgebung übers Wochenende zu einem Rundum-Sorglos-Paket nach Rom eingeladen: Flug, Hotel, Stadtrundfahrt, Treffen mit dem Vorstand usw.

Wir starteten alle bestens gelaunt gen Süden.

Nach dem Service kam eine topgestylte HON-Dame nach vorne und wartete vor der besetzten Toilette. Ich kam mit ihr ins Gespräch. Sie mit typisch Hamburger Tonfall:

»Is' ja ganz schön HON-lastig, Ihr Bomber heute. Ich wusste gar nicht, dass wir so viele hier in Hamburg sind.«

Ich:

»Ja, Wahnsinn, so einen hochkarätigen Flug hab' ich auch noch nie gehabt.«

Sie:

»Mein lieber Schwan, wenn der Flieger heute abschmiert, hat die Lufthansa aber ein ganz schönes Umsatzproblem ...«

– *Klaus Alderath*

Der nackte Copilot

Ich hatte meinen ersten Einsatz als Flugbegleiterin im Juli 1974 auf der B747 nach New York. Das Crewhotel war das *Roosevelt*, ein alter Kasten. Es war eine total nette Crew, die mich unter ihre Fittiche nahm und abends noch mit mir um die Häuser zog.

Da fielen dann so Sprüche wie:

»Wohin mit dem Copiloten bei einer Notlandung?«

Antwort:

»Auf die Toilette, weil alle spitzen und scharfen Gegenstände dort verstaut werden sollten!«

Übermüdet und überdreht endlich im Bett, war ich gerade eingeschlafen, als es leise an meiner Zimmertür klopfte.

Ich nahm das zuerst gar nicht richtig wahr, aber das Klopfen ging weiter, wurde etwas vehementer, und ein leises Rufen kam dazu, eine Bitte um Hilfe.

Ich stand also auf und schaute durch den Türspion:

Da stand unser Copilot, splitterfasernackt!

Ich war schlagartig wach, erinnerte mich an all die Sprüche ... Er redete mit mir durch die Tür, und irgendwie merkte ich eine gewisse Hilflosigkeit und Panik. Ich öffnete ihm, er huschte in mein Badezimmer, schnappte sich ein Handtuch, ging zum Telefon und rief an der Rezeption an, man möge jemanden schicken, sein Zimmer aufzuschließen.

In der Zwischenzeit erklärte er mir, was passiert war:

Er wollte schlaftrunken aufs Klo und verwechselte im Tran die Badezimmer- mit der Zimmertür, die einen Mechanismus hatte, der sie automatisch schloss.

Rumms, stand er auf dem Hotelflur.

Mein Zimmer war das nächstgelegene, und hier erhoffte er sich schnelle Hilfe, bevor eventuell andere Hotelgäste etwas mitbekamen.

Wann immer wir uns später trafen, mussten wir herzlich über diese Situation lachen!

– Maja Dillner-Bürger

Geografie

Vor vielen Jahren nach dem Brand in DUS. Ich saß in Abflug D am Condor Late-Night-Check-in und checkte fleißig ein. Irgendwann stand ein älterer Herr vor mir und fragte:
»Wo liegt der Berg DELATENIGHT?«
Ich fragte zurück:
»Welcher Berg? DELATENIGHT?«
Er zeigte auf den Monitor über meinem Schalter, auf dem *DE Late Night Check-in* stand.
Ich erklärte ihm, dass diese Abkürzung *Condor Vorabend-Check-in* bedeute.
Er antwortete sehr bestimmt:
»Das möchte ich nicht wissen; wo liegt der Berg?«
Ich darauf: »In Spanien.«
Er zog zufrieden mit den Worten »Geht doch!« von dannen.

Ich kann mir bis heute nicht erklären, warum er dachte, dass DELATENIGHT ein Berg sei. Aber manchmal muss man solche Begegnungen einfach hinnehmen.
– Anke Zimmermann

Die indische Kakerlake

Wir schreiben das Jahr 2010, ich bin in Mumbai stationiert. Täglich landen eine B747 sowie eine MD11 ex FRA, ein A330 ex ZRH und ein A330 ex MUC, alles binnen sieben Stunden – das ist manchmal eine sportliche Aufgabe für nur einen Techniker.
Warum auch immer: An diesem einen Tag scheine ich jedes Problem anzuziehen. Überall größere Technikprobleme an den Fliegern, und dann kommt die Maschine aus MUC reingerollt.

Die Tür öffnet sich, und ich weiß sofort: Das gibt was heute! Die P2-Kollegin schaut mich erbost an und zetert sofort los, ohne erst einmal Guten Abend zu sagen:
»Da ist 'ne indische Kakerlake an Bord!!!«

Verdutzt schaue ich sie an und frage, noch bevor der erste Passagier von Bord geht:
»Was macht Sie da so sicher? Hat das Tier einen roten Punkt auf der Stirn?«

Keine Ahnung, warum die Dame bei der Abfertigung für den Rückflug nicht mehr mit mir reden will ...
– *Jan Dirk Strauss*

Emotional Pet und seine Folgen

Ein Gast kam mit einem Koffer zum Ticketschalter auf der Empore und beschwerte sich bei einem Kollegen darüber, dass er nicht in die USA mitgenommen wurde.
Auf die Nachfrage, warum denn nicht, sagte er, man habe sein Emotional Pet nicht akzeptiert.
Aha, okay ... Der Kollege schaute sich suchend um, konnte aber kein Tier entdecken.
»Was ist es denn für ein Emotional Pet?«
»Oh, it is an emotional mouse.«
Woraufhin der Gast mit seinem Koffer sprach ...

107

Ich muss wohl nicht erwähnen, dass dem Kollegen das Ernstbleiben äußerst schwer fiel!

Da sich das alles als ziemlich schwierig erwies, wurde eine Dame hinter dem Gast immer nervöser und ungeduldiger. Sie erklärte zwischendrin, dass sie ganz schnell Übergepäck bezahlen müsse und dass ihr Kind, allein im Kinderwagen und ohrenbetäubend schreiend, unterhalb der Rolltreppe auf sie warte.

Also bat der Kollege den Maus-Gast, kurz zur Seite zu gehen, und kassierte die Dame schnell ab.

Währenddessen schrie das Kind lauthals den ganzen Airport zusammen.

Da sie es so verdammt eilig hatte, fiel die Dame auch noch die Rolltreppe runter, blieb aber wohl unverletzt.

Woraufhin dann außerdem vor lauter Aufregung (wir sagen ja *Uffrechung*) eine ältere Dame zwei Schalter weiter in Ohnmacht fiel. Auch sie überlebte.

Wie man sieht, ist es nie langweilig bei uns, und wir sind alle multitaskingfähig!

– *Eva Idecke*

Wo ist denn hier die Umkleide?

Mitte der Achtzigerjahre, ein Condor-Flug mit der DC-10. Nach dem Service bilden sich mal wieder lange Schlangen vor den vorderen Toiletten in der Nähe der Cockpittür. Als der Purser nach vorne eilt, um ins Cockpit zu gehen, wird er von einer wartenden Dame angesprochen:

»Entschuldigung, ich muss nicht auf die Toilette, aber ich möchte mich kurz umziehen. Haben Sie hier irgendwo einen Umkleideraum?«

Der Purser geht kurz ins Cockpit, kommt wieder zurück, sagt der Dame, der Umkleideraum sei dort vorne, und hält ihr die Cockpittür auf.

Die Dame geht ins Cockpit, grüßt die Piloten freundlich und steht plötzlich in BH und Slip da. Sie zieht sich wortlos ihre neuen Klamotten an, bedankt sich höflich und geht wieder.

Erst herrscht verblüffte Stille, aber das folgende Gebrüll im Cockpit kann man sich vorstellen ...!

– *Klaus Alderath*

Vattas Hose

Mitte der Achtzigerjahre war ich als mitfliegender Techniker mit einem Condor A310 nach Tunis unterwegs, in der Sitzversion All Economy. Ein großer Teil der Gäste kam schon mit der Maschine aus Düsseldorf, nette Menschen mit herrlichem Akzent und sehr gelassener Weltsicht:
»Hömma, tusse mich noch 'n Bier, Herzilein?«
Wer konnte da Nein sagen?
So in etwa hinter den Alpen waren dann alle abgefüttert und dämmerten vor sich hin. Ich stand gerade in der vorderen Galley, trank einen Kaffee und beobachtete in der Kabine Folgendes:
In der Mitte, noch im vorderen Drittel, erhob sich ein recht kräftiger Mann aus seinem Sitz am Fenster und quetschte sich Richtung Gang. Seine Gattin, ebenfalls sehr kräftig und zudem stimmgewaltig, erwachte aus ihrem Schlummer und sah ihrem Mann mit Missfallen hinterher. Der hatte den Gang fast erreicht, da tönte es hinter ihm:
»VATTA!«

Er reagierte jedoch nicht und erreichte endlich den Gang. Einige umliegende Gäste brachen nun ihren Schlummer ab. Am Gang angekommen, setzte bei dem Mann ein neuer Orientierungsprozess ein. Nach kurzem Abwägen entschied er sich für den Weg nach hinten und drehte sich in die Richtung des neuen Ziels.

Da hörte man ein lautes »VATTA, WEISSE WATTE BIISS?«

Der Mann setzte sich stoisch in Bewegung, als hätte er nichts gehört. Die anderen Gäste waren nun alle hellwach, und man sah auch ein wenig Neugier in ihren Augen funkeln.

Seine Gattin:

»DU BIISSE HOSE AM VERLIIARN!!!«

Schallendes Gelächter von allen Seiten, der kräftige Mann zog seine Hose hoch und ging mit hochrotem Kopf Richtung Toiletten.

– Harry Andresen

Toupet unterm Saunatuch

Es war in den Achtzigerjahren, ich war Copilot auf B727, und wir befanden uns im Anflug auf Moskau-Scheremetjewo. Zu der Zeit gab es noch sogenannte Springer in der Kabine, zusätzliche Flugbegleiter auf serviceintensiven Strecken.

Kurz vor der Landung kam die Springer-Kollegin schallend lachend ins Cockpit und bat darum, zur Landung im Cockpit bleiben zu dürfen, sie könne nicht zurück in die Kabine.

Es war keine Zeit für größere Fragen, sie bestätigte nur kurz, dass alle vorgeschriebenen Flugbegleiter-Stationen besetzt seien.

Wir sagten ihr bloß, sie solle sich bitte anschnallen, und wir landeten.

Nach der Landung fragten wir natürlich sofort, was denn passiert sei, und erfuhren Folgendes:

Die Kollegin war für einen letzten Kabinencheck vor der Landung noch durch die Kabine gegangen und hatte gesehen, dass sich ein Gast das kurz zuvor verteilte Saunatuch auf den Kopf gelegt hatte.

Sie griff im Vorbeigehen danach und hatte anschließend dann

110

nicht nur das Tuch, sondern auch noch sein Toupet in der Hand und blickte auf seine Glatze. Darüber erschrak sie dermaßen, dass sie instinktiv beides, Saunatuch und Toupet, weit weg von sich warf.

Natürlich wurde ihr unmittelbar darauf bewusst, was sie soeben getan hatte – aber da war es schon passiert und zu spät für eine andere Reaktion.

Sie habe nicht anders können, sagte sie uns. Sie sei sofort in schallendes Gelächter ausgebrochen und zu uns ins Cockpit geflüchtet.

Wie die Geschichte in der Kabine weiterging, hat leider keiner beobachten können. Die Kollegin verließ das Cockpit erst, nachdem alle Passagiere ausgestiegen waren.

– *Klaus-Peter Janke*

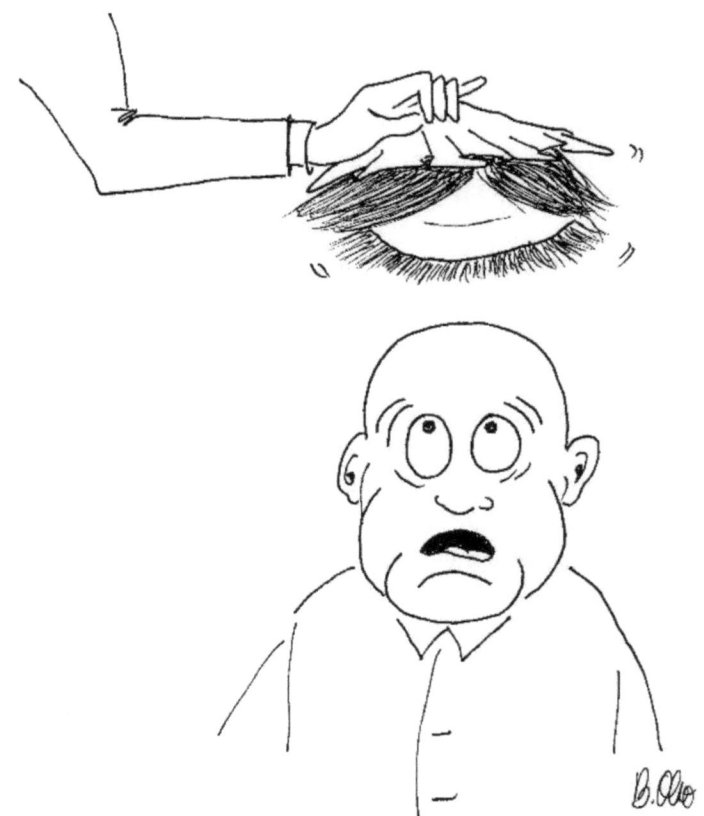

Stammplatz auf der Tragfläche

Zusammen mit dem Purser begrüßte ich die Passagiere nach Johannesburg. Nach einem kurzen Blick auf die Bordkarte wurden die Einsteigenden entweder durch den linken Gang in Flugrichtung auf die Plätze ABC DE oder in den rechten Gang zu den Plätzen FG HJK geschickt.

Ein kräftiger Mann um die fünfzig antwortete auf meine Bitte nach der Bordkarte recht bestimmt, er wisse, wo sein Platz sei, er fliege immer auf 30R. Alles stockte, und ich fragte nochmal nach der Bordkarte.

»Die muss ich Ihnen nicht zeigen. Ich weiß, wo mein Platz ist.«

Daraufhin nickte mein Purser und sagte total ernst:

»Ach, Sie sind das!«

Und dann mit freundlichem Lächeln zu mir:

»Schatz, sei so lieb, zeig ihm den Klappstuhl auf der rechten Tragfläche.«

Dazu muss man wissen: Die zehn Plätze pro Reihe (ABC DEFG HJK) enden in der alphabetischen Reihe bei K. Mit Sitzplatz *R* hätte er laut der Logik meines Pursers ziemlich weit rechts außerhalb der Kabine sitzen müssen ...
– *Petra Tursky-Hartmann*

Schietwetter

B727 in Hamburg, Schietwetter, geringe Sichtweite:
Boarden auf dem Vorfeld über Treppen.

Die Passagiere sind bereits informiert, dass wir auf eine Wetterbesserung warten müssen, ehe wir abfliegen können.

Gleich der Erste beschwert sich lautstark:

»Im Krieg sind wir bei jedem Wetter geflogen!«

Der Purser bittet ihn, sich umzudrehen, und zeigt auf eine Gruppe Krähen, die am Boden sitzen, mit der Bemerkung:

»Bei diesem Wetter gehen selbst die Vögel zu Fuß.«

Gelächter ringsum.
– *Ingrid Müssemeyer*

112

Zigaretten für den toten Mann

Nachtflug Düsseldorf–Malaga.

Im Duty-free-Shop fragte mich eine Frau, ob sie zwei Stangen Zigaretten kaufen könne, da sie ja zwei Tickets habe.

Ich erklärte ihr, dass der Zoll bedauerlicherweise nur eine Stange pro Person erlaube, und daraufhin zeigte sie mir zwei Bordkarten. Ihr Mann sei gerade verstorben, sein Sarg reise unten im Frachtraum mit.

Ich war wohl zu perplex, um ihr zu raten, die zweite Stange Zigaretten in den Sarg zu legen ...
– Ma Doc

Was zappelt in der Tasche?

Auf dem Weg in die USA verstaute eine sehr üppige Dame ihre Stofftasche hinter ihrem Sitz vor der Trennwand in der Economy Class.

Ich vernahm ein ungewöhnliches Geräusch beim weiteren Boarden, konnte es aber nicht lokalisieren.
Als ich noch ein anderes Gepäckstück für eine Mutter mit ihrem Kind ebenfalls dort verstauen wollte, fiel mir auf, dass die Stofftasche zappelte.
Obwohl ich ahnte, was dort drin war, fragte ich die Dame, ob sie vielleicht ein Tier mit an Bord geschmuggelt habe.
»Oh no, dear, that's my dildo«, ertönte es hörbar für alle Passagiere ringsum.
– Heinz Soll

Koreanischer Funkspruch

Mitte der Neunzigerjahre, Tower Frankfurt, ein sehr witziger Zeitgenosse als Fluglotse.
Die Korean Airways KE133 ist im Anflug auf die Rwy 25R.
Der Lotse will sich ein Späßchen machen und sagt:
»Kolllean Ailways one dlee dlee is cleated to land lunway two five light.«

Antwort aus dem Cockpit:
»Kollean Ailways one dlee dlee is clealed to land lunway two five light.
And I have a sulplise fol you:
RRRRRRRRRRRRRRRRRRRR ...!«
– *Joannis von dem Borne*

Gekaufter Pass

Lufthansa Station Lagos. Der deutsche Dokumenten-Checker sagt zu einem sehr selbstbewusst auftretenden nigerianischen Gast:
»Sorry, sir, you cannot travel. Your passport is falsified.«
(*Es tut mir leid, Sir, aber Sie können nicht reisen. Ihr Pass ist eine Fälschung.*)
Woraufhin der Gast mit lässigem Schulterzucken antwortet:
»And?!? So what! I paid a hell of a lot of money for it!«
(*Ja und? Was soll's, ich habe schließlich verdammt viel Geld dafür bezahlt!*)
– *Michael Wurche*

Das Mohamädle

Ein DC-10-Flug von FRA nach Karachi. An Bord hatten wir einen etwa neunjährigen pakistanischen Jungen als UM, als unbegleitetes Kind.

Ich fragte ihn, ob er gerne mal das Cockpit sehen möchte. Große Kinderaugen, und wir beide gingen nach Anmeldung ins Cockpit.
Der Flugingenieur fragte den Bub:
»What's your name?«, und der Kleine antwortete gemütlich in breitestem Schwäbisch:
»Ha, i bin's Mohamädle!«
– *Reinhold Weber*

Die randvolle Geldtasche

Im Finger A stand ich mit einer Kollegin am Schalter.
Die Maschine hatte angelegt, ich machte den Empfang vor der Brücke, und die Passagiere stiegen aus.
Gleich danach kam jemand von der Crew heraus, drückte mir eine pralle Aktentasche in die Hand und sagte nur, die sei an Bord liegengeblieben. Vielleicht komme der Passagier ja noch zurück, wenn er das bemerke.
Und da stand er auch schon vor mir, ein Gast mit arabischem Aussehen. Er freute sich, zeigte aber keinerlei Aufregung.
Dann öffnete er die Tasche auf dem erhobenen Knie, griff hinein und wollte mir ein Bündel Geldscheine in die Hand drücken. Die Tasche war voll damit!
Ich stand mit offenem Mund da, und natürlich sagte ich:
»No, thank you!«
– *Maria do Rosario Gabriel*

Im Flug erlebt und unvergessen

Service an Bord

Ein klassischer Skandinavien-Flug

Für diese Strecke typischer Dialog mit einem Passagier:
»What alcoholic drinks do you have?«
»Beer, wine, gin, whisky, brandy, vodka, Campari.«
»For me everything, please!«
»Are you expecting guests, sir?«
– *Beatrice van Baalen*

Schwäbischer Kaffee

Ich fragte an Bord einen Gast:
»Wie trinken Sie Ihren Kaffee?«
Der Passagier: »Ha noi, schwäbisch!«
Ich: »?!?«
Er: »Elles noi, wos nix koscht!«
– *Irina Klug*

Piccolo-Bestellungen

Auf einem Flug ab Köln:
»Tu mich ma en Piccolo!«
– *Mike Reitz*

Und auf der klassischen Piccolo-Strecke von Düsseldorf nach
Nizza:
»Ich hätte gern ein Piccolöchen. Was kostet das?«
»Das haben Sie schon mit Ihrem Ticket bezahlt.«
»Ach, wenn das so ist, dann geben Sie meiner Frau doch auch
einen!«
– *Michaela Klinc*

Tablett-Akrobatik

Nachdem wir den ersten Economy-Class-Service auf einem Indienflug durchgeführt haben, wackelt es ganz heftig. Also heißt es: Trolleys raus, Galley klarmachen und hinsetzen. Nach recht langer Zeit wackelt es nur noch mäßig. Es wird entschieden, von vorne beginnend die abgefutterten Tabletts von Hand einzusammeln.

Ich bin, beladen bis ans Kinn, in Richtung Galley unterwegs, als ein Gast sein Tablett in den Gang hält und sagt:
»You take it, NOW!!«
Ich gehe in die Knie und antworte ganz höflich:
»Please put it slowly on my head.«

Der Blick des Mannes daraufhin ist einfach unbezahlbar!
– Michaela de Greiff

117

Water quick!

»Bring me water, quick!«

»I am sorry, sir, we don't have *water quick*.

We only have *water please*.«

– ein Lufthanseat

Kännchen nur auf der Terrasse

Während des Getränkeservice ordert ein ziemlich mürrisch dreinschauender Passagier Kaffee.

Beim Anblick des kleinen Plastikbechers fragt er genervt, ob wir nicht auch ein Kännchen hätten.

Die Kollegin antwortet ihm mit einem charmanten Lächeln und einer Handbewegung in Richtung Tragfläche:

»Das tut mir leid, aber Kännchen servieren wir nur auf der Terrasse!«

– Maja Dillner-Bürger

Was Passagiere so bestellen

Schön war auch die Bestellung im Bordverkauf:

»Schalala von Geierlein!«

Nach kurzem Überlegen war mir klar: Der Passagier wollte *Shalimar* von *Guerlain*.

– Oliver Holzinger

Bladimäri

Es war auf einem Flug von Nizza nach Düsseldorf Anfang der Neunzigerjahre.

»Liebelein, tu misch ma 'ne Bladimäri! Und wenn de ned weißt, wat dat is – dat is 'ne Domadensaft mit Kambari.«

Ich kann mich aber nicht mehr daran erinnern, ob er ihn mit Salz und Pfeffer getrunken hat ...

– Steffi Ammon

Der durstige Bayer

Als junge Holländerin absolviere ich meinen ersten Flug auf der B727 von Frankfurt nach München.

Ich mache im hinteren Bereich den Getränkeservice und komme zu einem Herrn in bayerischer Trachtenkleidung an einem Fensterplatz, der etwas bestellt, was ich nicht verstehe. Als ich ihm nach dem vierten Nachfragen sage, dass ich ihn wegen der lauten Triebwerke nicht richtig hören kann, knallt er seinen Tisch herunter und schlägt darauf mit dem Ausruf: »HERRSCHAFTSZEITEN, I MOG A BIIIIER!!!«

– Ester Jansen

Service between the legs

Ich flog als SFO auf einer B747 von Saigon nach Bangkok. Einige der Passagiere blieben für den Weiterflug nach FRA als Transitgäste an Bord, während neue Gäste und die neue Crew zustiegen.

Auf dem Leg (*Leg* bedeutet im Airline-Slang nicht wie laut Wörterbuch *Bein*, sondern *Teilstrecke*) SGN–BKK war es sehr turbulent, und der Cpt. entschied sich, die Anschnallzeichen eingeschaltet zu lassen. Er bat mich, unsere frischgebackene und bis in die Haarspitzen motivierte P2, die Chefin der Kabine, anzurufen und ihr mitzuteilen, bitte angeschnallt sitzen zu bleiben, weil der Service auf dem relativ kurzen Flug wohl ausfallen müsse.

Sie fragte nun alle zehn Minuten nach, ob sie nicht vielleicht doch einen eingeschränkten Tablett-Service versuchen solle? Der Cpt. verneinte und schlug vor, das doch später auf der Parkposition nachzuholen, während wir auf unsere Ablösung warten würden.

Da es sich nur um wenige Transitgäste handelte, nahm die P2 den Vorschlag erleichtert an und verkündete freudig über die Bordansage:

»Ladies and gentlemen, we sincerely apologise that due to the turbulence we are not able to offer any food or drinks on this flight. But we are happy to give you a little service between the legs as soon as we have reached our parking position!«

Die Gelächter aus der Kabine hörten wir bis ins Cockpit, und später beim Crewdrink im Hotel konnte die Kollegin selbst auch darüber lachen!
– *Oliver Holzinger*

Die Eier des Hintermanns

Mitte der Achtzigerjahre hatte ich in meinem Dienstplan eine Condor Frühaufsteher-Tagestour mit B727 auf die Kanaren, FRA–LPA–FRA.
Das hieß: 03:00 Uhr aufstehen, 05:00 Uhr Briefing und um 06:15 Uhr Take-off.

Auf dieser Strecke gab es seinerzeit ein warmes Frühstück mit Eierspeisen, entweder Omelett oder Rührei. Nach den Servicevorbereitungen ging ich gemeinsam mit der Purserette in die Kabine; sie teilte die Essen aus, und ich schob den Getränkewagen hinterher.

Der Sitzabstand bei Condor war relativ eng, und deshalb musste der Essen-Austeiler jeden Passagier bitten, während des Mahlzeitenservice die Rückenlehne aufzurichten, damit der Hintermann genug Platz für sein Tablett hatte. Also in jeder Sitzreihe derselbe Sachverhalt.

Die Purserette:
»Wären Sie so freundlich, zum Essenservice die Rückenlehne senkrecht zu stellen, damit der Passagier hinter Ihnen mehr Platz zum Essen hat?«
Damit es nicht zu eintönig wurde, änderte sie in jeder Reihe ihre Formulierung.
In der zehnten Sitzreihe angekommen, hörte ich, wie sie zu einem Gast sagte:
»Wären Sie bitte so freundlich, zum Essen Ihre Rückenlehne aufrecht zu stellen? Sie sitzen sonst auf den Eiern Ihres Hintermanns.«

Lautes Lachen der Passagiere, die das mitbekommen hatten!
Erst in diesem Moment wurde ihr bewusst, was sie soeben gesagt hatte. Sie bekam einen hochroten Kopf und musste für zwei Minuten in die Galley verschwinden, um sich ein wenig runterzukühlen ...
Erst danach konnten wir unseren Service fortsetzen.
– *Klaus Alderath*

Wohin mit dem Cello?
Full House mit B747 beim Abflug in FRA.
Ein Passagier in der Economy Class mit einem Cello plus Handgepäck fragte uns, ob wir wohl sein Musikinstrument vorsichtig und gut gesichert verstauen könnten.

Das war noch zu den Zeiten, wo es keine Business Class gab, sondern nur Economy und First; der Stauraum außerhalb der Overhead-Bins war sehr bescheiden.

Der Purser – ich meine, es war Jochen E. – gab sich große Mühe, einen Platz für das Cello zu finden, konnte es sich aber nicht verkneifen, dem Passagier zu sagen:
»Hätten Sie mal lieber Flöte spielen gelernt!«

Dieser Spruch löste allgemeine Erheiterung aus.
Für das gute Stück wurde schließlich ein Platz gefunden, und alle waren zufrieden.
– *Maja Dillner-Bürger*

Die zwei HONs und die Trennwand

Abends, Einsteigen beim A380 in Singapur.
Meine Kollegin und ich arbeiteten in der First Class. Alle Passagiere waren gut drauf und recht munter.
Jeder Gast bekam lecker Schampus und seinen Pyjama.

Die Plätze 2D und 2G waren noch frei. Wir wussten, dass dort zwei HONs sitzen würden, und warteten auf sie.

Die Herren, beide circa Mitte fünzig und ultrawichtig, kamen an Bord, schnappten sich ihre Amenities und verschwanden in den Toiletten, der eine rechts, der andere links. Kurz danach kamen sie heraus, gingen zu ihren Plätzen und verstauten ihre persönlichen Dinge.

Der Herr von 2D winkte mich heran.
Ich schenkte ihm Champagner ein, er kam mir ganz nah und flüsterte in mein Ohr:
»Die Scheißtrennwand geht nach dem Start hoch!!«
Ich sagte: »Okay«, und verließ den Platz.

Auch der Gast von 2G winkte, und ich eilte mit Champagner herbei.
Auch dieser Gast flüsterte mir etwas ins Ohr:
»Nach dem Start bleibt die Wand unten. Ich hasse das Teil!«
Ich sagte: »Okay«, und verließ den Gast.

Wir hatten eine Verspätung.
Ich brauchte einen Plan wegen der Trennwand.

Die Gläser der Passagiere waren leer.
Kurzerhand nahm ich die Flasche Champagner und baute mich vor 2G direkt an der Fußablage auf. Ich füllte die Gläser nach und teilte den beiden Herren Folgendes mit:

»Darf ich bekannt machen: Prof. Dr. Dr. XXX und Dr. YYY. Sie beide sitzen heute nebeneinander, und es geht um die Trennwand zwischen Ihren Sitzen.
In fünf Minuten komme ich wieder und hätte dann gerne eine Entscheidung.«

Das Ende vom Lied: Die beiden tauschten ihre Visitenkarten aus, redeten circa zehn Stunden miteinander und leerten fast fünf Flaschen Wein.

Die Wand blieb unten!
Zum Abschied sagten beide, dass ich eine vielversprechende Zusammenarbeit ihrer Firmen in Gang gebracht hätte.
Ohne meine Ansage wäre das wohl nie passiert.

Was daraus wurde? No idea!
– *Matthias Kelter*

»Mehrr Brrot«

Die polnische Kollegin reicht in der Business Class Brötchen nach und sagt an jeder Sitzreihe:»Brrot? Brrot? Brrot?«

Die Purserette nimmt sie diskret zur Seite und fragt, ob sie die Frage während ihres Angebots nicht etwas variieren könne.
Na klar!

»Mehrr Brrot? Mehrr Brrot?«
– *Irina Klug*

Lieber Fisch

Flug Peking–Frankfurt, hauptsächlich deutsche Gäste in der Economy. Eine chinesische Kollegin spricht nur sehr wenig Deutsch, versucht aber, das Wenige mutig und bestmöglich anzuwenden.

Briefing in der Galley zur Hauptspeise: zur Auswahl stehen Fisch oder Huhn.

Der Purser ruft allen noch einmal ins Gedächtnis, dass es normalerweise nach der fünften Reihe kein Huhn mehr gibt, und ermutigt alle, den Fisch von Anfang an *zu verkaufen*.

Der Service beginnt, und bereits nach fünf Reihen rennt die chinesische Kollegin in die Galley und ruft, sie brauche mehr Fisch!

Noch ein paar Reihen weiter ruft sie wieder durch die Kabine: »ICH BRAUCHE MEHR FIIIIIIIIIIIISCH!!!«

Erstaunt über diesen Erfolg, kommen alle Flugbegleiter in die Galley und fragen die chinesische Kollegin, wie sie das schaffe, dass alle Gäste Fisch wollen. Sie zuckt mit den Schultern, weiß es selber nicht:

»I don't know, I just ask the passengers: *Möchten Sie Fisch oder Hund?*«
– *Claudia Steinbrecher Santos*

Unsere Crews

Entspannter Transit-Lunch in Neapel

1997 hatten wir ab München einen Flug nach Neapel mit drei Stunden Transit dort. Üblicherweise ging die Crew in diesen Stunden im Flughafen zum Essen.

Es war ein heißer Tag. Nach der Landung verstauten wir alle Taschen im Cockpit, der Cpt. machte die Türen der B737 zu, und wir liefen übers Vorfeld ins Terminal.

Wir saßen zusammen an einem Tisch in dem übervollen Restaurant und genossen ein supergeselliges, kurzweiliges Mittagessen.

Irgendwann sagte der Chef:
»Hach, das ist so schön mit euch, hier fehlt nur noch der Grappa, aber wir müssen ja leider noch arbeiten.«

Beim Wort *arbeiten* stutzten wir alle leicht, das hatten wir doch irgendwie total verdrängt!
Der Copilot fragte mich: »Du, wann gehen wir eigentlich wieder raus, um Viertel nach, oder?«
Ich schaute auf meinen Spickzettel und erwiderte: »Ja genau, 13:15 UTC.« *(Anm. der Red.: entspricht Ortszeit 15:15 Uhr.)*
Ein Blick zur Uhr im Restaurant – es war bereits 15:05 Uhr!

Der Cpt. war kurz sprachlos, und dann wurde es hektisch.
»Sabine, bestell' die Rechnung!!«

Zum Copiloten: »Mach schon mal den Flieger klar, ich zahl' noch schnell.«
Ich bat den Kellner um die Rechnung: »Si si, un attimo.«

Der Kellner hatte in alter neapolitanischer Art die Ruhe weg und fing an, uns noch weitere *Dolce, Caffè* u. ä. anzubieten.

Der Chef sprang auf, stellte sich bei der Schlange zum Zahlen an und schickte uns schon mal los.

Durch die Scheiben des Restaurants sahen wir unseren Copiloten mit wehendem Sakko quer übers Vorfeld rennen, und der erste Passagierbus stand auch schon vor unserem Flieger.

Nun hetzten wir übrigen alle zu unserer Maschine. Völlig verschwitzt bei über dreißig Grad kamen wir dort an, und ein fluchender Ramp Agent empfing uns.

Schnell wurde alles aus dem Cockpit rausgeschmissen, die Handtaschen in der Garderobe verstaut, und dann ließen wir unsere leicht erzürnten Gäste einsteigen. Als letzter kam der Kapitän.

Gespräch im Cockpit:
»Mei, so a Scheiß, auf was schreiben wir jetzt den Delay?«
»Ach komm, mach ma ATC Delay draus, braucht ja koana wissen ...«

Dieser Umlauf blieb uns allen im Gedächtnis, und wann immer ich den Cpt. im FOC wiedertraf, mussten wir über diese unvergessliche Geschichte lachen.
– *Sabine Lee*

Suche nach dem Terminal
FRA–LHR, Nebel in London.

Zwei Anflüge wurden abgebrochen. Der Cpt. erläuterte, dass es, wenn der dritte Versuch auch nicht klappen würde, zur Ausweichlandung nach BRU ginge.

Der dritte Anflug war erfolgreich, und es gab erleichterten Applaus in der Kabine.
Die Ansage aus dem Cockpit steigerte die gute Laune an Bord noch:

»Freuen Sie sich nicht zu früh! Die Landebahn haben wir dank der guten technischen Ausstattung unseres Flugzeugs getroffen.

Aber jetzt müssen wir bei diesem dichten Nebel *nur noch* das Terminal finden ...«
– *Joachim Kebbekus*

Kapitän mit Baby im Dienst
Wann immer ich Zeit hatte, begrüßte ich als CPT die Gäste gerne persönlich.
So auch an jenem Montagmorgen gegen acht Uhr auf dem Flug HAM–MUC.

Pre-Boarding, eine junge Mutter mit Baby (noch kein Jahr alt) kam samt Kinderwagen durch die Fluggastbrücke. Dann das oft zu sehende Schauspiel: Sie hatte das Kind auf den einen Arm geklemmt und versuchte mit der Hand des anderen, den Wagen zusammenzuklappen. Dabei bemühte sie sich, sämtliche Utensilien aus dem Wagen irgendwie in den Taschen zu verstauen.

Ich bot natürlich meine Hilfe an, denn ich wusste als Vater, dass es eine Wissenschaft für sich war, einen Kinderwagen zusammenzuklappen. Vertrauensvoll übergab sie mir das Kind, ein Bübchen, das ich auf den linken Arm nahm. Große Kulleraugen betrachteten mich prüfend, dann ein Lächeln: Was war die Krawatte doch interessant, die Knöpfe am Hemd ...

Die Mutter kämpfte weiter mit dem Wagen, als die ersten Gäste erschienen. Ich stand währenddessen in der Cockpittür. Da kamen sie mit mürrischen Montagmorgen-Gesichtern – bis zu dem Moment, in dem sie das Baby auf meinem Arm sahen. Allen, wirklich allen, zauberte das ein Lächeln aufs Gesicht!

Natürlich gab es auch sehr nette Kommentare, und dann eine total verblüffte Dame, die mich ernst ansah und fragte:
»Ist das Ihres?«
Und in dem Moment fiel mir doch tatsächlich ein zu sagen:
»Ja, zu Hause ist grad niemand, und ich wusste nicht, wohin damit. Da hab ich's halt mitgenommen. Der Kindersitz ist vorne im Cockpit.«
Die Frau sah mich sehr verständnisvoll an, nickte und ging ihrer Wege.

Lachend übergab ich der jungen Mutter das Kind, aber erst, als alle eingestiegen waren. Sie wollte es zwischendrin schon wieder auf ihren Arm nehmen, aber als sie sah, welch zauberhaftes Lächeln wir auf den Gesichtern der Gäste erlebten, wartete sie bis zum Schluss.
– *Joannis von dem Borne*

KAPTEIN DOD!

Im November 1965 hatte ich auf der B727 mit einer Hamburger Cockpitbesatzung meinen zweiten Flug nach Tripolis. Cpt. war *Papa E.* und der Copilot mein späterer guter Freund Dieter G. Als Einweisungs-Purser war Peter O. eingeteilt.

»Hast du mal 'nen Start im Cockpit mitgemacht?«, fragte mich Peter, und schwuppdiwupp saß ich hinter Papa E. Nun ging es los, und wir rollten auf die Startbahn.

Cpt. E. *in command* schob die Gashebel nach vorn, und wir bekamen richtig Geschwindigkeit, da der Flieger nur mit wenigen Paxen besetzt war.

Bei V1 ließ Papa E. die Controls los und schrie: »KAPTEIN DOD!«
Und wie fix der Dieter G. dann nach vorne in die Controls griff, werde ich nie vergessen ...

Ende gut, alles gut.
Wir haben beim Debriefing sehr gelacht!
– *Jochen Meier*

Mit Möbeln nach Lima

Cpt. H. bekam eine Stationierung in Lima.
Er wohnte irgendwo im Rodgau, ich glaube, in Urberach. Die Nachbarschaft wusste Bescheid, dass H. und Gattin nun erst einmal in Peru leben würden. Daher wunderte sich auch niemand, als an einem wunderschönen Sommermorgen ein sehr großer Umzugs-LKW vor H.s Residenz parkte und den gesamten Haushalt abtransportierte.

Die Nachbarn sahen das und dachten, na ja, der H. lässt sich jetzt auch seine Möbel nach Peru schicken.

H. kam nach seiner Zeit in Lima mit seiner Ehefrau zurück, öffnete die Haustür – und schaute in gähnende Leere. Nur noch das Telefon stand auf dem kleinen, mit echtem Perser belegten Telefontisch.

H. hatte natürlich Gott und die Welt informiert, dass er nun für mehrere Monate mit *Mutti* im Ausland weilen würde! O welche Freude!!!
– Jochen Meier

»Brücke an Maschinenraum«

Wieder einmal war ich als Techniker unterwegs, um einen A310-Flug von Frankfurt nach Teneriffa zu begleiten.

Dieser A310 hatte eine Besonderheit. Da man sich bei diesem Muster erstmalig sehr stark auf die Elektronik verließ, wurden einige Computer der wichtigsten Systeme in einer *Minimum Equipment Bay*, also einem Bereich der wichtigsten Systeme, unter dem Cockpit im Electronic Compartment zusammengefasst und mit einem feuerfesten Gehäuse versehen.

In dem Gehäuse gab es neben dem normalen Rauchmelder noch einen kleinen Lüfter mit einem Schlauchanschluss. Der endete auf der Copilotenseite im Cockpit, wo man ihn zu sich ziehen konnte, um mithilfe der Nase herauszufinden, ob es denn in der besagten Bay nach Rauch riecht. Dieses System (Lüfter und Schlauch) hieß *Sniffer Fan*, und das Teil im Cockpit sah aus wie das aus der Dusche mit einem kleinen Trichter oben.

Wir waren also unterwegs, DLH für Condor nach Teneriffa. Nach dem Essen kamen, wie bei Condor üblich, kleine und große Besucher fürs Cockpit. Der Kapitän hatte sich schon seitwärts gesetzt, den linken Arm locker auf dem Glareshield.

Es erschien eine Familie mit einem circa zehnjährigen Sohn. Der ließ sich nun vom Cpt. ausführlich das Cockpit erklären. Der Lütte guckte zuerst zum Cpt., dann zum FO und fragte: »Wer fliegt denn jetzt das Flugzeug, wenn niemand die Hände am Steuer hat?«

Cpt.: »Das macht der Autopilot.«

Der Lütte: »Und wo ist der?«

Cpt.: »Der sitzt unten im Keller, im Electronic Compartment, unserem Computerraum.«

Der Lütte: »Und woher weiß der denn, wo er hinfliegen soll? Da unten sind ja gar keine Fenster, das hab ich vorhin beim Einsteigen gesehen.«

Cpt.: »Wir sagen ihm wohin, pass mal auf!«

Daraufhin zog der FO den Sniffer-Schlauch zu sich, blies kurz hinein und sagte:
»Zwei Strich backbord!«

Der Flieger legte sich wie von Geisterhand in eine sanfte Linkskurve.
Der Lütte war zufrieden, und die Eltern rissen die Augen auf. Man hatte ja mal was übers Fliegen gehört ..., aber *das*?!?

Was den dreien allerdings entging, war der Daumen vom Cpt. am Glareshield, mit dem er den Heading-Knopf unbemerkt verdrehte, so den vorgewählten Kurs für den Autopiloten veränderte und die Kurve einleitete.

Zwei stark grübelnde Eltern und ein sehr zufriedener Knirps kehrten wieder auf ihren Platz zurück. Der Knabe freute sich darauf, dass er nun in der Schule etwas zu erzählen haben würde!
– *Harry Andresen*

Zwei Pils für die Purserette

Wir fliegen eine Langstrecke mit A340. Ein frischgebackener Flugbegleiter ist auf seinem ersten Flug an Bord. Die P2 sitzt

132

im PCC und hat etwas zu tun, als der neue FB bei ihr vorbeikommt.

Die P2 zum neuen Kollegen:
»Bist du so nett und bringst mir meine zwei PILs (Purser Information List) aus der Galley.«

Nach 30 Sekunden kommt der neue Kollege wieder und stellt ihr zwei Flaschen Bier auf den Tisch ...
– *Klaus Alderath*

Cpt. Spaßvogel

Wir hatten in den Achtzigerjahren einen Kapitän auf der DC-10, der seine Pax-Ansagen immer so begann:
»Meine Damen und Herren, hier spricht Ihr Kapitän.

Wir verbrennen ...« – dann folgten vier bis sechs Sekunden Pause – »... pro Stunde etwa x Liter Kerosin pro Triebwerk.« Man kann ziemlich sicher sein, dass er von da an die uneingeschränkte Aufmerksamkeit aller deutschsprachigen Passagiere hatte!
– *Reinhold Weber*

Fliegen *mit dem Arsch*

Anfang der Siebzigerjahre gab es einen schon etwas älteren B727-Kapitän namens E. – ein absolutes Original. Er erzählte mal, dass er im Krieg Stuka-Pilot gewesen sei.

Wenn ich als Ramp Agent zum Flieger kam, saß er in der Umkehrzeit und während des Tankvorgangs (!!) in der Kabine und rauchte seine Zigarre.
»Jungchen, mach dir keine Gedanken – da passiert schon nichts!«

Wenn ich ihm das Loadsheet brachte, gab er das gleich an den Copiloten weiter:
»Ich fliege sowieso nur mit dem Arsch, ich brauche kein Papier!«

Ich erlebte in meiner langen Dienstzeit viele Originale, aber Cpt. E. war schon das Highlight!
– *Gunter Gomola*

Aloha in Bayern

Eine Flugbegleiterin fliegt auf ihrem Kurzstrecken-Umlauf von HAM nach MUC, diesmal als Passagier, um von MUC aus im Dienst weiterzufliegen.

Nach der Landung verlässt sie die Maschine über die hintere Treppe und steigt in den bereits auf sie wartenden Crewbus ein, sagt dem Fahrer die Position ihres Weiterflugs und setzt sich hin.

Der Crewbusfahrer fährt aber nicht los, sondern dreht sich kurze Zeit später zu ihr um.

»Aloa?« (Übersetzung aus dem Bayerischen: *Allein*?) Er will halt wissen, ob sie alleine ist und er losfahren kann oder ob noch andere Crewmember aus der Maschine kommen.

Sie schaut hinter sich, ob der Crewbusfahrer jemand anderen meint, und reagiert nicht.

Kurze Zeit später dreht sich der Crewbusfahrer wieder um und fragt nochmals: »Aloa?«

Daraufhin winkt ihm die Flugbegleiterin zu und antwortet freundlich:
»Aloha«, im guten Glauben, sie erwidere die hawaiianische Begrüßungsformel.

Ob sie wohl jemals losgefahren sind?
– Klaus Alderath

Direkt nach Rawalpindi

Meine Lieblings-Shuttlerstory ist aus den Achtzigern. Natürlich ist sie wahr, denn so etwas kann man sich nicht ausdenken!

Zwei Flugbegleiterinnen wollen zum Dienst von München nach Frankfurt. Die LH Maschine ist voll, ebenso die KLM und alle Maschinen anderer Airlines auch. Allmählich wird es zeitkritisch!

Ein Rampagent, der die Not der Mädels mitverfolgt hat, versucht, ihnen zu helfen. Er erzählt, dass die pakistanische PIA nebenan am Gate ein technisches Problem habe und über Frankfurt fliege, um es dort beheben zu lassen; vielleicht könnten sie ja da mitkommen. Sie können!

Kaum sind sie in der Luft, ertönt die Ansage des Kapitäns in wunderbarem pakistanischem Englisch-Singsang:
»Ladies and gentlemen, we are happy to announce to you that our technical problems have been solved. We are going to Rawalpindi directly now!«

Ich glaube, die Mädels haben vor Schreck beinahe einen Herzkasper bekommen!

Doch Ende gut, alles gut ...
Die Damen dürfen in Rawalpindi ohne Visum einreisen und ins Hotel.

Im Frankfurter Lufthansa Dienstgebäude der Crews, das kurz *BG2* genannt wird, soll es übrigens anstelle des dienstlichen Verwarnungsgesprächs für die beiden – als *Kaffee ohne Kekse* bekannt – brüllendes Gelächter gegeben haben ...
– Gundi Mathews

Piloten in Nigeria

Während meiner langjährigen Dienstzeit in Lagos lernte ich die nigerianische Bezeichnung für Piloten kennen:
Flybus Driver.
– Michael Wurche

Service für die Hampelmänner

Anfang der Achtziger flog ich bei Condor als Flugbegleiter. Auf einer B727-Tour arbeitete ich vorne zusammen mit der Purserette.

Hintergrund-Info:
Ohne dies im Briefing ausdrücklich anzusprechen, war die Arbeitsaufteilung so, dass der Purser sich nach dem Start um den Cockpit-Service kümmerte und FB 1R Kinderspielzeug verteilte (im Crew-Slang salopp *die Kinder / das Spielzeug machen* genannt).

136

Da es Hochsommer war und wir überdurchschnittlich viele Kinder an Bord hatten, bekamen wir standardmäßig immer eine Extra-Beladung Spielzeug. In diesem Fall war das ein Beutel mit kleinen Hampelmännern aus Holz.

Nach dem Start sagte mir die Purserette, dass sie noch mal schnell auf die Toilette müsse. Ich erwiderte, sie solle sich ruhig Zeit lassen, ich würde inzwischen schon einmal die Hampelmänner machen.
Gesagt, getan: Ich verteilte das Kinderspielzeug und baute dann meinen Getränkewagen auf.

Unterdessen kam die Purserette von der Toilette zurück, und wir begannen unseren Passagier-Service.
Nach wenigen Minuten klingelte die Cockpitbesatzung. Die Purserette eilte nach vorne, kam dann wieder in die Kabine und sagte zu mir:
»Du hast doch gesagt, du hast die Hampelmänner gemacht, die haben aber noch gar nichts zu trinken!«

Selbst nach vielen Jahren, wenn ich die Purserette wiedersah, mussten wir über diese Geschichte noch lachen.
– *Klaus Alderath*

Plan B

Wir flogen mit neuen Copiloten, die ihre ersten Landungen mit dem A320 machen sollten, zum Flugtraining nach Paphos auf Zypern. Viele von ihnen und uns Ausbildern, aber auch Kollegen aus anderen Abteilungen hatten Angehörige mit an Bord dabei.

Die übrigen freien Plätze des Sonderflugs waren über ein Reisebüro als Wochenendtrip verchartert worden. Die meisten der Gäste machten einen solchen Flug nicht zum ersten Mal mit, und so ähnelte die Stimmung an Bord der ungezwungenen Atmosphäre eines netten Betriebsausflugs.

Meine damals etwa sechsjährige Tochter wurde von der Cabin Crew gefragt, ob sie Lust hätte, beim Verteilen der Essenstabletts zu helfen, was sie natürlich mit Begeisterung tat.

Abends beim Essen in großer Runde unter uns Kollegen wurde sie gefragt, ob sie denn auch mal Pilot werden wolle. Ihre Antwort trug sehr zur fröhlichen Stimmung bei:
»Nein, wenn ich mal groß bin, will ich Stewardess werden. Aber wenn's nicht klappt, werde ich halt Kapitän!«
– *Klaus-Peter Janke*

Kleider machen Leute

Mitte der Neunziger flog ich als junger Copilot Ende zwanzig auf B737 mit einem Kapitän im Alter von Ende fünfzig, der einen grauen Bart und wenig Resthaar hatte. Wir warteten im Transit auf unsere neue Cabin Crew, und ich schnappte mir zum Outside Check das Uniformjackett und die Warnweste.

Draußen angekommen, sprach mich der Rampagent (damals noch SWQ) an:
»Ich hab' hier die Papiere für Sie, Käpt'n«, und übergab mir die obligatorische Tüte mit unseren Flugunterlagen.

Als ich zurück ins Cockpit kam, wies mich der Kapitän schmunzelnd darauf hin, dass ich wohl versehentlich seine Uniformjacke gegriffen hätte, was auch die Anrede des SWQ erklärte.

So kam uns die Idee, die neue Crew mit vertauschten Rollen zu begrüßen.
Wir tauschten die Schulterstreifen und die Sitzplätze im Cockpit. Ich sollte mich als Cpt. vorstellen und das Briefing übernehmen.

Zwar war ich mir sicher, dass uns das die Cabin Crew niemals abnehmen würde, aber beim Eintreffen der Kolleginnen wurde ich sofort gesiezt und der doppelt so alte Cpt. geduzt! Man sah ihnen die Verwunderung zwar an, aber niemand traute sich, nachzufragen.

Wir zogen das Schauspiel während des Boardings bis kurz vor Off-Blocks durch. Erst zur Kabinenklarmeldung bot ich der P1, wieder auf meinem Copilotenplatz rechts sitzend, unter allgemeinem Gelächter auch das Du an.
– *Oliver Holzinger*

Der Kapitän als Hotelpage

Kurz vor unserem Pickup am *Sheraton Hotel Sheremetyevo Airport* in Moskau.
Es herrscht beißende Kälte und wildes Schneetreiben vor der Tür, wir sind *komplett* und warten drinnen im Warmen auf den Crewbus.
Als Kapitän meiner Crew schaue ich draußen vor der Tür, ob sich unter den parkenden Kleinbussen schon unser Crewbus befindet.

Ein Taxi fährt vor, der Fahrer lädt den Koffer seines Fahrgasts aus. Mit äußerst mürrischem Gesicht nimmt der Mann sein Gepäckstück und trägt es die wenigen Stufen zur Hoteltür hoch. Ohne jeglichen Blickkontakt oder Gruß stellt er mir seinen Koffer fast auf die Füße und verschwindet im Hotel.

Hätte er eine gute Kinderstube gehabt und nur ein wenig Freundlichkeit gezeigt, hätte ich ihm sicherlich gesagt, dass ich nicht der Hotelpage bin, für den er mich in meiner Uniform mit den Streifen am Ärmel offensichtlich hielt.

So weiß ich nicht, was aus dem Koffer wurde.
Bei unserer Abfahrt zum Airport ein paar Minuten später stand er jedenfalls noch vor der Tür ...
– *Klaus-Peter Janke*

Flug Wolfsteiner 572

Am Montag, dem 27. Januar 2020 hatten SFO Markus L. und ich, SFO Thorsten Langguth, die Ehre, Kapitän Ulli Wolfsteiner als seine Copiloten auf seinem Abschiedsumlauf nach Johannesburg zu begleiten.

Da Ulli am nächsten Tag auch noch seinen 59. Geburtstag hatte, sollte es natürlich schon etwas Besonderes sein. In der von unserer P2 Bettina Neuenschwander eingerichteten WhatsApp-Gruppe überschlugen sich alle mit Ideen.

Als Markus und ich am Montagabend im Briefingbereich standen – Ulli war noch nicht da – kam uns spontan die Idee, Ulli zu veräppeln. Ein kurzer Anruf beim Einsatz genügte, und der Kollege war sofort bereit, mitzumachen.

Kurz nachdem das Briefing begonnen hatte, klingelte Ullis Kapitänshandy, und nur wenig später entglitten ihm die Gesichtszüge. Was war passiert? Der ominöse Anrufer hatte Ulli eröffnet, dass unser lange geplanter Abschiedsflug am Abend aufgrund technischer Probleme nicht mehr stattfinden könne.

Ulli sah seine gesamte Umlaufplanung – vor allem die Fahrt am Ankunftstag zum *Kingdom Resort* nahe Pilanesberg mit der gesamten Crew – zerplatzen. Markus und ich mussten aufpassen, nicht jetzt schon herzhaft zu lachen.

Da Ulli aber als Mann der Tat gilt und lösungsorientiert arbeitet, war schnell ein Ausweg gefunden. Das *technische Problem* stellte sich als ein Fehler in der Beheizung des Rückspiegels auf der Kapitänsseite dar. Und hier merkte Ulli dann sofort, dass ihm ein Streich gespielt worden war, denn einen Rückspiegel hat das Flugzeug nicht. Er schlug also seinerseits scherzhaft vor, einfach ein Kabel von der FO-Seite rüberzuziehen, und außerdem schaue er sowieso nur nach vorn.

Mit immer noch leicht erhöhtem Puls ging es dann zum Kabinenbriefing, wo Ulli mit einem eigens einstudierten Ständchen samt Ukulelenbegleitung empfangen wurde.

Endlich konnte der Flug starten, und ich holte wie gewohnt per ACARS – also auf schriftlichem Wege – die Freigabe. In den Freitextbereich schrieb ich noch »Letzter Umlauf für CPT Wolfsteiner«, in der Hoffnung, dass die Controller sich auch von ihm verabschieden würden. Das taten sie, und zwar auf eine für uns alle überraschende Weise.

Auf die Anfrage: »Lufthansa 572, request pushback«, kam die Antwort:
»Wolfsteiner 572, you are cleared for pushback.«

Ungläubig schauten wir uns alle an. Beim Wechsel zur Ground-Frequenz dasselbe Spiel: Auf »Lufthansa 572« folgte eine Antwort des Controllers mit »Wolfsteiner 572«.

Okay ... Clearance Delivery, Apron, Ground, Tower – sie alle saßen vermutlich im gleichen Raum und hatten sich abgesprochen ...

Nach dem Takeoff folgte die erste Meldung beim Departure-Controller: »Langen, guten Abend, Lufthansa 572 is passing 2000 feet, climbing 4000 feet.«
Auch hier die Antwort: »Wolfsteiner 572, continue climb flightlevel 110.«

So ging es weiter über Österreich, die Balkanstaaten und Griechenland in Richtung Afrika. Ab Kroatien wurde die Aussprache von *Wolfsteiner 572* etwas holperig, aber irgendwie hatte es der Delivery-Controller geschafft, dass ganz Europa uns mit *Wolfsteiner 572* ansprach. Der eine oder andere Fluglotse fragte sogar noch mal nach, ob es ein besonderer Flug sei, um Ulli anschließend alles Gute zu wünschen.
Über Afrika – in diesem Fall Ägypten, da wir aufgrund der Winde und des Wetters sehr weit östlich flogen – hieß es dann aber wieder *Lufthansa 572*. Da wir zu diesem Zeitpunkt aber schon einen Geburtstagskaffee und -kuchen im Cockpit serviert bekommen hatten, ging es trotzdem gut gelaunt weiter.

Nach Ankunft in Frankfurt am Freitagmorgen erwarteten uns insgesamt drei Follow-me-Fahrzeuge der Vorfeldaufsicht. Vermutlich hatten sie Ulli nicht mehr zugetraut, nach diesem denkwürdigen Umlauf die angedachte Parkposition selbst zu finden.

Die erbetene Wasserfontäne der Feuerwehr fiel leider aus, da es tatsächlich zu viele Anfragen dieser Art gegeben hatte.

Ja, das waren die guten alten Zeiten vor Corona ...!
– *Thorsten Langguth*

Bordansage auf Bayerisch

LH375 startet in München zum Flug nach Frankfurt. Kapitän Werner F. macht die üblichen Ansagen auf Deutsch und Englisch und schließt dann noch eine weitere Sprache an.

142

»Griaß Gott, liebe Landsleit, do spricht aia Pilot.«
Und nach den Fluginformationen folgt:
»Bleibt's net zu lang von Minga weg und kommt's mea guat hoim!«

Lautes Gelächter der Passagiere und ein lang anhaltender Applaus auch der *Nordlichter* an Bord folgen auf diese bayerische Bordansage.
– *Michael Wurche*

Doppelfunktion

Im Jahre 1986 bot sich mir die Gelegenheit, nach meinem Studium und der Approbation in Humanmedizin für drei Monate bei Lufthansa als FAZ (Flugbegleiter auf Zeit) zu fliegen.

Ich hatte damals einen Umlauf mit einem Kapitän, der als ziemlich arrogant bekannt war und sich, wenn möglich, nur mit Kollegen abgab, die mindestens drei Streifen am Ärmel hatten. Ein einfacher FB? Unter seiner Würde!

Meiner P2 hatte ich im Briefing natürlich von meiner Qualifikation erzählt, und es kam, wie es kommen musste ...

143

Ein Gast klagte über Herzprobleme, er hatte hohen Blutdruck und Brustschmerzen, was das Schlimmste befürchten ließ. Ich kümmerte mich also in meiner Funktion als Arzt um den Patienten und stabilisierte ihn.

Die Purserette teilte dieses dem Cpt. mit, nicht aber, dass ICH der Arzt war.
Der Cpt. wollte dann mit dem Arzt sprechen, um das weitere Vorgehen abzustimmen.

Ich ging also nach oben ins Cockpit und wurde vom Cpt. barsch gefragt, was ich hier wolle, er erwarte schließlich den Arzt.
»Der steht vor Ihnen«, antwortete ich und grinste in mich hinein, denn er rang daraufhin sichtlich um Fassung.

Wir besprachen sehr schnell das Dienstliche, nämlich, dass eine Zwischenlandung nicht nötig sei, weil ich die Sache im Griff hätte und es dem Patienten soweit gut gehe.

Während des gesamten Umlaufs amüsierte ich mich über die Bemühungen des Cpt., das Gespräch mit mir zu suchen. Meine Lust darauf war eher beschränkt, und so blieb es bei ausschließlich dienstlichen Gesprächen.

Ob diese Begegnung etwas an seiner Sichtweise auf *kleine* FBs geändert hat?
– *Michael Otto*

Wann sollte man mit dem Fliegen aufhören?
Man sollte aufhören, als Crew Member zu fliegen, wenn man

- zu Hause seine Balkontür auf *Flight* stellt
- unter der Couch einen Schwimmwesten-Check macht
- nach oben schaut, wenn es klingelt
- sich beim Telefonieren mit der Position meldet
- im Stehen isst

- im Auto alle Sicherungen checkt und »Windshield wiper on« bei Fahrten im Regen sagt
- zu Hause alle 15 Minuten die Toiletten-Checks macht
- auf dem Klappstuhl neben der Toilette und über dem Mülleimer zu Abend isst
- die Schubladen mit einem Fußtritt zumacht
- den Rest aus der Kaffeetasse in den Müll gießt
- auch von der Familie erwartet: *Kein Weg mit leeren Händen!*
- zu Hause darauf achtet, alle Fluchtwege freizuhalten
- beim Liebesakt den Partner nach der ETA fragt, also der *estimated time of arrival*
- beim Zahnarzt fragt, wie viele Passagiere noch vor einem dran sind
- jeden Feuerlöscher, den man sieht, gründlich inspiziert
- nie wirklich auspackt
- öfter nicht mehr weiß, wo man gerade ist
- im Supermarkt beim Einkaufswagen die Bremse treten möchte
- Städtenamen nur im Dreiletter-Code angibt.

Die Frage kam von *Stefan Pistairs*
und von *vielen Kolleginnen und Kollegen* die Antworten.

Auf die Schippe genommen

Neue müssen singen

Apropos Neulinge in der Kabine:
Früher gab es oft den Scherz, den Neuen mit der Kreditkarte aus dem Cockpit am Gate die Kerosinrechnung bezahlen zu lassen. Das klappte europaweit problemlos, und der jeweilige Kollege kam immer mit irgendeinem Beleg zurück.

Speziell in LHR verulkte man neue Kollegen gern damit, sie zum Nachbarflieger zu schicken – egal welcher Airline – und dort mit der Blechkanne Kaffee holen zu lassen, weil unsere leer sei.

Aber das Beste geschah mal auf einem Kurzstreckenflug Richtung Osten:
Da erzählte der P1 einer neuen Kollegin, zum Einstand müsse jeder über das Bordansagesystem (*PA*) etwas für die Passagiere singen.
Das machte die mutige junge Kollegin stimmgewaltig und perfekt, und sie erhielt von den Gästen Standing Ovations.
– *Christine Schuster*

Einreisebestimmungen

Mein erster Flug auf der B727 im Mai 1982, eine Tagestour nach London.

Ich hatte gelernt, wie streng die Engländer sind, dass man immer alles verplomben und irgendwelche Listen ausfüllen muss, und so war ich superaufgeregt.

Vor der Landung in London ließ mich der Purser von allen Kollegen die Impfpässe einsammeln. Da wir Neulinge das erste halbe Jahr nur Kurzstrecke flogen, waren wir auch noch nicht geimpft – und das erklärte ich ihm.

Besorgte Blicke von allen, irgendwer murmelte:
»Das muss der Einsatz doch wissen, dass man euch ohne Impfpass nicht nach London schicken darf.«
Und der Purser meinte:
»Bleib nach der Landung mal hinten in der Galley, vielleicht merken sie es nicht.«
Da war mir schon ganz elend zumute.

Und es kam, wie es kommen musste.
Nach der Landung lief ein sehr offiziell aussehender Mann durch die Kabine nach hinten und fragte:
»Is there a Barbara Woinke on board?«
Schüchtern wie eine Erstklässlerin hob ich den Finger. Er nahm mich mit nach vorn, wo die ganze Crew mit völlig versteinerter Miene stand.
»I'm sorry, Miss Woinke, you have to come with me, you don't have a vaccination certificate and we have to put you in prison quarantine for four weeks«, sagte der Offizielle.

Ungläubiges Kopfschütteln der Kollegen, und ich war kurz vor der Ohnmacht. Purser und Kapitän redeten auf ihn ein, erklärten was von erstem Flug, vom Fehler des Einsatzes, sie würden garantieren, dass ich das Flugzeug nicht verlasse, und so weiter. Der Offizielle blieb eisern.

Mein Kapitän verkündete mir ganz heroisch:
»Mach dir keine Sorgen, wir kümmern uns, in spätestens zwei Wochen kommst du da raus.«

Und so trottete ich geknickt dem Offiziellen hinterher, bis der sich nach wenigen Metern umdrehte, mich anlachte und sagte:
»Welcome to London – it was just a joke!«

Den Kollegen liefen vor Lachen Tränen übers Gesicht, man hängte mir eine Ordenskette aus diesen roten Plastikplomben um und gab mir ein Zertifikat, dass ich meinen ersten Flug erfolgreich bestanden hätte.

Der Offizielle, der, wie es sich herausstellte, Ramp Agent war, fragte mich zur Verwunderung aller Kollegen noch Jahre später bei jeder Landung in LHR nach meinem Impfausweis.
– *Barbara Woinke*

Der Zündschlüssel der B727

Als neuer Mitarbeiterin wurde mir Ende der Achtziger von meinem Vorgesetzten ein Schlüssel in die Hand gedrückt: Ich solle ganz schnell über das Vorfeld zum Flieger laufen und ihn dem Kapitän der B727 übergeben – den brauche er zum Starten.
Ich glaubte das natürlich und gab rennend mein Bestes.

Die Crew lachte sich schlapp!
– *Sigrid Rentsch*

Die Klospülung

Mein allererster Flug auf dem A310. Ich war total aufgeregt.

Nach dem Service wurde ich ins Cockpit gerufen. Wir hätten ein kleines technisches Problem mit der Hydraulik, und ich müsste auf der Toilette im hinteren Bereich immer spülen, um Gegendruck zu erzeugen ...

Mannomann! Mir ging der Arsch auf Grundeis, und ich spülte, spülte und spülte. Dabei kam ich mir sooo wichtig vor!

Alle machten mit, die gesamte Crew, nur ich war völlig ahnungslos.
Als ich aus der Toilette wieder herauskam, wurde ich mit Applaus empfangen und der Ansage vom Cockpit über PA, dass allein ich durch Klospülen den Flug so reibungslos gemacht hätte.
– Christiane Zaiser

Wer fliegt?
Ich kenne noch eine Story zum Thema *Kleider machen Leute*.

Der Copilot der B747 dreht eine kleine Spazierrunde durch die Kabine, um sich die Beine zu vertreten, und der P2 hat sich wie abgesprochen das Jackett des Kapitäns ausgeliehen.

Als sie sich zwischen 3er- und 4er-Tür begegnen, rufen sie gleichzeitig laut:
»Wie? Ich dachte, DU fliegst!«

Der Gesichtsausdruck der zuhörenden Gäste war filmreif!
– Irina Klug

Helau und Alaaf
Eines Morgens an einem Karnevalstag steht Patrick P., damals Cpt. auf CRJ2, mit seinen zwei Metern Körpergröße, eingezogenem Kopf und gebeugten Knien etwas derangiert im Eingang zum Cockpit. Dazu trägt er eine Spaßbrille mit zwei Zentimeter dicken Gläsern und begrüßt die Gäste nuschelnd auf ihrem Flug nach ... weiß ich nicht mehr.
Mehrere Gäste weigern sich daraufhin, einzusteigen.

Auf der Rampe muss ich ihnen erst einmal erklären, was Karneval ist. So nach und nach steigen dann alle ein, und nachdem Patrick sich wieder zurechtgemacht hat, kann es endlich losgehen.

– *Rainer Wulf*

Kollegen und Gäste aller Art

Prominente an Bord

Leonard Bernstein: ein gelassener Gentleman

Es war 1972, und ich flog als frischgebackene Purserette auf der B727 von Frankfurt nach Wien.

Leonard Bernstein, damals durch die *West Side Story* auf der Höhe seines Ruhms, war als VIP angekündigt.
Unser Flieger war aber defekt, und wir mussten auf eine *All-Economy-Version* umsteigen.

Mr. Bernstein wurde per Pre-Boarding gebracht.
Da es keine First Class gab, setzten wir ihn ganz vorne in die Mutter-und-Kind-Reihe. Eine junge Kollegin fragte ihn, was sie ihm anbieten könne.
»Just your smile, darling.«
Die Kollegin war hin und weg!

Herr Bernstein hatte sich hinter einer Zeitung vergraben und bat jetzt nun doch um einen Tomatensaft. Dann kamen die anderen Passagiere.

Als einer der ersten Zusteiger kam eine wahre Walküre, mindestens 1,90 Meter groß. Sie entdeckte Bernstein hinter der Zeitung und rief laut: »Leonard!«
Während sie ihn begrüßte, fegte sie mit ihren ausgebreiteten Armen den soeben servierten Tomatensaft vom Tablett und direkt auf das Jackett seines schneeweißen Anzugs.

Wir versuchten sofort alles Mögliche, um das Desaster zu verringern – vergebens. Da winkte Herr Bernstein gelassen ab und sagte nur:
»Never mind, life is so short!«

In Wien wurde die Treppe herangefahren, und unten warteten Presse und Fernsehen. Leonard Bernstein hatte die mit Tomatensaft durchtränkte Jacke ausgezogen und so kunstvoll über dem Arm gefaltet, dass von dem Malheur nichts zu sehen war.

Meine Erkenntnis, die sich später noch oft bestätigte:
Es gibt A-Promis, die es nicht nötig haben, sich aufzuregen oder zu produzieren, sowie B- und C-Promis.

Gerne denke ich an diese Begegnung mit Leonard Bernstein zurück!
– *Heidrun Rehner*

Die Wahl des Verkehrsmittels

Eine prominente Schauspielerin schimpft laut am Gate, weil ihr Flug wegen schlechten Wetters verspätet ist:
»Da wäre ja eine Hexe mit ihrem Besen schneller als die Lufthansa!«

Darauf antwortet der zuständige Flight Manager freundlich:
»Madam, the runway is all yours!«
– *Gerhard Schlenker*

Der Fußballmanager und der kleine Hund

Ich saß vor einem Flug MUC–FRA im Wartebereich mit meinem Hund, einem kleinen Jack Russel Terrier. Da wir ja noch nicht aufgerufen waren, hatte ich ihn noch nicht in seiner Tasche verstaut.

So ging er schwanzwedelnd zu einem in der Nähe sitzenden prominenten Fußballmanager und ehemaligen Fußballstar. Der trat ihn mit dem Fuß weg.

Mein Hund kam winselnd zu mir zurück. Kurz darauf lief er aber wieder zu dem Treter hin, der in seine Zeitung vertieft war, und pinkelte ihm – wohl als kleine Rache – an sein neben ihm stehendes Handgepäckstück!

Der bemerkte das nicht, und so konnte ich mir ein Grinsen nicht verkneifen.

– *Peter M. Vöhringer*

Ein Käsebrötchen für Seine Königliche Hoheit

Ich betreute mal einen jungen Prinzen aus Europa. Er ist heute König, und daher nenne ich keinen Namen.

Ich holte ihn aus der First Class unseres Fluges ab und brachte ihn in die Lounge zum Abflug B. Sein Sekretär begleitete ihn, und beide waren überaus sympathisch. Sie hatten noch Zeit bis zum Weiterflug, und so kam der Prinz ganz schüchtern auf mich zu und sagte, er würde gerne eine Weile wandeln gehen. Ob ich ihn begleiten könne?

Ich versicherte ihm, dass ich Seine Hoheit sehr gern begleiten würde, und so begaben wir uns in den Transitbereich.
Während wir so wandelten, sagte er zu mir, er habe einen Herzenswunsch.
Ich erwiderte, dass ich ihm diesen mit Vergnügen erfüllen würde, wenn es in meiner Macht stünde. Er meinte, er würde jetzt für sein Leben gern ein Käsebrötchen essen.

Natürlich teilte ich ihm mit, dass ich ihm sehr gern ein Käsebrötchen besorgen würde. Nun flüsterte er mir zu, und das war ihm sichtlich peinlich:
»Ich habe aber kein Geld.«

Ich versicherte ihm, dass es mir wirklich eine Freude sei, ihn einzuladen, ging kurz weg und kam gleich darauf mit zwei leckeren Käsebrötchen für ihn zurück. Diese hatte ich mit einem Voucher auf Kosten von Lufthansa im Café erstanden.

Der Prinz war sichtlich beglückt und stieg später zufrieden in sein Flugzeug.

Heute ist er König, und wenn bei uns zu Hause etwas nach meinem Willen gehen soll, gibt es immer den *Running Gag*:
»Ich habe schließlich dem König von ... ein Käsebrötchen gekauft!«
– *Marion Carmignani*

Das war knapp für David Bowie

Ich betreute wieder einmal einen berühmten Sänger und seine Band. Sie waren im Rahmen ihrer Tour auf dem Weg von Frankfurt nach Stuttgart, wo abends ein großes Konzert stattfinden sollte.

David Bowie schien ein sehr introvertierter Mensch zu sein. Er verkroch sich meistens still in seinem Sitz am Gate, während die Bandmitglieder gerne die Läden am Flughafen inspizierten. Man erzählte mir, Bowie leide unter panischer Flugangst.

Ich brachte die Musiker in die Lounge und machte einen Pickup-Termin aus, da wir mit einem Extrabus zum Flugzeug fuhren.

Als ich in die Lounge kam, waren natürlich wieder einige Mitglieder der Band auf Achse. Ich also raus, schnell durch die Läden und die Jungs einsammeln.
Dem Flight Manager gab ich Bescheid, dass ich die Tickets später bringen würde; ich teilte ihm außerdem die Anzahl der Gäste mit und bat ihn, Crew und Rampe zu informieren, dass wir mit einem separaten Bus kommen würden.

Im Bus angekommen, standen die netten Bandmitglieder locker herum und unterhielten sich. Da ertönte die Stimme des Busfahrers:
»Hinsetze, sonst fahr isch net!«
Ich übersetzte Hessisch ins Englische, und sie setzten sich auch brav hin, packten die Lounge-Kekse aus und begannen zu essen.
Es ertönte wieder die bekannte Stimme:
»In meim Bus werd net gegesse un net gekrümmelt!«

Ich ging vor zum Fahrer und bat ihn freundlich, loszufahren, da wir schon spät dran seien und das Flugzeug auf der letzten

Position an der Autobahn A5 stehe. Ich würde der Band auch sagen, dass sie keine Kekse mehr essen sollen.

Der Busfahrer stand jedoch unbeirrt auf, holte hinter seinem Fahrersitz Schaufel und Besen hervor und begann zu meinem Entsetzen und zur allgemeinen Erheiterung der Musiker, den Bus auszukehren.

Danach und nach meiner vehementen erneuten Bitte fuhr er endlich los, im Zehn-Kilometer-Schneckentempo. Mir brach inzwischen der Schweiß aus, zu Recht, denn als wir endlich an der Position ankamen, sah ich den Rampagenten die Treppe herunterkommen. Der Pushback war vorbereitet, und man wollte gerade die Treppe abziehen.

Während der Bus noch ausrollte, trommelte ich energisch an die Fensterscheibe, um auf mich aufmerksam zu machen. Die Tür öffnete sich, und der Rampagent empfing mich mit den Worten:
»Wo kommst du denn jetzt her?«

Nach kurzer Rücksprache mit dem Kapitän durften David Bowie und Band dann doch noch an Bord. Es war der letzte Flug nach Stuttgart, um das Konzert zu erreichen, und ich musste zum Rapport ins Cockpit. Nachdem ich den Verlauf dieser Odyssee geschildert hatte, war man sich einig, dass die Verspätung auf den Passagierbus gehe.

Noch heute, wenn ich im Radio *China Girl* oder *Let's Dance* höre, muss ich an diese Geschichte denken.
– *Marion Carmignani*

Harald Juhnke spendiert Kaffee

Wir hatten in Berlin unsere Originale wie Günter Pfitzmann, Edith Hancke, Günter Lamprecht oder Brigitte Mira. Alle erlebten wir stets als freundliche Passagiere, und sie machten uns nie Probleme. Keine Allüren – *nüscht*!

Es war Winter, und es gab sehr viele Flugverspätungen und Annullierungen – das ganze Programm. Die Schalter waren brechend voll und wir Lufthanseaten am Rotieren.

Ich weiß nicht mehr, wohin er wollte, aber da stand plötzlich jemand ganz gelassen vor mir: Harald Juhnke. Er sagte in aller Ruhe:
»Pass mal uff! Ick hol mir mal 'nen schönen Kaffee.« (Ich roch es später, er war *mit Schuss.*)
»Du mach mal weiter, watt du machen musst. Willste ooch een haben? Ick denke, den kannste sicher jut jebrauchen, wenn ick mir ditt hier so ansehe.«

Immer, wenn ich ihn später noch mal sah, hätte ich ihn knuddeln können.
Leider sind diese Herzensmenschen nicht mehr unter uns.
Heute meint jeder, der mal bei einer Realityshow war, er sei ein Star.
Nee, Leute wie Harald Juhnke, das waren die echten Stars!
– *Jens Kühne*

Heidi Kabels Blumensträuße

Anfang der 2000er flogen wir mal von Köln nach Hamburg. Heidi Kabel, ein Hamburger Urgestein vom Ohnsorg-Theater, stieg ein – klein, zerbrechlich wirkend, aber noch immer klar und so freundlich. Sie trug zwei wirklich unfassbar schöne Riesenblumensträuße, die ich für sie verstaute.

Beim Aussteigen wollte ich ihr die Blumenpracht wieder in die Hand drücken. Da meinte sie so typisch hanseatisch: »Nee, mien Deern, behalt die mal. Ich hatte sie jetzt lang genug. Die sind für dich.«

Ich war völlig sprachlos und musste dann natürlich meinem Mann erklären, dass sie nicht von einem Verehrer, sondern von Heidi Kabel waren.
– *Sandra Dibbern*

Flugzeug-Inspektion durch einen VIP

München-Riem, das Jahr weiß ich nicht mehr.
Ich fertigte als SWQ (Mechaniker und Rampagent in der Flugzeugabfertigung) eine B727 ab, ich glaube, nach HAM.

Auf der BOSTA stand: »Elderly person, walking problems, VIP.«
Gut, das war nichts Ungewöhnliches.

Alles lief ganz normal. Ich traf die Absprache mit der Crew, dass der VIP als Pre-Boarding kommen dürfe, und rief das Gate an.

Etwas später fuhr der Betreuungsdienst mit dem VW-Bulli vor und lud den VIP aus. Der steuerte direkt auf mich zu, begrüßte mich sehr freundlich und fragte, ob er mit mir zusammen einen Rundgang um die B727 machen dürfe.

Auch wenn die Sicherheitsvorschriften damals nicht so streng waren wie heute, ging das eigentlich gar nicht. Doch ich konnte diese freundlich vorgetragene Bitte nicht ablehnen, und so zuckelten wir ganz gemächlich um das Flugzeug. Der VIP gab jedem, der am Flugzeug zu tun hatte, die Hand und sprach ein paar Worte mit ihm.

Als wir dann wieder vorne ankamen, bedankte er sich ganz herzlich mit den Worten, er sei stolz auf alle, die sich so gut um das Flugzeug und die Passagiere kümmern würden. Dann stieg er mit einem kurzen Winken ein. Beim Pushback saß er im Cockpit, und der Kapitän sagte trotz einer kleinen Verspätung:»Off blocks on time.«

Ich war damals Mitte zwanzig, und für mich war das eine unvergessliche Begegnung.

Leider verstarb der kleine große Mann, der ja seit seinem Film *Quax, der Bruchpilot* aus dem Jahr 1941 ein begeisterter Pilot war, ein paar Monate später: Heinz Rühmann.
– *Wolfgang Grimm*

Otto Waalkes' Trost zum *falschen Fuffziger*

Fort Lauderdale, Mitte der Achtziger.
Wie immer ging man nach dem Flug in die *Bahia Bar* gegenüber vom Crewhotel *Yankee Clipper*. Und dort trafen wir Otto Waalkes, der öfter dort war.
Er lud unsere Crew ein – wir hatten viel Spaß und begaben uns anschließend alle noch in einen Nachtclub.

Dort bestellte ich mir einen Drink und bezahlte ihn gleich mit einem 50-Dollar-Schein. Nach kurzer Zeit kam jedoch der Manager auf mich zu und sagte, ich hätte mit einem falschen Fünfziger bezahlt, und er müsse die Polizei anrufen!

Mein Herz sank in die Hose: ausgerechnet ich, die immer ehrlich war – jetzt wegen dieser Sache polizeilich verfolgt? Übermüdet und entsetzt wie ich war, kamen mir die Tränen.

Otto sah das und heiterte mich mit einer klassischen Otto-Einlage auf.

Schließlich durfte ich gehen. Am nächsten Morgen rief der Secret Service bei mir an und wollte alles über den falschen Geldschein wissen. Ich bekam zwar keinen Ärger, aber meine 50 Dollar waren natürlich weg!

Am Folgetag flog Otto mit uns zurück und nannte mich von da an nur *die Blüten-Leila*. Er malte mir einen süßen Ottifanten mit Falschgeld im Rüssel auf ein Blatt Papier, an dem ich mich auch heute noch erfreue.
– *Leila Heim Saddi*

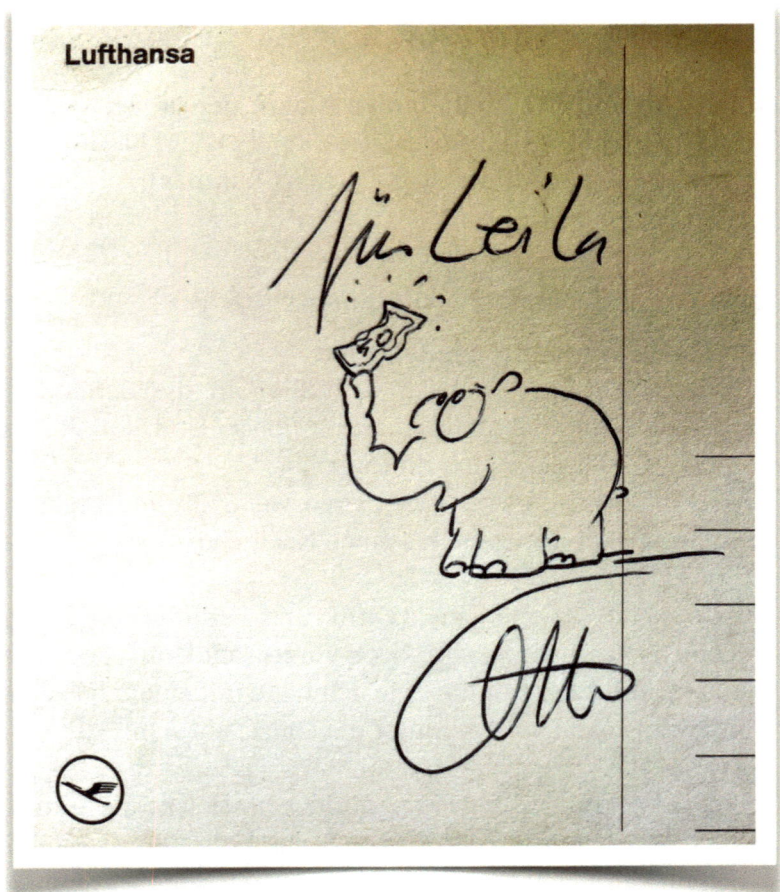

Ein Autogramm von Daniel Barenboim

Auf einem innerdeutschen Flug hatte ich den weltberühmten Pianisten und Dirigenten Daniel Barenboim an Bord, der ganz bescheiden mit den anderen Gästen einstieg.

Ich begrüßte ihn freundlich an der Tür mit Namen, und er schaute mich überrascht und erstaunt an. Ich sagte verlegen, dass ich ihn kennen würde, da ich Salzburger und er ja eine *feste Größe* der Festspiele sei. Da lachte er und ging zu seinem Sitz am Gang.

Von der Crew und den mitreisenden Passagiere erkannte ihn sonst niemand.
Beim Service hatte ich wieder das Vergnügen mit ihm. Er lächelte, als ich zu ihm trat, und sagte mir dann mit einem schelmischen Augenzwinkern:
»Man kennt mich übrigens auch in Graz!«
Da mussten wir beide herzlich lachen.

Beim Aussteigen bekam ich ein Autogramm mit Widmung für meine Mutter, ein wunderschönes Geburtstagsgeschenk für sie.
– *Stefan Czky*

Curd Jürgens sorgt für Ruhe

Kurzer Flug ZRH–DUS.
In der First Class der B737 saß der charismatische Weltstar Curd Jürgens. Neben ihm war ein Gast, der ein Upgrade bekommen hatte und nun permanent den Rufknopf betätigte.

Irgendwann, als ich schon wieder bei dem Upgrade-Gast stand, hörte ich Herrn Jürgens zu ihm sagen:
»First Class sind Sie aber auch noch nicht oft geflogen, oder?«

Der restliche Flug verlief ereignislos, vor allem ohne Klingeln des Upgrades.

Dieser Trip mit Herrn Jürgens ist mir auch deshalb noch in so guter Erinnerung, weil er sich nach dem Snack eine Pfeife anzündete, die einen herrlichen Duft verbreitete. Daraufhin erkundigte ich mich als passionierter Pfeifenraucher nach der Tabakmarke.

Herr Jürgens gab mir nun die Adresse eines Tabakladens auf der Fifth Avenue in New York. Ich solle da nur nach der Spezialmischung *Curd* fragen, und das habe ich dann beim nächsten JFK-Trip sofort gemacht.

– *Reinhold Weber*

Anmerkung der Redaktion:
Die Geschichte stammt aus der Zeit, als es in der B737 First und Economy Class gab.

Neckermann macht's möglich

Flug Hongkong–Karachi–Frankfurt.
Wir hatten die DC-10 in Karachi übernommen, sie war übervoll gebucht.
In der First Class mit der 22-Sitze-Version gab es noch einige freie Plätze, die mit Upgrades gefüllt wurden, unter anderem mit einem Schweizer Gast.

Im Mittelblock der ersten Reihe in der First Class saß Josef Neckermann, der Versandhaus- und Reiseunternehmer sowie Olympiasieger im Dressurreiten.
Unser Upgrade war direkt hinter ihm und nörgelte lautstark über alles und jedes. Nichts konnte man ihm recht machen, und der Name *Swissair* fiel des Öfteren.

Irgendwann erhob sich Herr Neckermann, drehte sich zu den anderen Gästen der First Class um und entschuldigte sich bei ihnen für das schlechte Benehmen des Herrn hinter ihm.

Von da an war *Ruhe im Karton*.
Was für eine klasse Aktion von Herrn Neckermann!
– *Reinhold Weber*

162

Barbara Schöneberger und der stürmische Flug

Wir schrieben das Jahr 2007. Orkan Kyrill zog auf, weshalb die Landung in unserer Hauptstadt etwas turbulent und sehr *herausfordernd* für den Magen war. So herausfordernd, dass wir nach der Landung des Hinflugs in der vorderen Galley zusammenkamen, um abzuklären, ob es allen gut gehe.

Dies war der Fall, daher machte der Kapitän freundlich, aber bestimmt etwas Druck, so schnell wie möglich zu boarden, da der Flughafen München wegen des Sturms bald schließen könnte.

Wir alle wollten natürlich zum Feierabend nach MUC, also gab es das schnellste Cleaning aller Zeiten.
Passagiere rein, Pushback, Rollen, Pax-Briefing – die Kabine war klar!

Da sah ich auf Sitz 1C die Moderatorin Barbara Schöneberger – im Abendkleid, und das am Vormittag. Sie schmunzelte: »Ich weiß, ich bin nicht gerade passend angezogen, und mein Make-up sitzt auch nicht.«
Ich: »Ooookay? Nun ja – passt schon, ich weiß ja nicht, wo Sie noch hinmüssen!«
Sie: »Ich habe die ganze Nacht durchgefeiert und muss nun zu einer Fernsehaufzeichnung. Den ersten Flieger habe ich schon verpasst.«
»Dafür, dass Sie die ganze Nacht nicht geschlafen haben, sehen Sie aber top aus!«

Da mischte sich der Gast auf Sitz 1A laut lachend ein, der Moderator Johannes B. Kerner:
»Und Ihre Schuhe stehen auch noch am Gate!«
Ich: »Oh, ich sehe, Sie sind barfuß. Wir versuchen dann, uns während des Fluges per Funk um das Sicherstellen der Schuhe zu kümmern.«

Unser gut besetztes Flugzeug beschleunigte, hob ab und stieg während dieser Unterhaltung mit heftigem Schlenkern nach links und rechts in die Luft.

Bald gab es bei den Passagieren etliche sehr angespannte Gesichter, und die wurden nicht entspannter, als der Kapitän die Ansage machte, dass sie wegen des Wetters den ganzen Flug über bitte alle angeschnallt sitzen bleiben sollten. Der Service müsse aufgrund der Turbulenzen leider gestrichen werden.

Es kam, wie es kommen musste: Sehr viele Gäste füllten unfreiwillig die Spuckbeutel, und es gab haufenweise Pax-Calls für uns. Außerdem wurde auch dem Purser und mir bei den Turbulenzen recht komisch in der Magengrube, und als sich ein Passagier, der in der ersten Reihe saß, plötzlich aus dem Halbschlaf heraus in hohem Bogen bis fast vor meine Füße erbrach – da waren alle Anstrengungen, nicht spucken zu müssen, vergebens!

Als wenn Sturm Kyrill geahnt hätte, dass es mir nicht so gut ging, hörte im Reiseflug das Taumeln für etwa zehn bis fünfzehn Minuten auf, sodass wir uns kurz um unsere Gäste kümmern konnten. Die Kabine war gerade einigermaßen versorgt, da ging es mit den Turbulenzen erst so richtig los, und als ob das nicht gereicht hätte, gab es dann zur Landung noch einmal einen Durchstarter *on top*.

Ich gebe zu, hier dachte ich zum ersten Mal daran, mit dem Fliegen aufzuhören ...

Aber zurück zu Barbara Schöneberger.

Sie hatte die Größe, nach der Landung trotz ihres Zeitdrucks sitzen zu bleiben, bis sämtliche Paxe ausgestiegen waren, um sich dann bei uns allen von der Crew für diesen Flug zu bedanken. Sie sprach uns ihren Respekt dafür aus, wie wir das Chaos an Bord trotz aller Widrigkeiten gemeistert hatten.

Sie hatte sehr gut verstanden, dass das alles nicht ganz ungefährlich für uns gewesen war.

Dieses Verständnis und die Anerkennung von ihr haben mich sehr berührt.

Ungefähr eine Woche nach diesem Flug lag ein Umschlag von Barbara Schöneberger in meinem Postfach. Sie hatte sich tatsächlich die Zeit genommen, einen sehr lieben Brief an Lufthansa zu schreiben mit der Bitte, ihn an die Crew weiterzuleiten.

Im Kuvert war ein großzügiger Wertgutschein von einem renommierten Weinhandel in München. Auf diese besondere Weise bedankte sie sich so bei jedem Einzelnen von uns. Das fand ich wahnsinnig wertschätzend und großartig.

Ach ja, und in ihrem Brief schrieb sie, dass sie sogar ihre Schuhe wiederbekommen habe.

– *Marina Lenting*

Charlize Theron und die Nordlichter

A340 von München nach Los Angeles.

In der First Class befand sich die Hollywoodschauspielerin und Oscar-Preisträgerin Charlize Theron mit vier Personen Begleitung.

Wir flogen – wie so oft – hoch im Norden über Nordgrönland in die Nacht hinein. Diesmal hatten wir die spektakulärsten Nordlichter (Aurora Borealis), die ich je erleben durfte.

Deshalb fragte ich Frau Theron, ob sie dieses Geschehen zwecks besserer Beobachtung aus dem Cockpit verfolgen möchte. Passagierbesuche waren dort damals, vor 9/11, noch möglich. Und schon saß sie, mit vor Erstaunen geöffnetem Mund, auf dem Observer-Sitz und betrachtete sichtlich beeindruckt das sagenhafte Naturspektakel, das sich an diesem Tag in vollem Farbspektrum und mit unfassbarer Schönheit offenbarte.

Nach fünfzehn Minuten begleitete ich Charlize wieder zu ihrem Platz zurück. Sie bedankte sich bei mir mit einem auf die Wange gehauchten Küsschen.

Anschließend habe ich mir mindestens drei Tage lang meine linke Gesichtshälfte nicht mehr gewaschen ...
– *Reinhold Weber*

Endlich kann ich Franz Beckenbauer einen ausgeben

Im Jahr 1978 ist Franz Beckenbauer mit seiner damaligen Freundin und dem Chef von Adidas in Cancún. Um in Mérida die planmäßige LH Maschine nach FRA zu erreichen, mieten sie einen kleinen Privatflieger von CUN nach MID.

Als sie in Mérida landen, bereite ich als Stationsleiter gerade den Lufthansa Flug vor. Mit Vergnügen lade ich die drei VIPs in die Flughafen-Lounge ein, in der es aber keinerlei Service gibt.

Als ich Herrn Beckenbauer frage, ob ich noch etwas für sie alle tun könne, dankt er mir freundlich und sagt dann:
»Was wir uns jetzt wünschen würden, wäre eine Flasche Sekt, aber die gibt es hier ja nicht. Wir haben eigentlich etwas zu feiern.«

Ich rase mit meinem VW Brasilia die zwölf Kilometer nach Hause in den Stadtteil Itzimna, wo mir meine telefonisch informierte Frau Gläser sowie eine Flasche Sekt in die Hand drückt, die eigentlich für unseren baldigen Hochzeitstag im Kühlschrank bereitgelegen hat.

Als ich kurz darauf mit dem Sekt und den Gläsern in der Lounge eintreffe und den Korken mit den Worten »Courtesy of Lufthansa!« knallen lasse, freuen sich die drei Gäste sichtlich:
»Wie kommen wir denn zu diesem Vergnügen?«

»Ich wollte Franz Beckenbauer schon seit seiner sagenhaften Leistung bei der Weltmeisterschaft 1966 einen ausgeben. Ich freue mich, dass mir das nun nach zwölf Jahren endlich möglich ist!«

Gern posiert Franz Beckenbauer dann beim Einsteigen für ein Foto mit mir.
– *Michael Wurche*

Inge Meysel und die künstlerische Freiheit

1985 war Lufthansa Mitproduzent des Films *Grenzenloses Himmelblau* mit Inge Meysel, Evelyn Hamann und Wolfgang Kieling.

Dafür parkte eine B747 von Montag bis Freitag mit der Nase zwischen dem alten Schulungsgebäude der Flugbegleiter und dem Parkhaus P43. Zwei Schulungsräume hatte man für Maske, Kostüme etc. hergerichtet, und gedreht wurde ab 20:00 Uhr.

Unser Abteilungsleiter erkor mich zum Kabinenbeauftragten für dieses Projekt. Das bedeutete, ich sollte die Flugbegleiter aussuchen, die in dem Film mitwirkten, und vor allem dafür sorgen, dass die künstlerische Freiheit bezüglich Safety, Service etc. nicht zu großzügig ausgelegt wurde.

Der Regisseur war sehr nett, und er drehte fast alle Filme mit der Hauptdarstellerin Inge Meysel. Die letzte Entscheidung, wie eine Szene gedreht wurde, lag aber immer bei ihr.
Es gab einige Szenen, die Frau Meysel in Bezug auf unsere Regularien sehr großzügig auslegte, weshalb ich mein Veto einlegen musste. Dadurch wurde ich ihr sicherlich nicht sympathischer.

Eines Tages erschien ein Kollege nicht zum Dreh, und ich sollte einspringen. Aus der Kleiderkammer bekam ich dafür schnell eine Uniform.
Die Szene ging so: Frau Meysel rannte während des Taxiings zur Tür und wollte diese dann öffnen, um auszusteigen. Die Flugbegleiter und ich sollten sie mit einem kleinen Gerangel daran hindern.

Natürlich wollte Frau Meysel die Tür unbedingt selber öffnen, aber das untersagte ich ihr mit dem Hinweis auf Sicherheit und Außenwirkung.
Wir rangelten dann VOR der Tür, und Frau Meysel war mal

wieder stinksauer auf mich, weil ich ihre künstlerische Freiheit erneut eingeschränkt hatte.

Nach dem letzten Drehtag verabschiedete sich das Filmteam.
Frau Meysel kam zu mir, nahm meine ausgestreckte Hand in beide Hände, tätschelte meine Wange und sagte:
»Du bist ein guter Junge, es war schön, mit dir zu arbeiten!«
Ich war sprachlos!

Den Film *Grenzenloses Himmelblau* gibt es übrigens immer noch auf YouTube!
– Frank Scholz

Warten auf Friedrich von Thun und Heino Ferch

Am Gate in Hamburg fehlen für den anstehenden München-Flug noch zwei Gäste:
Friedrich von Thun und Heino Ferch.

Es ist schon höchste Zeit, den Flug abzuschließen, aber wegen dieser VIP-Gäste entscheide ich mich dafür zu warten.
Endlich kommen sie.
Herr von Thun sagt: »Wie schön, dass Sie gewartet haben!«
Ich: »Ohne SIE würden wir doch niemals abfliegen.«
Herr Ferch guckt mich mit einem *Jetzt-lügen-Sie-doch-nicht-schon-wieder-so-Blick* an. (Ob er wohl in MUC bei ähnlichen Gelegenheiten öfter mal stehengeblieben ist?)
Also sage ich:
»Ohne Sie vielleicht, Herr Ferch, aber NIEMALS ohne Herrn von Thun!«

Heino Ferchs Mimik sieht nach Beschwerde aus, aber Herr von Thun lacht so herzlich – ich denke, damit hat er für mich die Situation gerettet!
– Natascha Ahrens

Der bescheidene Maler Hundertwasser

Kurz vor unserem Abflug kam ein lässig gekleideter älterer Herr mit langem Bart zu mir nach hinten in die Galley und bat mich, für ihn ein großes Bild zu verstauen.

Ich fragte ihn, ob es wertvoll sei und ich es mit besonderer Vorsicht behandeln müsse.

Er erwiderte:»Nein, nein, ich habe es selbst gemalt.«

Darauf reagierte ich spontan:»Ach so! Na, dann geht's ja.«

Nachdem wir eine Weile geflogen waren, wurde mir klar, wer er war: der weltberühmte Maler und Architekt Friedensreich Hundertwasser.

Nach der Ankunft wechselten wir noch ein paar Worte, und ich versicherte ihm, dass ich gut auf sein selbstgemaltes Bild aufgepasst hätte.

– *Susi Berghammer*

»Hi, I'm Jimmy Carter!«

Ausgerechnet am 22. April 1997, dem Geburtstag meiner Frau, muss ich eine Dienstreise nach FRA antreten. Unser Stationsleiter in Addis Abeba hat mich schon vor einigen Tagen informiert, dass auf dieser Maschine mit dem Routing ADD–CAI–FRA auch der ehemalige US-Präsident Jimmy Carter sowie seine Frau Rosalynn fliegen werden, nachdem sie eines ihrer sozialen Projekte besucht haben. Ich informiere die US-Botschaft Kairo über den Transitstopp der Carters, und da Äthiopien zu meiner Region gehört, genehmige ich ein Upgrading des Ex-Präsidenten und seiner Frau von der gebuchten Business Class in die First Class.

Als ich gegen 02:00 Uhr früh in Kairo einsteige, schlafen die Carters in der ersten First-Class-Reihe, und ich setze mich hinter sie.

Während des Fluges begibt sich Präsident Carter zur Toilette. Als er wieder herauskommt, schaut er mich aufmerksam an und geht mit ausgestreckter Hand auf mich zu:
»Hi, I'm Jimmy Carter!«
Bei unserem Händeschütteln erwidere ich:
»Natürlich weiß ich, wer Sie sind, Mr. President. Ich freue mich, dass Sie heute Lufthansa fliegen!«

Wir beginnen ein Gespräch, und ich stelle mich als Lufthansa Manager vor. Nun fragt er mich, wohin ich reisen würde, und ich behaupte frech, nur als seine LH Begleitung zu fungieren und ab Frankfurt wieder zurückzufliegen, denn heute sei der Geburtstag meiner Frau.
»Wenn der ehemalige US-Präsident mit Lufthansa reist, muss ihn der zuständige Lufthansa Repräsentant selbstverständlich begleiten, um sicherzustellen, dass alles klappt.«

Präsident Carter ist gebührend beeindruckt, nicht nur vom Upgrading, um das er in seiner Bescheidenheit nicht einmal gebeten hat.

Er fischt spontan eine der Lufthansa Postkarten aus dem Plastikgestell an der Wand vor der ersten Reihe und schreibt für meine Frau:

»To Lucy – Happy birthday – Jimmy Carter.«

Natürlich halte ich dieses Souvenir bis heute in Ehren, genau wie auch das *Certificate of Appreciation* vom US Secret Service, das mir kurze Zeit später von der US-Botschaft Kairo zugestellt wird. Der Secret Service wusste nichts vom Transit der Carters und konnte erst nach meiner Benachrichtigung die vorgeschriebenen verstärkten Sicherheitsmaßnahmen um die Lufthansa Maschine am Kairoer Flughafen ergreifen.

Unser Flugzeug war selten so gut bewacht, ohne dass der ehemalige Präsident überhaupt davon erfahren hat.

– *Michael Wurche*

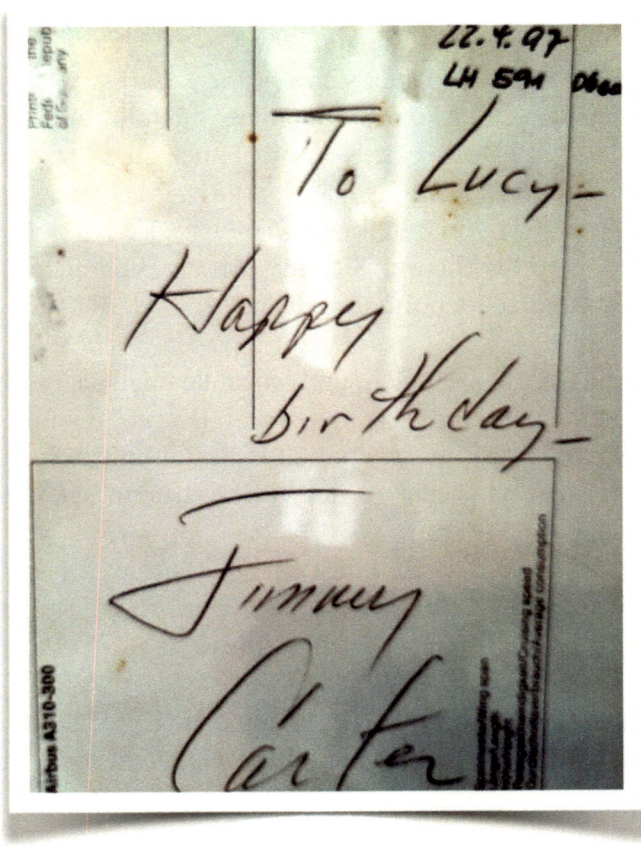

Phil Collins im Hangar

Zu Beginn der Inbetriebnahme des neuen Flughafens von München im Erdinger Moos musste sich die Wartungshalle erst noch amortisieren. Deshalb wurde sie immer mal wieder für irgendwelche Events vermietet.
Für uns Techniker konnte das bei der Arbeit sehr störend sein.

Eines Tages wollte BMW ein neues Auto vorstellen, und so wurde in der einen Hallenhälfte, abgetrennt durch eine Wand, eine Art Zirkusarena aufgebaut. Auf dem Programm konnte man lesen, dass auch ein Künstler auftreten würde.

Am Tag von dessen Probe hatte ich V-Dienst (17:00–02:00 Uhr) und das Glück, dass mein Flugzeug, an dem ich arbeitete, in der anderen Hallenhälfte stand. Ich hörte den Soundcheck aus der Arena, und da gerade Pause war, ging ich hinüber und fragte einen Herrn der Veranstaltungsfirma, ob ich meine Pause mit dem Zusehen verbringen dürfe. Ich durfte, und so betrat ich die Arena.

Zwischen diversen Instrumenten und Lautsprechern saß dort Phil Collins und übte seine Stücke ein. Ich genoss das Zuhören, und langsam kamen auch immer mehr Zuschauer. Irgendwann sah er zu uns hinüber und fragte, ob wir uns nicht etwas Musikalisches von ihm wünschen würden. Ich rief sofort: »*In the Air tonight!*«

Er legte ohne Umschweife los, nur auf seinen Drums und mit seiner Stimme. So etwas Geniales hatte ich noch nie erlebt!
Noch heute bekomme ich Gänsehaut bei dem Gedanken daran. Natürlich überzogen wir alle unsere Pause.

Tags darauf hatte ich abermals Glück und arbeitete während der Vorstellung des neuen BMWs in der Nachtschicht wieder in der Halle.

Es muss so gegen 02:00 Uhr gewesen sein, als sich ein Pulk aus *Zivilisten*, begleitet von unserem Wartungsleiter, unter uns Mechaniker und Avioniker mischte. Ich war an einem Triebwerk zugange, als mich jemand auf Englisch ansprach, mir auf die Schulter klopfte und meinte:
»Since you saw me at work, I wanted to see you at work, too!«

Es war Phil Collins, der sich nun etwas über unsere Arbeit erzählen ließ – unvergesslich!
– *Wolfgang Grimm*

Moppelbändchen für Kanzler Kohl

Es war das Jahr 2007, ich war noch blutjung und in meinem Anfangsjahr als Flugbegleiterin.
Wir begrüßten auf einem Flug zwischen FRA und TXL Herrn Altbundeskanzler Helmut Kohl, der sich als angenehmer, zurückhaltender und freundlicher Fluggast erwies.

Wie immer hielten wir unsere Demo unter begleitenden Ansagen für die Passagiere ab. Kurz nach deren Abschluss winkte Herr Kohl mich diskret zu sich heran. Seine Worte, mit denen er mich in bestem Pfälzer Dialekt um Hilfe bat, werde ich ewig in Erinnerung behalten:
»Liebe Frau Carl, wären Sie so freundlich und würden mir bitte noch ein *Moppelbändchen* bringen?«

Damit meinte er die Verlängerung für den Sicherheitsgurt, die er benötigte, und die Wortwahl bei seiner trockenen Frage hat mir den süßesten Tag nach Beginn dieses Frühdienstes bereitet!
– *Franziska Carl*

Herrn Mooshammers Daisy darf das

Es muss Anfang der 2000er gewesen sein.
Gemeinsam mit Frau S., einer altgedienten Flightmanagerin, fertigte ich einen Flug aus München ab.

174

Herr Mooshammer kam als Pre-Boarding zu mir ans Gate zum Einsteigen. Mit Schrecken sah ich, dass er seinen Hund ohne die an sich vorgeschriebene wasserdichte Tasche oder Transportbox auf dem Arm trug. Panisch drehte ich mich zu meiner Vorgesetzten um und fragte sie, was zu tun sei.

Frau S. wandte sich mir zu und sagte ganz trocken:

»Daisy darf das!«

»Okay, Daisy darf das, aber darf sie so an Bord?«, fragte ich.

»Frau Wöckel, wir wissen, dass Daisy den ganzen Flug über bei Herrn Mooshammer auf dem Schoß bleibt und diesen nicht verlässt. Daisy ist der einzige Hund, den Lufthansa ohne Transportbox befördert.«

Und so geschah es. Herrn Mooshammers Daisy war ein echter Schoßhund – sie flog ganz brav und routiniert ohne Box.

– *Antonie Wöckel*

Hollywoodstars als Geburtsbegleiter

Irgendwann vor Jahren auf dem Flug nach Denver.

Der US-amerikanische Schauspieler Kurt Russel kommt an Bord und erkundigt sich, ob seine Partnerin Goldie Hawn schon da sei. Minuten später erscheint Joe Cocker, und ich überlege, ob ich nicht aus Versehen auf der Maschine nach Los Angeles bin.

Während der Wache fragt mich die Kollegin aus der Business Class, ob ich mich mit Schwangerschaften auskenne. Ich bin zwar Mutti, aber Expertin ...?

Beim nächsten Kontrollgang zupft die Schwangere, die der Kollegin vorher aufgefallen ist, an meinem Ärmel und sagt: »My water just broke!« (*Meine Fruchtblase ist gerade geplatzt!*) Nach meiner spontanen Antwort »Please tell me that you are joking!« nehme ich sie mit in unsere First Class Galley. Dort bette ich sie auf dem Boden auf einen Kälteschutzvorhang.

Bald liegt sie inmitten einer Gruppe von Helfern, bestehend aus einer völlig begeisterten jungen Kollegin, die immer schon mal bei einer Geburt dabei sein wollte, einem ziemlich unnützen Dermatologen, einem noch viel unnützeren Orthopäden und einem sehr hilfreichen Nephrologen. So helfen wir einem kleinen Frühchen auf die Welt.

Meine Galley hat dabei etwas vom *Stall in Bethlehem.* Unangeschnallt landen wir in Winnipeg zwischen. Goldie Hawn hält das Frühchen in der Brandschutzdecke auf dem Arm und singt ihm ein Schlaflied. Sie ist vollkommen begeistert, und Joe Cocker meint dazu:
»Now that was nice entertainment for a start! What's next?«

Auf die Frage, wann und auf welcher geografischen Position das kleine Mädchen denn genau geboren wurde, müssen sowohl wir als auch das Cockpit passen. Dieses arme Kind wird nie im Leben ein genaues Horoskop bekommen ...!

Irgendwann nach diesem Ereignis an Bord erhielten wir ein Dankschreiben von unserem Vorstandsvorsitzenden Herrn Mayerhuber mit der Info, dass *unser Baby* den Namen Trudence Sophie bekommen hatte und, viel wichtiger, dass Mutter und Kind wohlauf waren.
– *Gundi Mathews*

Hilfsbereiter Freddy Quinn

Am 27. September 2021 wurde Freddy Quinn 90 Jahre alt.

Laut eigener Aussage flog er zeitlebens nur Lufthansa.
Es war vielen Lufthanseaten bekannt, dass er sich gern gelegentlich die Uniform eines Stewards auslieh und den Gästen Kaffee servierte.

Dabei wurde er mal von einer Dame angesprochen:
»Sie sehen dem Freddy Quinn so ähnlich, dass man glauben könnte, Sie wären es!«
Worauf er freundlich antwortete: »Ja, das höre ich oft ...«
– Heidrun Rehner

Und schon gab es auf diese Story aus dem Kreis der Lufthansa Senioren diese Kommentare:

»Ein unglaublich netter, lustiger Gast. Die ganze Crew bekam mal von ihm Pralinen geschickt, weil er so begeistert von unserem Service war.«

»Ein ausgesprochen netter Kollege, ungemein hilfsbereit und freundlich.«

»Er hat mir mal vor Jahren am First-Class-Schalter einen Heiratsantrag gemacht. Ich habe mir eine zwanzigjährige Bedenkzeit erbeten.«

»Ein Stammgast, dem es Spaß machte, andere Passagiere zu bedienen. Ohne Allüren.«

»Etwa 1963 kam eine Putzfrau vom Flughafen Düsseldorf, die sich selbst immer scherzhaft *Frau Müllfort* nannte, ganz aufgeregt zu mir und erzählte, sie habe Freddy in den Toilettenräumen getroffen, und er habe ihr ein Autogramm versprochen. Leider hätte er diesmal keine Autogrammkarten dabeigehabt, ihr aber versichert, beim nächsten Besuch eine vorbeizubringen. Wir rätselten nun, ob er sein Wort halten würde.
Drei Wochen später zeigte mir *Frau Müllfort* freudestrahlend eine Autogrammkarte: Freddy hatte doch tatsächlich sein Versprechen gehalten!«

»Ich habe ihn als ausgesprochen hilfsbereiten, besorgten Menschen erlebt.
Ich war morgens nach dem Wake-up-Call im Hotel in der Badewanne auf die Rippen gestürzt, machte mich nur mit Mühe fertig und humpelte zum Fahrstuhl. Da kam Freddy!
Er nahm meinen Koffer, stützte mich und lieferte mich beim Purser ab. An Bord übernahm er meinen Service. Er ist ein unglaublich warmherziger, charmanter Mann – alte Schule eben!«

Besondere Gäste

100 Dollar Nothilfe

Ich möchte gern eine Geschichte erzählen, die von großer Hilfsbereitschaft und grenzenlosem Vertrauen handelt.
1973 war ich zwanzig Jahre jung, ziemlich naiv und komplett unerfahren, was das Fliegen als PAD anging, und befand mich auf meinem Rückweg von Minneapolis über Chicago (ORD) nach FRA. Kurz vor dem Boarden in ORD hatte ich noch mein letztes Geld für ein paar Bücher ausgegeben. Das erzählte ich im Warteraum einem deutsch-amerikanischen Ehepaar, mit dem ich mich eine Weile unterhielt.

Nach dem Start fiel eines der Triebwerke aus; die Maschine landete wieder in ORD und wurde annulliert. Das nette Ehepaar vom Warteraum kam auf mich zu, drückte mir 100 Dollar in bar und seine Visitenkarte in die Hand mit den Worten:»Wir würden uns freuen, das Geld irgendwann zurückzubekommen.«
Wow, was für eine großzügige und nicht zu erwartende Geste!
So konnte ich mir ein Hotelzimmer nehmen, anstatt die Nacht auf harten Stühlen zu verbringen, und auch noch etwas zu essen kaufen. (Das war damals mit 100 USD noch möglich!)
Der Flug am nächsten Tag war voll, genau so, wie ich es nach der vorherigen Annullierung erwartete. Aber ich hatte das Glück, zusammen mit drei anderen Kollegen den Flug über an der Bar im Upper Deck sitzen zu dürfen.
Zurück in FRA fand ich heraus, wann das nette Ehepaar ein paar Wochen später wieder zurückfliegen würde. So konnte ich ihm dann vor dem Abflug die 100 USD zusammen mit einem Geschenk überreichen.

Was habe ich aus dieser Geschichte gelernt?
Dass es durchaus Hilfsbereitschaft und Vertrauen gibt.
Und dass ich keine Reise mehr ohne Kreditkarte antrete.
– *Gisela Jacques*

Nächste Haltestelle New York

Flug 404 nach New York, irgendwann im Jahr 1974.

Die Kollegen vom Boden brachten als Preboarding eine alte Dame, etwas gehbehindert, die als Umsteigerin aus Stuttgart kam.

Ich begrüßte sie sehr herzlich an der Tür, was sie mit einem freundlichen »Grüß Gott« erwiderte. Sie war für mich das Paradebeispiel einer schwäbischen Oma: dunkler Mantel, flacher, kleiner Hut, Schirm und schwarze Handtasche.

Die Passagiere waren fast alle eingestiegen, und die meisten saßen bereits auf ihren Plätzen, da entdeckte ich sie in einer Dreierreihe wieder, alleine am Fenster sitzend. Sie hatte den Mantel an, ihren Hut auf und umklammerte fest Handtasche und Schirm, während sie freundlich lächelte.

Ich fragte sie:

»Darf ich Ihnen Ihren Mantel und Schirm abnehmen und verstauen?«

Darauf sie, mich anstrahlend:

»Noi, noi, des isch net nötig. Wissetse, i bsuch mein Sohn in Amerika, ond i steig an der näggschde Station scho wieder aus.«

Ich war zunächst sprachlos, konnte sie dann aber doch dazu überreden, es sich etwas bequemer zu machen, weil es ja bis zur *nächsten Station* noch etwa acht Stunden dauern würde.

Die Geschichte sprach sich bei der Crew wie ein Lauffeuer herum. Alle kamen mal vorbei und wollten die nette Oma sehen. Sie wurde von der ganzen Crew verwöhnt, bekam Champagner und Geschenke aus der First Class: Alles, um ihr eine Freude zu machen und ihr die Zeit bis zur *nächsten Station* etwas zu verkürzen.

Nachdem ich ihr nach der Ankunft in New York in ihren Mantel geholfen hatte, drückte sie mir beim Verlassen des Flugzeugs dankbar ein Fünfmarkstück in die Hand und sagte lächelnd:

»Danke, des war aber schee bei eich im Flieger!«
Wir durften und wollten ja kein Trinkgeld annehmen – aber ich brachte es nicht übers Herz, die Dame zu enttäuschen und ihr das Geldstück zurückzugeben.
Ich habe das silberne Fünfmarkstück noch heute – nach fast fünfzig Jahren.
– *Peter M. Vöhringer*

Der Spezialist und die *Subber Trubbe*

Ende der Neunzigerjahre bin ich als Copilot mit einem A310 auf dem Flug via Kuwait nach Muscat.
Der erste Flugabschnitt nach Kuwait verläuft ohne besondere Vorkommnisse. Ein junger Lufthansa Mechaniker, der hier stationiert ist, steigt zu. Er fliegt mit uns nach Muscat und danach direkt wieder zurück, weil dort kein Technik-Kollege stationiert ist, und er sitzt bei uns im Cockpit.

Mit etwa hundert Gästen an Bord rollen wir zur Startposition. Kapitän und am Steuer ist Uli M., ein ehemaliger Starfighter-Pilot und sehr erfahrener und beliebter Kollege.

Wir starten. Die Flugzeugnase hebt sich in die Nacht, und vom Kapitän kommt das Kommando »Gear up«.

Ich fahre das Fahrwerk ein, und in diesem Moment gibt es einen Riesenschlag. Lautes Getöse um uns herum, das ganze Flugzeug schüttelt sich, sämtliche Instrumenten-Bildschirme sind einen Moment lang schwarz, kommen aber sehr schnell wieder.

Der Schlag war so heftig, dass man denken könnte, eines der Triebwerke sei nicht nur aus-, sondern gleich ganz abgefallen.

Noch immer rappelt alles, und nach wie vor haben wir keine Ahnung, was eigentlich passiert ist, als Uli mit einem nicht zu beschreibenden Schnauben meint:

»Pfffffff ... also, fliegen tut's ja noch ...«

Unser *dicker* A310 ist eben nicht so leicht vom Himmel zu holen!

Der Mechaniker sitzt kreidebleich da und sagt kein Wort.

So ganz langsam klärt sich die Situation. Die Anzeigen sind sehr widersprüchlich. Es ist etwas mit der Hydraulik und den Fahrwerken, die sich nicht so bewegen, wie wir wollen.

Also zurück nach Kuwait. Nach dreißig Minuten landen wir wieder.

Mehrere Ansagen vom Cpt. beruhigen erst einmal die Gäste. Unsere Cabin Crew informieren wir persönlich, indem wir abwechselnd alle nach vorne holen.

Ein Aussteigen der Gäste ist nicht möglich – das lässt die kuwaitische Bürokratie nicht zu.

Unsere einzige Möglichkeit: eine Reparatur. Wie es sich herausstellt, ist die eigentliche Ursache für die Misere ein circa ein Zentimeter großes Loch im Hydraulikschlauch zum linken Fahrwerk, durch welches innerhalb einiger weniger Sekunden die ganze Hydraulikflüssigkeit ausgetreten ist. Die linke Tragfläche ist voll davon, und überall trieft und tropft die schleimige Substanz herunter.

Also – nur den Schlauch austauschen, Flüssigkeit auffüllen, fertig!

Nur???? Erst muss man mal in Kuwait mitten in der Nacht einen solchen Schlauch auftreiben! Der Mechaniker ist jetzt voll in seinem Element, unterstützt von Technikern der Kuwait Airways.

Die Gäste sind alle an Bord, und wir überlegen, wie wir sie informieren, ohne sie zu alarmieren. Uli ist am Telefonieren mit der Technik in FRA und mit organisatorischen Dingen beschäftigt.

Es gibt keinen passenden Schlauch, nur einen ähnlichen, eigentlich zu langen von einem A300 der Kuwait Airways, aber irgendwie geht's.

Uli ist nun die meiste Zeit draußen bei den Mechanikern.

Ich beginne, die Gäste, die alle hellwach sind nach dem Schreck, durch Bordansagen bei Laune zu halten, indem ich in möglichst humorvoller Art beschreibe, was gerade so vor sich geht, wie ein Kommentator beim Fußball:

»Da kommt das nächste Mechaniker-Auto, der Mann mit dem dicken Schraubenschlüssel dreht jetzt den Schlauch ab, hier vorne im Cockpit telefonieren wir gerade mit Frankfurt, der Kapitän hat den Flottenchef aus dem Bett geholt ...«

Ergebnis: Es gibt immer wieder laute Lacher bei den Gästen, und die meisten haben sich links an die Fenster geklemmt, um alles zu beobachten.

Es dauert Stunden. Plötzlich wird es ganz hinten unruhig. Ein Gast beginnt, sich lautstark zu beschweren, und das in breitestem Schwäbisch.

»Wa'schen dess hier für'n Scheiiiß?!? Uuunmöglich, was hier abgeht, uuuuunverschämt ...«, ist so das mindeste, was da durch die Kabine schallt.

Die Cabin Crew erscheint leicht verzweifelt bei mir ...

Uli kommt gerade zur Tür rein, sieht den Mann – ungefähr 1,65 Meter groß, rund, kleiner Schnauzbart und Schwabe vom Typ Rumpelstilzchen – und sagt zu mir:

»Bitte mach du ...!«

Ich gehe auf den Gast zu.

Er: »Senn Sie der Pilot?«

Ich: »Ja.«

»Ha, dann kümmernse sich mal drum, dass desss hier weitergoaht!! So ä bissle Hydraulik kann ja net des Problem sein!«

Ich, nun ebenfalls in breitestem Schwäbisch:

»Jetzetle mal langsam, immer die Ruhe!«

Im weiteren Gespräch stellt sich heraus: Er ist Chef einer kleinen Maschinenbaufirma in der Nähe von Backnang. Die Firma konnte vor Kurzem einen sehr guten Vertrag an Land ziehen, und er hat daraufhin seine fünf Mitarbeiter samt Ehefrauen zu einer Woche Urlaub im Al Bustan Hotel in Muscat eingeladen: Fünf-Sterne-Luxus!

Mir wird klar: Er ist stets der Chef, hat die Bordkarten von allen in der Tasche, hat immer alles im Griff und unter Kontrolle, ist für alle verantwortlich – nur halt jetzt nicht ...!

Ich: »So, jetzt kommetse mal mit, ich zeig Ihnen ebbes.«

Er folgt brav und gleichzeitig sichtlich stolz, denn das Folgende bekommt ja offenbar nur er zu sehen. Ich zeige ihm den circa fünfzig Zentimeter langen Hydraulikschlauch samt dem kleinen Loch, den wir vorne in der Galley liegen haben.

Er: »So was hann i no nie g'sehn!«

Ich nehme ihn mit auf die Flugzeugtreppe, von wo aus man die Reparaturarbeiten besser beobachten kann, und erkläre ihm, dass jetzt gerade die Hydraulikflüssigkeit wieder aufgefüllt wird. Er staunt und ist sichtlich beeindruckt von dem Gewusel der vielen Leute unter der Tragfläche.

Was dann folgt, lässt nun mich staunen.

Er läuft zurück in die Kabine und erzählt allen Gästen:

»Leut', des isch ä subber Trubbe hier! Die henn des voll im Griff!!!«

Völlig begeistert berichtet er allen, ob sie es jetzt hören wollen oder nicht, und auch den etwas verstörten chinesischen Gästen, was er gesehen hat und wie wir als Crew mit den Mechanikern das Problem *subberschnell lösen* würden!! (Zu dem Zeitpunkt stehen wir schon vier Stunden.)

Im Nullkommanix ist er umringt von etlichen Passagieren, die nun an seinen Lippen hängen. Vor allem: Er ist wieder Chef!

Ich bin meinen Job als Alleinunterhalter los, wir können uns in aller Ruhe auf den nun bald stattfindenden Weiterflug vorbereiten, und alle sind happy.

Als die Gäste dann in Muscat aussteigen, ist er des Lobes voll über die *Subber Lufthansaaa* und geht strahlend von Bord.

Schmunzelnd und todmüde schauen wir ihm hinterher.

– Joannis von dem Borne

Der bodenständige bolivianische Kardinal

1982 sollte ich beim Empfang des deutschen Botschafters in La Paz als neuer Lufthansa Chef Bolivien neben Kardinal José Clemente Maurer sitzen.

Also informierte ich mich über die protokollarisch korrekte Anrede und sagte Seiner Eminenz höflich auf Spanisch, dass ich mich freue, ihn kennenzulernen:

»Encantado de conocerle, Su Eminencia!«

Da legte er seine Hand auf meinen Unterarm und erwiderte freundlich:

»Junger Mann, ich glaube, wir können Deutsch reden, das sprechen wir doch beide am besten.«

Und so erfuhr ich, dass Josef Clemens Maurer, 1900 in Püttlingen im Saarland geboren, 1926 als junger Missionar nach Bolivien gekommen war, wo er 1967 zum Kardinal aufstieg. An dem Abend beim deutschen Botschafter erzählte er so humorvoll und selbstironisch von seinen Reisen zu den letzten beiden Papstwahlen, den Konklaven im August und Oktober 1978, als ob er von Wahlen in einem Verein spräche:

»Natürlich flog ich beide Male mit euch, mit der Lufthansa. In Rom schlief ich dann tatsächlich in demselben Zimmer, in dem der letzte, so schnell verstorbene Papst bei den Wahlen als Kardinal gewohnt hatte. Da habe ich mir schon Gedanken gemacht, welchen Namen ich annehmen soll, wenn die mich wählen. Und als wir uns zunächst nicht auf einen neuen

Papst einigen konnten, fragte ich die Deutschen, und die sagten, sie seien für den Polen. Da habe ich dann auch den Polen gewählt.«

Bei allen seinen Rom-Reisen habe der Kardinal, so sagten mir die bolivianischen Lufthansa Mitarbeiter, immer Economy gebucht, obwohl ihm die First Class zugestanden hätte: »Das Geld kann ich besser für meine Armen gebrauchen!«

– *Michael Wurche*

Die rüstige 91-Jährige

Inbound ex USA nach der Landung in Frankfurt an einem Sonntagmorgen.

Wir haben eine alleinreisende ältere, rüstige, sympathische und schlagfertige Dame an Bord mit einem Weiterflug nach Nürnberg.

Nach der Landung warten wir gemeinsam auf das Eintreffen des Betreuungsdienstes, da ihr die sehr langen Wege zum Anschlussgate doch etwas weit sind, obwohl sie immer noch ganz gut zu Fuß ist.

Wir kommen ins Gespräch. Sie bedankt sich sehr herzlich für unseren großartigen Service und erzählt mir voller Stolz, dass sie schon einundneunzig Jahre sei und jedes Jahr mindestens einmal, manchmal sogar zweimal in die USA fliege, um ihre Tochter und die Enkelkinder zu besuchen.

Auf meine Frage, ob denn ihre Tochter sie zwischendurch auch mal im schönen Nürnberg besuche, kommt wie aus der Pistole geschossen die Antwort:

»Ach, wissen Sie, die ist schon sehr alt und gebrechlich, der kann ich solche langen Flüge nicht mehr zumuten!«

– *Markus Matt*

Vater und Sohn

Eine ähnliche Geschichte hatten wir mal in der First Class Lounge.

Ein Rotkäppchen kündigte zwei Gäste nach Rio an, Vater und Sohn, einer der beiden sitze im Rollstuhl.

186

Irgendwann ging die Tür auf, und ein eleganter älterer Herr im weißen Saturday-Night-Fever-Anzug kam herein, mit vier Handgepäckstücken schwer beladen.

Er übergab uns seine Dokumente, und da staunten wir nicht schlecht: Er war vierundneunzig Jahre alt! Sein Deutsch war etwas altertümlich und schien leicht eingerostet. Zehn Minuten später kam die Kollegin vom Betreuungsdienst mit dem Rollstuhlgast – das war der Sohn.

Der Vater war als junger Mann in den Vierzigerjahren nach Brasilien ausgewandert und wollte seinem Sohn mal zeigen, wo er geboren und vor der Auswanderung aufgewachsen war.

– *Lars Pramme*

Angst vor Reisen über Deutschland

Während meiner Fliegerzeit gab es etliche witzige Erlebnisse, aber auch einige, die einem ans Herz gingen. In besonderer Erinnerung ist mir dieses:

Auf einem Flug nach NYC vor vielen Jahren sprach mich eine zierliche ältere Dame mit auffallend rot gefärbtem Haar an.

Sie habe vor dem Abflug leider kein koscheres Essen bestellt und wolle nun fragen, ob sie noch eins bekommen könne. Ich bedauerte und bot ihr an, Obst, Nüsse etc. zu besorgen.

Sie meinte, letztendlich sei es kein Problem, sie würde nur kein Schweinefleisch essen.

Wie es der Teufel wollte, gab es ausgerechnet Kasseler mit Sauerkraut. Aber ich konnte ihr etwas aus der Business Class besorgen und machte ihr ein schönes Tablett zurecht.

Nach dem Service kamen wir ins Gespräch, und sie erzählte mir, dass sie alle zwei Jahre nach Österreich zur Kur reise. Schwer sei für sie nur immer das Umsteigen in Deutschland, denn sie habe während des Transits die ganze Zeit Angst.

Auf meine Nachfrage meinte sie, dass in Deutschland doch die Neonazis so auf dem Vormarsch seien. Ich versuchte zu erklären, dass sie sicher sei, allemal am Flughafen. Sie antwortete, dass sie sich schon einmal sicher gefühlt habe, nämlich einst als fünfjähriges Mädchen in ihrem deutschen Heimatort. Sie habe gerade am Bach gespielt, als uniformierte Männer gekommen seien und sie grob weggezerrt hätten.

»Und wissen Sie, was für mich damals das Schlimmste war? Dass meine Puppe in den Bach fiel und wegtrieb«, meinte sie.

Das berührte mich genauso wie die Tatsache, dass sie den Rest ihrer Familie nie mehr wiedergesehen hatte.

Wir unterhielten uns sehr lange, und sie bedauerte sehr, dass ihr bisher immer der Mut gefehlt habe, in ihren Heimatort zurückzukehren, um ihr Elternhaus noch einmal zu sehen.

Zum Aussteigen stand ich an der 2er-Tür, und als ich mich von ihr verabschiedete, fragte sie mich, ob sie mich umarmen dürfe. Ich bückte mich zu ihr hinab, und sie flüsterte mir ins Ohr:

»Sie haben mir Mut gemacht und ein bisschen Vertrauen in Deutschland zurückgegeben. Bei meiner nächsten Reise werde ich all meine Courage zusammennehmen und meinen Heimatort noch einmal besuchen.«

Ich hatte Gänsehaut und zugegebenermaßen auch Tränen in den Augen.

Leider weiß ich nicht, ob sie ihren Plan jemals verwirklichen konnte, aber ich habe wenig später eine Kurzgeschichte über sie geschrieben, in der sie noch einmal zurückkehrt und auf unerwartete Weise ihren Frieden schließt.

Auch wenn es in der Realität vielleicht nicht geklappt hat, dann wenigstens in meiner Geschichte!
– *Herbert Roessler*

Das Upgrading der alten Dame

Es war wenige Tage vor Weihnachten, das Jahr weiß ich nicht mehr.
Unsere LH409 von New York nach Düsseldorf, DUS, ging aus technischen Gründen morgens weiter nach FRA und wurde dort durch eine andere Maschine ersetzt.
Dieser Flieger stand dann in DUS am Gate, und da gab es eine böse Überraschung: Die Sitzplatzversion stimmte nicht mehr mit der Buchungsversion überein.
Im System hatten wir eine Maschine mit 8 Sitzen in der First Class, 32 in der Business Class und 195 in Economy; und dort vor der Tür stand nun eine mit 8 First, 48 Business und 165 Economy. Von der Gesamtzahl der Passagiere passte es noch so gerade eben, aber jede Menge Arbeit mit Upgradings war nötig.

Mitten im Trubel stand plötzlich eine schon ältere Dame im Kostüm mit einer schönen Brosche am Revers vor mir und sagte:
»Junger Mann, ich habe noch keinen Sitzplatz. Können Sie mir jetzt einen geben? Bei der Gepäckabgabe sagte man mir, das würde hier geschehen. Oder soll ich noch etwas warten?«
Alle Statuskunden waren schon mit Upgradings versehen, und es langte noch immer nicht. Also erwiderte ich:
»Kein Problem. Ich habe hier noch einen wunderschönen Fensterplatz in unserer Business Class.«
Die Dame: »Ist das Ihr Ernst?? Ich habe noch nie in meinem Leben etwas einfach nur so geschenkt bekommen. Wissen Sie, ich reise zu meinem Sohn nach Amerika, um mit ihm nach langer Zeit wieder einmal Weihnachten zu feiern. Wer weiß, wie oft ich ihn noch sehen kann.«
Ich gab ihr die Bordkarte, sie freute sich unglaublich und hörte überhaupt nicht mehr auf, sich zu bedanken.

Wir arbeiteten uns weiter durch das Chaos, und irgendwann konnten wir einsteigen lassen. Beim Scannen der Bordkarten bedankte sie sich noch einmal herzlich bei mir für das schöne Weihnachtsgeschenk. Auch ich freute mich mit ihr.

Auf einmal stand mein Flight Manager direkt hinter mir und verkündete:

»Rainer, ich brauche noch ganz dringend einen Platz in der Business Class.«

Gesagt, getan. Ich nahm die Bordkarte der alten Dame und setzte sie in die First Class, informierte sie aber nicht darüber. Was mag sie wohl empfunden haben, als sie zum Platz 2A gebracht wurde? Zu gern hätte ich ihren Gesichtsausdruck gesehen!

Ich glaube, dieses Upgrading hat uns beide beschenkt, die alte Dame und mich auch.

– *Rainer Wulf*

Kurzer Flug nach New York

1980, LH404 FRA–JFK, B747. Ich arbeitete im Upper Deck, wo sich damals die Business Class befand.

Es kam eine sehr elegante ältere Dame von circa achtzig Jahren die Treppe hoch. Ein netter Kollege trug ihr kleines Handköfferchen. Sie war hocherfreut darüber, *so weit oben und ganz vorne* zu sitzen, und dass die Flugzeuge heutzutage so groß und geräumig geworden seien.

So weit, so gut. Der Mittagessen-Service war beendet, und wir baten die Passagiere, die Fensterblenden herunterzuziehen.

Daraufhin fragte die nette Dame, wo sie sich denn umkleiden könne. Sie kam in einem dezenten, dunkelblauen Pyjama mit ebensolchem Bademantel von der Toilette zurück und legte sich schlafen.

Einige Zeit nach dem Film servierten wir das Abendessen, und sie war etwas verwundert, als ich sie informierte, dass sie sich wegen des nahenden Sinkflugs wieder umziehen müsse. Sie meinte:

»Ach, können wir beim Betanken nicht an Bord bleiben? Es ist doch sicher kalt in Island.«

Ich, wohl fast genauso verwundert wie sie:

»Wir landen in fünfundvierzig Minuten in New York.«

In einem netten, aber doch belehrenden Ton erwiderte sie:

»Also, liebes Fräulein, da müssen Sie sich wohl täuschen. Der Flug dauert zwanzig Stunden mit Zwischenlandungen.«

Es brauchte noch ein paar Minuten Überzeugungsarbeit und die Durchsage des Pursers, bis sie mir glaubte. Sie war wohl seit den Fünfzigerjahren nicht mehr nach NYC geflogen, hatte aber ihre letzte Reise noch gut in Erinnerung.

Ihr Kommentar war entzückend:

»Ach, wie schade, es ist so nett hier an Bord, jetzt ist es schon vorbei!«

Sie war technisch nicht so sehr versiert, aber geistig topfit. Bis zur Landung erzählte sie mir in allen Details, wie das Fliegen damals war.

Eine wirklich bezaubernde Erinnerung an einen besonderen Passagier!

– *Ellen Link*

Der Segen des Kardinals

1965 war ich als Assistent des Verkaufsleiters in Rom unter anderem für die Betreuung der Teilnehmer des Zweiten Vatikanischen Konzils zuständig.

Einer meiner *Kunden* war Joseph Kardinal Frings. Ich traf ihn in der VIP-Lounge des Vatikans im Flughafen Fiumicino, FCO. Er war schon fast achtzig und leider völlig blind. Betreut wurde er von seinem Assistenten Kaplan Luthe.

Ich begrüßte den Kardinal im Namen von Lufthansa, wobei er sofort die rheinische Klangfarbe meiner Stimme erkannte und konstatierte:

»Sie sind doch auch aus meiner Diözese?«

Als ich das bejahte, fragte er: »Waren Sie Messdiener?«

Da musste ich leider passen, und er schien mir darüber etwas enttäuscht.

Unser Flug war in der Touristenklasse überbucht (damals gab es nur Tourist und First), und wir mussten upgraden. Ich ließ den Kardinal und seine Begleitung in die First Class setzen. Er bedankte sich erfreut.

Kurz vor dem Abflug kam der Stationsleiter und sagte mir, der Kardinal wolle mich sprechen.

Ich ging in die Kabine, und Kardinal Frings fragte mich: »Mein Sohn, bekommen wir hier auch die Vorzüge der Ersten Klasse?«

Ich bestätigte ihm, dass er selbstverständlich Mahlzeiten und Getränke der First Class erhalte. Darauf sagte er: »Mein Sohn, ich danke es Ihnen und segne Sie für Ihren weiteren beruflichen Weg!«

Der Segen des Kardinals hat gewirkt!

– Hans Willi Blum

Saubere Landung

Wir befanden uns nach einem ziemlich langen Rückflug im Landeanflug auf Frankfurt. Die Business Class war komplett ausgebucht, und nach getaner Arbeit checkten wir die Kabine in Vorbereitung auf die Landung.

Alle Passagiere saßen angeschnallt auf ihren Plätzen, nur ein Sitzplatz direkt an Tür 1 war noch leer und die nahegelegene Toilette besetzt. Okay, dachten wir, dann warten wir eben noch ein bisschen und melden die Maschine erst klar, wenn dieser Passagier sitzt.

Der Jumbo näherte sich immer mehr dem Flughafen FRA, und irgendwann entschlossen wir uns, mal vorsichtig an die Toilettentür zu klopfen, um darauf hinzuweisen, dass wir in wenigen Minuten landen würden.

Auf unser Klopfen kam keine Reaktion. Also nochmals lauter und fester geklopft: wieder keine Reaktion. Wir entschlossen uns am Ende, die Tür von außen zu öffnen, denn wir waren mittlerweile in Sorge, es könnte dem Gast etwas passiert sein.

Nach der Türöffnung bekamen wir dann den folgenden unvergesslichen Anblick geboten:

Ein nahezu unbekleideter Japaner stand auf dem Deckel der

Toilettenschüssel. Er war von Kopf bis Fuß vollständig in Schaum gehüllt und versuchte, sich mit den kleinen Papier-Zahnputzbechern abzuduschen.

Die entsetzte Frage meiner Kollegin »What are you doing?!?« beantwortete er mit:

»I am taking a shower.«

Der Jumbo näherte sich immer mehr dem Final Approach. Kurzentschlossen gaben wir unserem Gast zwei Decken mit der Bitte, sich darin einzuwickeln, ganz schnell seinen Platz einzunehmen und sich anzuschnallen, da wir in wenigen Augenblicken landen würden.

So konnten wir die Kabine in letzter Minute klarmelden und setzten uns dem Gast gegenüber auf unsere Jumpseats zur Landung.

Der Moment, als der tonnenschwere Jumbo aufsetzte und unserem Gast bei der leichten Erschütterung noch ein paar Schaumkronen aus den Haaren tropften – diesen Anblick werde ich nie vergessen!

– *Markus Matt*

Nette und weniger nette Passagiere

»Assholes never die out«

First Class, ein langer Flug.
Ein deutscher Passagier motzt seit dem Einsteigen ständig über alles und jedes. Neben ihm sitzt ein sehr vornehmer Afroamerikaner mit super Manieren, äußerst freundlich.

Nach dem ersten Service, der für den Motzer natürlich *unter aller Sau* gewesen ist, steht der sympathische Gast auf und dreht sich zu mir um. Er legt mir eine Hand auf die Schulter, dazu sagt er laut und vernehmlich:
»Sir, you are doing a perfect job. Just remember one thing in life: Assholes never die out!«

Und damit schreitet er zur Toilette, begleitet von einem zustimmenden Applaus sowie dem schallenden Gelächter der Umsitzenden. Ich muss mich zusammenreißen, um ernst zu bleiben.

Ihr kommt nie drauf, wer ab diesem Moment ruhig ist und auf einmal sogar *bitte* und *danke* sagen kann ...!
– *Florian Zimmermann*

Der Baby-Platz

Es war ein ziemliches Durcheinander auf einem USA-Flug, weil wir unglaublich viele Familien mit Kindern an Bord hatten, die sehr großflächig über die Economy Class verteilt waren. Wir setzten also einige von ihnen um, womit wir die Eltern glücklich machten.

Ein Herr, LH Senator, schrie mich an, ob ich denn völlig unfähig sei! Erstens wolle er sofort den Purser sprechen, und zweitens ginge ein Platz neben einer Mutter mit Kleinkind gar nicht für ihn.

Er brüllte und war krebsrot im Gesicht, dabei stand der Purser vor ihm – nämlich ich. Aber er tobte weiter.

In einer Redepause, als er mal Luft holte, antwortete ich ihm, der Purser sei schon da, aber er selbst habe sich gerade wegen seines Auftritts für ein sehr viel schöneres Plätzchen total disqualifiziert.

Zu der jungen Mutter sagte ich, ich müsse sie leider noch einmal umsetzen, aber es würde für sie und ihr Baby deutlich bequemer, denn der einzige freie Platz an Bord sei in der Business Class.

Sowohl der Senator als auch die Mutter waren nun ziemlich fassungslos ...
– *Anja Homeyer*

Bei der Thai ist alles besser

Ein Passagier in der Business Class nach Bangkok:
»Also, bei der Thai sind die Stewardessen viiiiel hübscher und netter, und da bekommt man ... dies ... und das ... und blablabla ...«

Irgendwann reicht es mir, und ich sage zu ihm:
»Sie müssen schon entschuldigen, dass wir genauso deutsch sind wie Sie ...!«
– *Petra Dance*

Der nette Jump

Es geschah auf einem innerdeutschen Flug, der ausgebucht war.
Der Purser kam auf mich zu, da ich im hinteren Teil des Fliegers arbeitete, und informierte mich, dass ich einen Jump bekäme.
Okay, in einer B737 auf der Kuschelbank, das würde wohl lustig ...

Es war ein Außenstopp, und die Passagiere stiegen auch hinten ein.

Da kam ein Mann auf mich zu, der wie ein typischer Büromensch aussah und etwas rundlich war.

Er sagte, dass er mein Jump sei.

Ich schaute auf die kleine Bank und stöhnte innerlich. Dann erwiderte ich: »Super, stellen Sie sich bitte erst einmal neben mich, bis alle Gäste eingestiegen sind.«

Ich begrüßte alle Passagiere, und wie meistens grüßte keiner zurück. Auf einmal brüllte mein Jump, dass dies ja eine Unverschämtheit sei!

»Da steht hier eine nette, charmante junge Dame und sagt zu jedem Guten Tag, und keiner grüßt zurück. Wo sind wir denn hier, wo ist denn die deutsche Höflichkeit, das kann doch nicht wahr sein!«

Etliche Passagiere wurden direkt einen Kopf kleiner, und einige liefen hochrot an. Aber nun sagte tatsächlich fast jeder ganz höflich »Guten Tag«.

Mein Jump, den ich zunächst geringgeschätzt hatte, bevor ich ihn erlebte, war der beste von allen Gästen.

Das ist schon lange her, aber vergessen habe ich diesen Jump nie!

– Bettina Reusch

Upgrade für mehr Platz

Ich war Purser auf einem Flug nach Los Angeles, bei dem eine Kollegin zu mir nach vorne kam und sagte:

»Da ist ein Pax, der sich über ein Kind beschwert, das neben ihm sitzt.«

Also ging ich zu ihm:

»Guten Tag, was haben wir für ein Problem?«

»Das Kind liest ein Buch, und dadurch habe ich keinen Platz zum Ausbreiten meiner Unterlagen!«

»Das sieht nach einem Upgrade aus«, meinte ich, worauf er zufrieden »Genau!« sagte und gleich begann, seine Papiere einzusammeln.

Unterdessen wandte ich mich an die Mutter des Kindes:
»Bitte geben Sie mir Ihre Tasche und folgen Sie mir mit Ihrem Jungen. Ich bringe Sie für die verbleibende Flugzeit in die Business Class.«

Der Mann neben ihr lief daraufhin rot an vor Zorn und zischte wütend:
»Ich werde mich über Sie beschweren!«

Meine freundliche Antwort:
»Machen Sie das bitte unbedingt schriftlich.
Aber Sie sehen ja, dass wir alles tun, damit Sie an Bord Ihre Unterlagen ausbreiten können, ganz nach unserem Motto: *Einsteigen und sich wohlfühlen!*«
– *Peter Vanderlinden*

»Gast ist ein RAL«

In Düsseldorf am Ticket-Counter.
Meine Kollegin Susanne G. bedient einen Gast, der die ganze Zeit, während sie sein Ticket umschreibt, herumnörgelt:
»Was für ein Sauhaufen die Lufthansa doch ist, alles nur Sch...!«, und immer so weiter und so weiter!
Um die Kolleginnen und Kollegen am Gate vorzuwarnen, schreibt Susanne in die Reservierung des Gastes:
»Attention – Gast ist ein RAL.«

(Dieser Ausdruck für *Riesenarschloch* wurde, so heißt es, bei Lost & Found in Hamburg kreiert. Wenn sich jemand, dessen Koffer verloren gegangen war, dementsprechend aufführte, schrieb die Mitarbeiterin als Warnung für die Kollegen, die

197

den Fall möglicherweise weiterbearbeiten mussten, auf die Unterlagen *RAL*.)

Der Gast beugt sich plötzlich über den Counter und möchte sehen, warum das denn so lange dauert und was sie da alles eintippt.
Als er auf dem Bildschirm »Gast ist ein RAL« liest, fragt er natürlich nach, was das bedeutet.
Geistesgegenwärtig antwortet Susanne:
»RAL steht für *Reist ausschließlich Lufthansa*!«

Und schon macht sich der Gast sichtlich gebauchpinselt auf den Weg zum Gate ...
– *Doris Ruyters*

P.S.:
Es gab auch mal einen Passagier, der bei der Meldung seines Kofferverlusts den Vermerk *RAL* auf seinem PIR (Property Irregularity Report) gesehen hatte. Er nahm wohl an, RAL sei eine ähnlich ehrenvolle Kundenkategorie wie HON oder SEN.
Prompt sagte er beim Einchecken zu seinem nächsten Flug der Kollegin am Schalter ganz stolz:
»Und übrigens bin ich RAL bei Ihnen!«

Doppelte Sitzplatzvergabe

Ich war AH auf Position 4L auf dem A321, als mir während des Boardings eine mies gelaunte, muffige Frau auffiel, die ständig vor sich hin murmelte:
»Das ist Sch..., jenes ist Sch..., alles ist Sch... bei Lufthansa!«
Na prima – ein Gast mit Fäkalsprache!

Als das Boarding so langsam zum Ende kam, standen noch vereinzelt Gäste im Gang. Ein Herr, groß, schlank, dunkler Hautton, suchte irritiert seinen Platz. Ich ging einige Schritte auf ihn zu, um zu helfen.
Sein Platz war ... genau! Der Platz der muffigen Dame.

198

Ich begleitete ihn nach hinten, um die Bordkarte der Frau zu checken, die offensichtlich falsch saß. Sie sah den Herrn böse an und sagte mehrmals unhöflich und so laut, dass es alle mitbekamen:
»Nein, ICH wechsle nicht den Sitz. ICH nicht. Das ist MEIN Platz. Soll ER woanders sitzen. ICH BLEIBE HIER!!!«

Mir tat der Herr einfach nur leid.
Er sagte kaum etwas, war sehr höflich, aber wohl auch etwas eingeschüchtert. Ich dafür kochte innerlich vor Wut. Was bildete die sich eigentlich ein? Es war offensichtlich, dass sie ein Problem mit seiner Hautfarbe hatte.

Ich rief beim Purser an, der gerade erst die Änderung der Sitzplätze vom Gate bekommen hatte. Ausgerechnet die schlecht gelaunte Dame sollte ein Upgrade in die Business Class bekommen, der Herr hingegen in der Economy bleiben, in der letzten Reihe Sitz C.

»Das ist nicht fair«, dachte ich und fragte den Purser, ob ich die Sitzplatzvergabe machen dürfe. Ich würde ihm später alles erklären.
»Ach, tu, was du willst, du wirst es schon richtig machen!«, meinte er nur.

Ich ging nun zu den beiden Gästen. Sie saß da immer noch, den Po fest in den Sitz gedrückt. Die Passagiere um sie herum warteten schon interessiert auf meine Reaktion.
Ich sagte zu der Dame:
»Nun gut, da Sie ja hier sitzen bleiben möchten, bekommt der Herr einen anderen Sitzplatz!«

Ich merkte an den Blicken der anderen Gäste, dass sie damit nicht wirklich glücklich waren, drehte mich um, schaute den Herrn an und lächelte:
»Glückwunsch, ich freue mich, Sie nun in die Business Class einladen zu dürfen! Ihr neuer Sitz ist 2A – genießen Sie es!«

Einige Gäste applaudierten, andere lachten.

Der Herr freute sich wirklich sehr, bedankte sich und ging im Flugzeug nach vorne.

Und die Frau - tja, ihren Gesichtsausdruck werde ich nie vergessen!

- Sofia Navrozidou

Luxusproblem

Wir wollten als Passagiere von FRA nach CAI.

Am Gate gab es eine sehr unangenehme Diskussion mit zwei Gästen, für die man leider in der Business Class keine Plätze nebeneinander hatte. Dabei waren sie wegen der übervollen Economy gerade upgegraded worden.

Der Mitarbeiter am Gate war verständlicherweise sichtlich genervt.

Wir kamen dazu, und er fragte uns, ob es okay sei, wenn wir getrennt säßen. Natürlich war es das, denn wir waren froh, dass wir an diesem Tag überhaupt noch nach CAI kamen.

Kurzerhand nahm er unsere Bordkarten an sich, um dann erst einmal den beiden anderen Passagieren neue Bordkarten zu geben - nämlich in der von ihnen gebuchten Economy Class.

Wir bekamen nun auch neue - in der Business Class, und natürlich saßen wir an Bord doch zusammen, denn die Crew konnte das kurzerhand arrangieren.

Das war ein super Flug! Wie's wohl währenddessen in der Eco war??

- Marion Merker

Man kann's ja mal versuchen ...

Anfang 1992 wollte ein junger Ägypter im Kairoer Stadtbüro unbedingt mit dem Chef sprechen. Er wurde zu mir gebracht und berichtete mir wütend, was ihm durch die Schuld der Lufthansa gestohlen worden sei.

Er war von Oslo über Frankfurt nach Kairo geflogen und hatte in Oslo sein großes Handgepäckstück mit in die Kabine nehmen können.
Da die Maschine ab Frankfurt voll war und die Gäste viel Handgepäck mitführten, hatte seine Tasche keinen Platz mehr gefunden und war in den Frachtraum verladen worden.

Nun reklamierte er erbittert, dass bei der Ankunft in Kairo seine goldene Rolex aus der Tasche verschwunden war, ein Stück im Wert von 30.000 DM.
Ich fragte ihn, wo er die Uhr gekauft habe, und er antwortete: »In Oslo.«
»Na, da haben Sie doch ganz bestimmt bei der Ausreise die Mehrwertsteuererstattung beantragt?«, fragte ich weiter nach, und er bejahte spontan.

Ich vertröstete ihn wegen der nötigen Nachforschungen für ein paar Tage und nahm Kontakt zur Lufthansa Station in Oslo auf, wo man beim Zoll herausfand, dass der junge Mann tatsächlich eine Steuererstattung beantragt hatte – allerdings für den Kauf eines Pullovers im Wert von 75 DM.

Bei unserem nächsten Termin konfrontierte ich den bis dahin selbstbewusst und fordernd auftretenden jungen Mann mit dem Ergebnis meiner Investigation.

Er stand wortlos auf, verließ mein Büro, und ich hörte nie wieder etwas von ihm.
– *Michael Wurche*

Der Rampagent und der Dauertelefonierer

Zu Beginn der Handyzeit, Mitte/Ende der Neunzigerjahre, herrschte noch absolutes Telefonierverbot an Bord.

An einem schönen, lauen Sommersamstag war ich beim Flug LH2003 DUS–TXL eingeteilt. Als Rampagent dieses Fluges und somit verantwortlich für die ordnungsgemäße Abfertigung hatte ich die letzten Infos vom Gate geholt und schlenderte gutgelaunt den Finger herunter.

In der Tür des Fliegers stand Gabi, Purserette und ein echtes Kind des Reviers: souverän, immer gut drauf, das Herz am rechten Fleck und nicht auf den Mund gefallen. Aber jetzt erinnerte ihr Gesichtsausdruck eher an die untergehende Reviersonne.

Ich also:
»Gabi, watt iss? Probleme?«
Sie wies mit ihrem zur Seite gedrehten Kopf in Richtung des Gastes, der auf 1C saß und entgegen aller Anweisungen mit irgendjemandem Ultrawichtigen in TXL telefonierte.
»Hab' schon alles probiert«, raunte sie mir zu.
»Lass mich ma' machen«, antwortete ich ihr.

Ich mich also vor Herrn 1C aufgebaut und ihn mit frostiger Stimme angesprochen:
»Sie machen jetzt sofort das Handy aus!«
Pax 1C bedeckte das Mikro seines Handys und gab mir zur Antwort:
»Was erlauben Sie sich! Wissen Sie, wer ich bin?«
Falsche Antwort!

Ich mich also zu Pax 1C runtergebeugt, meine Ray-Ban mit dem Zeigefinger auf die Nasenspitze gezogen, dem Pax in die Augen geschaut und geantwortet:
»Niemand, der hier an Bord was zu melden hat! Und jetzt – Handy aus!«

Zack, das schien gewirkt zu haben! Ich konnte gar nicht so schnell schauen, wie das Handy ausgeschaltet wurde.

Problem gelöst, Ray-Ban wieder auf die Nase geschoben, dann auf dem Weg zum Cockpit von Gabi noch grinsend einen feuchten Dankeskuss abgeholt, Abschlusszahlen dem Cockpit gegeben, und los ging's!
– *Hanno Schlinglof*

Flugverbot für einen Flegel

Die B737 NUE–FRA war wegen unpünktlicher Ankunft aus FRA beim Abflug um fünfzehn Minuten verspätet.
Ein First-Class-Gast meckerte schon beim Einsteigen lautstark herum: »Scheißladen ...!«

Als das Gemeckere gar nicht aufhörte, versuchte ich, ihn mit Hintergrundinformationen zu versorgen, und sagte, dass ein Gewitter in FRA die leichte Verspätung verursacht habe; aber das interessierte ihn wenig.
Er wiederholte mehrmals, wenn man bei seiner Firma XX so arbeiten würde, dann ...

Während der Diskussion meinte er plötzlich:
»Lassen Sie mich in Ruhe, Sie langhaariger Idiot!«

Man muss sich ja nicht unbedingt alles bieten lassen, und da ich seinen Namen und seinen Arbeitgeber wusste, schickte ich, ohne den LH internen Dienstweg zu gehen, einen Brief an die Firma XX und informierte die Geschäftsleitung über das Benehmen des Herrn.

Eine Woche später bekam ich ein Schreiben der Firma, in dem man sich für das ungehörige Benehmen des Mannes entschuldigte und mir mitteilte, dass er ein einjähriges Flugverbot aufgebrummt bekommen habe.

Allerdings leitete die Firma XX das Schreiben auch an LH weiter, und so wurde ich zu *Kaffee ohne Kekse* bei meiner Divisionschefin eingeladen.

Ich habe es überlebt ...
– *Reinhold Weber*

Was für ein Sch...tag!
FRA, First-Class-Check-in, ein Gast kommt mit sehr saurem Gesichtsausdruck auf den Schalter zu.
Ich: »Guten Tag, wohin darf ich Sie heute schicken?«

Vom Gast gibt es keine Antwort, er wirft nur seine Senator-Karte über den Schalter.
Ich sage: »Das war wohl ein ausgesprochen schlechter Tag bisher für Sie. Geben Sie uns eine Chance, dies zu ändern?«, während ich ihm die Karte zurückreiche.

Nun kommt ein kurzer Augenblick des Innehaltens – dann erwidert der Gast:
»Oh, Entschuldigung, Sie können ja nichts dafür. Aber es war wirklich ein Sch...tag.«

Danach unterhalten wir uns während des Check-ins eine ganze Weile sehr entspannt, und es folgt eine freundliche Verabschiedung des Gastes mit dem Zusatz:
»Jetzt geht es mir tatsächlich viel besser. Lufthansa hat doch wirklich gute Leute!«

Fazit: Man muss nicht unter allen Umständen einen devoten Service bieten. Ein freundliches Selbstbewusstsein sowie Antworten auf Augenhöhe können oftmals mehr erreichen.
– *Ingrid Seiler*

»You are not a gentleman!«

Am Ticket-Counter B28. Es gibt wetterbedingte *heavy irregs*, also große Flugunregelmäßigkeiten. Der Flug nach London ist gerade annulliert worden.

Die Gäste warten für ihre Umbuchung relativ geduldig vor dem Ticketschalter, nur ein Nadelstreifenträger drängelt sich nach vorn.
Eine kleinere britische Lady mit Hütchen zieht ihn energisch am Arm. Als er sich verärgert umdreht, erhebt sie ihre Stimme und sagt laut und deutlich:
»You are NOT a gentleman!«

Sofort bricht ein großes Gelächter bei allen Anwesenden aus, und der Nadelstreifenmann verzieht sich beschämt ans Ende der Schlange.

Ab dann ist es ein sehr entspanntes Arbeiten!
– *Robert Revet*

HON gegen HON

Ein Flug auf der Kurzstrecke, ich als P1.
Es kam eine sehr nette, jüngere HON-Dame an Bord, die sich auf ihren Platz in der ersten Reihe setzte. Schon während des

Einsteigevorgangs hatte ich eine kurze, aber sehr amüsante Konversation mit ihr.

Nach dem Service – wir flogen noch eine Weile – unterhielt sie sich in der Galley wieder mit mir und erzählte, dass sie von Montag bis Freitag täglich bis zu vier Kurzstreckenflüge absolviere.

Ich sagte:
»O mein Gott, sind Sie im Namen Ihrer Majestät unterwegs? Darf ich fragen, was Sie beruflich machen? Sie fliegen ja mehr als ich!«

Sie lachte und erzählte mir, dass sie regelmäßig Topmanager aus Deutschlands obersten Führungsetagen coache. Sie fliege frühmorgens von A nach B, dort am Flughafen sei dann eine Lounge reserviert, sie coache ihren Kunden circa eine Stunde, fliege weiter nach C und habe dort das gleiche *Verfahren*.

Irgendwann sagte sie:
»Jetzt muss ich Ihnen noch schnell eine Geschichte erzählen, die ich letzte Woche erlebt habe.«

Und das war ihre Geschichte:
Sie ging morgens auf ihren ersten Flug und setzte sich beim Einsteigen auf 1C, in Jeans, Turnschuhen, Bluse, Jackett. Plötzlich kam ein Herr um die Ecke und sprach sie an:
»Ich bin HON, setzen Sie sich auf 1A, weil ich immer auf 1C sitze!«

Sie schaute ihn ganz verdutzt an und antwortete:
»Normalerweise ist es mir egal, wo ich sitze, aber jetzt bleibe ich aus Prinzip auf meinem Platz. Ich bin auch HON.«

Der Herr setzte sich dann verärgert auf 1A und wandte sich während des Fluges nochmals an sie: Er empfinde es als eine

Unverschämtheit, dass sie auf 1C sitze und nicht er; er habe ja bestimmt mehr Meilen als sie.

Darauf erwiderte sie:
»Ich habe soeben in der Lounge meinen aktuellen M&M-Auszug gezogen, der oben im Handgepäck ist. Den kann ich Ihnen gerne nach der Landung zeigen.«

Er: »Das trifft sich gut, ich habe auch eben meinen Auszug geholt.«
Sie: »Und jetzt lassen Sie mich bitte bis zum Ende des Fluges in Ruhe!«

Nach der Landung verließen beide das Flugzeug und kramten im Finger ihren jeweiligen Meilen-Kontoauszug aus dem Handgepäck heraus.
Er schaute sich neugierig ihren Auszug an, sah, dass sie etwa viermal so viele Meilen hatte wie er, drehte sich um und ging wutentbrannt weg.
Sie verstand noch ein leises Genuschel und glaubte zu hören, wie er wütend »Blöde Kuh« knurrte ...

Zum Abschluss sagte sie mir noch:
»Ich habe mich lange nicht mehr so amüsiert!«
– *Klaus Alderath*

207

Kein Fall für den Sonderbetreuungsschalter

Am Betreuungsschalter in HAM baten die dort eingeteilten Kollegen ab und zu einzelne Passagiere zu sich, die vor den nebenan liegenden Economy-Schaltern warteten und dort als Nächste in der Schlange dran gewesen wären, und das tat auch ich an diesem Tag.

Nachdem zwei wartende Herren nacheinander in den Vorzug gekommen waren, schnell bei mir am Betreuungsschalter eingecheckt zu werden, wartete der dritte gar nicht erst auf meine explizite Einladung. Er preschte auf meinen Schalter zu und schleuderte seinen Koffer auf die Waage; seine beiden sichtlich schweren Metallkisten plus einiger Metallrollen lagen noch auf dem Trolley.

Aber ich hatte gar nicht vorgehabt, ihn zu mir zu bitten, denn ich sah bereits einen Passagier im Rollstuhl nebst Begleitung auf mich zusteuern.
Den Gast vor mir bat ich, noch bevor er all sein Gepäck vom Trolley zerren konnte, wieder in seine Warteschlange nebenan zurückzugehen.
Ich wies ihn darauf hin, dass er dort ja ohnehin gleich an der Reihe sei, und den Herrn im Rollstuhl müsse ich nun mal an meinem Schalter bevorzugt abfertigen.

Das passte *Herrn Wichtig* überhaupt nicht, und er fing an, laut zu diskutieren. Also bat ich ihn noch einmal höflich, den Schalter freizumachen, zumal sich die Abfertigung des Gasts am Nebenschalter dem Ende näherte und es absehbar war, dass *Herr Wichtig* dort in wenigen Sekunden drankommen würde.
Aber er wurde noch lauter, protestierte und begann, leicht unflätig zu werden.

Da schaltete sich der Passagier im Rollstuhl ein, der bis dahin schmunzelnder stiller Beobachter gewesen war. Er sprach das zum Rumpelstilzchen mutierende Männlein sehr ruhig und höflich an und fragte, ob dieser das Schild über meinem Schalter lesen könne.

»Ja klar kann ich das! Was soll die blöde Frage?«
»Na, dann ist Ihnen zumindest bewusst, dass dies hier ein Sonderbetreuungsschalter ist, für Sonderbetreuung aller Art – auch für behinderte Menschen. Und *behindert* bedeutet in diesem Fall *körperlich behindert* und NICHT *geistig behindert*. Und jetzt wäre ich Ihnen sehr dankbar, wenn Sie Ihren Koffer von der Waage nehmen könnten, damit ich meinen aufgeben kann.«

Mit hochrotem Kopf und unter lautem Zetern räumte *Herr Wichtig* nun den Schalter, und ich konnte den freundlichen Rollstuhlfahrer mit großem Vergnügen einchecken.
– *Kim Susanne Berggruen*

Souverän zur Räson gebracht

In meiner Zeit als Flight Manager war es eines der größten Vergnügen für mich, wenn sich Passagiere untereinander zur Räson brachten.
Hier ein kleines *Schmankerl*, das ich nie vergessen werde:

Es war ziemlich ruhig an den Gates A1 bis A5, und es gab nur noch einen Flug nach HAM mit Busposition. Langsam ging ich in Richtung meines Gates und sah ein nicht mehr ganz junges, sommerlich-touristisch gekleidetes Paar dort stehen, das sich angeregt mit der Kollegin am Schalter unterhielt.
Beim Näherkommen und genaueren Betrachten des Paares stellte ich fest, dass die Kleidung zwar schon etwas älter, aber doch sehr hochwertig war.

Ich hatte das Gate noch nicht ganz erreicht, als ein Herr von hinten angerannt kam, sich mit den Ellbogen Platz schaffend zwischen das Paar rammte und lauthals rief:
»Weg hier, ich bin Senator und muss nach Hamburg!«

Für einen Moment standen wir nur fassungslos da.

Das Paar war zwei Schritte rückwärts gegangen, und als ich gerade eingreifen wollte, sagte der Tourist laut und gut hörbar zu seiner Frau:

»Siehst du, mein Schatz, solche Arschl... sind der Grund, warum ich oftmals keine Lust mehr habe, nach Deutschland zurückzukommen!

Übrigens, mein Herr, wir sind auch Senatoren!«

Die Farbe im Gesicht des Flegels wechselte von blass nach rot, und er stammelte etwas wie: »Das konnte ich ja nicht wissen.«

Da war kein Eingreifen meinerseits mehr nötig – DAS hatte gesessen!

Ich unterhielt mich dann noch sehr nett mit dem Paar und verabschiedete es freundlich.

– *Gunter Gomola*

Austoben lassen!

FRA–MUC, Außenposition, letzter Flug am Nachmittag.

Wir hatten gerade den letzten Bus abfahren lassen, und ich stand am Nebengate. Da hörte ich jemanden »München! München!« schreien, und es kam ein kleiner, gut gekleideter und schwitzender Herr um die Ecke gerannt.

Die Kollegin sagte nur:

»Tut mir leid, der Flug ist weg!«

Da kam die Explosion:

Sein Louis-Vuitton-Aktenkoffer flog mit vollem Schwung gegen den Schalter, und er lief lauthals fluchend vor uns permanent im Kreis.

Die Kollegin sah mich hilfesuchend an, aber ich legte nur beruhigend den Finger auf meine Lippen und blieb circa zwei Meter neben ihm stehen, ihn ganz interessiert beobachtend.

210

Nach einigen Minuten kam er dann plötzlich zum Stillstand, schaute uns an und meinte:
»Ich hab mich wohl sehr bescheuert benommen, oder?!?«

Ich lächelte ihn freundlich an und antwortete:
»Wenn es Ihnen jetzt besser geht, können wir Sie nun gerne umbuchen.«

Er nickte nur, reichte uns dann seine Senator-Karte über den Schalter, sammelte sein teures Köfferchen wieder ein und bedankte sich ganz freundlich.

Manchmal muss man jemanden nur sich austoben lassen!
– *Gunter Gomola*

Klare Ansage
Ich musste in der Halle einmal unseren ägyptischen Flight Manager Wagdi zur Unterstützung rufen, da ein arabischer Gast sein Übergepäck nicht bezahlen wollte.

Der Gast strahlte, als er Wagdi kommen sah, und sagte zu mir gewandt:
»I don't talk to women!«
Wagdi lächelte freundlich und antwortete:
»You don't have to talk, you just have to pay!«

Das Gesicht des Gasts daraufhin war unbezahlbar.

Wagdi war einfach klasse!
– *Wally Schiebel*

Ansage auf Schwäbisch
Abendflug auf dem *Bobby* nach Stuttgart.
Beim Getränkeservice spricht mich ein Gast an:
»Ihr schwätzet Schriftdeutsch und Englisch ..., goaht au Schwäbisch?«

Ich: »Das ist bei Lufthansa keine Pflicht!«

Er: »Des isch aber schad!«

Also frage ich den Purser, ob ich diesmal nach der Landung die Ansagen machen darf: Zwar bin ich Hamburgerin, aber dennoch verschiedener Dialekte mächtig.

Der Purser:

»Na klar, mach ruhig!«

Nach dem Touchdown lege ich zunächst auf Schwäbisch los, danach auf *Schriftdeutsch*, wie es der Gast genannt hat, und Englisch.

Bei der Verabschiedung der aussteigenden Passagiere meint der schwäbische Gast:

»Also so ebbes, da hen Se mi ja schee verarscht, Fräulein, und Ihr Schwäbisch war ja eins a!«

– *Oda Schmidt*

Die Tante, die nicht fliegen wollte

Hier eine Anekdote aus Asmara, Eritrea, während meiner Zeit als kombinierte Verkaufs- und Stationsleiterin.

Viele ausgewanderte Eritreer holten mit der Zeit die Eltern oder Großeltern in ihre neue Heimat nach. Aber das wurde von besagten Senioren nicht immer geschätzt, da sie meistens lediglich ihre Heimatsprache Tigrinya sprachen und in ihrem Land verwurzelt waren.

Eines Tages hatte ich eine dieser älteren Damen – quasi als *US (Unbegleitete Seniorin)* – für ein Rollstuhl-Boarding in ASM vorgesehen.

Das erste Abenteuer war, sie die Treppe hoch zu bekommen, anscheinend hatte sie große Probleme mit den Stufen. (Später korrigierte ich meinen Eindruck dahingehend, dass sie eher *nicht wollte* als *nicht konnte*.)

Also griffen unsere lokalen Hilfskräfte beherzt zu und trugen sie auf ihren Armen die Treppe hoch.

Die Dame hatte eine Economy-Bordkarte, setzte sich aber laut protestierend gleich auf einen der ersten Sitze in der Business Class und wollte keinen Schritt mehr weitergehen. Um ihrem Unmut besser Ausdruck zu verleihen, schmiss sie auch noch ihr Gebiss irgendwohin in die Kabine!

Die Purserette kam natürlich gleich zu mir und wollte wissen, was hier vor sich gehe. Also erklärte ich ihr, dass es sich um eine alleinreisende Seniorin handele, die über FRA bis in die USA fliegen solle, keine lebende Sprache außer Tigrinya spreche und offensichtlich sehr echauffiert sei.

Nun gab es ein bisschen Hin und Her, dann kam die Absage von der Crew: Unter diesen Umständen würden sie die Dame nicht mitnehmen.

Während dieser Diskussion ging natürlich das Boarding weiter, und die Dame saß weiterhin in Business. Also bat ich die Kollegen von der Rampe, ihr Gepäck wieder auszuladen. Um das zu finden, brauchten wir natürlich unbedingt den Gepäckabschnitt. Ich versuchte die Seniorin zu überzeugen, ihn mir aus der Handtasche zu geben. Erst reagierte sie mit noch mehr Empörung, aber dann kam die Erkenntnis, dass sie nun doch nicht fliegen müsse.

Und *schwupps* war die Dame aus dem Sitz, die Treppe runter und fast schon im Terminal, bis ich sie eingeholt hatte. Ihr Koffer wurde ausgeladen, aber die Dame war bereits weg.

Am nächsten Tag kam eine sehr wütende Nichte zu uns ins Stadtbüro.

»Sie haben meiner Tante den Flug verweigert! Sie haben den Koffer meiner Tante gestohlen! Und wo ist das Gebiss meiner Tante?!?«

Auf zwei von den drei Sätzen hatte ich eine Antwort ...
– *Katrin Phillips*

Der Urschrei des Senators

Ich erlebte mal einen Senator, der seinen Flug nach MUC wegen spätem Inbound verpasste. Er kam wenige Minuten nachdem der Flug abgeschlossen worden war, und ich musste ihm die *tolle* Nachricht mitteilen.

Der SEN ließ sein Handgepäck auf den Boden fallen, und ich dachte schon: »Jetzt fängt das Gezeter an ...«
Stattdessen drehte er sich um, ging zu der Säule neben dem Gate, legte die Hände darum und ließ einen Urschrei los.

Dann kam er wieder zurück, lächelte mich freundlich an und sagte:
»So! Wie können Sie mir helfen?«
– Padmini Seifert

Tomatensaft?

B747, Economy Class nach LAX, überbucht.
Während des Boardings wedelte mich eine amerikanische Dame hektisch herbei und forderte energisch ein Upgrade in die Business Class: Der Tisch ihres Sitzplatzes sei *filthy*.

Der Tisch war dem Cleaning-Personal im wahrsten Sinne des Wortes wohl *durch die Lappen gegangen*, denn es klebte noch Tomatensaft daran.
Ich putzte sofort alles schön und entschuldigte mich für die Unannehmlichkeiten.

Sie:»I would like to change my seat! There is blood on my table!«
Ich:»Ma'am, I can assure you: that was only tomato juice.«
Sie:»Listen, honey, I'm a nurse! I know what blood looks like!«
Ich:»Yes, ma'am! And I am a flight attendant! I know what tomato juice looks like!«

Dann war Ruhe.
– Mitchi Chita

Ein MdB schreitet ein

Eine kleine Anekdote aus meiner P1-Zeit in Berlin:

Ein voller Flug von TXL nach FRA auf dem A300.
Auf 3A saß ein Gast, der seit dem Einstieg nur meckerte:
»Blöde Lufthansa, viel zu teuer ..., zu eng ..., schlechter Service ..., schon wieder Verspätung ..., blablabla ...«

Wir waren alle schon leicht genervt von ihm.
Beim Zurückziehen mit dem Getränkewagen fragte ich jeden, ob er/sie noch einen Wunsch habe.
Als ich bei 3A angekommen war, schrie er mich an, er wolle sofort den Purser sprechen!!!

Ich bat ihn um einen Moment Geduld, ging zurück in die Galley, zog mein Purser-Jackett mit den Streifen an und kam wieder zu ihm:

»Sie wollten mich sprechen?«

Jetzt flippte er total aus, und ich konnte kaum noch an mich halten.

Plötzlich erhob sich der Gast neben ihm auf 3C sichtlich verärgert, gab mir seine Visitenkarte und sagte so laut, dass es jeder hören konnte:

»Hier ist meine Karte, falls Sie einen Zeugen für diesen unglaublichen Auftritt des Herrn hier neben mir brauchen!«

Damit setzte er sich wieder hin und las seine Zeitung weiter.

3A verstummte augenblicklich und sagte bis zum Aussteigen kein Wort mehr. An der Tür drehte er sich dann noch einmal zu mir um und entschuldigte sich sogar!

Auf der Visitenkarte stand übrigens der Name des Gasts von 3C und darunter *MdB*: Mitglied des Deutschen Bundestags.

– Susanne Galvani

Das Friedensangebot

Ein Flug in die USA, ich arbeite in der Business Class.

Ich stehe mit dem Käsewagen vor einem älteren Ehepaar und frage nach seinen Wünschen.

Der Mann murmelt etwas, und ich verstehe ihn nicht, denn es ist an Bord ziemlich laut. Also frage ich nach.

Da wird mein Gast auf einmal wütend und scheint beleidigt:

»Dann nimmt er eben gar nichts, nein, nun will er nichts mehr, keinen Käse, kein Dessert, kein nichts!«

Die bessere Hälfte schaut stur woanders hin, als ob sie nicht dazugehören würde. Meine ehrlichen Beteuerungen, dass ich ihn wegen des Triebwerklärms einfach nicht verstanden hätte, selbstredend könne er so viel Käse haben, wie er wolle, stoßen auf taube Ohren.

Als ich mit dem Kaffeewagen wieder zu ihm komme, schüttelt er nur den Kopf, auch einen Digestif will er nicht, und seine Frau zuckt nur mit den Achseln.

Schließlich fasse ich mir ein Herz und starte noch einen letzten Versuch:
»Herr X, wir haben jetzt noch circa sechs Stunden Flugzeit vor uns. Die können wir ungemütlich verbringen, oder Sie glauben mir, dass ich Ihnen nichts Böses wollte, und wir vertragen uns jetzt.
Sie entscheiden, aber ich wäre für Letzteres!«

Herr X guckt mich erstaunt an, dann bricht er in schallendes Gelächter aus, und der Rest des Fluges verläuft danach sehr harmonisch.
– *Stephanie Olsen*

Illustrierte auf Abwegen

Eine Anekdote von der Kurzstrecke vor circa 40 Jahren.
Die Dame auf 27A beschwert sich lauthals, wieso keine Illustrierten zur Verfügung stünden.

Herbeigerufen erkläre ich ihr:
»Wir verteilen jeden Morgen riesige Stapel in die Kästen. Ich weiß leider auch nicht, wo sie mittags geblieben sind.«
»Wollen Sie damit sagen, dass die Gäste Illustrierten klauen?«
»Nein«, antworte ich, »das haben Sie gesagt!«
Freundlich wie immer besorge ich ihr noch eine *Brigitte*.

Nach der Landung bitte ich die Kollegin, den Sitz der Dame nach der *Brigitte* abzusuchen. Negativ, wie ich per Interphone erfahre.

Zur Dame, die nun vorne am Ausgang angekommen ist:
»Sind Sie bitte so gut und geben uns die *Brigitte* für die nächsten Gäste zurück.«
Die Dame läuft rot an und ruft ihrem Mann zu:
»Egon, was soll ich denn jetzt machen?«

Meine Antwort: »Einfach nur die Illustrierte rausrücken ...«
– *Beatrice van Baalen*

Das war wohl nichts mit dem Upgrade

Ich muss immer noch an den Passagier denken, der zu der Gattung *Ewig nörgelnder Lufthansa Senator* gehörte.
Es war in FRA Anfang der Neunzigerjahre, und ich war mit Kollegen sowie unserem Assistant Flight Manager für die Abfertigung eines Fluges nach LAX eingeteilt.

Unser Flug war um einige Passagiere in der Business Class und auch in Economy überbucht, außerdem gab es inbound noch mehrere SENs und FTLs. Wir machten uns Gedanken, wie wir die Passagiere am besten umsetzen könnten, und pickten uns die Statusgäste zum Upgrade heraus. Darunter waren auch einige der Inbounds.

Als diese dann nach und nach am Gate eintrafen, baten wir sie zu uns an den Schalter, wo ihre Bordkarten gegen andere mit Sitzplätzen in der nächsthöheren Klasse ausgetauscht wurden. So schafften wir in der Economy Platz.

Nun kam auch der besagte SEN von seinem Inbound-Flug aus Wien zum Abfluggate. Mit ihm hatten wir etwas ganz Besonderes vor: einen Quantensprung von der Economy in die First.
Nachdem ich ihn namentlich ausgerufen hatte, meldete er sich bei mir.
Ich lächelte ihn nett an und sagte:
»Guten Tag, Herr XY, dürfte ich bitte Ihre Bordkarte haben?

Unser Flug nach Los Angeles ist heute leider überbucht und wir laden Sie ein ...«

Weiter kam ich nicht, denn ich wurde ab diesem Zeitpunkt massiv angebrüllt und von einem unglaublichen Speichel-Sprühregen eingenebelt.

Es sei doch immer dasselbe mit der verd... Lufthansa! Er habe seinen Platz MO-NA-TE im Voraus gebucht, und wir würden ihn jetzt einfach umsetzen! Lufthansa respektiere nicht die Kundenwünsche, und wir seien zu blöd, Flüge passend zu buchen, sodass wir es nie schaffen würden, mal IR-GEND-WANN einen Flug NICHT zu überbuchen!

Überall säßen nur unfähige Mitarbeiter, und mein Lächeln würde nicht die Dreistigkeit und Inkompetenz wettmachen. Er wolle SO-FORT seinen gebuchten Sitzplatz haben!!

So ging es eine ganze Weile weiter, und nach mehreren Versuchen, ihn zu unterbrechen, um ihm, immer noch lächelnd, die frohe Nachricht seines Upgrades über zwei Klassen mitzuteilen, hatte ich die Nase gestrichen voll von seinen Beschuldigungen.

Die ganze Zeit hielt ich die für ihn bereits vorbereitete rote Bordkarte in meiner Hand und betete in Gedanken, dass sein Wunschplatz noch da sein möge.

Er war es, und so nahm ich für Herrn XY in Windeseile ein Downgrading in die Economy Class auf seinen ursprünglich gebuchten Sitzplatz vor. Anschließend holte ich mir eine neue, druckfrische Economy-Bordkarte aus dem Drucker, überreichte sie Herrn XY mit meinem lieblichsten Lächeln und wünschte ihm einen angenehmen Flug.
Dabei zerriss ich langsam und genüsslich vor seinen Augen die rote Bordkarte, die seine hätte werden können ...

Er war nun völlig verdattert, schaute auf mich, auf seine Economy-Bordkarte, dann auf die nun von mir auf dem Schalter deponierten roten Schnipsel.

Mittlerweile hatte das Boarding begonnen.

Herr XY bedankte sich stockend und schlich in Zeitlupe vom Schalter direkt auf den Ausgang und den wartenden Bus zu. Auf dem Weg von der Tür zum Bus schaute er sich noch mal um, und man konnte buchstäblich sehen, wie sein Hirn bei dem vergeblichen Versuch heiß lief, die Teilchen der von ihm veranstalteten Show und meine Reaktion darauf irgendwie zusammenzusetzen.

Ich denke, er hatte auf seinem zwölfstündigem Flug genug Zeit, sich zu überlegen, was er hätte besser machen können und wo er wohl falsch abgebogen war.
– *Kim Susanne Berggruen*

Ein Herz für Flugbegleiter
Damals zu Express-Zeiten flog ich als *Keks-Purser* häufig zwischen HAM und DUS. Eines Morgens stieg ein sehr netter Herr ein und begrüßte mich mit den Worten:
»Guten Morgen, sind Sie auch eine Flugbegleiterin mit Herz?«

Als ich dies natürlich bejahte, zog er eine kleine Folie aus der Tasche mit lauter winzigen roten Klebeherzen darauf. Er knibbelte mir eines ab und meinte:
»Dann sollte das jeder sehen«. Er reichte es mir mit dem Vorschlag, es doch gleich direkt neben meinen Namen aufs Namensschild zu kleben. Das tat ich auch, denn ich freute mich wirklich sehr über diese kleine Geste.

Später traf ich einen Kollegen, der lustigerweise ebenfalls so ein Herz hatte. Er lachte und sagte:
»Ach, hattest du auch den Herrn B. an Bord?«

Durch ihn erfuhr ich, dass der Herzchenverteiler Herr B. vom Autohaus XY in Düsseldorf war.

Ich entdeckte immer wieder mal Kolleginnen und Kollegen mit diesem Herz, und wir freuten uns jedes Mal über dieses kleine Zeichen.

– *Melanie Dippel*

Passagiere mit Flugangst

Kein Bus – kein Flug!

Boarding nach Larnaca auf eine Vorfeldposition im Bereich B10–13, unten direkt am Bus.

Einer meiner letzten Gäste war eine ziemlich betagte, kleine Australierin. Als sie den Bus erblickte, machte sie spontan eine Vollbremsung und verkündete:

»I'm not going to take the bus! I'll walk to the plane. Or you get me a bike!«

Das war natürlich schon wegen der großen Entfernung bis zur Flugzeugposition nicht möglich.

Sie erzählte mir, dass sie grundsätzlich nicht mit dem Bus fahre. Ich versuchte nun, ihr zu erklären, dass der Bus leider ihre einzige Chance sei, zum Flugzeug zu gelangen, und dass unsere Busfahrer erfahrene und absolut vertrauenswürdige Fahrer seien.

Zum Beweis und als vertrauensbildende Maßnahme holte ich den netten türkischen Busfahrer herein, damit er sich bei ihr vorstellte und ihr auch noch mal erklärte, dass es sich um eine gaaaanz kurze und sichere Fahrt zum Flugzeug handele. (Das machte er übrigens ganz toll!)

Die Frau: »I won't get on the bus!«

Ich überlegte, ob ich die Vorfeldaufsicht anrufen und darum bitten sollte, ein Auto vorbeizuschicken, um die alte Dame zum Flugzeug zu fahren.

Sie: »No bus, no car! Either I'll walk or I'll go by bike!«

Das Ende vom Lied war, dass ich sie leider stehen lassen musste, und das tat mir wirklich leid. Immerhin hatte sie es ja von Adelaide über Melbourne nach Frankfurt geschafft, und nun scheiterte die letzte Etappe nach Zypern an einem Bus.
– *Victoria Markolf*

222

Win-win

Ich bin als P1 einer B737 auf einem innerdeutschen Flug. Beim Einsteigen kommt ein Ehepaar an Bord, und ich merke, dass die Frau irgendwie total angespannt und nervös wirkt. Also frage ich:

»Alles okay bei Ihnen??«

Darauf antwortet mir der Ehemann:

»Sie hat totale Flugangst und macht mich noch ganz irre. Können Sie vielleicht irgendetwas dagegen tun?«

Ich sage zur Dame:

»Kommen Sie doch bitte nach dem Start, wenn dann die Anschnallzeichen ausgeschaltet worden sind, hierher zu mir nach vorne. Ich hab' da eine Idee ...«

Okay. Die Anschnallzeichen gehen aus, und sofort steht die Dame bei mir in der Galley. Ich habe zwischenzeitlich einiges bereitgelegt: Schwammtuch, Handtuch und ein Schälchen mit Wasser.

Ich frage die Dame: »Hätten Sie vielleicht Lust, hier vorne meine Küche sauberzumachen?«

Die Dame: »Ja klar! Sehr, sehr gerne!«

Ich: »Okay, aber bitte wirklich alles tipptopp saubermachen: die Container abputzen, den Galleytisch feucht wischen und so weiter. Sie haben dafür dreißig Minuten Zeit!«

Ich ziehe nun mit meinem Getränkewagen in die Kabine und beginne mit dem Passagierservice. Jedes Mal, wenn ich in die Galley komme, um etwas zu holen, sehe ich die Dame wie wild herumwischen.

Die Anschnallzeichen gehen an, sie kehrt zu ihrem Platz zurück und setzt sich.

Beim Aussteigen kommt das Ehepaar an mir vorbei, und der Ehemann fragt mich:

»Was haben Sie denn mit meiner Frau gemacht? Die ist ja völlig entspannt!«

Und die Dame zu mir:
»Ich könnte Sie küssen, tausend Dank für alles! Das war der schönste Flug meines Lebens!«

Und ich denke:
»Das war doch eine klassische Win-win-Situation – ich habe eine blitzsaubere Galley, und die Dame hatte einen schönen Flug!«
– *Klaus Alderath*

Der Vogelhimmel

Es ist lange her, als Besuche von Passagieren im Cockpit noch möglich waren.
Ein Flug von Porto nach Frankfurt in der Hauptferienzeit im Sommer, viele Familien an Bord, Rückreise aus dem Urlaub.

Innerhalb der Crew hatten wir auch das Thema Flugangst bei unseren Gästen angesprochen, gerade zur Ferienzeit. Ich hatte viele Jahre Flugangstseminare begleitet und angeboten, wenn nötig meine Erfahrung einzubringen.

Es war so weit, ein Anruf von Position 4L:
»Hier ist ein Kind mit Flugangst, und es ist wirklich heftig!«
Ich bat die Kollegin, das Kind in die vordere Galley zu bringen, übergab meinem FO das Cockpit und ging für ein paar Minuten in die Bordküche.
Es kam ein Bub, zehn Jahre alt. Er zitterte vor Angst am ganzen Körper buchstäblich wie Espenlaub. So schlimm hatte ich das noch nie gesehen!

Ich sprach ihn an: keinerlei Antwort, nur große Augen. Nun begann ich, ihm unser Flugzeug zu erklären, und er hörte mir aufmerksam zu. Sehr aufmerksam. Das Zittern war plötzlich weg, er verstand, und zwar wirklich alles: Aerodynamik – kein Thema, Auftrieb, Widerstand ... Alles klar! Er schaute mich an:
»Jetzt habe ich verstanden.«

Ich überlegte kurz:
»Weißt du, was wir jetzt machen? Wir besuchen Lukas, den Copiloten, im Cockpit und schauen mal, was der so macht. Papi nehmen wir mit.«

Gesagt, getan. Dann saß das Bürschchen, das übrigens David hieß, in der Mitte angeschnallt auf dem Observer-Sitz, sein Vater hinter mir. Ich übernahm das Flugzeug, und Lukas, der FO, fing an, sehr schön das Cockpit zu erklären.

Der Bub wurde immer ruhiger. Plötzlich knuffte er seinen Vater in die Seite und sagte:
»Papi, die Angst ist weg!«
Der FO zu mir via Interphone: »Yessss!!«

Der Vater, der die ganze Zeit ziemlich sprachlos die Szenerie begleitet hatte, flüsterte mir zu:
»Was Sie da jetzt in dreißig Minuten geschafft haben, ist uns drei Wochen lang nicht gelungen.«
Na dann!

In kurzer Absprache mit dem Rest der Crew beschlossen wir, die beiden zur Landung nach vorne einzuladen. Uiiii, was für eine Überraschung!
Bedingung: gaaanz still sein!

Strahlend saß David da, das Wetter war sensationell, bereits von der Loreley aus konnten wir den Flughafen FRA sehen.
Anflug auf die Landebahn 07R. Ich war Pilot Flying, wir schwenkten in den Endanflug, Klappen raus, Konzentration, absolute Stille im Cockpit.
Fahrwerk raus, die Bahn vor uns ...

Da sah ich den Vogel kommen: ein Greifvogel, riesig groß.
Ein Falke? Zu spät, um zu überlegen – *Baaammmmmmm*, donnerte das Tier voll auf meine Windschutzscheibe. Ich sah nichts mehr außer den sehr unschönen Spuren auf dem Windshield.

Die erste Reaktion des FOs über Interphone:
»Mist, jetzt war alles umsonst!«
Er meinte den Kleinen und seine Flugangst.

Der FO übernahm zur Landung, denn ich sah ja nichts mehr. Ich drehte mich ganz langsam zu David um, und zu meiner Überraschung grinste der mich an!
»Alles gut?«, fragte ich.
»Ja!«, antwortete er fröhlich.

Wir landeten. Der FO rollte weiter. Wir parkten. Ich drehte mich noch mal um und fragte:
»War das jetzt schlimm für dich?«

226

»Nö«, war die Antwort.

Ich: »Wie das denn?«

»Na ja«, meinte David, »dem Vogel geht es jetzt ja gut!«

»Wie kommst du denn darauf?«, fragte ich.

»Also, wir haben im Urlaub leider mal einen Vogel mit dem Auto erwischt. Meine Mami hat dann gesagt, der sei nun im Vogelhimmel, und es gehe ihm sehr gut dort. Das wird mit dem da jetzt wohl auch so sein!«

Beim Aussteigen ließen Vater und Sohn zwei völlig verblüffte Piloten zurück, die diesen Flug wohl nie vergessen werden!

– *Joannis von dem Borne*

Platzangst in der Flugzeugbrücke

»Boarding is completed!«

Ich gehe Richtung Flugzeug, um den Flug abzumelden. In der Brücke zum Flugzeug drücken sich zwei Frauen herum.

Ich: »So, meine Damen, jetzt geht's looos!«

Ein entsetztes und ein besorgtes Gesicht schauen mich an.

Die eine Dame: »Wir haben ein Problem! Meine Freundin hat Angst ...«

Gepäckausladung und die darauf folgende Flugverspätung – ich kann sie schon vor meinem geistigen Auge sehen!

»Angst vor dem Fliegen?«

Die verängstigte Dame:
»Nein!!!! Natürlich nicht! Aber ich kann eben durch keine Flugzeugbrücke gehen! Wenn ich erst mal im Flugzeug bin, ist alles okay. Ich hatte so auf eine Busposition gehofft und nun das!«
Ein vorwurfsvoller Blick trifft mich.

Die Zeit drängt, wir diskutieren die Lage ein paar Minuten. Ich möchte die Damen ungern abladen.
Dann schauen die Freundin der verängstigten Frau und ich uns an, nicken in stillschweigendem Einverständnis, packen die Dame mit der Brückenangst jeweils an einem Arm und zerren sie blitzschnell zur Flugzeugtür.

Dort angekommen ruft sie sichtlich erleichtert:
»Vielen Dank! Jetzt kann es ja endlich losgehen!«
– *Victoria Markolf*

Flucht auf die Toilette

Ich war der FM bei der LH400 FRA–JFK, und kurz vor dem Boarding kam ein Mann zu mir und bat mich, ihm zu helfen, seine Tochter aus der Toilette am Gate zu holen.

Ich fragte, ob sich die Tür verklemmt habe, und überlegte schon, wen ich bei der Fraport dafür anrufen könnte. Er schüttelte nur den Kopf und erklärte mir, seine Tochter habe sich aus Flugangst auf der Toilette eingeschlossen.

Seine Frau war inzwischen auch aufgetaucht. Sie seien von Göteborg gekommen, und alles habe gut geklappt. Die Reise solle ihrer Tochter die Flugangst nehmen.

Ich bat die Mutter, es doch noch einmal zu versuchen, da ich sie sonst leider vom Flug streichen müsse. Mutter und Vater verschwanden daraufhin, und wir begannen unterdessen mit dem Boarding.

Gegen Ende des Einsteigens kam der Vater noch einmal zu mir: Seine Tochter sei immer noch in der Toilette und weigere sich standhaft, diese zu verlassen.
Ich hatte vorsichtshalber schon mal angeordnet, das Gepäck der Familie auszuladen, und wir mussten die Passagiere dann tatsächlich stehen lassen.

Leidgetan hat mir dabei eigentlich nur das etwa 14-jährige Mädchen. Da es die Toilette wohl erst verließ, als der Flieger sicher vom Gate weg war, bekam ich es nie zu Gesicht.

Am nächsten Tag schaute ich in die Buchung der Gäste, weil ich wissen wollte, ob sie den Rückflug nach GOT umgebucht hatten: Die Buchung war komplett storniert.
Wahrscheinlich kam die Tochter erst dann aus der Toilette, nachdem ihr eine Rückreise auf dem Landweg zugesichert worden war ...
– *Sybille Gianakakis*

Kollegen, die man nicht vergisst

Ja oder Nein?

Im Lufthansa Schulungszentrum in Seeheim/Bergstraße hielt ich zu Beginn der Neunzigerjahre als Fracht-Trainer einen englischsprachigen Kurs mit Teilnehmern aus der ganzen Welt ab.

Als das Thema *Gefahrgut* behandelt war, fragte ich nach circa vier Stunden Unterricht die Anwesenden, ob sie denn alles verstanden hätten.
Alle nickten – außer dem Teilnehmer aus Mumbai, der etwas vage mit dem Kopf wackelte. Also schickte ich die anderen in die Mittagspause und gab dem Inder noch einmal einen Schnellabriss der behandelten Themen.

Weitere vier Stunden später, am Ende des ersten Tages, stellte ich dieselbe Frage:
»Did you all get it?« Von allen bis auf einen kam als Antwort ein eifriges Nicken, aber wieder nur ein vages Kopfschütteln vom indischen Kollegen.

Also wiederholte ich nur für ihn noch einmal alles. Als ich ihn anschließend erneut fragte:
»Did you get it?«, schaute er mich schon fast verzweifelt an, wackelte wieder mit seinem Kopf und antwortete sichtlich frustriert:
»Oh Mr. Krug, I got it right from the beginning, I don't know why you are pulling me out and explaining it over and over again!«

Als ich später meinen Kollegen davon erzählte, konnten sie sich vor Lachen nicht mehr halten und erklärten mir, dass in Indien statt Nicken das Kopfschütteln ein Ja ist.
– *Michael Krug*

Die toughe Flightmanagerin

Frau Marlies M. war eine ganz besondere und wegen ihrer herzlichen Art bei allen ihren Mitarbeitern hochgeschätzte Flightmanagerin.

Ich habe sie mal vor Jahren getroffen; sie zog mich gleich an ihre mütterliche Brust und drückte mich so fest, dass ich fast erstickte.

Aber andererseits war es ratsam, sich besser nicht mit ihr anzulegen.

Unvergessen, wie sie einem sehr dominanten Kapitäns-Alphatierchen erklärte:

»Wenn du im Cockpit bist und die Türen zu hast, dann bist du der Chef. Solange Türen auf und Brücke dran, bin ich der Chef! Und nun mach dich wieder rein!!!«

Oder noch besser, wie sie Udo Lindenberg verkündete, dass er mit seinem aktuellen Outfit kein Upgrade in die First Class bekomme und sich erst mal anständige Klamotten bei *Boss* um die Ecke kaufen solle.

Aber der Oberkracher war ihr mittlerweile legendärer Spruch auf eine Upgrading-Anfrage:

»Tut mir leid, ich bin vorne total zu, aber hinten weit offen!«
– *Viktoria Rudo*

Das Folgende schrieb ein weiblicher deutscher Fluggast über den ägyptischen Betriebsleiter der Station Kairo, Ashraf George.

Eine Weihnachtsgeschichte aus Kairo

Etwa um das Jahr 2000 wollte ich mit unseren beiden drei und neun Jahre alten Kindern Leo und Viktoria in Kairo abfliegen, um Weihnachten in der Heimat zu verbringen.

Mit den Leuten von Lufthansa in Kairo war ich gut bekannt, so auch mit dem damaligen Betriebsleiter der Station, Ashraf George.

Alles war gut gepackt und geplant, und wir erschienen nach 22:00 Uhr mit einem kleinem Zeitpuffer für alle Fälle am Flughafen an der Sicherheitskontrolle.
Dann kam die Kontrolle der drei Pässe. Das dauerte, weil in dieser Nacht Mengen von Passagieren ausreisen wollten. Aus der Ferne winkte mir Ashraf vom Lufthansa Schalter zu.

Alles lief bestens, bis der ägyptische Beamte bei Immigrations Leos neuen Kinderpass in den Händen hielt. Er fragte mich, wo denn der alte Pass mit dem letzten Einreisestempel sei. Mein Herz fiel in die Hose, und blitzschnell war mir klar, dass er natürlich zu Recht den alten Pass auch sehen wollte. Ach du lieber Gott, was jetzt?
Und das vor Weihnachten!

»Er liegt bei uns zu Hause im Schreibtisch«, erwiderte ich wahrheitsgemäß. Der Mann zuckte mit den Schultern und erwiderte, dann könne der Junge nicht ausreisen. Man bat mich an die Seite, und irgendwie tauchte Ashraf neben mir auf. Ich atmete tief durch und schilderte ihm kurz die Lage.

Augenblicklich schaltete er, sah auf seine Armbanduhr, dann auf die Kinder, auf mein Gepäck und dann zu mir. Es waren noch eine Stunde und zehn Minuten bis zum Boarding, das müsste reichen.

»Du fährst jetzt sofort nach Hause. Der Fahrer soll so schnell fahren, wie er kann. Du holst den Pass und kommst wieder her«, sagte Ashraf.
»Ich nehme die Kinder, und wir passen hier auf sie auf. Du gibst mir Bescheid, wenn du wieder am Flughafen bist, ich hole dich rein, und wir machen das mit dem Pass.«

Adrenalinschub und Vertrauen in Ashraf setzten mich sofort in Bewegung.

»Okay«, sagte ich, »und was, wenn ich im Verkehr stecken bleibe?«

»Dann halte ich die Maschine auf!«, antwortete Ashraf. Er hatte Leo bereits an der Hand, und ich bat Viktoria, auf ihren kleinen Bruder aufzupassen. Ashraf rief mir noch zu: »Mach dir keine Sorgen!«

Ich rannte an den hinter mir Wartenden und der Polizei am Eingang vorbei vor das Flughafengebäude, wo bereits ein Taxi stand, das Ashraf kurzerhand telefonisch organisiert hatte. Ich sprang hinein: »Dokki, Nadi es-Seit!«, rief ich, und der Mann fuhr los. Es ging um jede Minute, das war klar.

Der Tachometer sprang zügig auf mehr als hundertdreißig Stundenkilometer. Volles Tempo, im Zickzack und mit Hupen an den anderen Autos vorbei! Mein Herz hämmerte. Atemlos erreichten wir nach knapp dreißig rasenden Minuten und fünfundzwanzig Kilometern die Wohnung. Ich stürzte nach oben, Türe auf, Schrank auf, Schublade – da war er! Pass in die Hand, runter zum Auto, los! Die Kulissen, die man sonst im langsamen Vorbeifahren sah, sausten jetzt wie Streifen an den Augen vorbei. Fünfunddreißig Minuten, und wir waren zurück. Etwas über eine Stunde alles zusammen: Rekord! Der Mann bekam ein dickes Trinkgeld von mir.

Ob ich wohl noch boarden konnte? Ich rief Ashraf an. Mit seiner tiefen, ruhigen Stimme sagte er:
»Ich komme. Alles okay.« Und vor der Passkontrolle stand er, in seinem Gesicht ein Lächeln, Festigkeit und Souveränität. Keine Spur von Nervosität. »Alles okay.«

Der Passbeamte war fast so erstaunt wie ich. Er händigte Ashraf die Pässe direkt aus. Der schritt mit seinen über 1,80 Meter Größe zügig zum Schalter, wo die letzten Passagiere für den Weihnachtsflug nach Frankfurt ihren Quick-Check-in machten. Die Kinder waren bestens mit Saft versorgt und warteten ruhig neben unseren Gepäckteilen auf den Hockern eines leeren Schalters an der Seite. Sie waren erfreut, mich zu sehen.

»Geht jetzt durch und trinkt noch einen Tee«, sagte Ashraf. »Da sind die Karten für die Lounge. Schade, ich musste noch nicht mal die Maschine aufhalten!«
»Hättest du das gemacht?«, fragte ich.
»Ja klar. Mir wäre schon was eingefallen!« Er lachte über das ganze Gesicht und sah für mich in diesem Moment wie der Weihnachtsmann persönlich aus – voller Witz, Stärke, Güte, Freundlichkeit und Weisheit.

»Frohe Weihnachten, Bettina!«, rief er mir nach und winkte mit seiner großen Hand dem kleinen Leo und der ernsten Viktoria zu.
»*Mission accomplished* für heute Nacht«, antwortete ich.
»Großartige Aktion, großartiger Mensch!«
Er hätte den Abflug für mich verzögert. – Hätte er? Er hätte, da war ich mir sicher!

Ashraf im Flughafen bedeutete fortan: Alles wird gut! Ich habe ihn noch oft wiedergesehen. Er war und bleibt *meine Lufthansa*, ebenso wie sein genauso hilfsbereiter Kairoer Kollege, der viel zu früh verstorbene Nabil Hashish.
– *Dr. Bettina von der Way, Goethe-Institut Kairo*

Flugzeugmechaniker, Kollege und Freund

Auch wenn der deutsch-brasilianische Flugzeugmechaniker Ludwig Graumann im Jahr 2021 starb, so lebt er doch in der Erinnerung vieler Lufthansa Kollegen weiter.

Ludwig war ein guter, sehr hilfsbereiter und uneigennütziger Kollege, den vor allem zwei Qualitäten auszeichneten: seine unglaubliche Großzügigkeit, die auch etliche Crewmitglieder an seinem Dienstort Nassau erleben durften, wenn er sie auf seine Kosten zum Barbecue am Strand einlud, und seine ganz besonderen technischen Fähigkeiten als Stationsmechaniker.

In den Jahren 1973–74 trafen wir uns einmal pro Woche zur Flugabfertigung im nordmexikanischen Monterrey (MTY). Ludwig, der mit der Maschine aus Nassau einflog, betreute hier alles Technische. Ich kam aus MEX und kümmerte mich um die Bodenabfertigung durch den Abfertigungsagenten Mexicana.

Bis zur Rückkehr der Maschine am nächsten Tag aus MEX zum Rückflug mit Ludwig nach NAS übernachteten wir beide im *Holiday Inn* in MTY, jeweils nach einem sehr ausgiebigen Abendessen in einer der typischen Kneipen der Stadt, wo man Ludwig kannte und schätzte. Dort wurde er überall mit einem herzlichen »Ludoviiiiiico!!!« begrüßt.

Die köstliche, aber höllisch scharfe Zickleinsuppe, s*opa de cabrito*, die besten Tacos – Ludwig kannte alle Spezialitäten der örtlichen Restaurants, denn neben seinem heimatlichen Portugiesisch sprach er fließend Spanisch.

Im Restaurant bestellte er uns immer gleich sechs Bier auf einmal: »Damit der Kellner nicht so viel laufen muss!«

1977 arbeitete ich in Mérida/Yucatán, wo eines Tages statt der sonst üblichen DC-10 diesmal ausnahmsweise eine B747 zur Zwischenlandung ankam, an der vor dem Weiterflug prompt ein technischer Schaden festgestellt wurde. Für dessen Behebung waren in MID keinerlei Ersatzteile vorhanden.

Ludwig reparierte diesen Schaden unter Zuhilfenahme des Schuhabsatzes meines Assistenten Manolo Noriega, und der darüber informierte Kapitän akzeptierte das so, denn der Schaden war behoben, alle Systeme gingen perfekt, und es handelte sich vor allem nicht um ein sicherheitsrelevantes Problem.

Die Maschine flog mit diesem *Ersatzteil* über MEX, nochmal MID und NAS wieder zurück nach FRA, wo Ludwig einen Riesenanpfiff von der Technischen Kontrolle bekam, aber unter der Hand gleichzeitig ein symbolisches bewunderndes Schulterklopfen.

Ludwig hatte auch für die Damenwelt ein großes Herz, und sein Markenzeichen war bei der Begrüßung seiner Freunde und Kollegen der legendäre schraubstockartige Händedruck, gefolgt von einer sehr festen Umarmung und abgeschlossen mit einem erneuten Händedruck.
So verliefen auch für mich jedes Mal Ludwigs Begrüßung und Verabschiedung.

Ludwig Graumann war mein Freund, und ich werde ihn nicht vergessen!
– *Michael Wurche*

Ludwig Graumann in Nairobi

Ich kam als Loadmaster mit einer DC-8 in Nairobi (NBO) an. Unter anderem waren Eintagsküken an Bord. Die Empfänger standen in NBO schon am Flugzeug und sortierten die ihrer Meinung nach nicht überlebensfähigen Tiere aus. Die kamen – so hart es auch klingt – auf den Müll.

Das konnte Ludwig aber nicht zulassen.
Er packte alle *entsorgten* Küken ein und nahm sie mit nach Hause in sein Hotel. Ludwig und auch die fest stationierten Loadmaster wohnten damals im *Hotel Pan Afrique*, oberhalb vom *Serena Hotel*.

Ich flog am nächsten Abend mit LH dienstfrei als Passagier wieder nach FRA, jedoch nicht ohne vorher noch bei Ludwig und seinen *one day old chicks* vorbeizuschauen.
Er hatte einige Käfige gebaut und die Eingangstür zu seinem Appartement mit circa fünfzig Zentimeter hohen Brettern versperrt. Von den fünfzehn Küken, die er vom Flughafen mitgebracht hatte, lebten noch zwölf.

Drei Wochen später war ich wieder in NBO, und Ludwig lud mich ein, ihn und seine Hühner zu besuchen. Gesagt, getan. Um 10:00 Uhr war ich bei Ludwig und seinen immerhin noch elf Hühnern – von wegen *nicht überlebensfähig*!

Wer jetzt denkt, dass die Geflügelhaltung zum Erliegen kam, weil die Hühner gegrillt wurden, der irrt sich, denn er kannte Ludwig nicht.
Er verschenkte sie nämlich an ein SOS-Kinderdorf, und da lebten sie froh bis an ihr natürliches Ende.

R.I.P. Ludwig!
– Roland Rost

Henning Meier-Greve

Er war ein echtes Original und außerdem ein von seinen Crews hochgeschätzter Captain, da er stets für sie eintrat und gern mit ihnen feierte. Und er half Kollegen aller Bereiche, wenn es um Cockpit- oder Jumpseat-OKs ging. So vergab er am Heiligabend als frischgebackener B737-Kapitän auf dem kurzen Flug von FRA nach Hannover einmal zehn Jumpseat-OKs. Einige Kollegen flogen so einfach auf der Toilette mit. Hennings Kommentar dazu:
»Ich lasse doch zu Weihnachten keine Kollegen stehen!«

Henning war zudem ein kluger, gebildeter Mann, über dessen große Theaterleidenschaft sogar mal ein Artikel im *SPIEGEL* geschrieben wurde.

Als er damals zum B707-Training in den USA war, machte er anschließend einen Kurzbesuch bei mir in Mexico City, wo ich auf der Station arbeitete.
Bei Mariachi-Musik auf der Plaza Garibaldi fragte ich ihn, ob er denn immer noch gerne fliegt, und Henning antwortete schulterzuckend und grinsend:
»Na ja, wenn ich denn schon was arbeiten muss, dann am liebsten das!«

Henning ging nach langjähriger Laufbahn als B747-Kapitän in Rente und zog in seine Heimatstadt Hannover.
Ich wüsste zu gern, ob er noch lebt!
– *Michael Wurche*

Begegnungen mit Jürgen Weber

Schwere Zeiten für Lufthansa

Im Dezember 1992 absolvierte ich einen Check-in-Lehrgang in Seeheim, und wer sich erinnert, der weiß, dass Lufthansa damals eigentlich pleite war.
Alle Teilnehmer hatten wahnsinnige Angst, dass wir das neue Jahr nicht mehr bei LH beginnen würden.

Im Casino war der hintere Bereich abgetrennt, dort tagte der gesamte Vorstand. Irgendwann am Abend kam Herr Weber aus diesem Bereich und spazierte von Tisch zu Tisch. So kam er auch an unseren Tisch und fragte, was wir in Seeheim machten. Wir nutzten unsere Chance und *verhafteten* ihn gleich. Er setzte sich zu uns und lauschte unseren Nöten und Ängsten.

Anschließend sagte er einen Satz, den ich niemals vergessen werde:
»Ich bin mit der Lufthansa groß geworden. Ich habe sie von der Pike auf kennengelernt, sie ist mein Kind. Sie glauben doch wohl nicht im Ernst, dass ich meine Lufthansa den Bach runtergehen lasse!«

Wie wir heute wissen, ist er danach bei den Banken Klinken putzen gegangen.
Er hat uns, wie versprochen, gerettet!
– *Viktoria Rudo*

Regeln gelten für alle

Hier kommt eine weitere Geschichte von einem der vielen, höchst angenehmen Zusammentreffen mit Herrn Weber.

Check-in Hamburg. Wir hatten ein paar Tage zuvor einen von Herrn Weber unterschriebenen Brief bekommen, dass wir darauf achten sollten, bei dienstreisenden Lufthanseaten den

Firmenausweis zu kontrollieren. Das war eigentlich eine Selbstverständlichkeit für Mitarbeiter, beim Check-in ihren Ausweis unaufgefordert vorzuzeigen.

Herr Weber höchstpersönlich kommt zu mir an den Schalter, um einzuchecken. Ich frage ihn also mit einem freundlichen Lächeln, ob ich bitte seinen Firmenausweis sehen dürfe. Er überlegt für einen kurzen Moment, ob ich das ernst meine, erinnert sich dann wahrscheinlich an das Schreiben und zeigt mir seinen Ausweis.
»Vielen Dank, guten Tag und guten Flug!«

Nur eine Woche später fliegt er abermals von Hamburg nach Frankfurt und kommt erneut an meinen Schalter. Während er auf mich zusteuert, erkennt er mich wohl und präsentiert mir unaufgefordert seinen Lufthansa Ausweis.
Da er einen Dienstreise-Status hat, ist er laut offizieller Regel dazu verpflichtet, den Dienstreiseauftrag mit sich zu führen.

Also setze ich aus Spaß noch einen drauf und frage ihn, ob er diesen mit sich führt. Dieser verblüffte Blick – herrlich! Wir beide haben herzhaft miteinander gelacht.

Was für ein toller Chef!
– *Svenja Lorenzen*

Karten für das WM-Finale 2002

Sonderflug zum WM-Finale 2002 Deutschland – Brasilien nach Tokio.
In der First Class saßen Fritz Pleitgen, Rainer Calmund, DFB-Präsident Mayer-Vorfelder und Jürgen Weber mit seiner Frau.

Natürlich wollte die ganze Crew das Endspiel anschauen, wir hatten aber alle keine Tickets. Ausverkauft! Die wenigen Eintrittskarten, die doch noch erhältlich waren, wurden zu Mondpreisen gehandelt.

Unser Kapitän Norbert Wölfle wandte sich deswegen Hilfe suchend an Herrn Weber.

Dieser versprach, sich darum zu kümmern, er könne aber nichts garantieren.

Am Morgen des Endspiels bekam unser Cpt. die sensationelle Nachricht von Herrn Weber, dass im DFB-Hotel Tickets für die gesamte Crew zum Abholen bereitlägen. Freude pur!

Auf dem Rückflug waren Herr Weber und seine Frau nicht dabei.

Er kam aber trotzdem an den Flughafen und verabschiedete eine ziemlich enttäuschte DFB-Elf, weil das Finale verloren wurde, aber auch eine Crew, die glücklich und dankbar war, weil sie im Stadion dabei sein durfte.

Die gesamte Crew bekam etwas später von Herrn Weber ein persönliches Dankschreiben für den guten Service an Bord.

– *Frank Scholz*

Der angebliche Golfpartner

Ich fertige in HAM gerade am Gate einen Flug nach FRA ab.

Vor mir stand ein Lufthansa Senator, der sich tierisch darüber aufregte, dass er nicht den Platz bekam, den er immer hatte.

Er tobte, pöbelte und griff dann zum letzten Mittel: Er werde sich über mich an höchster Stelle beschweren, denn er kenne ja schließlich Herrn Weber und spiele mit ihm regelmäßig Golf!

Ein freundlicher Herr, der genau hinter ihm stand und alles geduldig mitgehört hatte, tippte besagtem tobenden Senator schließlich auf die Schulter. Dieser drehte sich um, und der freundliche Herr sprach ihn an:

»Guten Tag, darf ich mich vorstellen? Mein Name ist Jürgen Weber, Vorstandsvorsitzender der Lufthansa.

Kennen wir uns? Kann ich Ihnen irgendwie weiterhelfen?«

– *Kendra Hachmann*

Und noch ein Freund

Im Winter 1995 war ich erst wenige Wochen als Copilot auf dem A300.
Ein Abendflug von FRA nach HAM.
Der CPT war ein sehr netter, erfahrener Kollege.

Herr Weber wurde als Gast angekündigt und kam als einer der ersten Passagiere freundlich und zuvorkommend an Bord. Wie nahezu immer fragte er nach einem Jump im Cockpit. Er setzte sich auf den Mittelsitz, und wir begannen zu plaudern. Alle möglichen Themen kamen auf, bis es dann losging – oder eher: Dann sollte es losgehen.
Aber: Ladepersonal zu spät, ein Highloader kaputt ...
Endlich: »Request pushback!« – »You are number six in sequence.«

Herr Weber wurde sichtlich unruhig. Der eine oder andere Kommentar war schon gefallen, bis er nach einer weiteren Verzögerung doch recht laut sagte:
»Also, ich sorge dafür, dass für diesen Flug keine Gebühren bezahlt werden!«
Der Kapitän drehte sich gemächlich mit seiner gesamten, großzügig bemessenen Körpermasse um und meinte trocken:
»Aber Herr Weber, dann brauchen wir für fast keinen Flug mehr Gebühren zu bezahlen!«
Wir mussten alle drei herzlich lachen, und die Stimmung war wieder gut.

Endlich Take-off, mein Leg als Pilot Flying. Mit allem, was der Flieger hergab, donnerten wir nach HAM, immer kurz unterhalb der maximalen Speed.
Jede mögliche Abkürzung nahmen wir mit, am Ende dann mit Highspeed in den Anflug, mit Hilfe aller Tricks und in einer engen Rechtskurve. Während dieser fuhr der kleine Finger des Kapitäns die von mir in der ganzen Hektik völlig vergessenen Speedbrakes wieder ein – unbemerkt von Herrn Weber.

242

Und schon befanden wir uns nahezu pünktlich im Endanflug auf die Landebahn.

Herr Weber war sichtlich begeistert.

Rummmms waren wir unten, fast auf die Minute pünktlich, jetzt nur noch ans Gate rollen ...

»Meine Herren, toll gemacht!«

Genau in diesem Moment wurde die Tür geöffnet, und unsere charmante Purserette schaute ins Cockpit:»Ein Gast, HON, beschwert sich heftig über die sehr harte Landung.«

Herr Weber:»Wie jetzt, es ist doch völlig normal, dass es mal etwas rappelt!«

Sie:»Ja, aber er ist ein persönlicher Freund von ...« (es folgte eine kleine Kunstpause) »... Herrn Weber!«

Unvergessen nun Herrn Webers Blick:

»Ach so, wieder einer von denen ...!«

Er grinste uns an, ging nach hinten und stellte sich direkt vor den Gast:

»Guten Tag, Jürgen Weber ist mein Name, die Kollegin sagt, wir seien befreundet ...?!«

Anschließend kam Herr Weber noch mal zu uns nach vorn und meinte:

»Den Blick hätten Sie gerade sehen sollen!«

Wir alle brachen in lautes Gelächter aus, bevor Herr Weber sich herzlich verabschiedete.

– Joannis von dem Borne

Cockpitverweis

Viele Gäste hatten mir etwas voraus: Sie waren mit Herrn Weber bekannt und hatten sogar mit ihm Golf gespielt. Ich hingegen kannte ihn damals nicht.

Er war gerade erst Vorstandsvorsitzender geworden, als ich aus dem Mutterschaftsurlaub zurückkam.

An einem ganz gewöhnlichen Montagmorgen war ich als Rampagent an der LH001 HAM–FRA eingeteilt. Gleich nach der Bereitstellung ging ich sehr frühzeitig zur Maschine und checkte sie und die Fracht.
Da sah ich von unten, dass jemand im Cockpit herumwuselte, obwohl bisher weder Crew noch Technik am Flugzeug waren. Also ging ich hoch, sprach den Mann an, fragte nach seinem Namen und versuchte herauszufinden, was er da wollte.

Er war recht sparsam mit seinen Informationen, und weil er keinen Flughafenausweis trug, bat ich ihn sehr bestimmt, das Cockpit und den Flieger zu verlassen.
Er versicherte, dass er direkt durch die Fluggastbrücke zum Gate zurückgehen würde, und das tat er auch.

Beim Flugabschluss mit der Crew informierte dann jemand von der Kabinenbesatzung das Cockpit und mich, dass der Vorstandsvorsitzende Herr Weber gerade an Bord gekommen und auf dem Weg ins Cockpit sei.

Mir schwante Böses ...
Ich verließ das Cockpit, und da stand er und lachte mich an!

Einige Jahre später trafen wir uns in FRA bei einer Privatreise nach Mallorca. Er kam auf mich zu und sagte:
»Wir kennen uns. Sie haben mich doch mal des Flugzeugs verwiesen!«
Anschließend klönten wir nett miteinander und tranken auf dem Flug sogar noch zusammen einen Sekt.
– *Chris Hardy*

Tierische Begebenheiten

Der kleine Hund aus Turkmenistan

Es war Ende der Neunzigerjahre, auf einem Umlauf nach ASB, Ashgabat in Turkmenistan, wo wir vier Tage frei hatten. Dort war uns ein kleiner Hund bis ins Hotel gefolgt. Der Kapitän fand ihn genauso goldig wie wir anderen, also nix wie ihn mitnehmen nach Deutschland ...

Der Flug verlief problemlos, er schlief ganz gemütlich im Cockpit Crewrest.
Wir stiegen in FRA aus, und nun ging es in den Crewkeller.
Auf dem Weg dorthin stieg ein Crewbusfahrer bei *Inland* ein.
Wir fuhren weiter, runter in den Keller und da: ZOLL!

Was sollten wir nun mit dem Hund machen??? Da sagte der zugestiegene Busfahrer spontan:
»Gebt mir den Hund, ich bleibe mit ihm im Bus. Ihr könnt ihn nachher im Büro abholen.«

So gingen wir mit unserem Gepäck durch den Zoll, und der Hund saß währenddessen zu Füßen des Busfahrers ...

Der kleine Turkmene lebte noch lange, glückliche Jahre bei einer Kollegin.
– *Evelyne Nageleisen*

Wo ist mein Nerz?

Vor langer, langer Zeit ein Nachtflug USA–FRA. Während der Nachtwache huscht eine *Ratte* aus der First Class durch die schummerige Galley Richtung Cockpit. Die aufmerksamen FBs jagen das Untier und strecken es auch mit dem *Wiegels* nieder.
Erleichtert entsorgen sie es in der Wastebox ...

Nach dem Frühstücksservice klingelt eine elegante, ältere amerikanische Dame in der First Class aufgeregt und ruft fast hysterisch:

»Wo ist mein Nerz?!? Mein Nerz!!!«

Die FBs suchen in allen Garderoben nach dem Nerzmantel der Dame – erfolglos.

Wann und wie die Kolleginnen und Kollegen darauf kamen, dass sie wohl den lebenden Nerz der Dame während der Nacht ermordet und dann in der Abfallbox entsorgt hatten, ist mir nicht mehr in Erinnerung.

– *Ruedeger von Lutzau*

P.S. zum *Wiegels*:

Chefsteward Hans-Wilhelm Wiegels hat dieses Werkzeug *erfunden*. Sein Name ist mit diesem Müll-Komprimierer, gewissermaßen der *Trash-Compactor* der grauen Vorzeit, für immer und ewig verbunden. Tausende von Flugbegleitern sind ihm dankbar dafür, dass sie der Tonnen von Abfall an Bord dank dieses Stampfers Herr wurden!

Hund mit Flugangst

1969 am Flughafen DUS. Ein älteres Ehepaar kommt samt seinem Cockerspaniel und möchte sich über einen Flug nach Mallorca informieren. Da der Hund zu schwer und zu groß für die Kabine ist, erkläre ich ihnen, dass er im Frachtraum befördert werden muss.

Die Dame sagt sofort:
»Da muss mein Mann aber auch dort mitfliegen, alleine hat unser Schatz Angst!«

Nachdem ich sie darüber aufgeklärt habe, dass Passagiere nicht im Frachtraum reisen können, fällt die Entscheidung dann gegen Mallorca aus und für die Autofahrt mit Hund nach Holland.
– *Ilse Lukaschek*

Fliegende Kühe

Anfang der Siebzigerjahre hatten wir mal den Auftrag, mit dem B707-Frachter achtunddreißig holsteinische Kühe von Köln nach Riad in Saudi-Arabien zu befördern.
Als Loadmaster sollte ich die Kühe in Köln einladen und dann mit nach Riad fliegen.

Der Abflug war auf 11:00 Uhr terminiert. Die Kollegen der Frachtabteilung in Köln hatten schon super vorgearbeitet: Zwölf Frachtpaletten mit je drei und eine Palette mit zwei Kühen standen ladefertig vor der B707F.
Also Main Cargo Door auf und dreizehn Paletten samt Kühen rein, das Loadsheet gepinselt, und um 10:45 Uhr gingen wir von den Blöcken.

Früher, bis kurz vor diesem Ereignis, flog die B707 noch in der damaligen Standard-Cockpitbesatzung Kapitän, Copilot, Flugingenieur und Navigator. Aber mit der Einführung des INS (*Inertial Navigation System*) wurde der Navigator nicht mehr benötigt.

Dementsprechend rollten wir ohne Navigator und mit INS los; Taxiing zum Start.

Ein Punkt in unserer *Taxi Checklist* war aber noch immer der Kompass.

Also klappten CPT und FO ihre Kompasse herunter und *erfanden den Kreiselkompass*:

Im wahrsten Sinne des Wortes kreiselten die Kompassnadeln vor sich hin.

Zwei funktionierende Kompasse waren aber laut Checklist ein *Minimum Requirement.*

Also ging es vom Taxiway zurück zur Parkposition, wo die Technik schon vor Ort stand.

Sie checkte und checkte die Kompasse, und die kreiselten und kreiselten. So wurde unser Flugzeug zum AOG (Aircraft on Ground) erklärt, als nicht flugfähig, und die Kühe wurden wieder ausgeladen.

Aber ein Technik-Kollege aus Frankfurt war schon auf dem Weg, um sich des Problems anzunehmen. Also entschied der Kapitän zu warten.

Da es stark regnete, blieben wir im Cockpit, wo der Kapitän feststellte, dass die Kompassnadeln nun ohne zu kreiseln fest und zuverlässig nach Westen zeigten.

Daraufhin checkten die Kollegen der Technik in Köln alles x-mal durch, aber es gab keine Beanstandungen mehr.

Kühe wieder rein, losgerollt, *Taxi Checklist* lesen – es war wie verhext, die Kompasse kreiselten wieder mit wahnsinniger Schnelligkeit!

Zurück zur Parkposition, Kühe ausgeladen, Kompasse ohne Kühe an Bord gecheckt: alles okay.

Der Kapitän entschied daraufhin, weiter auf den Techniker aus Frankfurt zu warten, und der landete dann auch dreißig

Minuten später. Aber er überprüfte die Kompasse gar nicht, sondern ging zum Versender der Kühe und sprach mit ihm.

Dann kam er zurück und erklärte das Flugzeug als okay und flugfähig. Er erzählte uns, dass sein Vater Landwirt sei und auch Kühe besitze. Daher vermute er, dass man den Kühen Magnete eingeführt habe.

Und so war es auch.

Hierzu die Erklärung von *Wikipedia*:
»Ein Käfigmagnet, früher auch als Kuhmagnet oder Kuhmagenmagnet bezeichnet, ist ein starker Magnet, der zur Prophylaxe der Fremdkörpererkrankung bei Rindern dient. Dazu wird er in den Netzmagen des Rindes eingeführt, wo er metallische Fremdkörper bindet, die bei der Futteraufnahme in das Verdauungssystem geraten sind, sodass diese die Magenwand bei Vormagenkontraktionen nicht verletzen können.«

Ach so – das war also die Ursache für das Kreiseln der Kompasse! Diese Kuhmagenmagnete mussten demnach erst wieder entfernt werden, bevor es an einen neuen Start gehen konnte. Wir alle, CPT, FO, FE, Mechaniker und Loadmaster, gingen nun erst einmal in das Airport-Hotel, und der Abflug wurde auf den nächsten Morgen 09:00 Uhr verschoben.

Als der Flugzeugmechaniker und ich, der Loadmaster, dann um 07:00 Uhr am Flugzeug eintrafen, standen alle dreizehn Paletten fein säuberlich aufgereiht vor dem B707-Frachter. Toller Job und großes Lob an die Kollegen von Köln Cargo! Die Magnete waren während des gestrigen Nachmittags und in der Nacht entfernt worden, und ich wollte überhaupt nicht wissen, wie!

Dreizehn Paletten rein: Die Kompasse kreiselten nicht mehr. Das Loadsheet hatte ich ja noch vom Vortag, und ab ging die Reise.

Taxi Checklist, Kompass checked, Takeoff gen Riad.
Alles ging gut, und alle Kühe waren wohlauf.
In Riad wurden die Paletten ausgeladen.

Beim Layover in Bahrain, fünfundzwanzig Flugminuten von Riad entfernt, wollten wir eigentlich in der Hotelbar pro Kuhmagenmagnet je ein Bier trinken. Beim stolzen Preis von 11,40 DM für eine 0,33-Liter-Dose Bier stießen wir dann aber lieber nur auf fünf Kuhmagenmagnete an.

Am nächsten Tag ging es dann Ferry nach Karachi – aber das ist eine andere Geschichte.
– *Roland Rost*

Der weitgereiste Beagle

Der Gast befand sich in FRA im Transit nach JFK. Er hatte seinen Hund schon eingecheckt.

Da kam von Fraport ein Anruf, der Hund sei beim Umladen leider entwischt und habe nicht mehr eingefangen werden können.
Wir fragten, was es denn für ein Hund sei:
»Na, so'n *Hush Puppy*«, war die Antwort.
Das klang nach Beagle ...

Also schickten wir ein Telex nach JFK, dass Gast XY bei der Ankunft seinen Hund, wahrscheinlich ein Beagle, nicht vorfinden würde.
Anschließend riefen wir alle Tierheime im größeren Umkreis an mit der Bitte, uns zu informieren, falls ein Beagle bei ihnen abgegeben würde.

Am nächsten Tag meldete sich das Tierheim aus Offenbach: Sie hätten einen herrenlosen Beagle aufgenommen.
Die Richtung passte, der Hund war gen Osten geflüchtet. Da wir in der Zwischenzeit auch die Info bekommen hatten, der vermisste Hund sei tatsächlich ein Beagle, ließen wir ihn abholen und schickten ihn nach JFK.
So far, so good ...

Aber dann der Schock in Form eines weiteren Telex aus JFK: Der Gast hatte die Annahme des Hundes verweigert.
Er vermisse eine Hündin, und der von uns verschickte sei ein Rüde.

Als nächstes *Highlight* kam der Anruf eines Hundebesitzers aus Hanau, dessen Beagle, ein Rüde, entlaufen war. Bei seinen Telefonaten mit den Tierheimen sei ihm in Offenbach berichtet worden, wir hätten ebenfalls einen Beagle gesucht, und da dort einer aufgenommen worden sei, habe man den an uns übergeben – wo sich der denn jetzt befinde?
Antwort von uns: »In New York!«

Also flog der Hund zurück nach FRA. Der Besitzer wurde von der Ankunft informiert und um Abholung gebeten.

Bei der anschließenden Übergabe erzählte er uns, dass sein Hund ein notorischer Ausreißer sei. Man habe ihn auch schon in Aschaffenburg gefunden, aber dass er es diesmal sogar bis nach New York geschafft hätte, würde ihm wohl niemand glauben – das würde alles toppen!

Der beim Umladen entlaufene Hund tauchte übrigens nie wieder auf, aber vielleicht hat er ja selbst ein neues Zuhause gefunden.

– *Barbara Vondran*

Die tierische Verwechslung

Ich erinnere mich oft an die Nachtdienste bei FRA SU, der Gepäckermittlung.
Eines Nachts gab es den Anruf eines amerikanischen Gastes, der seine Katze in NUE eingecheckt hatte und mit PANAM nach JFK geflogen war.
Zu seiner Überraschung saß in der ihm übergebenen Box aber ein Hund!

Kurz darauf kam der Anruf eines aufgelösten Gastes aus ORD. Er hatte auch in NUE eingecheckt und war mit einem amerikanischen Carrier weitergeflogen.
Die Box, die er erhielt, beherbergte statt seines Hundes eine Katze!

Anscheinend waren in Nürnberg die Baggage Tags vertauscht worden ...

Nach den geltenden Zollbestimmungen der USA musste ein Gepäckstück in einem solchen Fall nach FRA zurück- und dann an den korrekten Flughafen weitergeschickt werden.
Aber im vorliegenden Fall drückte der amerikanische Zoll alle Augen zu, und die Tiere durften direkt an den richtigen Zielflughafen expediert werden.

– *Claudia Kaufmann*

Die Auferstehung des toten Hundes

Der Cockerspaniel einer älteren US-Amerikanerin verstirbt während ihres Aufenthalts in Deutschland, und sie will ihn in ihrem Garten in Florida begraben. Also lässt sie den toten

Hund in seinem alten Transportkäfig per Luftfracht nach MIA schicken.

Als die Kollegen der LH Fracht den Käfig mit dem toten Tier ausladen, erschrecken sie: Der Hund muss wohl während des Fluges gestorben sein!

Die alte Dame hat schon nach dem Hund gefragt, und nun will man ihr nicht die traurige Nachricht vom Tod ihres Lieblings geben. Also sammeln die Lufthansa Kollegen Geld, finden in einer örtlichen Tierhandlung einen ganz ähnlich aussehenden Cockerspaniel und bringen ihn der Dame.

Die öffnet den Käfig mit Tränen in den Augen, schreit auf und wird ohnmächtig: Ihr toter Hund steht wedelnd im Käfig und bellt sie fröhlich an!
– *Michael Wurche*

Der flugverweigernde Hund

Eine Geschichte aus meiner Zeit bei Lufthansa Cargo STR.
Einmal sprang uns beim Öffnen der Frachttür einer gerade angekommenen Maschine ein riesiger Hund entgegen, wohl ein Berner Sennenhund, und haute sofort über das Vorfeld ab.

Das gab einen großen Aufruhr! Die Frachtcrew rannte hinter dem Hund her.
Es wurden nun sämtliche auf dem Vorfeld verfügbaren Leute einschließlich der Feuerwehr informiert, und alle begannen, den Hund zu suchen.

Der hatte seinen Transportkäfig durchgebissen, und als er die Tür zur Freiheit sah, war er weg. Das Flugzeug ging noch weiter nach HEL, und dorthin sollte auch der Hund. Da er aber bis zum Abflug nicht gefunden werden konnte, startete der Flieger ohne ihn.

Stunden später kam ein sichtlich mitgenommener, durstiger und hungriger Vierbeiner irgendwo auf dem Vorfeld zum Vorschein. Er war ganz und gar nicht menschenscheu und freute sich sehr über Wasser und Futter.

Nur als jemand mit einer neuen Transportbox erschien, war sein Zutrauen weg und er damit auch.

Das Spiel ging dann so weiter: Der Hund kam an, aber sobald er die Box erblickte, rannte er wieder davon.

Irgendwann verfrachteten wir ihn in ein Auto, brachten ihn ins Büro und überlegten, was wir denn jetzt mit ihm machen sollten.

Den Hund bekam wirklich niemand in die Transportbox und somit auch auf keinen Flieger. Der Druck aus Helsinki wurde immer größer ...

Wie löst man solche Probleme bei Lufthansa?

Richtig – schnell und pragmatisch!

Innerhalb Europas gibt es ja auch Bodenersatzverkehre, die größere Mengen Fracht per LKW mit einer LH Flugnummer durch Europa transportieren.

Also riefen wir den zuständigen LKW-Fahrer der nächsten Helsinki-Tour aus Frankfurt an. Der hatte selber Hunde und sagte sofort zu, ebenso der LKW-Fahrer, der STR–FRA fuhr. Auch er hatte Freude daran, den Hund mitzunehmen.

Also reiste unser vierbeiniger Passagier im Führerhaus der zwei Lastwagen von STR via FRA nach HEL Dem Hund hat es, laut Aussage der Fahrer, gut gefallen, und den Fahrern, die sich um ihn kümmerten, ebenfalls. Vor allem aber war der Besitzer des Hundes über diese Lösung happy!

– *Michael Krug*

Katzen-Upgrade

Ein Nachtflug im Jumbo.

Die Kollegin dreht mit dem Safttablett auf leisen Sohlen ihre Runden. Die meisten Gäste schlafen.

Ganz vorne in der Flugzeugspitze hat ein Gast der First Class eine Katze auf seinem Schoß. Die Kollegin beschließt, zum jetzigen Zeitpunkt niemanden in seiner Nachtruhe zu stören und die Sache erst einmal auf sich beruhen zu lassen.

Frühstücksservice: Der Herr ganz vorn hat noch immer seine Katze auf dem Schoß. Die Kollegin spricht ihn an und erklärt ihm, dass das Tierchen jetzt aber in sein Körbchen müsse, wegen der anderen Gäste, wegen möglicher Allergien und so weiter ...

Der Gast schaut sie an und sagt hilflos:
»But this isn't my cat!«

Wie sich herausstellte, gehörte das liebe Tier einem Passagier in der Economy Class, dem noch gar nicht aufgefallen war, dass sich seine Reisebegleiterin aus ihrer Transporttasche befreit und dann selbst upgegradet hatte.
– *Stephanie Olsen*

Die Hunde-Adoption

Hier eine *Hundegeschichte* aus den Siebzigerjahren mit Happy End für den Hund, nicht aber für den fiesen Besitzer.

In der Inlandgepäckausgabe blieb von einem STR-Flug ein Hundekäfig mit einem Gepäckanhänger nach FRA übrig. Darin befand sich ein Toypudel-Rüde.

Unsere Recherchen ergaben keine Weiterbuchung für den Gast. Also wurde der Hund zur Betreuung in die Tierstation bei der Fracht gebracht.
Stunden später kam ein Telex aus ORD: Ein Gast, mit UA dort angekommen, vermisse seinen Hund. Deshalb habe man ihn von UA zu LH geschickt, da offensichtlich seitens LH ein Abfertigungsfehler vorliege: Der Hund sei ex STR lediglich bis nach FRA getaggt, das weitere Passagiergepäck hingegen korrekt durchabgefertigt worden.

Die Antwort ex STR: Dies sei kein LH Fehler. Der Gast hatte zwei Tix, aber seine Buchung für den Hund sei nur bis FRA gewesen. Es habe keinerlei Informationen oder Unterlagen bezüglich des Weiterflugs gegeben.

Die Aussage der UA in FRA: Es gebe keine Buchung, keine Fare für den Hund, und der Gast habe bei ihnen auch nicht diesbezüglich nachgefragt.

Das roch alles ziemlich nach *versuchtem Betrug*. Wollte der Fluggast seinen Hund womöglich für lau über den Atlantik geschippert bekommen und versuchte es auf diese Weise?

Der Gast wurde in ORD informiert, dass ein Nachsenden nur nach Zahlung der Fare möglich sei, was er aber verweigerte. Er wolle für seinen Hund nicht bezahlen, das sei ihm einfach zu teuer.

Das Ganze zog Kreise bis zum amerikanischen Militär, denn der Gast war US-Soldat.

Über diesem ganzen Hickhack vergingen Wochen. Da kam ein Anruf vom Amtstierarzt aus der Fracht, dass der Pudel kurz vor dem Eingehen sei. Entweder komme er umgehend in private Hände, oder er müsse eingeschläfert werden.

Ich erzählte meinem Mann von dem ganzen Dilemma, denn wir hatten eh schon mit dem Gedanken gespielt, uns einen Hund zuzulegen, wenn auch nicht gerade einen Toypudel.

Also ging es am nächsten Tag zur Tierstation. Der Hund sprang im Zwinger hin und her, als wir davorstanden. Die Tür wurde geöffnet, er flitzte heraus, den Gang hinunter, wieder zurück, purzelte meinem Mann vor die Füße, rollte sich auf den Rücken, streckte alle viere in die Luft und ließ sich von meinem Mann streicheln und kraulen.

Das Personal dort war total baff, denn der Hund hatte bisher niemanden an sich herangelassen.

Den restlichen Nachmittag verbrachten wir auf Shoppingtour – was man halt für einen Hund so braucht – und gleich am nächsten Vormittag holte mein Mann ihn ab: Wir waren ja jetzt vorbereitet.

Selbstverständlich war auch der Passagier über die Aussage des Tierarztes informiert worden – er sagte nur, er würde für den Hund keinen Cent zahlen, und das weitere Schicksal sei ihm egal. (Im Nachhinein erfuhren wir dann, dass ihm sein Verhalten in dieser Sache einen Verweis in seiner Militärakte eingebracht hatte.)

Später habe ich immer gesagt, dass es Liebe auf den ersten Blick zwischen meinen beiden Männern gewesen sei. Wegen seiner sehr stürmischen Begrüßung nannten wir ihn *Purzel* und verlebten in seiner Gesellschaft noch viele wunderbare Jahre. Er war wirklich ein absolutes Unikum, konnte ein ganz unwiderstehlicher Charmeur sein, und er hatte uns beide voll im Griff.

Allerdings hatte seine Vergangenheit bei ihm wohl Spuren hinterlassen, denn er flippte regelmäßig aus, wann immer er Englisch hörte – er knurrte, bellte und fletschte die Zähne ...

Leider ist auch ein Hundeleben endlich; *Purzel* ist jetzt schon mehr als dreißig Jahre nicht mehr bei uns, aber wir reden heute noch von ihm.
– *Barbara Vorndran*

Hummer auf dem Vorfeld

Eines Tages kamen frische Hummer in STR an.
Die Bellytür ging auf, der Entlader griff sich einen Hummer-Karton, und der brach auseinander. Schon machten sich etwa zwanzig Hummer unter dem Flugzeug in Windeseile auf und davon. Was waren die flink!

Also schwärmten alle Kollegen und die Ladearbeiter aus, um die Hummer wieder einzufangen. Bei einigen war die Schnur um die Scheren abgerutscht, und wann immer wir einen von denen erwischten, schnappte er zu. Es dauerte eine Weile, bis uns jemand riet, die Biester am Schwanz zu packen und hoch und vom Körper weg zu halten, damit sie nicht in der Lage waren, einen zu kneifen.

Nach einer ganzen Weile konnten wir die Hummer vollzählig dem Abholer des italienischen Restaurants übergeben.

Ob der kurze Vorfeldausflug wohl einen Einfluss auf den Geschmack hatte?
Wir haben es nie erfahren, denn wir haben dem Abholer nichts vom Ausflug der Hummer erzählt!
– *Michael Krug*

Was Lufthanseaten weltweit erlebten

»Almaty Airport is closed!«

1998 waren CPT Christian K. und ich mit einem A300 wieder einmal auf dem Weg nach Almaty, Kasachstan. Wir waren uns bewusst, dass diese Strecke immer für Überraschungen gut war. So auch diesmal.

Seit ein paar Wochen war der Sprit in Almaty extrem teuer, und wir waren angewiesen, den Tank *bis zum Stehkragen* zu füllen, um an unserem Ziel so wenig wie irgend nötig für den Rückflug tanken zu müssen.

Wir flogen eine ganze Weile vor uns hin: Immer geradeaus bis zum Balchasch-See, hier rechts abbiegen, und so nach etwa sieben Stunden Flugzeit war man da. Kurz vor dieser letzten Rechtskurve begann normalerweise der Sinkflug. An diesem Tag aber kam alles anders! Folgender Funkverkehr begann:

»Almaty Control, Lufthansa 648, good evening, flightlevel 370, request descent.«
Aus dem Tower kam: »Lufthansa 648, Almaty Airport is closed, say your intentions.«
»OH! Okay, how long is the airport closed?«
»Airport is closed.«
»Yes, we copied that, how long is the airport closed?«
»Airport is closed.«
»Yesss, but for HOW LONG will the airport be closed???«
»Airport is closed.«

Wir schauten uns an ... Neuer Versuch, wir fragten:
»What is the reason?«
»Airport is closed.«
»Yes, we know, but what is the reason that the airport is closed?«
»Airport is closed, say your intentions.«

Wir waren leicht sprachlos, aber gut, uns konnte eigentlich nichts aus der Ruhe bringen. Sprit hatten wir ja genug.

Wir: »Lufthansa 648, request descent and holding.«

»Airport is closed.«

Ja also, ein Papagei war nix dagegen ...!

Das ging eine Weile so weiter. Immerhin konnten wir ihn davon überzeugen, dass wir genug Sprit für mindestens drei Stunden hatten und deshalb – noch – nicht nach Taschkent ausweichen mussten (1:30 Stunden Flugzeit).

Mit weiteren Verständigungsproblemen und der konstanten Replik »Airport is closed« in unseren Ohren fanden wir uns irgendwann über einem Wegpunkt in der Nähe der Stadt wieder und gaben das im Bordcomputer gespeicherte Holding ein. (Diese Warteschleifen sind festgelegt und programmiert.) Eine Runde ..., noch eine Runde ..., dreißig Minuten, fünfundvierzig Minuten, immer länger ...

Viele Ansagen an die Gäste, um Geduld bittend ... Immerhin: absolut gutes Wetter, beste Sicht auf die beleuchtete Stadt, unglaublich schön!

Da wir beide schon des Öfteren hier gewesen waren, fingen wir ein Suchspiel an und identifizierten von oben aus nach und nach alle Plätze, die wir so kannten.

Das war ein nettes Spiel, und wir wurden immer besser, ohne zu ahnen, was uns das noch nutzen würde.

Zwischendrin immer mal wieder der Vorstoß und die Frage an den Controller:

»Any news?«

Antwort, der aufmerksame Leser wird es sich schon denken:

»Airport is closed.«

In der Zwischenzeit hatten wir feststellen müssen, dass das Navigationssystem uns allmählich verließ (es war damals noch ohne GPS, also nicht satellitengestützt).

Durch die unendlich vielen Kurven auf der Stelle hatte das Teil wohl selber so langsam die Orientierung verloren.

Um ein Update zu machen, musste man eigentlich zu einem fix installierten Funkfeuer fliegen, direkt darüber: Wenn die Nadel umschlägt, aufs Knöpfchen drücken, und der Flieger weiß wieder genau, wo er ist. Ja, eigentlich ...!
Von den beiden zur Verfügung stehenden Funkfeuern war eines außer Betrieb, und das andere war derart unzuverlässig, dass die Nadel wild hin und her wirbelte. Eine Richtung war nicht abzulesen.
Und zu allem Überfluss war das Instrumentenlandesystem am Flughafen an diesem Tag auch abgeschaltet.

Langsam wurde es blöd für uns. Aber wir wollten noch nicht wahrhaben, doch nach Taschkent abbiegen zu müssen.

Gerade in dem Moment, als wir dies ernsthaft in Betracht zogen, sahen wir plötzlich ein Flugzeug aufsteigen. Wo war das denn hergekommen?
Der Flughafen war derart spärlich beleuchtet, dass er quasi nicht zu sehen war.
Aber: Das Flugzeug stieg auf.

In dem Moment sagte der Papagei, pardon, der Fluglotse:
»Lufthansa 648, cleared for the approach RWY 05.«
Verblüfft schauten wir uns an: Er hatte einen neuen Satz gelernt! Hätte er das nicht irgendwie ankündigen können?
Besser nicht fragen, machen! Aber: Wohin???
Die Instrumente zeigten viel, aber nichts Vernünftiges. Idee:
Der Lotse soll uns einfach per Radar leiten, also sogenannte Radarvektoren geben ...

Deshalb:
»Request radar vectors to the airport.«
Antwort, wer hätte das gedacht:
»Cleared for the approach.«
»Yes, but please give us radar vectors.«
»Cleared for the approach.«

Wir fuhren daraufhin alle Landeklappen aus, um dann mit absoluter Minimumgeschwindigkeit, so langsam wie nur irgend möglich, auf die Stadt zuzufliegen.
Über dieser bogen wir links ab, am Hauptplatz entlang, über dem botanischen Garten noch eine Linkskurve und an der Oper vorbei. Dahinter begann die Flughafenstraße, der wir folgten, und siehe da: Da war er, der Flughafen!

Offiziell war das ein Sichtanflug, *visual approach*, um dem Ganzen einen regelgetreuen Begriff zu geben. Wir landeten sicher mit 1:45 Stunden Verspätung auf der Bahn 05, rollten aus und waren doch sehr zufrieden mit uns, wenn auch die vollgefüllten Tanks nicht ganz im Sinne der Firma, sondern zu unseren Gunsten genutzt worden waren.

Wie wir später erfuhren, war der russische Präsident Boris Jelzin zu Besuch in der Stadt gewesen. Er hatte an diesem Abend einen seiner fünf Herzinfarkte erlitten, und deshalb wurde der Flughafen so lange für den gesamten zivilen Verkehr geschlossen, bis er ausgeflogen werden konnte.
– *Joannis von dem Borne*

Autostopp in Almaty

Es war in den Neunzigerjahren, im tiefsten Winter, wir flogen nach Almaty.
Ich war diesmal ohne Uniformmantel unterwegs, weil ich davon ausging, dass uns der Crewbus wie immer direkt vor die Eingangstür des Hotels bringen und von dort auch wieder abholen würde.

Über Nacht hatte es heftig geschneit, und die Schneemassen türmten sich vor dem Hotel auf. Dann war Pickup-Zeit am nächsten Tag, aber es erschien kein Crewbus, und obendrein konnte kein Kontakt zur Station hergestellt werden. Taxis gab es auch nicht.
Da kam der Kapitän auf die Idee, wir könnten doch einfach per Anhalter zum Flughafen fahren, in Zweiergrüppchen. Die

Einheimischen würden sich bestimmt gerne ein paar Dollars nebenher verdienen wollen.

Gesagt, getan! Der Erste, der in einen schicken Mercedes einstieg und wegfuhr, war der Kapitän.

So viel zur Fürsorgepflicht ..., aber das nur nebenbei!

Die Kollegin und ich standen nun bei klirrender Kälte und im Röckchen am Straßenrand und versuchten zu trampen.

Eine Art Lieferwagen stoppte neben uns. Mit Händen und Füßen erklärten wir, dass wir zum Airport müssten, und wedelten mit unseren Dollarscheinen.

Ehe wir uns versahen, saßen wir auf dem Rücksitz, unsere Koffer aus Platzmangel auf dem Schoß. Ich weiß bis heute nicht, ob der Fahrer am Umziehen war oder ob er in diesem Auto lebte. Es war jedenfalls voll mit Hausrat.

Ziemlich schnell stellte sich heraus, dass er keine Ahnung hatte, wo sich der Flughafen befand; oder hatte er uns nur nicht verstanden?

Als wir zu einem weitläufigen Platz mit großem Gebäude kamen, hielten wir das für den Airport. Wir stiegen aus, bezahlten den Fahrer, der sicher heilfroh war, uns wieder los zu sein, und stellten ganz schnell fest, dass das Gebäude eine Kirche war.

So langsam machte sich bei uns die schiere Verzweiflung breit.

Es war so eiskalt, dass ich meine private dicke Daunenjacke aus dem Koffer holte und sie anzog, was natürlich gar nicht *uniformkonform* war.

Nach einiger Zeit kam ein Auto auf uns zugefahren, in dem glücklicherweise der Purser mit einem Stationskollegen saß. Sie hatten uns natürlich vermisst und sich auf die Suche gemacht. Wir waren gar nicht mal weit vom Airport entfernt!

Als wir komplett verfroren an Bord kamen, war der einzige Kommentar des Kapitäns: »Wie sehen Sie denn aus?«

Heute hätte ich ihm anders geantwortet als damals ...

Und natürlich starteten wir, professionell wie wir nun mal waren, pünktlich in Richtung Heimat!
– *Christa Manz*

Sandsturm-Trampen in Abu Dhabi

Ich habe Ähnliches Anfang der Neunzigerjahre am Golf erlebt – jedenfalls, was den Transport zum Flughafen anging. Ich glaube, es war in AUH.

Wir waren mit unserem Crewbus auf dem Weg zum Airport in einen gewaltigen Sandsturm geraten. Aufgrund starker Rauchentwicklung in der Fahrzeugkabine, ausgelöst durch einen Motordefekt, mussten wir den Bus auf halber Strecke verlassen. Er war nicht mehr fahrtüchtig. Handys gab es noch nicht.

Wir fuhren per Anhalter in Zweiergruppen zum Flughafen weiter, der Kapitän als Letzter. Zur Sicherheit hatte er sich auch alle Kennzeichen der anhaltenden Autos notiert.

Später an Bord vor Abflug versuchten wir, unser Aussehen mit den vorhandenen Möglichkeiten in Form zu bringen. Es knirschte und juckte sandbedingt überall. Eine Dusche wäre sicherlich wohltuend gewesen!

In Frankfurt angekommen, rieselte der feine Wüstensand immer noch von der Uniform und aus dem Crewgepäck ...
– *Peter Kunze*

Alte Pfeife in Asmara

In Asmara klagte ein junger Kollege, der Länderrepräsentant Eritrea, dass der deutsche Botschafter dem im Erdgeschoss liegenden LH Büro das Anbringen eines Lufthansa Schildes verwehre. Die Begründung war: Es kollidiere mit dem dort angebrachten hoheitlichen Adlerschild für die Botschaft im oberen Geschoss.

Deshalb schlug ich einen Besuch beim Botschafter vor, als ich, damals in Kairo Regionalleiter Verkauf Nordostafrika, meinen nächsten Besuch in ASM machte.

Der Botschafter empfing den Kollegen und mich freundlich, schaute auf meine Visitenkarte, und auf meine angemessene Anrede »Herr Botschafter« brummte er sehr hörbar:
»Ich glaube, wir können uns duzen, du alte Pfeife!«
»Aber Herr Botschafter!«, entfuhr es mir völlig verblüfft, als er mich auch schon fest in die Arme schloss und ausrief:
»Mensch, Michael, kennst du mich nicht mehr? Ich bin doch das Wölfchen Ringe aus der achten Klasse Tellkampfschule Hannover!«

Wir waren vor sehr vielen Jahren bis zu seiner Umschulung Klassenkameraden gewesen, und natürlich freuten wir uns beide unbändig über dieses äußerst unerwartete Wiedersehen in einem kleinen afrikanischen Land.

Ich fragte meinen Kollegen:
»Wie lange bist du denn schon Länderrepräsentant Eritrea, ein Jahr? Und du bist immer noch nicht per Du mit dem Botschafter?!? Dafür brauche ich keine fünf Minuten!«

Natürlich durften wir das Lufthansa Schild anbringen, und die Botschaft ließ ihren Adler etwas zur Seite versetzen.
– *Michael Wurche*

Hosen-Angeln in Kathmandu

Mein Hotel in KTM hatte als Diebstahlsicherung dreifache Riegel an der Tür und kinderarmdicke Eisenstäbe vor dem Fenster.

Natürlich ließ ich bei dem nepalesischen Klima das Fenster offen. Bargeld und Tickets trug ich ohnehin Tag und Nacht am Leib, aber meinen Pass, andere Papiere und meinen Lufthansa Ausweis hatte ich in einer ledernen Gürteltasche verstaut.

Am nächsten Morgen wunderte ich mich, dass meine Hose, die ich vier Meter vom Fenster entfernt über einen Stuhl gehängt hatte, plötzlich unter dem Fenster lag, allerdings ohne die genannten Papiere.

Ich wusste gleich, was hier passiert war. Also ging ich erst einmal zur deutschen Vertretung wegen des Passes. Obwohl sie offiziell geöffnet sein sollte, stand ich vor verschlossenen Türen. Was nun? Zum Lufthansa Stadtbüro und den Ausweis sperren lassen! Ich erzählte dem hilfsbereiten Stadtbüro-Kollegen, dass man sich nicht einmal auf die Öffnungszeiten der deutschen Botschaft verlassen könne.

Hinter mir wartete noch ein Kunde, und der Kollege hüstelte nun verlegen:
»Darf ich Sie mit dem Botschafter bekanntmachen?«
Der kam jeden Dienstag ins Stadtbüro, weil es da den neuen *SPIEGEL* gab.
Nun nahm er mich mit zur Botschaft, wo er mir jedoch nur einen Notpass mit drei Monaten Gültigkeit ausstellen konnte. Ich hatte aber vor, die letzte Woche meiner Reise in Goa zu verbringen, und für die Einreise dort hätte mein Pass noch mindestens sechs Monate gültig sein müssen.

Aber der deutsche Botschafter und sein indischer Kollege pflegten zusammen im *Hotel Yak & Yeti* Karten zu spielen. So bekam ich einen Empfehlungsbrief, der dann doch zu einem verlängerten Transitvisum für Indien führte.

Offen bleibt nur die Erklärung, wie meine Hose vom Stuhl bis unter das Fenster kam: Sie wurde unter Verwendung einer langen, mit einem Haken bestückten Bambusstange durch das Fenster geangelt.
Und wieder hatte ich beim Thema *Auslandserfahrung* etwas dazugelernt!
– *Gerhard Schlenker*

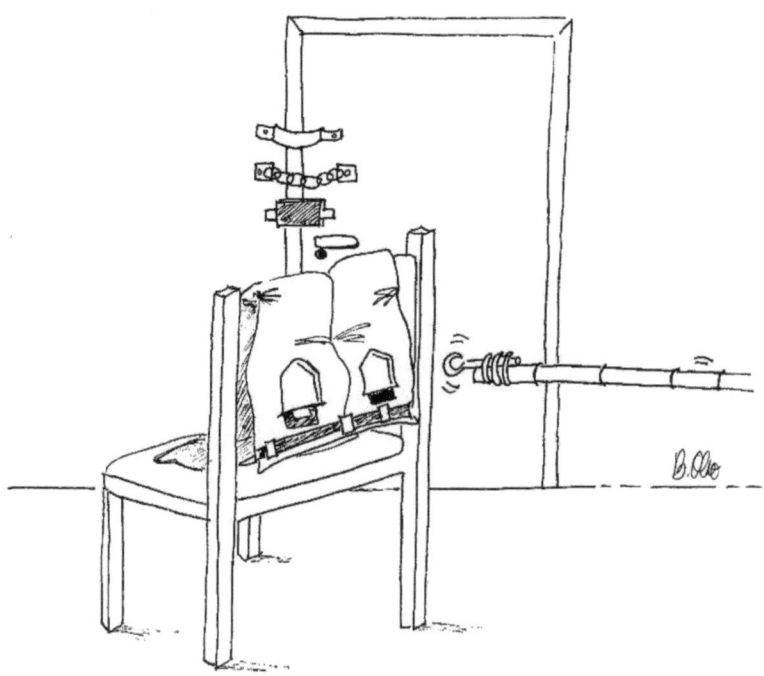

Der libysche Geheimdienst und meine Minox

Weiß jemand heute noch, was eine Minox ist?
Die Minox war eine Miniaturkamera, etwa so groß wie ein Fischstäbchen. Sie war ein echtes Objekt der Begierde für alle ambitionierten Fotoliebhaber in den Sechzigerjahren, und selbstverständlich gehörte sie auch zur Grundausstattung aller Geheimdienste.

267

Als Verkaufsleiter Libyen war ich seit 1966 in Tripolis, TIP, tätig, und ich hatte meine Minox immer dabei.

Am Sonntagvormittag, dem 4. Juni 1967, kündigte sich die Geburt unserer ersten Tochter energisch an, und ich fuhr meine Frau in die Klinik, wo dann auch nachmittags unsere Patricia ohne Probleme zur Welt kam.
Mutter und Kind waren wohlauf.

In den frühen Morgenstunden des 5. Juni 1967 griff Israel die ägyptischen Luftbasen im Sinai an. Es begann der bekannte Sechstagekrieg, welcher mit der militärischen Niederlage der arabischen Verbündeten endete.
Als ich am Vormittag in die Klinik fahren wollte, bemerkte ich sehr große Unruhe auf der Straße, in der wir wohnten. Wütende Demonstranten schlugen Fensterscheiben ein und verbrannten Autos.

Trotz des Aufruhrs in der Stadt wollte ich unbedingt in die Klinik, um die ersten Fotos meiner neugeborenen Tochter zu machen. Ich besaß zwei Kameras: die besagte Minox und eine fette, zweiäugige Rolleiflex. Angesichts der Lage in der Stadt beschloss ich, die auffällige Rollei zu Hause zu lassen, und steckte die Minox in die Hosentasche.

Auf Schleichwegen fuhr ich unbemerkt in die Klinik.
Der Fototermin verlief reibungslos. Weniger reibungslos war die Rückfahrt.
Ich wurde von einer Armeestreife angehalten, die sich sehr wunderte, dass ein Ausländer unter diesen Umständen durch Tripolis fuhr.
Man durchsuchte zunächst mich und danach mein Auto und fand selbstverständlich sofort die Minox. Selbst in den Zeiten vor James Bond wusste jeder auch noch so unbedarfte Soldat sofort, dass eine Minox immer auf einen Spion hinweist! So wurde ich natürlich verhaftet und in eine Zelle des libyschen Geheimdienstes gebracht.

Über viele Stunden wurde ich nun dort im Hauptquartier des Geheimdienstes verhört. Meine Erläuterungen vermochten nicht zu überzeugen. Vaterfreuden? Das Baby fotografieren?. Für den libyschen Geheimdienst wirkte dies wenig glaubhaft. Selbst die mittlerweile – in einer knappen halben Stunde – entwickelten Bilder der Minox führten leider nicht zu meiner völligen Entlastung. Ich wurde deshalb in das Gefängnis von Tripolis verlegt – in eine Sammelzelle mit circa fünfzehn Kleinkriminellen.

In der Zelle war ich bald hochgeschätzt, da man mir meine Zeitung zum Lesen belassen hatte. Einige Häftlinge hatten zwar Tabak, aber es gab kein Papier, um Zigaretten zu drehen. Und so drehten wir zahlreiche Zigaretten aus der FAZ.

Nach zwei Tagen wurde ich wieder freigelassen. Die Minox und auch einige Fotos erhielt ich ein paar Wochen später – mit entsprechenden Ermahnungen – zurück. Das Abenteuer war alles in allem gut ausgegangen.

Epilog:
Ungefähr ein Jahr nach diesem Abenteuer besuchte mich mein Chef aus Deutschland. Auf unserem Programm stand selbstverständlich auch der Besuch des historischen Basars mit all seiner Lebendigkeit. Auf einmal hörten wir, wie ein etwas heruntergekommener Mann aus einem Kaffeehaus rief: »Hello, my friend, how are you?«
Auf meine Frage, wer er sei, antwortete er etwas erstaunt: »Kennst du mich nicht mehr? Wir waren doch zusammen im Gefängnis!!!«
Es war schwierig, meinem Chef dies alles zu erklären ...
– *Hans Willi Blum*

Gesamtdeutsche Crew-Begegnung in Hanoi

Wir waren eine Gruppe von Lufthanseaten, die im Frühjahr 1978 auf eine Privatreise nach China und Nordvietnam ging.

269

Nachdem wir aus Kanton in Hanoi angekommen waren, fuhren wir zu unserem Hotel, einem relativ neuen, von den Kubanern gebauten Betonbunker mit einer kleinen Bar. In dieser würden wir zwanzig Leute uns um 19:00 Uhr treffen.

Weil ich zu früh in der Bar war, wollte ich schon mal einen Drink bestellen. Ich stand an dem ziemlich kleinen Tresen, begutachtete die recht bescheidene Auswahl und sprach so vor mich hin:
»Was nehme ich denn jetzt?«

Da ertönte hinter mir eine Stimme, die ich nicht kannte und die auf Deutsch sagte:
»Ich empfehle einen Singapore Sling.«
Ich drehte mich um: Hinter mir stand ein Herr so Mitte fünfzig, ein Deutscher.
»Ach«, erwiderte ich, »auch aus Deutschland? Was machen Sie hier?«
Er: »Wir sind eine Crew von der Interflug, und ich bin der Flugingenieur.«

Inzwischen hatte ich seine Kollegen erblickt und meinte:
»Das trifft sich ja gut, ich bin Flugbegleiter, und wir sind eine ganze Truppe von der Lufthansa.«

Er konnte das nicht glauben.
»Kommt mal her!«, rief er seinen Crewmitgliedern zu. »Der ist von der Lufthansa!«

Ich zeigte ihm zum Beweis meinen gelben Ausweis. Sofort war ich umringt und wurde begutachtet, teils neugierig, teils skeptisch. Also lud ich alle zum Drink ein, vergaß aber, dass deren Crews immer zwei Politoffiziere dabeihatten.
Die Neugier war aber so groß, dass ich dennoch einigen den Drink spendieren konnte. Dabei beratschlagten wir heimlich, wie wir uns der Stasileute entledigen könnten.

»Abfüllen!« lautete die Strategie, und irgendwie klappte das auch.

Inzwischen waren meine Kollegen eingetroffen, und wir beschlossen, diese Begegnung auf meinem Zimmer zu feiern, was dann auch ausgiebig geschah.
Wir hatten genug zu trinken dabei.

Das war ein großartiges Erlebnis, und alle freuten sich riesig, besonders die Kollegen der Interflug. Sie hatten ganz viele Fragen.
Es stellte sich dann heraus, dass der Flugingenieur aus dem Nachbarort Boizenburg meiner Heimatstadt Lauenburg kam. Diese beiden Orte waren damals durch den Eisernen Vorhang getrennt worden. Er kannte noch Menschen aus Lauenburg, die ich auch kannte.
Was für ein Zufall! Das wurde natürlich extra begossen.

Ich muss wohl nicht erwähnen, dass dies ein äußerst langer Abend wurde und wir alle am Ende sturzbetrunken, aber glücklich waren.
Ich werde das nie vergessen!
– *Michael Otto*

Der deutschsprachige chinesische alte Herr in Peking

Anfang der Achtzigerjahre hatten wir als eine der ersten Lufthansa Crews eine Woche Layover in Peking. Unter den deutschen Passagieren des Hinflugs befanden sich viele berühmte Journalisten, die das erste Fernsehstudio von ARD und ZDF in Peking eröffneten. Wir flogen sogar den neuen Crewbus aus FRA ein.

Es gab damals noch kein westliches Hotel, und in unserer chinesischen Unterkunft sprach niemand Englisch; auch die Speisekarten dort gab es nur auf Mandarin.
Unsere Ausflüge machten wir meist in Gruppen, die stets von einem chinesischen *Aufpasser* begleitet wurden.

Als wir auf die Chinesische Mauer stiegen, mussten wir uns noch durch Gestrüpp den Weg zu einer Treppe erkämpfen. Damals war so rein gar nichts touristisch erschlossen, umso erstaunlicher ist die Entwicklung Pekings danach.

Bei diesem ersten Peking-Aufenthalt trafen wir auf den US-amerikanischen Botschafter, der in der offiziellen, mit Flagge ausgestatteten Limousine neben uns auf der Straße anhielt und uns fröhlich und überrascht fragte:
»Who the fuck are you and what are you doing here?!?«
Wir antworteten ganz vergnügt:
»We are a Lufthansa crew from Germany!«

Bei einem unserer Ausflüge wurden wir von einem über neunzigjährigen Chinesen angesprochen, der zu unser aller Überraschung ein sehr gutes, aber auch seltsam antiquiertes Deutsch sprach.
Er erzählte uns, wie er als sehr junger Mann direkt nach dem Ersten Weltkrieg mit Pferd und Wagen auf dem Landweg nach Deutschland gereist war.
Das war damals eine recht gefährliche Fahrt, denn es gab Räuber und Überfälle. Er studierte mehrere Jahre an der Universität Heidelberg, danach dauerte seine Heimreise neun Monate. Seitdem hatte er nie mehr die Möglichkeit gehabt, Deutsch zu sprechen, da ja gravierende politische Ereignisse stattfanden – zunächst der Zweite Weltkrieg und später die Kulturrevolution.

Und nun traf dieser wunderbare alte, äußerst höfliche und gebildete Herr mitten in Peking eine deutsche Lufthansa Crew – er war total aus dem Häuschen!
Wir wollten mit ihm essen gehen, aber leider wurde unsere Konversation immer wieder von diesem an uns klebenden, überaus nervenden Geheimagenten unterbrochen, unserem Aufpasser, der auf Chinesisch auf uns einschrie.
So musste der nette alte Herr zu unserem großen Bedauern ohne uns weiter seines Weges ziehen. Wir hatten ihn zwar

noch in unser Hotel eingeladen, sahen ihn aber leider nie mehr wieder.

Bleibt nur zu hoffen, dass er durch den Kontakt zu uns keine Probleme bekam!

– *Jeannette Buettinghaus*

Rückwärtsfahrt auf Madagaskar

Während ich als von LH abgestellter Commercial Consultant bei der Air Madagascar war, fing ich mit dem Golfen an. Die Wochenenden waren nämlich schon sehr eintönig, wenn man nach dreizehn Monaten sämtliche Sehenswürdigkeiten von Antananarivo kannte.

Eines schönen Sonntags fuhr ich wieder einmal die fünfzehn Kilometer zum kleinen Golfplatz. Ich hatte einen ziemlich in die Jahre gekommenen Peugeot zur Verfügung, dessen Farbe selbst nach einer Autowäsche aufgrund der Verwitterung fast nicht mehr zu identifizieren war. Die Hinfahrt und meine Golfrunde verliefen ohne besondere Vorkommnisse. Bei der Rückfahrt aber begann nun das Abenteuer.

Mein Peugeot hatte sich entschieden, alle Vorwärtsgänge zu verweigern – nichts ging mehr. Einen anderen Transport zum Hotel gab es nicht, und so blieb mir nichts weiter übrig, als im Rückwärtsgang nach Hause zu fahren.

Gott sei Dank war es noch nicht dunkel, und so kam ich nach zwei Stunden über teils unbefestigte Straßen und unter den mehr als verwunderten Blicken der anderen Autofahrer und unzähliger Passanten unversehrt im *Hilton Tana* an.

Ende gut, alles gut bei meiner etwas anderen *Rückfahrt* in Antananarivo!

– *Jürgen Husemann*

Orange-Spritz schmeckt im Sudan

In Khartoum, KRT, hatte ich mal die Crew eingeladen, und der Cpt. brachte eine Kiste Orangen als Geschenk mit, um daraus Orangensaft zu machen. Das war wirklich der beste Orangensaft, den ich je in KRT getrunken habe!

Der Kapitän hatte in Deutschland nämlich in mühevoller Arbeit und unter Zuhilfenahme einer Injektionsspritze alle Orangen mit Wodka und auch ein paar mit Gin *geimpft*. Es muss eine große Spritze gewesen sein, denn der Saft hatte eine echt hohe Drehzahl.

Und das im Sudan, wo jede Art von Alkohol streng verboten war!
Aber dieser Orangen-Trick war dem Zoll dort zum Glück nicht bekannt!
– *Thomas Buchert*

Taxi-Stress in Daressalam

Anfang der Achtzigerjahre hatte ich zu B707-Zeiten zwei Stationseinsätze kurz hintereinander in DAR, Daressalam.

274

Ich war damals in einem Hotel am Bahari Beach nördlich von DAR untergebracht. Der Airport liegt südwestlich der Stadt. Die Entfernung vom Hotel zum Flughafen beträgt circa dreiunddreißig Kilometer, was damals über eine Stunde Fahrt mit dem Hotel-Shuttle bedeutete.

Eines Tages sagte mir der Stationsleiter, dass er den nächsten Tag freinehmen wolle und ich alleine für Operations, die Flugabfertigung, zuständig sein würde. Er wolle mir aber ein Taxi organisieren, das mich gegen 06:00 Uhr morgens im Hotel abholen und zum Lufthansa Stadtbüro bringen sollte. Dort würde ich den Passage-Mitarbeiter treffen, mit dem ich zum Flughafen weiterfahren könne.

Am nächsten Morgen wartete ich um 06:00 Uhr, dann wurde es 06:15 Uhr, schließlich 06:30 Uhr, und gegen 06:50 Uhr tauchte das Taxi endlich auf. Ich stieg ein, und wir fuhren los. Aber nach circa zwei Kilometern ging dem Wagen das Benzin aus, und wir standen *in der Mitte von Nirgendwo*, umgeben von Bananenplantagen.

Der Fahrer bat mich, ihm Geld zu geben, er werde dann schauen, ob er irgendwo Benzin für uns organisieren könne. Obgleich ich ahnte, dass ich wahrscheinlich weder ihn noch das Geld je wiedersehen würde, war er in dem Moment doch meine einzige Hoffnung.
So gab ich ihm etwas Geld, und er verschwand, während ich am Auto wartete und nicht wusste, wie ich das Problem lösen sollte: Kein Telefon in der Nähe, Handys gab es noch nicht, ich war *lost*.

Und dann geschah das Wunder! Es näherte sich ein Auto, und darin saß ein Deutscher, der die Lufthansa Uniform erkannte und deshalb anhielt.
Ich erklärte ihm mein Problem, und er nahm mich mit und brachte mich zum LH Büro in der Stadt. Dort stand ich aber vor verschlossener Tür, denn der Passage-Kollege war bereits

zum Flughafen unterwegs, und so musste ich nochmal ein Taxi nehmen.

Zum Glück traf ich den Kollegen dann im ST-Büro an. Ich musste mich nun sofort an die Flugvorbereitung machen, alles manuell, denn computerunterstützte Abfertigung gab es damals noch nicht. Und gerade, als ich das Loadsheet und alle anderen Papiere fertig hatte, hörte ich die Triebwerke unserer B707 beim Abbremsen aufheulen.

Ich mag mir gar nicht vorstellen, wie es gewesen wäre, hätte das Schicksal mir damals nicht den freundlichen und so hilfsbereiten Deutschen vorbeigeschickt!
– *Lothar Flathmann*

Ziegendärme von Kano nach Frankfurt

In den guten Zeiten der GCS, German Cargo Services, war der Transport von *Casings*, gesalzenen Ziegendärmen, von Kano in Nordnigeria nach Frankfurt unser tägliches Geschäft.
Der jeweilige Loadmaster reiste in Lagos meist als Mitglied der Crew ohne Visum ein.

Bei einem meiner Einsätze in dieser Funktion flog ich am nächsten Tag mit Nigerian Airways von Lagos nach Kano. Ich werde diesen Flug nie vergessen!
Die Maschine flog und flog und flog, dabei sind es von Lagos nach Kano nur etwa siebzig Minuten.
Nach neunzig Minuten fragte ich die Flugbegleiterin, wieso wir noch nicht in Kano gelandet seien. Ihre Antwort:
»Ach, Sie sind der einzige Passagier nach Kano. Wegen eines einzigen Gastes landen wir doch nicht in Kano!«

So flog ich also direkt nach London Heathrow. Von dort konnte ich den Flugbetrieb der German Cargo Services über die Situation informieren.
Der GCS-Flug, den ich ab Kano betreuen sollte, wurde zur Abfertigung nach Kairo umgeleitet.

Um nun kommt der Hammer: Nigerian Airways in London entschuldigte sich bei mir und bot mir einen Flug für den nächsten Tag nach Kano an.
So flog ich dann ohne Ticket nach Kano. Das Problem war nur, dass ich jetzt ein Einreisender ohne nigerianisches Visum war, was mir aber erst am nächsten Morgen bei der Ankunft in Kano einfiel.

Immigrations wollte mich gleich einsperren, aber zum Glück hatte ich meinen gelben Lufthansa Ausweis, und der Zoll in Kano kannte mich durch vorherige Einsätze.
So wurde ich zum *Known Passenger* deklariert und durfte die nun folgenden GCS-Flugzeuge abfertigen.

In dieser Zeit wurde Kano fast meine zweite Heimatbasis.
– *Roland Rost*

Heißes Pflaster Lagos

Als Jung-Flugbegleiter war ich 1978/79 jeden Monat einmal in Lagos. Klar, da wollten die Älteren nicht unbedingt hin! Aber wir machten das Beste daraus. Lagos war immer recht lustig.

Im *Eko Hotel* wurden wir von den meist jüngeren deutschen Mitarbeitern der Firma Mercedes-Benz schon sehnsüchtig erwartet, angeblich wegen der neuen Zeitungen, aber wohl nicht zuletzt wegen unserer netten Kolleginnen.
Beim Frühstück im Hotel draußen im Garten hatte man immer Gesellschaft von riesigen Leguanen, die um die Tische versammelt waren und auch etwas abhaben wollten.

Ein Mitarbeiter der Straßenbaufirma Strabag, Herr B., lud uns oft in sein Haus ein, um Party zu machen. Diese Partys dort waren legendär und gingen bis frühmorgens. Wir schliefen bei ihm im ganzen Haus verteilt, und er ging morgens ganz selbstverständlich ins Büro.
Tagsüber ging's dann raus nach Badagry zum Strand. (Dort

kam es leider auch einmal zu einem tödlichen Badeunfall: Ein Flugingenieur ertrank in der gefährlichen Strömung.)

Herr B. hatte gute Beziehungen zum Chief eines Dorfes am Strand von Badagry. Die Jungs aus dem Dorf kletterten auf die Palmen und holten frische Kokosnüsse herunter, deren Milch wir mit *Captain Morgan's Rum* mischten. Danach hackten wir die Kokosnüsse auf und löffelten sie aus. Die leeren Schalen pickten die Hühner des Dorfes aus, und nach kurzer Zeit waren sie zu unserer Gaudi vom restlichen Rum so betrunken, dass sie nicht mehr laufen konnten und unter den Tischen schliefen.

Einmal hatte ich an Weihnachten einen Einsatz nach Lagos, wo zu unserer großen Freude die gesamte Crew im Haus des Stationsleiters Weihnachten feiern durfte.

Abschließend muss ich aber leider auch sagen, dass Lagos in meinen dreißig Fliegerjahren das mit Abstand gefährlichste Pflaster war. Es war keine Seltenheit, dass in die Crewzimmer im Hotel eingebrochen wurde. Die Angestellten des Hotels trauten sich bei Dunkelheit nicht nach Hause und schliefen im Garten des Hotels. Ich habe dort Dinge auf den Straßen gesehen, die keiner sehen möchte, und wurde insgesamt dreimal beschossen mit anschließender filmreifer Flucht im Auto. Die letzten meiner Crewtransporte fanden dann nur noch mit Polizei-Eskorte und Schutzhunden statt.

Ich kann mich noch an so manchen Passagier ex Lagos erinnern, der dort am Airport unsere DC-10 betrat und mit einem Seufzer der Erleichterung sagte: »Endlich wieder zu Hause!!!«
– *Andy Schuhbauer*

278

PT-Schwund in Libyen

In den heutigen Zeiten der digitalen Erfassung von Daten haben die Tarifhandbücher ihre Bedeutung verloren, aber bevor die Computer in den Luftverkehr Einzug hielten, waren die Bücher des Passenger Tariff (PT) eine wichtige und von Agenten anerkannte Arbeitsunterlage für die Ermittlung von Flugpreisen.

Der Lufthansa PT bestand aus zwei dicken, fast tausend Seiten starken Handbüchern, auf augenfreundlichem gelbem Papier gedruckt. Sowohl bei den mit uns kooperierenden Fluggesellschaften als auch bei Reisebüros wurde er wegen seiner Ausführlichkeit und Präzision geschätzt.

In Tripolis verteilten wir seinerzeit circa zwanzig Exemplare in regelmäßigen Erscheinungsabständen an unsere Agenten. Leider stellten wir auf einmal fest, dass diese sonst eigentlich problemlosen Dienstfrachtsendungen einen unerklärlichen Schwund aufwiesen. Es fehlten fast immer vier bis fünf Exemplare.
Das war besonders misslich, weil man diese Handbücher nummerierte und die Vollständigkeit wesentlich für korrekte Tarifberechnungen war.
Nachforschungen bei der Frachtabteilung am Flughafen wie auch in Frankfurt und Köln blieben ohne Ergebnis.

Ich hatte diesen Schwund schon als ein Mysterium des Versandweges abgetan, als ein Zufall neues Licht auf die dunkle Angelegenheit warf.
Eines Abends fuhr ich, von einer Einladung kommend, durch das alte Händlerviertel von Tripolis. Obwohl es schon auf Mitternacht zuging, war das Geschäftsleben – wie überall in Afrika – noch in vollem Gang.
Als ich eine der typischen Bäckereien erblickte, hielt ich an, um ein frischgebackenes Stangenweißbrot für den nächsten Morgen zu kaufen. Üblicherweise wurden in Libyen die Brotstangen in altes Zeitungspapier gewickelt. Nicht aber in

dieser Bäckerei! Auf dem Ladentisch lag die aktuelle Ausgabe des Lufthansa PTs. Der Bäcker riss sauber eine gelbe Seite aus dem Manual und wickelte mein Brot darin ein.

Ich muss wohl sehr erstaunt auf diesen Vorgang geschaut haben, denn der Mann lieferte auch prompt eine Erklärung: »This paper is made in Germany! Very good, very clean! First quality!«

Der Rest der Geschichte war einfach zu klären:
Sein Neffe arbeitete bei unserem Generalagenten in der Frachtabteilung und saß sozusagen an der Quelle.

Fortan erreichten uns die PTs wieder in der vollständigen Stückzahl.
– *Hans Willi Blum*

Die Borddusche beim Start in Accra

1974 war meine Haus- und Hofstrecke als mitfliegender Bundesgrenzschutzbeamter Frankfurt–Lagos–Accra und zurück, immer mit der B707.
Bedingt durch das feuchte Klima, sammelte sich während der über zwölf Stunden Aufenthalt am Boden in Accra viel Kondenswasser in der Kabinendecke der B707. Das hatte zur Folge, dass sich manchmal beim Start und Abheben des Flugzeugs ein großer Wasserschwall von der Decke auf den einen oder anderen Passagier in den letzten Reihen ergoss. Die Morgendusche war somit im Flugpreis inbegriffen.
Das Wasser trat dann in der Decke beim Stauraum für das Schlauchboot aus, der sich dort vor der hinteren Galley befand.

Deshalb wurde es in Accra beim Check-in am Flughafen so weit wie möglich vermieden, die Sitzplätze in den hinteren Reihen zu vergeben.
Einige Passagiere waren allerdings nach dem Boarding der Meinung, einen besseren Platz in den leeren letzten Reihen

zu finden und dort sogar eine ganze Bank beanspruchen zu können. So mancher Passagier setzte sich also einfach um, was ich jedes Mal mit Interesse verfolgte. Ich wusste ja, dass der Gast den Sitzplatzwechsel bald bereuen würde, und sah dem Startvorgang gespannt entgegen, die letzten Reihen immer im Blick.

Klar, ich wusste, was dann kam, denn auch mich hatte es ja mal erwischt ...
Ich wurde selten enttäuscht, und manchmal war die Dusche wirklich heftig!
– *Horst Schwarzer*

Nachtflug in Westafrika

Ein Flug mit dem Airbus A300 nach Lagos, LOS, im Sommer 1998. Geplanter Umlauf des Tages: FRA–LOS und dann noch einen Shuttle LOS–ACC–LOS, alles in der Nacht. Ich hatte bereits viel gehört von diesen Flügen.
Der CPT war sehr nett, und wir hatten schon auf dem Weg nach Lagos eine Menge Spaß.

Etwa eine Stunde vor der Landung machten wir uns noch einmal mit den Karten vertraut. Ein Kollege hatte mal erzählt, dass ihnen nach der Landung in Lagos ein Mensch per Fahrrad auf der Landebahn entgegen gekommen sei ..., Afrika halt!

Beim Anflug war es stockfinster, und die Landebahn war nur schwer erkennbar. Es sah aus, als hätte jemand Kerzen rechts und links neben die Bahn gestellt.
Wir landeten, bremsten gemächlich ab und nahmen dabei ganz bewusst einen Großteil der Bahn in Anspruch, um die Bremsen nicht zu warm werden zu lassen, denn wir sollten ja noch nach Accra weiter.

Alles gut! Alles gut ...?
Wir wollten gerade nach links von der Bahn abbiegen, unsere

281

Scheinwerfer beleuchteten den Rollweg – die blauen Taxiway-Lampen waren nur sporadisch an – als ich auf der rechten Seite eine Bewegung wahrnahm.

Ich traute meinen Augen nicht: Etwa zehn Menschen kamen aus dem Busch, stiegen auf Fahrräder, winkten uns zu und fuhren die Bahn entlang in die Richtung, aus der wir gerade gekommen waren.

Wir schauten uns an ...
Das gibt es doch gar nicht! Brav deutsch denkend riefen wir den Tower:
»Tower, there are some people with bicycles on the runway!«
Antwort: »Yes, yes.«
Na dann ...

Wir erreichten die finale Parkposition und erzählten dem wartenden Rampagenten davon. Der zuckte nur lachend die Schultern und meinte sinngemäß, wir sollten uns da keine großen Sorgen machen, es sei noch nie etwas passiert. Die Landebahn sei eben die einzige verfügbare geteerte Strecke *over there*, und deswegen benutzten die Einheimischen sie ab und zu, um schneller zum Dorf zu kommen. Die würden schon immer rechtzeitig von der Bahn gehen.
Es interessierte tatsächlich niemanden, ob da jetzt Löcher im Zaun waren oder was auch immer!

Uns nun über gar nichts mehr wundernd, machten wir uns auf den Weg nach Accra.
Mehr kann ja eigentlich nicht passieren, dachten wir.
Nur die Flugplanung war etwas blöde, denn wir bekamen keine Wetterdaten für Accra.
Es gab einfach keine.

Ergebnis: Wir tankten für hin und zurück, Lagos war damit der Ausweichflughafen für Accra. Das war nicht ganz perfekt, aber die beste Lösung.

Wir starteten in die Nacht und bogen nach Westen ab. Ab diesem Moment versuchten wir, irgendwie an Wetterdaten zu gelangen. Überflug Benin, Togo ..., kein Controller wusste etwas.

Endlich: Accra Tower war zu erreichen.
»Accra Tower, here Lufthansa 580, request latest weather information.«
»Lufthansa, heeere Accra Toooower, sayyy again.«
»Request latest weather information for Accra.«
»Ah! Weather, one moment pleeease ...«
Irgendwie mussten wir da schon lachen. Das passte ja zu dieser Nacht!
»Here comes the official weather report: heavy thunderstorm, heavy rain, wind up to fifty knots (*Knoten*), gusts, up to ten centimetres of water on the runway ...«
Wir schauten uns gegenseitig mit offenem Mund an und wollten gerade etwas erwidern, als die Stimme weitersprach:
»Okay, this was the official weather report, but ... if I am looooking out of the window: no rain, no wind, clear sky, wonderful weather! And I can give you the QNH (*Luftdruck*), it's 1014 hPa (*Hektopascal*), landing runway 21.«

Wir waren im ersten Moment völlig verblüfft und baten um Wiederholung:
»Please say again!«
»Wonderful weather, QNH 1014, runway 21 ...«
Deutsch denkend wollten wir noch mal nach dem offiziellen Wetter fragen, als der Lotse hinterherschob:
»... Forget about the official weather report!«

Wir beschlossen, nicht mehr nachzufragen, sondern erstmal weiterzufliegen. Und siehe da: Kurze Zeit später sahen wir nicht nur die Stadt Accra, sondern auch das hell blinkende Flughafenlicht. Wir gingen in den Sinkflug, und der Tower meldete sich noch mal:
»Do you have the airport in sight?«

»Yes!«

»You see: wonderful weather, cleared to land runway 21.«

Des Rätsels Lösung erfuhren wir durch den Rampagenten: Der einzige offizielle Meteorologe des Flughafens Accra, also jener Mensch, der allein dazu befugt war, einen *offiziellen Wetterbericht* bekannt zu geben, ward seit vierzehn Tagen nicht mehr gesehen, man vermutete ihn im Urlaub. Einen Ersatzmann gab es jedoch nicht. Somit war der letzte *offizielle Wetterreport* vierzehn Tage alt, und der musste jedes Mal brav vorgelesen werden.

Um den Flugbetrieb aufrechterhalten zu können, sah der Towerlotse freundlicherweise stets aus dem Fenster. Not macht erfinderisch, und wie man sah: Es klappte!

– *Joannis von dem Borne*

Polizeikontrolle in Mombasa

Während der vier Jahre, die ich für Condor als Stationsleiter in Mombasa, MBA, verbringen durfte, sind mir einige schöne, aber auch ein paar weniger schöne Dinge untergekommen. Hier ist eines der schönen Erlebnisse.

Ausnahmsweise hatte ich morgens einmal fast verschlafen und war ein wenig spät dran. Also schnell eine Tasse Kaffee runtergestürzt, Geld gezählt und eingesteckt – 135 KES, circa 8 DM – und los.

Normalerweise hielt ich mich im Dunkeln so ziemlich an die Geschwindigkeitsbeschränkungen. Dieses Mal war ich aber etwas schneller unterwegs und daher leicht erstaunt, dass an der Nyali Bridge nicht die übliche Geschwindigkeitskontrolle stattfand. Ich machte mir aber keine Gedanken und fuhr flott weiter Richtung Flughafen. Zwei Ecken später war es dann so weit: Geschwindigkeitskontrolle an einer Stelle, wo ich in der ganzen Zeit noch nie eine erlebt hatte. Man hatte, wohl als Maßnahme gegen die örtliche Korruption, Polizisten aus Nairobi eingesetzt, und die standen nun hier.

Ich wurde von einem baumlangen Massai in Polizeiuniform gestoppt, und es entstand folgender Dialog:
»Good morning, sir, you were driving too fast and I have to give you a ticket.«
»Good morning, officer, I know, but I am in a hurry since I'm late and I have to rush to the airport. So give me the ticket.«
Der Polizist:
»You know, if I give you a ticket you have to appear at court. Maybe I can help you. But I had no breakfast today ...«
Ich nahm das Geld aus meiner Hemdentasche und hielt es ihm hin:
»That's all I have with me, and I didn't have breakfast either because I overslept.«
Er zählte das Geld, gab mir 35 KES zurück und meinte:
»This will do for you for a cup of coffee at the airport. Have a nice day!«

So löste sich mal wieder ein Problem auf die afrikanische Art und Weise, frei nach dem Motto *Kleine Geschenke erhalten die Freundschaft*!

– Thomas Buchert

Beten in Nigeria

So um das Jahr 2010 war ich häufig in Nigeria, um mit den nigerianischen Behörden offene Punkte im bilateralen Abkommen mit Lufthansa zu besprechen.

Im Konferenzsaal unserer nigerianischen Gastgeber in Abuja wurde der Tisch von Mal zu Mal voller, die Delegation der Nigerianer immer umfangreicher – wie auch die Themenliste und die Anzahl derjenigen, die mitreden wollten oder sollten.

Ein Punkt war bei diesen Gesprächen jedoch immer fester Bestandteil der Tagesordnung, nämlich das Sprechen eines Gebets zur Eröffnung und zum Abschluss des Meetings.

Zum besseren Verständnis der Verhältnisse in Nigeria sollte man Folgendes wissen:
Das Land ist sehr gespalten und zerrissen, es gibt knapp 200 Millionen Einwohner, mehrere Hundert unterschiedliche Ethnien und genauso viele Sprachen mitsamt der Dialekte. Die bedeutendste Trennlinie verläuft zwischen dem – dank der üppig fließenden Petrodollars – reichen, überwiegend christlichen Süden und dem deutlich ärmeren, vorwiegend islamischen Norden mit seinem sehr heißen und trockenen Wüstenklima.

Was mir in Erinnerung blieb, ist die Art und Weise, wie in einem so fundamental gespaltenen Land die heikle Frage der Wahl des Gebets gelöst wurde.
Zu Beginn der ersten Besprechung wurde ein Gebetstext aus dem Islam gesprochen, am Ende ein christliches Gebet – und beim nächsten Meeting genau umgekehrt: Erst kam ein

Vertreter der Christen an die Reihe, zum Ende ein Muslim. Ich fand das wirklich bewundernswert und vorbildlich.

Wenn man doch auch anderswo auf der Welt das Thema Religion mit dem gleichen natürlichen und unkomplizierten Pragmatismus sehen und behandeln würde, wie das unsere nigerianischen Gesprächspartner tun!
– *Ulrich Link*

Unternehmen Schweinehälften in Nigeria

Während meiner Zeit von 1978–1981 als Ground Engineer (Stationsmechaniker) in Lagos wurde ein Freund von mir Anfang 1980 unter dem großen Siegel der Verschwiegenheit informiert, dass Schweinehälften auf einer Farm im Norden von Lagos verkauft würden. Es brauchte nicht viel Zeit zum Überlegen – die Schnitzel mit Bratkartoffeln, die ich nun vor meinem geistigen Auge sah, machten mir die Entscheidung leicht!

Peter E., Angestellter eines deutschen Chemie-Konzerns, und ich organisierten sofort das *Unternehmen Schweinehälften*.
Von einem Mitarbeiter einer deutschen Baufirma wurde uns ein Toyota Jeep mit Allradantrieb zur Verfügung gestellt, denn mit einem Pkw oder meinem VW-Bus wäre die Strecke nicht zu bewältigen gewesen: Zwei Drittel des Weges gingen über unbefestigte Straßen.
Die Farm lag ungefähr fünfunddreißig Kilometer Luftlinie nördlich von Lagos. Was in Europa in ein bis zwei Stunden zu bewältigen wäre, bedeutete in Nigeria eine Tagesreise!

Frühmorgens setzten wir uns in den Jeep, ich fuhr, und Peter navigierte.
Erst einmal ging es raus aus der Stadt in Richtung Ijoko, und der Verkehr wurde zunehmend geringer, je mehr wir uns vom Moloch Lagos entfernten.
Nach zwei Stunden waren wir alleine, die Straßen wechselten von unbefestigt über Schlaglochstrecke hin zu Lehmpiste. Ich

musste oft metertiefen Löchern ausweichen, und die Fahrerei erforderte höchste Aufmerksamkeit, wollte man den schönen neuen Jeep nicht in einen Schrotthaufen verwandeln.

Nach drei Stunden Fahrt durch dichten Dschungel erreichten wir die Farm.
Die Schweinehälften wurden zügig verladen und sorgsam zugedeckt, denn wir wollten nicht riskieren, dass wir mit dem Fleisch im Auto erwischt würden. Es wurden Europäer schon wegen geringerer Vergehen inhaftiert ...

Peter übernahm die Rückfahrt, und es dauerte noch nicht einmal fünfundvierzig Minuten, da nahm das Schicksal seinen Lauf: Es fing an, wie aus Eimern zu regnen. Die eh schon schwierigen Lehmpfade verwandelten sich in wahre Schlammpisten.

Doch es sollte noch schlimmer kommen. Bald war der Weg als solcher nicht mehr zu erkennen, er glich eher einem Fluss. Löcher, die ich auf der Hinfahrt noch hatte umfahren können, waren durch die Überschwemmungen nicht mehr erkennbar. Das wurde uns zum Verhängnis, denn der Jeep rutschte in eine dieser Auswaschungen, und das Wasser schwappte sofort bis zur Windschutzscheibe hoch.
Wir waren gerade aus den Fluten aufgetaucht, da krachte es fürchterlich, und der Motor hauchte seinen Geist aus.
»Das war's dann jetzt«, sagte Peter, »so eine Schweinerei, im wahrsten Sinne des Wortes!«
Wir standen inmitten des Dschungels, weitab von jeglicher Zivilisation, im tropischen Regen. Ich versuchte nun, meine Station über CB-Funk zu erreichen – unmöglich, wir saßen fest.

Nach einer Stunde Warten hörten wir Motorengeräusche, die sich näherten.
»Mann, da haben wir aber echt Schwein«, sagte ich, »Rettung naht!«

Peter meinte nur wieder ganz trocken:
»*Schwein* im wahrsten Sinne des Wortes!«

Die Motorengeräusche verstärkten sich, und es näherte sich eine Fahrzeugkolonne. Es waren Militärfahrzeuge, aber beim Vorbeifahren konnte man an ihnen keine Hoheitszeichen erkennen.

So ein Mist – sie fuhren an uns vorbei! Wir zählten sieben Fahrzeuge, vom Jeep bis zum Riesentruck, und keiner hielt an; alle fuhren weiter, ohne uns Beachtung zu schenken. Wir waren natürlich frustriert, denn da standen wir im Regen mit einem kaputten Motor, und die rauschten einfach vorbei!

Das letzte Fahrzeug der Kolonne war gerade entschwunden, als wir erneut ein Motorgeräusch vernahmen. Ein riesiger Werkstattwagen näherte sich, und der hielt auch tatsächlich an. Zwei ziemlich junge Burschen in Uniform, aber ohne Rangabzeichen, stiegen aus, und es waren keine Nigerianer. Einer sprach uns an, doch wir verstanden kein Wort.
»Es klingt Russisch«, meinte Peter.
Es waren Russen!

»Ваш автомобиль сломан«, sagte einer und dann in gebrochenem Englisch:
»Kaputt?« – »Ja«, antworteten wir, »kaputt!«
Er ging um seinen Werkstattwagen herum nach hinten – die Räder hatten einen Durchmesser von circa einhundertachtzig Zentimetern – öffnete die Türen, klappte eine Leiter herunter und kam mit Werkzeug zurück.
Nun schraubte er die Zündkerzen heraus und kam erneut zu dem Schluss: »Kaputt!«
Sein Kollege wollte etwas wissen, er fuchtelte mit den Armen und deutete in Richtung Lagos. Seinen Gesten nach konnten wir uns zusammenreimen, was er fragte:
»Wo wollt ihr hin?«

Mit Händen und Füßen versuchten wir, ihnen *AIRPORT* zu erklären – aha: »Aeroport!«

Die Jungs verschwanden in ihrer *Werkstatt*, kamen mit einem zehn Meter langen Stahlseil wieder und hängten unseren Jeep an ihren Truck. Jetzt begann das wirkliche Abenteuer. Ohne auf die Löcher zu achten, zogen sie uns wie ein Beiboot hinterher. Unser Jeep tauchte manchmal wie ein U-Boot unter, wir konnten uns nur festhalten und versuchen, uns nicht den Schädel einzuschlagen. Auch eine Schweinehälfte machte sich selbstständig und wollte unbedingt zu uns nach vorne!

Schließlich kam die wilde Fahrt zu einem Halt, und wir wurden abgehängt. Es regnete immer noch. Der Fahrer stieg aus, sagte »Aeroport«, überreichte uns eine Flasche Wodka und umarmte uns beide. Dann war er verschwunden.

Wir schauten dem Truck hinterher. Wir waren sprachlos, hatten noch nicht einmal die Zeit gehabt, uns bei ihnen zu bedanken, so schnell ging alles.
Und offiziell befanden sich zu dieser Zeit gar keine Russen in Nigeria ...

Über CB-Funk erreichte ich nun meinen Mechanikerhelfer Ali. Er organisierte, dass wir zu unserer Werkstatt am Airport abgeschleppt wurden.

Nach Motortotalschaden und einer aufregenden Fahrt hinter einem russischen Werkstattwagen durch den Dschungel von Nigeria war die *Aktion Schweinehälften* zu Ende.

Die darauf folgende Schnitzel-Party war ein voller Erfolg!
– *Karl-Heinz Ruester*

Audienz beim König der Aschanti

Im Oktober 2001 besuchte ich, zu der Zeit in Lagos Leiter Passageverkauf Westafrika, auf Einladung meines sehr guten Freundes Abdulaziz *Abdul* Mangera, seinerseits Stations- und Verkaufsleiter Ghana, den König des Aschanti-Volkes. His Royal Highness Tutu II empfing uns im Park seines Manhyia Palasts in Kumasi/Zentralghana.

Seit Jahren hat der König offiziell nur rituelle Funktion, ist aber nach wie vor ein politischer Faktor in Ghana, und die etwa drei Millionen Aschanti sind heute noch stolz darauf, dass sie den britischen Kolonialherren zwischen 1823 und 1896 in den vier Aschanti-Kriegen erbitterten Widerstand leisteten.

Abdul Mangera übergab den Mitarbeitern des Königs einige ausrangierte Lufthansa Computer für sein Jugendprojekt, und so waren wir Ehrengäste inmitten von mehr als hundert Häuptlingen.

Die meisten saßen rund um den auf seinem Thron unter einem großen Sonnenschirm präsidierenden König auf dem Rasen, alle traditionell gekleidet und mit freier rechter Schulter.

Nachdem Seine Majestät uns die Hand geschüttelt hatte, was eine besondere Ehre darstellte, entspann sich eine lebhafte Konversation über die Luftfahrt im Allgemeinen – immer über den Protokollchef, den wir ansprechen mussten und der unsere Worte an den König weiterleitete sowie dessen Worte dann wieder an uns, obwohl Tutu II perfekt Englisch sprach.

Seine Majestät lud uns zu einem Gruppenfoto ein, und als wir uns verabschiedeten, überraschte mich einer der Häuptlinge, indem er mich in breitestem Schwäbisch ansprach:
»Ich habe auch wie euer Chef, der Herr Weber, in Stuttgart studiert!«

Auf mein mehr als verblüfftes Gesicht ob seiner perfekten schwäbischen Aussprache schloss er breit grinsend mit den Worten:

»Gell, da glotschd!«

– *Michael Wurche*

Foto aus dem Lufthanseat 2/2002

Spezielle Milch für Libyen

In Tripolis gab es keine Milch. Auf meine Bitte brachten die Cargo Crews immer mal ein paar Tetrapacks mit.

Einmal musste ich beim Zoll die Tüte aufmachen, und der Typ bekam leuchtende Augen. Er klagte, er habe kleine Kinder, die bräuchten Milch, und ich wüsste ja, wie das sei ... Mir war klar: Wenn ich ihm jetzt den Karton gäbe, könnte ich zukünftige Milchsendungen vergessen.

Da fiel mir etwas ein, und ich sagte freundlich:
»Of course you can have it.« Er griff hinein.
»But as far as I know, you don't like this kind of milk.«
Er: »Why?«
Ich: »It's pig's milk!«

Entsetzt ließ er sofort den Karton fallen, und ich hatte auch in Zukunft Ruhe vor ihm.
– *Roland Rost*

Sächsisch in Sanaa

Als Stationsleiter Lufthansa in Sanaa/Jemen, SAH, fuhr ich einmal zu recht vorgerückter Stunde mit dem Auto auf der vierspurigen Ringstraße von einer Party wieder zurück zum Sheraton.
Plötzlich entdeckte ich weiter vorne auf dem ziemlich breiten Mittelstreifen ein Flackern. Beim Näherkommen sah ich ein Lagerfeuer, um das mehrere Polizisten herumstanden.
Oh Shit – das war eine Straßensperre, wie sie damals in SAH des Öfteren vorkam.

Natürlich wurde ich angehalten, denn mein Fahrzeug war ja schließlich das einzige weit und breit um diese Uhrzeit. Ich öffnete das Fenster nur ein wenig, da ich doch ein paar Bierchen intus hatte, und wurde auf Arabisch angesprochen. Also stellte ich mich dumm und entgegnete dem Polizisten auf Deutsch:
»Tut mir leid, aber ich kann Sie nicht verstehen.«

Mein Unterkiefer klappte herunter, als mir der Polizist in breitestem Sächsisch antwortete und mich höflich um die

Papiere bat. Meine Bierfahne ignorierend, fragte er mich, wo ich denn herkäme und was ich hier im Nordjemen machen würde.

Als ich ihm meine Herkunft und den Arbeitgeber nannte, zog ein breites Lächeln über sein Gesicht. Er war offensichtlich erfreut, mal wieder Deutsch sprechen zu können, und lud mich ans Lagerfeuer zu einem Becher Tee ein.
Natürlich konnte ich dazu nicht Nein sagen. Ich stieg also aus und ging mit ihm zum Feuer, wo er mich seinen Kollegen mit stolzgeschwellter Brust vorstellte, denn er konnte sich ja mit mir in meiner Muttersprache unterhalten.

Den Tee gab es aus einer leicht angerosteten Konservendose, die er kurzentschlossen einem Kumpel abgenommen hatte – man war ja schließlich nicht auf Besuch eingestellt.
Ich spendierte den Jungs meine Zigaretten.

Mein neuer Freund erzählte mir in einem netten, längeren Gespräch, dass er eigentlich aus dem Südjemen sei und seine Ausbildung zum Polizeioffizier in Leipzig absolviert habe.
Er hatte vier Jahre dort gelebt, und kaum zurück in Aden, setzte er sich in den Nordjemen ab und ging da zur Polizei.

Das Leben hält doch immer wieder Überraschungen bereit!
– *Thomas Buchert*

Verhör bei US Immigrations

Im Jahr 1988 unternahm ich gemeinsam mit einer Kollegin einen zehntägigen Trip in die USA.

Beim Immigration Officer wurden wir – zwei junge Frauen Anfang zwanzig, im für privat ID-Reisende vorgeschriebenen eleganten Outfit und wie aus dem Ei gepellt gekleidet – aufs Allerschärfste gemustert und eingehend befragt: Wo wir herkämen, wo wir hinwollten, wie lange wir bleiben wollten, wer unseren Aufenthalt bezahle usw. usw.

Was uns aber noch viel, viel suspekter erscheinen ließ, war die Tatsache, dass unsere Standby-Tickets kein eingetragenes Rückflugdatum vorweisen konnten.

Wir blieben höflich und beantworteten alle Fragen. Als aber dann nach einer ungewöhnlich langen Zeit der Inquisition auch noch die Frage kam, ob wir die Absicht hätten, in den USA einen Job anzunehmen, platzte es aus der Kollegin heraus:

»Ha!!! Do you seriously believe that we would want to stay here illegally, even though we have a permanent job at Lufthansa in Germany with a monthly income of xxxx DM, thirty-five days of paid vacation, unlimited incredibly cheap employee tickets, comprehensive health insurance and a good pension plan?«

Daraufhin klatschten zwei Stempel in unsere Pässe, und ohne uns auch nur noch eines Blickes zu würdigen, hob der Officer die Hand und blökte in Richtung der wartenden Passagiere: »Next in line!«

Wir hielten den Atem an, bis wir am Gepäckband waren, und hatten dann den Lachflash unseres Lebens!
– *Kim Susanne Berggruen*

In Libyen nur Hochdeutsch, bitte!

Das Stadtbüro der Swissair, SR, war nur knapp zweihundert Meter vom Lufthansa Frachtbüro in Tripolis entfernt.

Eines Tages kam der Swissair Manager in mein Büro und fragte, ob er von hier aus nach Zürich telefonieren könne. Die Telefone im SR Stadtbüro würden alle nicht funktionieren. »Klar«, sagte ich, und der Swissair Kollege sprach alsbald mit seinen Kollegen in Zürich in schönstem Schweizerdeutsch.

Nach zwei Minuten legte er wieder auf und berichtete mir Folgendes:
Mitten im Gespräch habe sich plötzlich ein Mitarbeiter des

libyschen Nachrichtendienstes eingeklinkt und in perfektem Deutsch gesagt:

»Entweder Sie unterhalten sich nun weiter in einer Sprache, die ich verstehe – oder ich kappe die Leitung!«

– Roland Rost

Zum Skifahren nach Kuba

In den Neunzigerjahren flog ich einmal mit der Cubana von Frankfurt nach Varadero auf Kuba.

Der Flug an sich war schon äußerst denkwürdig: Raucher- und Nichtraucherreihen wechselten einander ab, und in der Galley stand ein großes Fass, das mit Getränkedosen und Eiswürfeln bestückt war. Als Snack gab es ein eingewickeltes Bonbon vom Tablett.

Noch viel denkwürdiger wurde es allerdings dann nach der Landung, als wir unser Gepäck direkt auf dem Vorfeld vor dem Flieger ausgehändigt bekamen. Eine Gruppe, bestehend aus sechs Männern vom Typ Kegelbrüder, erhielt neben den Koffern zudem sechs vollständige Skiausrüstungen!

Ich konnte mir partout nicht vorstellen, was sie damit auf Kuba wollten, bis ich sie dann einige Tage später am Strand wiedertraf. Alle trugen bei circa dreißig Grad lange Hosen und langärmelige Oberteile!

Auf meine Nachfrage erzählten sie mir freimütig und sogar etwas stolz, sie hätten vor der Stadt eine Villa mit *Rundum-Service* und der entsprechenden *Damenbegleitung* gemietet.

Ihren Frauen zu Hause hatten sie weisgemacht, sie seien im Skiurlaub in Österreich. Dafür hatten sie sogar einen Freund beauftragt, dort jede Woche von ihnen schon vorgeschriebene Postkarten in den Briefkasten zu werfen.

Sachen gibt's!

– Monika Frank

Der Lufthansa Osterumlauf 2020 nach Neuseeland

Am 08. April 2020 startete mit einem A380 unser Rückholflug LH9918 der deutschen Bundesregierung nach Neuseeland, auf dem Hinflug ohne Passagiere. Es ging über Bangkok, BKK, nach Auckland, AKL.

Ich war überglücklich, als mir am Vorabend dieser besondere Umlauf vom Einsatz zugeteilt wurde.

Ostern stand vor der Tür, und so besorgte ich am Morgen des Abflugtags Ostereier in allen Variationen, Osterdekorationen zum Anstecken und Schmücken sowie Ostereierkörbchen.

Meine in Neuseeland lebende Tochter informierte mich, dass Premierministerin Jacinda Ardern den Osterhasen offiziell zu einem *essential worker (systemrelevant)* erklärt hatte – zur großen Freude der Kinder, denn so unterlag er bei seinem Eierverstecken keinerlei Corona-Ausgangsbeschränkungen.

Gleichzeitig rief sie die junge Bevölkerung zur #NZEggHunt auf, dem neuseeländischen Ostereiersuchen.

Ich druckte Ostereier-Schablonen aus dem Internet aus und fand zufällig in einem Supermarkt einen einzigen weißen Plüschhasen – versteckt im untersten Regal, als hätte er nur auf mich und diese Reise gewartet. Er wurde von mir nach der neuseeländischen Premierministerin *Jacinda* getauft.

Im Briefing verteilte ich die Ostereier-Vordrucke, die später fleißig bunt ausgemalt und danach im Flugzeug aufgehängt wurden, und stellte Jacinda als unser 24. Crewmitglied vor. Die Crew war begeistert von der Osteraktion.
Keiner von den Kolleginnen und Kollegen kannte bisher *das Land am anderen Ende der Welt*, und so waren Neugier und Aufregung groß. Ich berichtete von Land und Leuten, und als finale Einstimmung erklang nach der Landung in Auckland auf Aotearoa (der Name Neuseelands in der Maori-Sprache) ein traditioneller Maori-Poi-Song in der Kabine.

Nach dem Öffnen der Flugzeugtür informierte ich die schon wartenden Officers, dass wir entgegen den Bestimmungen jetzt doch EINEN Passagier aus Deutschland mitgebracht hätten. Sie wunderten sich sehr, und als sie den Osterhasen mit Ostereierkorb in der ersten Reihe Premium Economy Class im Maindeck erblickten, mussten sie herzlich lachen.

Meine Tochter schickte eine E-Mail an das NZ Parlament, in der sie von unserer *Oster-Mission* berichtete: Lufthansa habe den Osterhasen aus Deutschland mitgebracht und die Crew sich an der #NZEggHunt beteiligt.
Als Anhang fügte sie der Mail drei Fotos bei: der Lufthansa Easterbunny mit Kapitänsmütze im A380-Cockpit sitzend, die gesamte Crew – Masken tragend – mit den ausgemalten Ostereierbildern sowie ein Foto mit dem Osterhasen als einzigem Passagier.
Die Nachricht unserer NZ-Osteraktion nahm von da an einen

überraschenden Verlauf. Zuerst postete der Auckland Airport einen Beitrag über uns im Internet. Neben weiteren Facebook-Posts (auch Lufthansa nutzte das Osterhasen-Cockpitfoto) folgte ein Bericht auf der Nachrichtenseite der NZ National News. Als letztendlich auch CNN Travel die *Lufthansa-Easterbunny-Jacinda*-Nachricht veröffentlichte, war damit wohl eine Tür für weitere Verbreitungen geöffnet. Der Artikel erschien nun in vielen Sprachen weltweit und selbst im arabischen Raum im Internet.

Wir als Crew waren doch sehr überrascht, gar überwältigt von dem, was unsere Aktion alles ausgelöst hatte. Der Kapitän vermutete, dass die Berichterstattungen endlich mal ein schönes, positives Zeichen in diesen schweren Corona-Zeiten darstellten und deshalb bei den Medien so gut ankamen.
Im Rückflug-Briefing brachte ich noch mal zur Sprache, dass keiner der Kolleginnen und Kollegen zuvor in Neuseeland gewesen war. »Dafür, dass dies euer erster Neuseelandbesuch war, habt ihr ganz schön hohe Wellen geschlagen und sogar weltweit für Nachrichten gesorgt!«, meinte ich schmunzelnd.

Auf dem Flug verteilte der Easterbunny Jacinda fleißig Ostergeschenke an alle Kinder. Sie waren hellauf begeistert, dass der Osterhase mit an Bord war und sie in die Heimat begleitete. Einige Gäste wünschten sich ein gemeinsames Foto mit dem *Twitter- und Instagram-Easterbunny* – selbst auf diesen Plattformen war Jacinda bekannt geworden.

Am 14. April 2020 landeten wir in FRA. Es war die vorerst letzte A380-Landung.
Die Abschiedsansage unseres Kapitäns während des Rollens zum Gate war für alle sehr ergreifend. Er berichtete, dass dieses Flugzeug, wie alle anderen A380 auch, nun vor einer ungewissen Zukunft stehe und vorerst am Boden geparkt werde.
Dann wünschte er seiner Crew und den Gästen alles Gute und vor allem Gesundheit für die kommenden turbulenten

Zeiten. Währenddessen saß die gesamte Kabinencrew mit Tränen in den Augen an ihren Positionen.

Beim Aussteigen bedankten sich die Passagiere vielmals; auch sie waren sichtlich gerührt von den Worten unseres Kapitäns und sehr froh, in der Heimat angekommen zu sein.

Damit endete unser Lufthansa Osterumlauf 2020, der für mich persönlich als mein A380-Abschiedsflug unvergesslich bleibt.
– *Waltraud Doser*

Anmerkung der Redaktion:
Zu dieser Zeit war tatsächlich geplant, den eindrucksvollen A380 in den ewigen Ruhestand zu schicken. Wie schön, dass er uns und unsere Gäste seit dem Jahr 2023 wieder im aktiven Dienst bei Lufthansa erfreut!

Tanken auf Jamaika

1973 bin ich als Station Engineer im jamaikanischen KIN, Kingston, stationiert. Während dieser Zeit kann ich bei einem Bootsausflug mit Bekannten mal der Reggae-Legende Bob Marley aushelfen. Mit einem kleinen technischen Trick bekomme ich seine still dahindümpelnde Jacht dank der Kniffe wieder flott, die uns während der Lehrzeit bei LH beigebracht wurden.

Auch im Dienst sind Flexibilität und Improvisationskunst gefragt; so einmal, als unsere B707 aus Bogotá ankommt. Sie macht einen Stopp in Kingston und soll weiter nach JFK gehen, dann nach FRA. *Banana Boat* heißt dieser Flieger bei uns. Wie zumeist ist die Maschine heil, nichts kaputt – also nur tanken und weiter.

Von wegen: Nach zehn Minuten stoppt die Tankanlage, weil der Strom ausfällt. Der bis dahin getankte Spritvorrat reicht noch lange nicht, um bis nach JFK zu fliegen. Was tun? Der Stationsleiter (ST), der Mechaniker (SW) sowie die Kollegen aus dem Cockpit holen die Landkarten heraus. Der ST telefoniert mit dem nahegelegenen Airport Montego Bay, von wo ein klares Ja kommt: Es gibt dort genügend Spritvorräte für die B707-Flieger von LH und die ebenso betroffene BOAC, die British Overseas Airways Corporation.

Wir KIN-Kollegen steigen ein und starten in Richtung der anderen Inselseite; die Flugzeit dorthin beträgt nur zwanzig Minuten. Da ist das Tanken kein Problem, aber die Briten sind kurz vor uns da und kommen zuerst dran: First come, first served!

Doch dann wird es brenzlig, denn die Dunkelheit setzt ein. Montego Bay hat keine Bahnbeleuchtung. Was also tun?!?
Wir Kollegen von der BOAC und LH besorgen Blechdosen und Eimer, die wir mit Kerosin befüllen und mit Putzlappen als Lunten versehen. Diese Gefäße werden nun circa alle

zweihundert Meter links und rechts der Bahn verteilt und auf dem Rückweg angezündet.

Die B707 der BOAC bekommt *Cleared for T/O* und hebt ab. Prompt blasen dabei ihre Triebwerke alle Fackeln aus. Also nehmen wir erneut den Jeep der Airport-Feuerwehr und zünden die Fackeln wieder an.

»LH cleared for T/O to JFK!«
Durch das Tanken ist der Weiterflug nach JFK gerettet, und wir, die in Kingston stationierten Lufthanseaten, sind mit an Bord.

Natürlich müssen wir gleich wieder zurückfliegen, und der Flug nach KIN mit Air Jamaika ist für uns dann eine wenn auch kurze, so aber doch heftige Party!
– *Ulf Biester*

Gospelmesse in Harlem

1977, bei meinem dritten Flug als Stewardess, waren wir sonntags in New York. Eine Kollegin fragte mich, ob ich mit zu einer Gospelmesse möchte.

Auf welches Abenteuer ich mich damit eingelassen hatte, merkte ich erst während der Taxifahrt. Der Fahrer diskutierte lange mit uns und meinte, an der Grenze zu Harlem würde er uns besser einen afroamerikanischen Fahrer suchen, denn er wolle diesen Tag überleben.

Der andere Fahrer war schnell gefunden, nur weigerte er sich loszufahren, bevor wir uns auf den Boden setzten, um nicht gesehen zu werden.
Am Ziel angekommen, stieg er zunächst aus, ging in die Kirche, während wir immer noch versteckt blieben, und kam uns dann mit dem Pastor abholen. Der legte seine Arme um uns, nachdem er mit dem Taxifahrer eine Zeit für unsere Rückfahrt ausgemacht hatte, und führte uns in die Kirche.

302

Als wir hereinkamen, herrschte urplötzlich Totenstille. Der Pastor setzte uns in die erste Reihe und begrüßte uns im Namen der Gemeinde: »Please welcome our sisters from Germany!« Nun wurden wir mit einem herzlichen, nicht enden wollenden Applaus bedacht.

Es war ein sehr stimmungsvoller Gottesdienst, aber wegen der Fahrt ein etwas beängstigender Ausflug. Wir schüttelten zum Abschied Dutzende Hände und kehrten wieder sicher und unversehrt ins Hotel zurück.

Was für ein großartiges und unvergessliches Erlebnis!
– *Ellen Link*

1994: Einmal um die ganze Welt

Über die Jahre gab es auch manchmal Sonderflüge.

Ich hatte das große Glück, an einem ganz besonderen dieser zusätzlichen Flüge als Flugbegleiter teilnehmen zu dürfen. Da es sich um eine vierwöchige Reise einmal rund um die Welt handelte, musste man sich dafür bewerben, und ich bekam zu meiner großen Freude in dieser Crew einen Platz. Vielleicht war es auch nicht jedermanns Sache, vier Wochen lang mit demselben Team, denselben Passagieren und nur einem Koffer einmal um die Welt zu fliegen, ich jedoch freute mich sehr darauf.

Bevor es aber auf die lange Reise ging, gab es ein Treffen auf der LH Basis in Frankfurt, bei dem wir uns zunächst als Crew kennenlernten und uns dann auch dem Reiseveranstalter vorstellten.

Ein paar Tage darauf hatten wir alle gemeinsam einen regulären Flug nach Toronto. So lernten wir uns noch besser kennen. Es muss ja nicht nur arbeitstechnisch, sondern auch zwischenmenschlich passen, wenn man vier Wochen miteinander unterwegs ist.

Acht Tage später ging es mit der gesamten Crew nach Zürich, denn es war ein Schweizer Schützenverein, den wir mit der gecharterten Lufthansa DC-10 einmal um den Globus fliegen sollten. Am Ankunftsabend stellten wir uns im Schützenhaus mit einem Mikrofon in der Hand einzeln den versammelten Passagieren vor und wurden anschließend dann mit original Zürcher Geschnetzeltem und Rösti verköstigt.

Abgesehen von den Piloten und der Kabinencrew befanden sich auch ein Arzt, ein Mitarbeiter des Cateringbetriebs sowie ein Flugzeugmechaniker während der gesamten Reise an Bord.

Für den Mechaniker wurde eine umfangreiche Auswahl an Ersatzteilen im Frachtraum mitgeführt, da wir zum Teil Ziele anflogen, die normalerweise nicht von LH bedient wurden.

Am nächsten Morgen ging es dann los.

Die Reiseplanung führte über eine Route gen Süden gleich einer Perlenschnur von Zürich nach Nassau (Bahamas), San Diego und von dort mit einem kurzen Tankstopp in Honolulu weiter auf die Fidschi-Inseln. Von da aus würden wir weiterfliegen nach Auckland, Perth, Mauritius, Kapstadt sowie Muscat und anschließend wieder zurück nach Zürich.

Von San Diego hätte es eigentlich nonstop nach Rarotonga weitergehen sollen. Aber das geplante Hotel dort wurde nicht schnell genug fertiggebaut. Deshalb ging es letztendlich nach Fidschi. Wegen der kurzen Startbahn in San Diego mussten wir zwischendurch auf Hawaii auftanken.

In San Diego waren wir zusammen mit den Passagieren auf dem Schießstand der Olympischen Spiele von Los Angeles. Dort wurde ein Preisschießen der Schützen veranstaltet, an dem auch wir teilnehmen durften.

Es war schon merkwürdig, eine echte Waffe in der Hand zu halten. Natürlich wurden wir vorher gründlich eingewiesen und schossen unter Aufsicht!

An allen Destinationen verweilten wir in der Regel drei oder vier Tage, bis es zum nächsten Ziel weiterging. Wir waren zwar in denselben Hotels wie die Passagiere untergebracht, hatten aber während der freien Tage nur drei vorher geplante gemeinsame Unternehmungen mit ihnen. An den anderen verbliebenen freien Tagen mieteten wir uns Autos, um auf eigene Faust die Sehenswürdigkeiten der angeflogenen Ziele zu erkunden, während die Passagiere in mehreren Bussen mit ihren Reiseleitern unterwegs waren.

In Neuseeland hatten wir ein Hirschessen zusammen mit den Passagieren, und am letzten Tag in Muscat gab es dann noch einen gemeinsamen Abschiedsabend im Hotel. Der fand zwar ganz ohne Alkohol statt, weil gerade Ramadan war, verlief aber trotzdem sehr unterhaltsam.

An dem Abend wurden auf einer Bühne auch die Preise an die Gewinner des Schießwettbewerbs überreicht. Und siehe da, ich gewann eine – wenn auch recht kleine – Krügerrand-Goldmünze, weil doch tatsächlich eine von mir abgefeuerte Kugel es irgendwie an den äußersten Rand des 91er-Rings geschafft hatte!

Nachdem uns die Passagiere für die gute Betreuung gedankt hatten, bekam jeder von uns außerdem noch einen *Weltflug-Orden* umgehängt.

Am nächsten Tag ging es dann zurück nach Zürich, wo alle Gäste ausstiegen, und anschließend mit einer DC-10 ohne Passagiere nach Frankfurt.
– *Stephan Zehren*

Der Schutzengel in Lagos

Es war vor circa zwanzig Jahren in Lagos. Zu Fuß erkundete ich die nähere Umgebung des Lufthansa Crewhotels.
An einer großen Kreuzung hielt ich an und beobachtete das muntere Treiben. Hier war wohl ein Dreh- und Angelpunkt

des privat organisierten öffentlichen Nahverkehrs. Minibusse der verschiedensten Hersteller, die in Nigeria ihr zweites oder drittes Leben fristeten, kamen an, und unter großem Hallo fand der Wechsel der Passagiere statt. Kassierer mit dicken Geldbündeln erhoben den Fahrpreis, und weiter ging's.

Keiner der Hersteller hätte sich jemals vorstellen können, was da an Menschen und Material in die Fahrzeuge hineinpasste! Viele der Minibusse trugen noch die Werbeaufschriften der Erstbesitzer; der deutsche Installateur war genauso vertreten wie der französische Bäcker.

Fußgänger, Radfahrer, ein Eselskarren und andere Gefährte mischten sich zum großen Durcheinander, das aber immer irgendwie im Fluss war – alles ohne Ampel oder ersichtliche Verkehrslenkung!
Als faszinierter Beobachter stand ich wohl eine Stunde am Rand des Geschehens und hatte die Zeit vergessen.

Das einsetzende Geräusch, das sich wohl am besten mit *BZZZZZZ* beschreiben lässt, nahm ich erst im Nachhinein wahr.
Plötzlich schlug mir jemand auf den Arm und rief:
»Run, mister, run!«

Ich war total perplex und vermutete erst einen Raubüberfall. Ein schneller Rundumblick zeigte aber, dass dem nicht so war, und ich tat, was mir der freundliche Mann geraten hatte. Ich rannte ein paar Schritte von meinem Standort weg, als es auch schon einen lauten Knall gab.

An der Stelle, wo ich noch Sekunden zuvor gestanden hatte, fiel urplötzlich ein sehr dickes Stromkabel funkensprühend zu Boden. Niemand war glücklicherweise getroffen worden, und niemand hatte einen Stromschlag erlitten. Aber jetzt war das gesamte Viertel um die Kreuzung herum ohne Strom.

Mein Lebensretter war allerdings verschwunden. Ich konnte mich noch nicht einmal bei ihm bedanken. In Gedanken und Erzählungen habe ich das natürlich immer wieder getan!

Als uns der Crewbus acht Stunden später über die besagte Kreuzung zum Flughafen brachte, war das Viertel immer noch dunkel.

– *Mattias Brauner*

Der Rückholflug von Punta Cana nach Frankfurt

Zu Beginn der Corona-Pandemie hatte ich einen Einsatz nach Punta Cana, PUJ, in der Dominikanischen Republik, von wo aus wir sehr kurzfristig die Passagiere eines Kreuzfahrtschiffs heimholen sollten.
Es ging *Ferry* hin und als Sonderflug zurück.

In PUJ angekommen, lief natürlich nicht alles sofort so rund, wie wir es gewohnt waren, aber das Ganze hatte ja auch nur einen Vorlauf von einem Tag gehabt. Lange Zeit war gar nicht klar, ob wir die Kreuzfahrer der *Aida* überhaupt würden mitnehmen können.
Es war ein Nervenkrieg, denn niemand wusste, ob das Schiff anlegen konnte und man den Passagieren erlauben würde, das Schiff zu verlassen.

Das durften sie schließlich, und als sie am Flughafen PUJ ankamen, freuten sich alle unbändig, unsere Maschine und uns zu sehen. Am liebsten hätten sie uns alle umarmt!

Nach Klärung der Details in Bezug auf die Essensbeladung und einem sehr ausführlichen Security-Check konnten wir boarden.
Man sah den Gästen ihre Erleichterung an, dass nun alles gut wird, und sehr viele bedankten sich überschwänglich, dass wir extra hergeflogen waren, um sie nach Hause zu holen.

Der Flug selbst war von der Dankbarkeit und Bescheidenheit der Passagiere geprägt. Immer wieder erwähnten sie, wie glücklich sie seien, dass wir sie nach Hause bringen, und wie schön sie den Flug fänden.

Unsere Purserette Danielle machte nach der Landung eine sehr herzliche Ansage, und alle Gäste klatschten begeistert.
In diesem Moment war mein Lufthansa Herz voller Stolz, und ich dachte an die jetzt während der Pandemie um ihre Jobs bangenden Kollegen:
»Passt gut auf euch auf, gebt aufeinander acht und verliert auch jetzt euer Lächeln nicht!«
– *Julia Seeland*

Kairo: Die Pyramiden von oben (1)
Anflug auf Kairo am späten Nachmittag.
Wie meistens herrschten auch an diesem Tag bestes Wetter und eine gute Sicht.
Wir waren im Downwind (Gegenanflug zur Landerichtung) auf die Landebahn 05R.
Vor uns im Gegenlicht waren schon Gizeh und die Pyramiden auszumachen.
Der Controller wies uns an, nach links in den Endanflug abzudrehen – allerdings viel zu früh für den besten Blick auf das Weltkulturerbe!

Im Funk entspann sich nun folgender Dialog:
LH: »We would like to extend our downwind for two or three more miles.«
Controller: »State the reason for your request.«
LH: »Come on, you know why!«
Controller, mit Lachen in der Stimme:
»Okay, Lufthansa, do what you like!«

Das taten wir dann auch.
In der Linkskurve zum Endanflug lagen die Pyramiden unter uns; es wirkte fast so, als würde die Flügelspitze direkt auf die

Cheops-Pyramide zeigen.

Die Gäste hatten einen tollen Blick und waren glücklich, wir freuten uns und waren beeindruckt, und der Controller war stolz.

– *Matthias Brauner*

Kairo: Die Pyramiden von oben (2)

Danke an Matthias Brauner, er hat mich doch direkt an eine ähnliche Geschichte erinnert!

Als Techniker in ADD war ich auch häufig in CAI und flog dann oft im Cockpit mit. Die A306/310-Flotte war damals überschaubar klein mit vielen netten Kollegen.

In CAI ging es also los, Runway 23L Richtung Stadt. CPT und FO hofften sehr, dass sie dieses Heading eine Weile fliegen könnten, da es so direkt zu den Pyramiden führte. Und fragen kostete ja nix ...

LH: »LH590, request runway heading 3.000 ft.«
Tower (mit Stolz in der Stimme):
»LH590 cleared for sightseeing!«

Und so sahen wir bei mildem Licht am späten Nachmittag die riesige Stadt und den Nil mit seinen Inseln und Schiffen; dann kam Gizeh in Sicht, und auch der ehemalige Palast, das Hotel *Mena House*, war klar zu erkennen.
Kurz bevor wir die Pyramiden erreichten, kam der Tower über Funk:
»LH590, do you want to do a 360?«

Na klar!!! Und was noch besser war:
Ich hatte die Kamera dabei!
– *Harry Andresen*

Die Angel Falls in Venezuela

Irgendwann im Februar 1979 hatten wir einen Venezuela-Umlauf mit drei Tagen Aufenthalt in Caracas, CCS.
Unser Cpt. Uwe hatte für diese Tage den Besuch der Angel Falls (auf Spanisch *Salto Ángel*) im Nationalpark Canaima geplant, südöstlich von CCS im Dschungel nahe Guyana gelegen.

Der Nationalpark Canaima zählt zu den acht Naturwundern der Welt, und die Angel Falls sind mit 979 Metern Fallhöhe die höchsten Wasserfälle der Welt. Sie wurden 1935 zufällig von dem US-amerikanischen Buschpiloten Jimmie Angel auf seiner Suche nach Gold und Diamanten entdeckt.

Vom Caracas International Airport flogen wir mit einer DC-9 der venezolanischen VIASA Richtung Canaima. Außer einem

Kapitän zur See waren wir die einzigen Fluggäste an Bord. Als die VIASA Kabinencrew erfuhr, dass wir eine Lufthansa Besatzung sind, wurden wir sofort ins Cockpit eingeladen, wo wir mit Cpt. Luiz Amaroz Bekanntschaft machten, den man mit drei Worten beschreiben kann: erfahren, draufgängerisch, selbstbewusst!

Luiz war begeistert von unserem Besuchsplan und fragte uns, ob wir den noch im Bau befindlichen Mega-Staudamm im Rio Caroni kennen würden. Natürlich nicht! Sofort wurde die Flugrichtung geändert, und etwas später flogen wir seeeehr tief über diesen Staudamm ...

Anschließend sollte es weiter in Richtung Canaima Airport gehen. Aber Luiz war jetzt in seinem Element und fand, er müsse uns erst einmal die Schlucht der Angel Falls von oben zeigen, in Baumwipfelhöhe!

Unterdessen begannen sämtliche Warnsysteme, wie wild zu leuchten und außerdem einen Heidenlärm zu machen, was Luiz charmant lächelnd ignorierte.
Während dieses Manövers hingen einige von uns an den Cockpitfenstern und schossen Fotos.

Als diese außergewöhnliche Sightseeing-Tour vorüber war, landeten wir mit einer 40-minütigen Verspätung in Canaima, wo uns der VIASA Station Manager, Herr von Dithfurt, schon erwartete, wegen des für ihn unerklärlichen Ausbleibens der Maschine nervlich am Ende.

Nachdem sich seine Aufregung gelegt hatte, wurden wir in seinen Bungalow im venezolanischen Dschungel eingeladen und dort von unserem Gastgeber, einem leidenschaftlichen Jazzliebhaber, herzlich bewirtet.

Diese zwei Tage in Canaima mit ihrer besonderen Mischung aus Dschungel – wo man sich wie Alexander von Humboldt fühlte, während man mit dem Kanu die Anfänge des Orinoco befuhr – den wahnsinnig hohen Wasserfällen und der tollen Jazzmusik bei Herrn von Dithfurt bleiben unvergesslich!

Nur der Rückflug zwei Tage später war langweilig. Der Luiz hatte wohl seine freien Tage ...
– *Tom Borgerding*

Das Crewhotel *Metropol* in Karachi

Ich habe vieles vom Crewhotel *Metropol* in Karachi genauso in Erinnerung, wie es Kollegen beschreiben, in erster Linie die ausgezeichneten Nutella-Pancakes, die nirgendwo auf der Welt so schmeckten wie dort.

Zu den Zimmern fällt mir – neben dem Geist, der dort spukte – noch eine schlaflose Nacht ein.
Ich lag abends im Bett, und direkt daneben stand ein großer Messingtopf mit einer riesigen Pflanze, deren Blätter mir ins Gesicht hingen. Daher wollte ich den Topf samt Pflanze ein Stück vom Bett wegschieben.

In Karachi herrschte eine sehr hohe Luftfeuchtigkeit; unter dem Topf war es dunkel und noch feuchter durch eine Pfütze von abgestandenem Gießwasser. Als ich die Pflanze nun ein kleines Stück zur Seite rückte, erblickte ich in der plötzlichen Helligkeit Tausende Lebewesen jeglicher Couleur. Es wuselte jetzt nur so durchs Zimmer!

So schnell ich auch den Topf wieder zurückschob, es blieben jetzt überall freigelegtes, nun flüchtendes Ungeziefer und nach Dunkelheit suchende Insekten zurück.

Natürlich machte ich in dieser Nacht kein Auge mehr zu, und ich war froh, als es am nächsten Tag mit dem Flug in die Heimat zurückging.

Seitdem versuche ich das Verschieben von irgendwelchen Gegenständen in Hotels zu vermeiden – man weiß ja nie, was darunter zum Vorschein kommt ...!
– *Jochen Hoffmann*

Berührendes, Dramatisches und Tragisches

Mexicana-Bauchlandung im Bohnenfeld

Es war Ende der Sechzigerjahre, als die 1921 gegründete (und 2010 nach ihrem Bankrott abgewickelte) Airline *Mexicana de Aviación* ihre ersten drei B727-100 bekam.

Während des Inlandfluges einer dieser Maschinen schaltete der Flugingenieur in einem offenbar geistigen Totalausfall die Treibstoffzufuhr für alle drei Turbinen ab.
Im Nachhinein konnte er sich das selbst nicht erklären, die Triebwerke stellten jedenfalls schlagartig ihre Arbeit ein.

Die Maschine musste daher in einer Flussbiegung auf einem Bohnenfeld notlanden, was dem Piloten perfekt gelang.
Nun öffnete sich zuerst die vordere Flugzeugtür: Kapitän, Copilot und Flugingenieur sprangen hinaus und brachten sich angesichts der möglichen Gefahr durch ein brennendes Wrack rennend in Sicherheit.
Ihnen folgte sehr schnell die dreiköpfige Kabinenbesatzung, und die Passagiere wurden sich selbst überlassen.

Alle überlebten diese Notlandung, und nur einige wenige Gäste erlitten leichte Verletzungen.

Nach diesem Zwischenfall bat Mexicana Lufthansa um Hilfe und Beratung bei der Notfall-Ausbildung ihrer Besatzungen, was von der Lufthansa Stationsleitung Mexico City gerne vermittelt wurde.
– *Michael Wurche*

Die Super Connie, das beste dreimotorige Flugzeug

In den Siebzigerjahren arbeitete Raimund Marschner als Flugdienstberater der Lufthansa Station Lima, wo er mir die folgende Geschichte aus den späten Sechzigern erzählte.

Er war zu der Zeit Navigator auf der viermotorigen Super Constellation, die von den meisten Crews ganz liebevoll *das beste dreimotorige Flugzeug* genannt wurde, denn bei ihr fiel schon mal ab und zu ein Motor aus.

Auf einem Flug in die USA war Raimund der diensthabende Navigator, als genau das mitten über dem Atlantik geschah und der Kapitän in Richtung Irland umkehrte. Das Flugzeug wurde bereits von einer anderen Linienmaschine begleitet, um gegebenenfalls den Ort der Notwasserung zu markieren, als auch der zweite Motor ausfiel.

Die lendenlahme Connie rettete sich mit Müh und Not auf den Flughafen von Shannon.

Raimund erzählte dazu vergnügt, dass Passagiere und Crew die nächsten drei Tage gemeinsam sturzbetrunken feierten ...
– *Michael Wurche*

Überlebende des Tsunami vom 26. Dezember 2004

Meinen traurigsten Flug absolvierte ich Ende Dezember 2004 von München nach Düsseldorf.

Unter den Passagieren waren circa dreißig Rückkehrer aus Thailand, vom Tsunami körperlich zerschunden und verletzt, von denen etliche ihre Angehörigen betrauerten und viele noch immer ihre Liebsten vermissten.
Sie hatten zumeist nur Badesachen und Flip-Flops an und waren notdürftig in unsere Decken gehüllt.

Alle waren in Economy gebucht, aber nach Rücksprache mit dem Kapitän und mit der Zustimmung der Business-Class-Passagiere setzten wir sie in die Business.
Unsere Vielflieger dort und wir, die Crew, führten etliche Gespräche mit den Überlebenden.

Eine Frau sagte mir, dass sie in der nächsten Woche wieder zurückfliegen werde, denn ihr Mann sei noch dort, obgleich wahrscheinlich tot.

Die Haltung und Dankbarkeit dieser Gäste für ihre Betreuung sind mir unvergesslich.
– *Max Krause*

Der Absturz des Lufthansa Jumbos in Nairobi

Alte Lufthanseaten kennen die folgende traurige Geschichte.

Am 20. November 1974 stürzt in Nairobi mit einer Lufthansa B747 der weltweit erste Jumbo ab, nur knapp fünfunddreißig Sekunden nach Takeoff auf dem Weg nach Johannesburg. An Bord waren einhundertvierzig Passagiere, außerdem siebzehn Besatzungsmitglieder.

Dazu ein Zitat aus den Medien:
»Zu Helden werden jetzt die Flugbegleiter, die sofort mit der Evakuierung des Jets beginnen.«

Lediglich eine der Notrutschen bläst sich auf, mehrere Türen klemmen. Die Überlebenden springen etliche Meter in die Tiefe, um sich zu retten.

Die Piloten Krack und Schacke kehren, obwohl sie selbst verletzt sind, unter Missachtung ihrer eigenen Sicherheit in das brennende Flugzeug zurück, um so viele Passagiere wie nur möglich ins Freie zu bringen.
Der verletzte Bordingenieur Rudi Hahn wird indes selbst von zwei Helfern weggebracht.

Einer der Lufthansa Stewards, der US-Amerikaner Tom Scott, ist ausgebildeter Pilot. Er klettert wiederholt ins lichterloh brennende Wrack, zerrt Überlebende aus ihren Sitzen, weist ihnen den Weg ins Freie und schreit sie an, so rasch und so weit wie möglich vom Flugzeug wegzulaufen, das jederzeit explodieren kann. Menschen, die nicht mehr selbst gehen können, trägt er eigenhändig von der Unfallstelle weg. Als Letzten rettet er einen 89-jährigen Mann, der eine stark blutende Verletzung am Kopf hat. Danach versperrt ihm eine Flammenwand den Weg zurück in den Rumpf.

Die teils selbst erheblich verletzten Crewmitglieder retten durch ihren heldenhaften Einsatz zahlreichen Passagieren des Unglücksflugs LH540 das Leben. Fünfundfünfzig Passagiere und vier Mitglieder der Cabin Crew kommen beim Absturz und dem anschließenden Brand um, aber dreizehn Besatzungsmitglieder sowie fünfundachtzig Passagiere überleben, darunter auch einige in Deutschland geborene amerikanische Juden, die sich auf dem Rückweg von einer Holocaust-Erinnerungsreise befinden.

Über eine der tödlich verunglückten Flugbegleiterinnen erzählt die Purserette Heide Tischer später:
»Fräulein Selbach war da am Hantieren. Plötzlich fiel etwas herunter, und sie wurde rausgeschleudert. Einen Tag später habe ich sie dann im Leichenschauhaus wiedergesehen, mit einem Loch im Hinterkopf.«

Kollege Peter M. Vöhringer, der Rita Selbach kannte:
»Sie kam ums Leben, weil der Deckenkasten über der Tür, in dem damals die Schlauchboote waren, plötzlich aufsprang und sie erschlug.
Sie hatte wohl schon alle Passagiere in ihrem Compartment raus und wollte gerade selbst herunterrutschen.«

Überlebende berichten, dass Selbach mit großer Mühe eine der Türen geöffnet und allen Passagieren in ihrer Nähe völlig selbstlos geholfen habe, bis sie selbst ihr tragisches Schicksal ereilte.

Überhaupt sind die dem Tod Entronnenen voll des Lobes für das Verhalten der Crew nach dem Crash.

Rita-Maria Selbach wurde nur zweiundzwanzig Jahre alt. Die junge Frau flog erst seit August 1973 als Flugbegleiterin und hatte kurz zuvor einen schweren Autounfall überlebt, als sie auf der Heimfahrt vom Dienst einschlief.

Sie gehört zu den *Helden von Nairobi*, die den Einsatz für die Sicherheit ihrer Fluggäste mit dem eigenen Leben bezahlten.
– *Michael Wurche*

Die beiden Terroranschläge in Ägypten 1997

So manches Mal haben Lufthanseaten ihren in Not geratenen Landsleuten im Ausland beigestanden, wenn auch die Deutsche Botschaft ohne Lufthansa nicht helfen konnte. Ich habe in meinen einunddreißig Auslandsjahren etliche solcher Fälle erlebt, und am dramatischsten von allen waren die beiden Terroranschläge in Ägypten im Jahr 1997.

Am 18. September 1997 wurde vor dem Ägyptischen Museum in Kairo von zwei Terroristen ein furchtbarer Anschlag auf einen Touristenbus voller Deutscher verübt.
Neun Deutsche sowie der ägyptische Busfahrer kamen ums Leben, sechsundzwanzig weitere Personen wurden verletzt,

318

als der Bus beschossen und mit Molotow-Cocktails in Brand gesetzt wurde.

Als sich von der vorderen Tür her eine Feuerwalze auf die Passagiere zubewegte und gleichzeitig vor der hinteren Tür ein schießender Terrorist das Entkommen verhinderte, rettete ein Mann seine Frau, über zwanzig weitere Gäste und sich selbst, indem er in Ermangelung eines Nothammers im Bus mit seiner Kamera das linke hintere Fenster zerschlug, durch das all die Überlebenden entkommen konnten.

Umgehend kontaktierte mich die Botschaft – ich war damals Verkaufsleiter Ägypten – um zu klären, wie die Überlebenden schnellstmöglich ausgeflogen werden könnten. Das war nicht so einfach zu bewerkstelligen, denn unsere Maschine am folgenden Tag war völlig ausgebucht. Außerdem waren alle Gruppenmitglieder im Besitz von Flugscheinen einer billigen Chartergesellschaft.

Wir buchten fünfundzwanzig vollzahlende Passagiere auf andere europäische Fluglinien um, womit wir Platz für die deutsche Gruppe bekamen.

Ich ließ durch mein Team sofort Lufthansa Ersatzflugscheine ausstellen, und zwar gratis, denn es war ausgeschlossen, diese traumatisierten Menschen auf eine Bezahlung anzusprechen, und die Botschaft hatte kein Budget für diesen Notfall.

Am Abflugtag brachten wir Lufthanseaten zusammen mit Vertretern der Botschaft die Gäste durch einen Hintereingang des Hotels an der lauernden Meute der Medienvertreter vorbei und über einen Seiteneingang in das Terminal, wo ich die Gruppe in einer Flughafenlounge übernahm und auf dem Flug nach FRA begleitete.

Dabei sprach mich ein Mann aus Ostdeutschland an – seinen Namen, Herr P., werde ich nie vergessen. Er fragte, ob er wohl

Ersatz für seine beschädigte Kamera bekommen könne, die er mir zeigte: eine völlig verbeulte Praktika aus DDR-Zeiten.

Mit ihr hatte er das Fenster eingeschlagen und damit sich und viele andere gerettet. Herr P. erhielt Schadensersatz für seine zerstörte, lebensrettende Kamera.

Ich bekam nie Probleme mit meinen Vorgesetzten für das ungenehmigte Ausstellen der Gratisflugscheine, aber auch nie ein Dankeschön der Deutschen Botschaft in Kairo für die schnelle Hilfe durch das Lufthansa Team.

Zu den Tätern:
Nach einem circa zwanzigminütigen Schusswechsel mit ägyptischen Sicherheitskräften wurden die beiden Terroristen verletzt und festgenommen. Ein Militärgericht verurteilte sie am 30. Oktober 1997 zum Tode, und sie wurden am 24. Mai 1998 hingerichtet.

Nur zwei Monate später, am 17. November 1997, geschah am Totentempel der Pharaonin Hatschepsut in Deir el-Bahari der Anschlag von Luxor, auch *Massaker von Luxor* genannt.

Sechs Islamisten töteten zweiundsechzig Personen, darunter achtundfünfzig Touristen, von denen vier aus Deutschland waren. Etliche Überlebende wurden verwundet, unter ihnen zwei Deutsche.
Eine stark verletzte junge Frau hatte mitansehen müssen, wie ihr Vater vor ihren Augen getötet wurde.
Sobald sie transportfähig war, organisierte das Lufthansa Team in Kairo ihren Gratis-Heimflug sowie die Begleitung und Betreuung durch die Lufthansa Vertragsärztin. Wir alle im Stadtbüro und der Flughafenstation fühlten mit der jungen Frau. Vor allem die örtlichen Mitarbeiter litten unter der Tat der ägyptischen Terroristen und darunter, dass wir nicht mehr für die junge Überlebende tun konnten, als sie und die Ärztin in die First Class zu setzen.

Die Leichen der Attentäter wurden später in einer Höhle nahe Luxor gefunden, wo sie offenbar gemeinschaftlichen Selbstmord begangen hatten.

– *Michael Wurche*

Der verpasste Concorde-Flug

Am 15. Juli 2000 standen zwei Gäste vor mir, die aufgrund einer innerdeutschen Verspätung ihren Anschlussflug nach Paris verpassten, ein Ehepaar so um die sechzig Jahre alt.

Die Frau hatte Tränen in den Augen, und der Mann war ordentlich sauer und ließ es entsprechend an mir aus. Da fielen sogar einige Schimpfwörter.
Mir war klar, wo das Problem lag. Sie wollten nach Paris, um dort ihren Flug mit der Concorde nach New York anzutreten – ein langersehnter Traum, den diese Verspätung nun zum Platzen brachte.

Mir blieb nichts anderes übrig, als sie auf den Direktflug von Frankfurt nach New York in die First Class umzubuchen. Ich zeigte echtes Verständnis und entschuldigte mich mehrfach.

Wie konnten wir da wissen. dass sie den allerletzten Start der Concorde verpasst hatten ...!

Ich habe seitdem oft an dieses Ehepaar gedacht. Es verdankt der Lufthansa Verspätung sein Leben.
– *Eva Idecke*

Der trauernde alte Herr

Ich hatte vor einigen Jahren, es muss um 2012 gewesen sein, den Flug LH506 nach GRU (São Paulo) zur Abfertigung am Gate C14.

Das Ganze lief problemlos ab, bis uns am Ende noch ein Gast fehlte.

Ich rief den Herrn aus, aber er kam nicht.

Im Wartebereich saß ein älterer Mann. Ich ging also zu ihm hin und fragte ihn, ob er der ausgerufene Passagier sei. Er sagte ja, das sei er. Aber er sei sich nicht sicher, ob er nach GRU zurück möchte.

Wir ließen sein Gepäck ausladen, und im weiteren Gespräch mit ihm stellte sich heraus, dass er in Brasilien lebte und in Deutschland war, um seinen Sohn und dessen Familie zu beerdigen, die bei einem Verkehrsunfall einige Wochen zuvor ums Leben gekommen waren.

Einen Tag vor seinem geplanten Rückflug erreichte ihn die Nachricht, dass seine Frau in Brasilien unerwartet verstorben sei.

Der Mann war wahrhaftig gebrochen, und man konnte deutlich spüren, dass er keinen Lebenswillen mehr hatte.

Er wurde in Absprache mit dem Betreuungsdienst abgeholt.

Einige Wochen später erhielt ich über eine Anwaltskanzlei einen Brief von dem Mann, in dem er sich bei mir dafür bedankte, dass ich ihm so wunderbar zugehört hatte. Leider wurde mir der Brief laut Anwaltsschreiben erst nach seinem Tod zugesandt. Der alte Herr hatte seinen Lebenswillen endgültig verloren.

Nachdem ich diesen Brief gelesen hatte, saß ich da und brach in Tränen aus.

– *Patrick Janßen*

Beinahe eine Frühgeburt an Bord

Am 26. Juli 2019 flog unser A380 als LH779 von Singapur nach Frankfurt.

Wie immer war der Flieger gut gebucht und bis auf den letzten Platz belegt.

Etwa dreieinhalb Stunden nach dem Start wurde ich an die 5er Tür gerufen, einer jungen Frau gehe es nicht gut. Die erste Pause hatte ich bereits eingeteilt, und die Hälfte der Crew lag im Crew Rest. Ich hatte die erste Wache und eilte nach hinten. Auf dem Flugbegleitersitz M5R hing eine vor Schmerzen gekrümmte 34-jährige schwangere Frau. Neben ihr standen der besorgte Ehemann und eine Kollegin.

Ich versuchte, mir einen Überblick über die Situation zu verschaffen, indem ich ihr einige Fragen stellte: wie lange schon unterwegs (sie kamen direkt aus Sydney), wievielte Woche? Hatte sie genug gegessen und getrunken sowie ihre Medikamente eingenommen? Hatte sie so etwas schon mal gehabt oder irgendeine Idee, woher ihre Schmerzen kommen könnten?

Als erstes: Anruf im Cockpit, dann zu einem Arzt (HON, Professor der Kardiologie) in die First Class gelaufen, den ich vom Hinflug kannte.
Der schlief tief und fest. Ich weckte ihn sanft:
»Ich glaube, ich brauche mal Ihre Hilfe.«

Er stand ruckzuck auf. In der Galley gab ich ihm eine kurze Erläuterung, was ihn unten erwarten würde. Daraufhin sagte er:
»Wenn das was mit dem Kind zu tun hat, bin ich raus!«
Wie beruhigend! Es hatte ganz offensichtlich was mit dem Kind zu tun ...

Also machte ich eine Bordansage:
»Wir suchen einen Arzt, im Idealfall einen Gynäkologen!«

Es war kaum zu glauben: Nach sehr kurzer Zeit kam aus der Business Class eine Gynäkologin mit ihrem Mann herunter, der Notfallmediziner war! Es wurde eine sehr lange und sehr aufregende Nacht, aber ich will es hier kurz machen.

Die Arme hatte Wehen in der 25. Woche – eine Katastrophe! Die nächste Klinik mit Frühchenstation befand sich in Moskau, danach gab es eine in Helsinki und dann erst eine in Frankfurt.

Aber zu unserem Glück im Unglück war da die Ärztin. Die junge Mutter wurde auf ein eiligst hergerichtetes Lager gebettet. Sie bekam Infusionen, zudem Sauerstoff, und es wurde alles getan, was nur irgend möglich war. Immer wieder gab es Rücksprache mit dem Cockpit, und kurz vor Moskau musste entschieden werden, ob die werdende Mutter durchhält.

Da kam ein *Daumen hoch* von Mutter und Ärztin. Auch Helsinki ließen wir links liegen und landeten in Frankfurt. Beim Ausrollen sah ich schon den Rettungswagen mit Blaulicht. Die Patientin wurde nach der Landung kurz untersucht, in den Rettungswagen gebracht, und eigentlich war die Sache dann vorbei. Aber als wir im Crewbus saßen, stand der Rettungswagen immer noch da, und ich hatte gar kein gutes Gefühl ...

Über ein halbes Jahr später, im Februar 2020, bekam ich einen Anruf von meiner Dienststelle: Ich solle bitte mal persönlich vorbeikommen. Da hatte Corona schon begonnen, und die Büros waren wie ausgestorben. Ein Kollege übergab mir feierlich ein Dankschreiben.

Die jungen Eltern kannten nur meinen Vornamen und die Flugnummer, und trotzdem hatte mich der Brief erreicht!

Er erinnert mich an eines der schönsten Erlebnisse während meiner Tätigkeit als Langstrecken-Purserette.
– *Christine Schuster*

Das Atomunglück von Fukushima

Mein Dienstplan als Stewardess sah vor, dass ich am Freitag, dem 11. März 2011 nach NRT, Tokio-Narita, fliegen sollte.

Morgens kam die Information, dass es ein großes Erdbeben in Tokio gegeben habe. Gegen Nachmittag erhielt ich dann die Nachricht, der Flug finde statt.
Man versuchte, eine komplette Crew zusammenzukriegen, obwohl sich jetzt einige anscheinend krank gemeldet hatten.

Im Briefing hatten wir alle viele Fragen, vor allem, was mit unserer Sicherheit sei, da Fukushima schon am Brodeln war und wir laut Plan einen Tag frei in Tokio haben sollten, 240 Kilometer von Fukushima entfernt.
Dann flogen wir los.

Der sonst ausgebuchte A380 war fast leer, und es flogen nur in Japan ansässige Gäste mit. Während des Fluges bekamen wir die Info, dass der freie Tag in Tokio gestrichen worden sei und wir unmittelbar nach der Mindestruhezeit zurückfliegen würden. Außerdem sollten wir alles an Getränken und Essen von Bord mitnehmen, was wir finden konnten, weil vor Ort alles geschlossen sei, selbst im Hotel.

Der Flug verlief äußerst ruhig. Keiner wusste so richtig, was uns vor Ort erwartete, auch die Passagiere waren sehr gefasst und in sich gekehrt.

Am Flughafen in Tokio herrschte ebenfalls eine sehr seltsame Stimmung.
Die JAL hatte sämtliche Flieger gegroundet, und wir waren als einzige Crew am Airport unterwegs. Nach der Ankunft am Bus wurde uns mitgeteilt, dass alle Schnellstraßen gesperrt seien und wir nur über die Landstraßen fahren dürften. Die Fahrt zog sich dementsprechend in die Länge, auf ungefähr zweidreiviertel Stunden.

Im Bus erreichte unseren Purser die Nachricht von zu Hause, dass Fukushima explodiert sei. Er sprach sofort mit dem Captain darüber, was wir jetzt machen sollten. Da unser Flieger noch da sei, wäre es doch gut, direkt umzudrehen. Der Captain wollte aber erst mal ins Hotel und alles in Ruhe besprechen.

Weil das Flugzeug dann auf jeden Fall schon weg sein würde, blieb uns nichts anderes übrig, als das Ganze durchzustehen, bis wir am nächsten Tag nach Hause fliegen konnten.

Auf der Fahrt ins Hotel konnten wir schon gut die Folgen des Erdbebens erkennen. Überall waren die Straßen aufgeplatzt, und die Häuser wiesen Risse auf. Die Straßen waren sonst menschenleer.

Im Hotel bekamen wir unsere Schlüssel ausgehändigt, ansonsten gab es nur Notfallbetrieb. Alles war geschlossen, nur am Empfangsdesk saßen einige wenige Angestellte. Wir wurden oben über mehrere Etagen verteilt. Nun fielen uns auch die immer wiederkehrenden Nachbeben auf, mal leichte und auch mal stärkere, die wir während der Busfahrt vorher nicht so gespürt hatten. Mit den ganzen Verspätungen und der langen Crewbusfahrt blieben uns jetzt noch circa zwölf Stunden bis zum Pickup für den Rückflug. Wir waren alle sehr kaputt und verschwanden schnell auf den Zimmern.

Dort machte ich erst mal den Fernseher an, um zu erfahren, was mit dem Reaktor war, weil bis dato keiner genau wusste, wie es mit der Strahlung stand.
Die japanischen Sender waren ziemlich vorsichtig mit der Berichterstattung, und deshalb versuchte ich lieber, einen englischsprachigen Sender zu bekommen. Dort hieß es, dass es in der Zwischenzeit wohl mehrere Explosionen im Reaktor gegeben habe.

Aber niemand sagte etwas von der Strahlung.

Da Fukushima aus vier Reaktoren bestand und noch nicht alle explodiert waren, blieb der Fernseher die ganze Zeit an, und es wurde eine sehr unruhige Nacht. Ich begann, mir die Frage zu stellen, was ich hier eigentlich machen würde, ich hatte schließlich zwei kleine Kinder zu Hause ...
Irgendwann schlief ich dann doch ein.

Beim Pickup erfuhr ich, dass es wohl einigen so ergangen war. Keiner von uns hatte viel schlafen können, und bei allen blieb der Fernseher an.

Die Rückfahrt zum Flughafen ging zum Glück wieder über die Schnellstraße.
Am Airport herrschte eine Weltuntergangsstimmung.
Unsere Maschine war soeben gelandet, und wir sollten die angekommene Crew direkt wieder mitnehmen. Das war die Absprache mit der Besatzung, ansonsten hätte keiner den Flug angetreten.

Der Weg zum Flieger war lang und der Flughafen voller Menschen, die einfach nur wegwollten. Am Check-in saßen Familien und warteten, bis sie dran waren. Viele drängelten, einige sprachen uns an, ob wir noch Platz hätten.
Es war eine sehr beängstigende Stimmung.

Die japanischen Kollegen waren wie abgesprochen alle an ihrer Homebase NRT geblieben. Und natürlich vergaben wir nun viele Jumpseats.

Im Vergleich zum Hinflug verlief dieser Flug jedoch sehr viel unruhiger. Alle, auch die Crew, hatten Gesprächsbedarf, und viele waren froh, jemandem erzählen zu können, was sie alles erlebt hatten. Der Service wurde zusammengestrichen, um unsere Kräfte zu schonen, und auch die Passagiere waren darüber froh, denn sie wollten nur schnell etwas essen und dann endlich zur Ruhe kommen.

Nach der Landung in FRA zeigten sich alle Passagiere beim Aussteigen sehr dankbar, dass wir sie nach Hause gebracht hatten. Als alle Gäste draußen waren, kamen ein paar Leute in kompletter Strahlenschutzausrüstung an Bord und maßen die Strahlung. Da wurde uns wieder bewusst, was eigentlich los war.

Auf der Basis hieß es dann, dass ein Debriefing stattfinden werde.
Treffpunkt hierfür war ein Raum, in dem ein kleines Buffet aufgebaut war. Nachdem die Teamleiter sich verabschiedet hatten, kamen die Kollegen von CISM, dem Critical Incident Stress Management. Sie redeten mit jedem Einzelnen, und als die Anspannung so langsam nachließ, flossen bei vielen die Tränen.

Wir waren damals für längere Zeit die letzte Crew, die in NRT ausstieg.
– *Bettina Reusch*

Mein schönstes Weihnachtsfest in Mexico City

Am 23. Dezember 1972 zerstörte ein verheerendes Erdbeben Managua, Hauptstadt von Mexikos Nachbarland Nicaragua, und tötete unzählige Einwohner.

Das erfuhr Familie Meier in Regensburg zu ihrem Entsetzen durch die ARD-Tagesschau am selben Abend um 20:00 Uhr. Ihr Sohn lebte als Entwicklungshelfer mit seiner Frau und drei kleinen Kindern in Managua. Die Meiers verbrachten nun schlimme Stunden der Ungewissheit über das Schicksal ihrer Lieben.

Sie versuchten alles, um die junge Familie zu erreichen, aber nach dem Erdbeben funktionierten weder Telefon- noch Telexverbindungen, und auch beim Auswärtigen Amt konnte man den Meiers nicht helfen.

Es gab keine Nachricht von ihren Lieben, wohl aber etliche Schreckensmeldungen, die von unzähligen Verletzten und mehr als zehntausend Todesopfern berichteten.

Am folgenden Tag, dem 24. Dezember, gab es keinen Mexiko-Flug von Lufthansa. So machte ich, damals stellvertretender Stationsleiter in MEX, als 29-jähriger Junggeselle freiwillig den obligatorischen Büro- und Telefondienst am Abend.

Kurz vor Mitternacht wollte ich gerade zusammenpacken und heimfahren, da stapfte ein staubbedeckter mexikanischer Militärpilot in mein Büro und gab mir einen zerknitterten Zettel. Der Pilot kam soeben von einem Hilfsflug aus dem benachbarten Nicaragua zurück. Am Flughafen Managua hatte ihm jemand diesen Zettel in die Hand gedrückt mit der Bitte, ihn in Mexico City der Deutschen Botschaft oder Lufthansa zu überbringen.

So las ich nun:
»Bitte informieren Sie unsere Eltern, die Familie Meier in Regensburg, Telefonnummer xxxxxx, und sagen Sie ihnen, dass wir alle – meine Frau, unsere drei Kinder und ich – nur leicht verletzt sind. Wir haben alles verloren, aber wir leben.«

Sofort schickte ich der Lufthansa Informationszentrale in Frankfurt ein Telex, das dort durch die Zeitverschiebung kurz vor dem Heiligen Abend um 18:00 Uhr ankam. Nur wenig später erhielt ich das Antwort-Telex aus Frankfurt.

Es schilderte mir, wie im Informationsbüro Frankfurt alle dreißig jungen Mitarbeiterinnen ihre Chefin umringt und mit Tränen in den Augen über den Lautsprecher deren Anruf bei besagter Familie Meier in Regensburg mitgehört hatten.

Achtzehn schlaflose Stunden voller Verzweiflung und Sorgen um ihre Kinder und Enkel lagen hinter ihnen, und nun erfuhren sie durch den Anruf von Lufthansa rechtzeitig zum Heiligen Abend, dass alle ihre Lieben am Leben waren.

Nach dieser emotionalen Nachricht konnte ich nicht gleich heimfahren. Ich gönnte mir gegen alle dienstlichen Regeln einen Piccolo aus dem Kühlschrank unserer VIP-Lounge und leerte das Fläschchen auf das Wohl der Meiers in Managua und in Regensburg.

Ich befand mich um diese späte Stunde ganz allein im wie ausgestorbenen Flughafen, und dennoch verbrachte ich das schönste und emotionalste Weihnachtsfest meines Lebens dort.

Sicher ging es meinen Frankfurter Kolleginnen ebenso, denn wir konnten nicht nur den Meiers mit dieser Nachricht das schönste Geschenk machen. Auch wir fühlten uns zu dieser Weihnacht reicher beschenkt als je zuvor.
– *Michael Wurche*

Heimbegleitung eines Sterbenden nach China

Ich bin ehemaliger Flugbegleiter sowie Allgemeinarzt.

2008 rief mich das örtliche Hospiz an, in dem ich zum Palliativmediziner ausgebildet worden war. Dort lag ein sich illegal in Deutschland befindlicher chinesischer Staatsbürger mit einem Rachenkarzinom. Seine geschätzte Restlebenszeit betrug nur circa zwei bis drei Monate. Der Chinese wollte unbedingt in seiner Heimat sterben.

Der Kostenträger der Behandlung, das hiesige Sozialamt, hatte einem Transport nach China aus menschlichen, aber auch aus finanziellen Gründen zugestimmt. Die Kosten für den mehrmonatigen Hospizaufenthalt wären teurer gewesen als die Reise. Nun war man auf der Suche nach einem Arzt mit Palliativausbildung und Reiseerfahrung, und da kam man angesichts meiner Flugbegleiter-Vergangenheit auf mich.

Nachdem ich mich mit der Geschichte und Krankheit des Patienten vertraut gemacht, organisatorische Dinge in der Praxis geklärt und mir ein Visum besorgt hatte, sagte ich zu. Meine Bedingung war: Reise in der Business Class und ein gutes Hotel am Ziel, Fuzhou in Südchina. Dies wurde bewilligt, und das Hotel buchte ich selbst.

Vorweg: Es war eine Reise, die deutlich schwieriger verlief, als mir prophezeit worden war, und das in vielerlei Hinsicht. Der Patient war kränker, als man mir gesagt hatte. Zudem konnte ich mich nicht mit ihm verständigen, was die Sache erschwerte.

Die Reise ging zunächst von Lüneburg mit der Bahn nach Frankfurt und von dort weiter über Peking nach Fuzhou. So war ich fast vierundzwanzig Stunden mit einem Sterbenden unterwegs.
Wir flogen mit Air China, und unsere Sitze waren oben im Jumbo, also etwas separat, was zweckdienlich war.
Zufällig traf ich an Bord als Mitreisenden auf einen jungen Chinesen, der Deutsch sowie den Dialekt des Kranken sprach und auch bis Fuzhou flog. Der Purser erlaubte ein Upgrade zu uns in die Business Class – Gott sei Dank, denn der junge Mann war sehr hilfreich.

Ich musste während des Fluges Infusionen anlegen, Schleim aus dem Rachen entfernen, den Patienten umlagern etc., was sich in einem Flugzeug als sehr schwierig gestaltete.

In Peking gab es bei der Ankunft Probleme, da der Patient nur Ersatzpapiere besaß. Die Einreise drohte zu scheitern, aber der junge mitreisende Chinese konnte gut vermitteln.

Schlussendlich erreichten wir Fuzhou, eine Millionenstadt, von der ich noch nie im Leben gehört hatte. Ich war fix und fertig bei der Ankunft und wollte nur noch in mein Hotel. Aber daran war nicht zu denken!

Die Familie des Patienten begrüßte uns überglücklich und bestand darauf, zu meinen Ehren ein Festmahl zu geben. Widerstand war zwecklos, für die Menschen dort hätte das als sehr unhöflich gegolten. Mein Helfer wurde Gott sei Dank auch eingeladen, und somit war eine Verständigung gegeben.

Ich muss wohl nicht extra erwähnen, dass es wirklich ganz wunderbar wurde: Das Essen war äußerst gut, die Menschen voller Freude und so dankbar, dass ich ihren Angehörigen heimbegleitet hatte. Am Ende musste ich sogar noch 10.000 Yuan (umgerechnet 1.400 Euro) als Zeichen ihres Dankes annehmen. Ablehnen wäre unhöflich gewesen, sie hätten dann ihr Gesicht verloren.

Man fuhr mich zum Hotel, ein *Shangri La*, wo ich schließlich halbtot ins Bett fiel. Vor dem Einschlafen ließ ich den Tag Revue passieren: So etwas erlebt man wohl nur einmal im Leben! Es war eine unfassbar anstrengende Reise, aber der Patient konnte in seiner Heimat im Kreis seiner Angehörigen sterben, und nur das zählte am Ende.

Einen Tag später flog ich über Peking zurück.
Die 10.000 Yuan spendete ich dem Hospiz in Lüneburg.

Diesen Trip werde ich nie in meinem Leben vergessen!
– *Michael Otto*

Evakuierungsflug aus Taschkent

Als wir in Almaty (Kasachstan) im Hotel ankommen, liegt eine Planänderung für uns vor. Unser Rückflug soll eigentlich über Astana führen. Jetzt geht es nach Taschkent. Taschkent? Da war doch was ...?

Wir sollen einen Evakuierungsflug für die Bundesregierung durchführen! Abfahrt zum Flughafen. Wir alle sind aufgeregt und reden viel. Was wird uns erwarten?

Im Flugzeug angekommen, hält unser Kapitän ein besonders ausführliches und teilweise auch emotionales Briefing, und alle hängen an seinen Lippen: Wir sollen im Auftrag der deutschen Regierung Menschen ausfliegen, die viele Jahre lang in Afghanistan für Deutschland gearbeitet haben und jetzt seit Tagen am Flughafen von Kabul ausharren, ohne zu wissen, ob und wann sie mitkommen.

Der Kapitän appelliert an unsere Empathie und den Verstand. Dazu richtet auch unser Kabinenchef das Wort an uns und gibt uns mit seiner jahrelangen Erfahrung Informationen zu solchen Flügen, die er schon öfter gemacht hat.

Da wir mittlerweile schon fünf Tage zusammen sind, spürt man die Einheit und unser Zusammengehörigkeitsgefühl. Die Flugvorbereitung wird gemacht, und wir fliegen mit einem leeren Flugzeug nach Taschkent. Dort parken wir hinter Bundeswehrmaschinen und bereiten das Flugzeug für den Rückflug vor.

Von den Kollegen vor Ort erhalten wir die Passagierzahlen, und dann fahren auch schon die ersten Busse vor. Das Einsteigen beginnt. Viele Frauen, viele Kinder, Babys und ganze Familien. Ich stehe an der Tür und begrüße sie. Als erstes betritt ein kleiner Junge zögerlich das Flugzeug. Mit seinen großen braunen Knopfaugen schaut er mich an, und ich weise ihm und seiner Familie den Weg. Beim Schließen der Deckenfächer fällt auf, dass fast kein Handgepäck an Bord ist. Die Menschen haben kaum etwas dabei: Tüten, eine Tasche oder auch gar nichts. Später erfahre ich, dass für den ganzen Flieger nur siebenundzwanzig Koffer beladen wurden.

Immer mehr kleine Kinder kommen an Bord. Etliche der afghanischen Passagiere, bei denen Traurigkeit erkennbar ist, haben rote Augen.

Das Einsteigen geht zügig und sehr geordnet vonstatten. So schnell habe ich ein Flugzeug noch nie zuvor geboardet! Die örtlichen Behörden machen Druck, dass wir wegkommen: Der nächste Bundeswehrflieger sei nämlich schon im Anflug und müsse abgefertigt werden.

Es geht los. Wir rollen zum Start und heben ab. Nachdem die Anschnallzeichen erloschen sind, laufen wir durch den Flieger und schließen die Blenden.

Ein älterer Mann späht nach draußen, und sein Blick spricht Bände. Er schaut seinem Land hinterher, einem Land, das versuchte, durch Hilfe von außen Frieden zu finden, und innerhalb weniger Wochen ins Chaos gestürzt wurde. All diese Menschen verlassen wegen der Taliban das Land.

Wir verteilen Essen, kommen aber mit der Hälfte der Tabletts wieder zurück. Viele sind einfach zu erschöpft zum Essen; sie schlafen tief und fest.

Einer Frau im vorderen Teil des Flugzeugs geht es nicht gut. Sie berichtet uns, dass sie bei dem Versuch, auf das Flughafengelände zu gelangen, mehrfach getreten worden sei. Man habe ihr die Haare büschelweise ausgerissen und den Schleier weggezogen. Die Schuhe, die sie trage, seien Flip-Flops, die sie von jemandem bekommen habe, denn ihre Schuhe seien entzweigegangen. Sie sagt, dass sie ihre Eltern und sechs Geschwister zurücklassen musste: Die werde sie wohl nie wiedersehen ...

Eine Kollegin nimmt sich ihrer an und sitzt mit ihr in der Küche auf dem Fußboden. Beide reden sehr lange, und die Kollegin nimmt sie immer wieder in den Arm.
Eine andere Frau fragt, ob wir wohl Schuhe für sie hätten. Ihre seien kaputt, und sie habe keine anderen.

Wir alle, die ganze Crew, sind emotional sehr mitgenommen.

Der Flug verläuft äußerst ruhig. Selbst die Kinder schlafen, kaum jemand spricht. Es ist sehr still im Flugzeug, fast schon gespenstisch.

In Frankfurt angekommen, empfängt uns ein großes Team, das alles koordiniert. Die Passagiere werden nach draußen begleitet, registriert und dann auf Deutschland verteilt.

Wir verabschieden alle Gäste, und es bleibt uns nichts weiter übrig, als ihnen zu sagen:»Passen Sie auf sich auf, und alles Gute für Ihr neues Leben!«
– *Michele Mitch Abawi*

Heimflug eines Todkranken nach Addis Abeba

Es ist schon viele Jahre her, irgendwann in den 2000ern. Im Briefing berichtete der Cpt., dass es einen Passagier gebe, der mit Prostatakrebs im Endstadium aus den USA zurück in sein Heimatland Äthiopien, nach Addis Abeba, habe fliegen wollen. Aufgrund seines schlechten Gesundheitszustands werde er aber nicht weiterbefördert, und deshalb hänge er in Frankfurt in der Flughafenklinik fest. Er fragte uns, ob es für uns ein Problem wäre, den Passagier mit auf den Flug zu nehmen, denn der Kranke wollte einfach nur noch nach Hause, um dort zu sterben. Es bestehe allerdings die Möglichkeit, dass der Passagier an Bord versterben könnte.

Die Kollegen waren sich uneins. Ich dachte:»Das muss doch möglich sein, einen letzten Wunsch zu erfüllen!« Und so schlug ich vor, am Gate vor Abflug nachzufragen, ob es einen Arzt gebe, der uns bei einer eventuellen Reanimation helfen oder gegebenenfalls den Tod des Gastes bestätigen würde. Gesagt, getan. Der Kapitän nahm den Vorschlag an, und die Kollegen stimmten zu.

Es meldete sich tatsächlich ein Arzt, der sich bereit erklärte, uns zu unterstützen. Der Passagier kam per Rollstuhl mit seiner Frau an Bord. Er stand unter Morphium und war nicht ansprechbar. Wir flogen los. Während des Service checkte ich immer wieder seinen Puls, der manchmal so schwach war, dass ich ihn kaum noch fühlen konnte.

Als wir gelandet und alle Gäste ausgestiegen waren, kam der Betreuungsdienst an Bord. Der Kranke saß wie ein Häufchen Elend, mit hängendem Kopf, im Rollstuhl, weil er zu schwach war, sich aufrecht zu halten.

Ich wollte und konnte es mir nicht nehmen lassen, mich von ihm zu verabschieden, kniete mich vor ihn hin, nahm seine Hände, drückte sie und sagte:
»Sir, you've made it. You are finally at home!«

Er konnte leider nicht mehr sprechen, aber ich verspürte den Gegendruck seiner Hände, voller Dankbarkeit.

Dies war einer der bewegendsten Augenblicke in meiner Dienstzeit.
Ich werde nie vergessen, wie es gelang, einen letzten Wunsch zu erfüllen!
– *Antje Ernzerhoff*

Ein besonderer Krankentransport

Während eines Layovers irgendwo in Afrika rief mich der Stationsleiter im Hotel an, um mich zu informieren, dass wir auf dem Rückflug nach Deutschland diesmal einige Kinder an Bord haben würden, die in Begleitung eines Arztes, einer Krankenschwester und eines Dolmetschers reisten.

Ich bedankte mich für den Hinweis, denn so konnten wir uns schon einmal mental auf die außergewöhnliche Situation einstellen, die uns an Bord erwarten würde.

Am Airport bekamen wir die Info, dass alle diese kleinen Kinder Brandopfer waren und von der Hilfsorganisation

Hammer Forum in Deutschland kostenlos behandelt und medizinisch betreut werden sollten.

In der First Class war ein Stretcher eingebaut, auf dem ein schwerverletztes kleines Mädchen lag. Es wurde von dem begleitenden Arzt betreut.

Kurz vor dem Abflug schaute ich nochmals durch die First-Class-Kabine und entdeckte dort einen etwas schmutzigen und zerknitterten Plastikbeutel. Ich fragte die Dolmetscherin, was denn wohl damit sei, und sie erklärte mir, dass der Beutel dem schwerverbrannten kleinen Mädchen gehöre. Er enthielt ein paar trockene Stücke Brot, das Einzige, was die Mutter dem Kind mitgeben konnte.

Das Schicksal dieser schwerverletzten Kinder sowie die bescheidene Reisezehrung als rührende Geste einer armen Mutter machten der ganzen Crew schwer zu schaffen.

Wir brachten die Kinder sicher nach Frankfurt. Sie wurden erfolgreich behandelt und längere Zeit in deutschen Familien betreut.

Unterdessen sammelten wir in meinem Freundeskreis Geld, das wir für das *Hammer Forum* spendeten.
Ich hielt noch sehr lange Kontakt zu diesen Kindern, auch nachdem sie wieder zurück bei ihren Familien waren.
– *Elke Lotze*

Nicht ohne meinen Mann!

Ich erlebte vor vielen Jahren eine traurige Situation, als eine Dame als Preboarding an Bord kam.

Ich begleitete sie zu ihrem Sitzplatz, und dabei fiel mir auf, dass sie verweinte Augen hatte. Also fragte ich, ob alles in Ordnung sei und ob ich ihr irgendwie helfen könne.

»Ach danke, es geht schon. Ich hoffe nur, dass mein Mann mitkommt.«

Ich ging davon aus, dass ihr Mann vielleicht vor dem Flug noch etwas erledigen musste oder als Standby-ID reiste und noch keinen Sitzplatz bekommen hatte. Also bot ich an, am Gate zu fragen, ob er schon eingecheckt sei.

»Das wäre sehr nett. Sein Sarg soll in dieser Maschine mit mir nach Hause fliegen.«

Da hatte ich erst mal einen Kloß im Hals.
Sie reisten beide mit derselben Maschine nach Hause.

Wir erleben in unserem Beruf ja sehr viel Lustiges, aber manchmal auch Trauriges.
Diese Situation bleibt mir für immer in Erinnerung!
– *Stephan Zehren*

9/11 (1): Die lebensrettende Zigarette

Kurz nach dem Terroranschlag auf die Türme des World Trade Center checkte ich 2001 am Gate in FRA ein junges Pärchen ein, das aus New York kam und innereuropäisch weiterflog.

Ich hatte wenig zu tun, und so konnten wir uns eine Weile unterhalten. Natürlich kam auch 9/11 zur Sprache, und der junge Mann erzählte von seinem sehr knappen Überleben.

Er arbeitete im oberen Teil eines der *Twin Tower*, und zum Rauchen musste er sich immer in die Lobby nach unten begeben, so auch am Morgen des 11. Septembers. Was dann geschah, kann man sich denken ...

Sein Kommentar dazu:
»Ich höre nie mit dem Rauchen auf, denn diese eine Zigarette hat mir das Leben gerettet!«
– *Brigitte Schönfelder*

9/11 (2): Die Ausweichlandung in Halifax

Als die beiden Flugzeuge in die New Yorker Zwillingstürme einschlugen, war ich als Crewmitglied einer B747-200 mit der Flugnummer LH422 auf dem Weg nach Boston.

Wir waren ahnungslos, und auch das Cockpit hatte keine Informationen, warum uns die amerikanische Flugsicherung plötzlich den Einflug in ihr Territorium untersagte, ohne Details anzugeben.

Jetzt war das Cockpit damit beschäftigt, schnellstmöglich einen Ausweichflughafen für uns zu finden. Umkehren war keine Option, denn dafür hatten wir zu wenig Sprit.

Die Ungewissheit war nervenaufreibend, denn es stand eine Abschussandrohung im Raum. Auch musste nun eine große Anzahl weiterer Flugzeuge irgendwo außerhalb der USA landen. Wir kreisten eine gefühlte Ewigkeit zwischen Goose Bay, Gander und Halifax, bis uns der kanadische Flughafen Halifax die Landung erlaubte, etwa drei Stunden nach den Anschlägen.
Und wir hatten immer noch keine Ahnung, was geschehen war.

Auch nach dem Parken bekamen wir nur ein paar sehr magere Informationen.
Das Mobilnetz war teilweise zusammengebrochen, aber zum Glück gab es im Bordverkauf mehrere Kurzwellenempfänger. So konnten wir bruchstückhaft über die Deutsche Welle erfahren, was sich ereignet hatte.

Die Lage an Bord war sehr gespenstisch und fast wie in einer Kriegssituation. Trauben von Passagieren standen an jeder Tür und versuchten, die verzerrten Wortfetzen der Kurzwelle zu verstehen.

Die Kanadier bekamen die Umstände mit den etlichen dort unplanmäßig gelandeten Maschinen schnell, gut und höchst sympathisch in den Griff. Tausende Passagiere wurden von ihnen irgendwie untergebracht: in Hotels, Turnhallen und auch bei unglaublich vielen Privatpersonen, die sogar aus einiger Entfernung die gestrandeten Menschen abholten und kostenfrei beherbergten.

Wir als Crew funktionierten den Flieger zum Hotel um. Catering gab es natürlich nicht.

Erst am nächsten Morgen konnten wir ins Terminal und sahen nun die schrecklichen Fernsehaufnahmen. Am Abend fand sich für die Crew eher unerwartet ein Hotel für die folgenden Tage, allerdings nur in Zweier- und Dreierbelegung pro Zimmer.
Glücklicherweise waren wir eine wahre Ausnahmecrew, die dank des kollegialen Zusammenhalts dieses Drama so gut wie möglich bewältigte.

Für mich stand allerdings noch die Sorge um meine Frau im Raum, die als LH Kollegin am 11. September aus Washington zurückfliegen sollte.
Dass dieser Flug nicht stattfinden würde, war mir klar, aber mehr wusste ich nicht, denn sie war zunächst für mich nicht erreichbar.

Als wir irgendwann telefonieren konnten, erzählte sie mir Unglaubliches:
Zum Zeitpunkt des Anschlags saß sie mit einer befreundeten Kollegin im Bus, um vor dem Pickup einmal das Pentagon zu besichtigen.

Sie waren nicht mehr als einen Kilometer davon entfernt, als das Flugzeug in das Gebäude stürzte.
– *Helge G. Hoffmann*

9/11 (3): Was ich in Gander erlebte

Es ist nun schon über zwanzig Jahre her seit den furchtbaren Ereignissen vom 11. September 2001. Die meisten von uns werden wohl noch genau wissen, wo sie sich an dem Tag befanden und wie sie sich fühlten, als die ersten Nachrichten darüber rund um die Welt gingen. Ich versuche einmal zu beschreiben, wie es bei mir war.

Ich ging damals ganz normal um 09:10 Uhr zum Crew-Briefing für meinen Flug von Frankfurt nach Houston mit dem A340.

Der Flug war recht gut gebucht, und der erste Essens- und Getränkeservice verlief wie immer. Zwischen dem ersten Service, dem Zwischenservice mit Getränken und Snack in der Mitte des Fluges sowie dem zweiten Essensservice vor der Landung gab es auf dem elfstündigen Flug eine Pause für die Crew.

Für die Pausenzuweisung wird die Kabinencrew immer in zwei Gruppen aufgeteilt. Die eine Hälfte hat Pause bis zum Zwischenservice und die andere danach, um für den zweiten Essensservice und die Landung fit zu sein.
Die Crewmember, die nicht gerade in der Pause sind, haben *Wache* und kümmern sich währenddessen um die Passagiere.

Ich denke mal, dass meine Pause damals so circa eine Stunde und zwanzig Minuten hätte lang sein sollen.
Um 15:30 Uhr deutsche Zeit wurden wir aber von unserem Purser vorzeitig geweckt. Uns wurde mitgeteilt, dass ein Passagierflugzeug ins World Trade Center in NYC geflogen sei. Wir sollten uns auf eine sofortige Landung in Gander/ Neufundland vorbereiten, da der gesamte Flugraum über den USA und Kanada gesperrt worden sei und auch noch weitere Flugzeuge vermisst würden.
Das alles klang für mich, noch nicht ganz wach, erst mal ziemlich absurd.

Etwas später erhielten wir die Nachrichten vom Crash eines weiteren Flugzeugs in den zweiten Tower des WTC, dem Absturz einer dritten Maschine ins Pentagon und einer vierten auf ein Feld bei Shanksville/Pennsylvania. Wir waren zutiefst schockiert.

Alle Flieger über dem Atlantik auf dem Weg in die USA oder nach Kanada mussten entweder zurück nach Europa (falls sie noch nicht zu weit westlich waren und genügend Sprit hatten), oder sie mussten schnellstmöglich in Neufundland oder auf anderen Flughäfen außerhalb Nordamerikas landen. Da wir schon zu weit westlich waren, landeten wir nach längerem Kreisen über Neufundland um 17:30 Uhr deutscher Zeit in Gander.

Nach uns kamen noch über dreißig weitere Maschinen auf dem kleinen Flughafen an, zumeist Langstreckenflieger aus allen möglichen Ländern. Letztendlich standen insgesamt siebenunddreißig Flugzeuge dicht gedrängt auf dem Vorfeld und den Taxiways.

Keiner durfte die Flieger verlassen, aus Sicherheitsgründen und wegen des verständlichen Chaos am Boden.
Also standen wir dort erstmal zehn Stunden mit Passagieren an Bord.

Während dieser Zeit verpflegten wir die Passagiere mit dem, was wir noch hatten, und gaben die wenigen Informationen weiter, die wir nach und nach bekamen.

Wir führten mit den Passagieren und auch untereinander intensive Gespräche zur Situation. Es gab keine Spannungen oder Aggressionen an Bord. Wir konnten ja eh nichts anderes tun, als abzuwarten, auch wenn das Warten zusehends unerträglicher wurde.

Dann endlich, nach neunzehn Stunden Duty-Zeit, durften wir von Bord gehen. Um das kleine Terminal nicht zu überlasten, mussten die einzelnen Flugzeuge natürlich nacheinander aussteigen lassen.

Mit Bussen wurden unsere Passagiere und danach auch wir zur kleinen Ankunftshalle gebracht. Dort empfingen uns das Flughafenpersonal, Mitarbeiter der Heilsarmee, des örtlichen Roten Kreuzes und auch anderer Hilfsorganisationen sehr freundlich und versorgten uns mit Getränken sowie Essen.

Tische waren aufgereiht, auf denen sich Wasserflaschen und Sandwiches befanden. An anderen Tischen saßen Helfer, die von jedem Passagier und Crewmitglied die persönlichen Daten und auch weitere Informationen aufnahmen: u. a. welche Medikamente man dringend benötigte, aber nicht in ausreichender Menge im Handgepäck dabei hatte, ebenso Adresse und Telefonnummer von Kontaktpersonen zu Hause.

Alles war sehr kurzfristig, aber dennoch wunderbar von den größtenteils freiwilligen Helfern in Gander organisiert. So viele Helfer so schnell zusammenzutrommeln, das allein war schon eine außergewöhnliche Leistung!

Anschließend wurden die Passagiere mit den typisch gelben nordamerikanischen Schulbussen zu ihren Unterkünften gebracht. Dies waren hauptsächlich Turnhallen, Kirchen und Versammlungsräume, aber auch etliche Privathaushalte und die wenigen Hotels in Gander.
In den Hotels wurden die Crews der siebenunddreißig nach Gander umgeleiteten Flugzeuge untergebracht. Wir hatten nämlich die ganze Zeit rund um die Uhr Bereitschaftsdienst und mussten gegebenenfalls sehr kurzfristig, aber ausgeruht und fit für einen etwaigen Weiterflug zur Verfügung stehen.

Und natürlich mussten wir uns die wenigen Hotelzimmer mit mehreren Kolleginnen und Kollegen teilen.

Als wir im völlig überfüllten Hotel ankamen, in dem alle verwendbaren Räume als Unterkünfte genutzt wurden, sahen wir in der Lobby auf einem großen Monitor zum ersten Mal die Bilder und Videos aus New York.

In diesem Moment bekam ich erstmals richtig Angst. Bis ich die Bilder sah, konnte ich mir nicht recht vorstellen, was da eigentlich passiert war.

Dann begann das Kopfkino: »Kommen wir hier überhaupt wieder weg? Eskaliert das in einen dritten Weltkrieg? Was wird Präsident Bush machen?«
Und vor allem: »Wie geht es den Crews, die gerade in New York sind?«

Aber erst einmal waren wir sicher im Hotel untergebracht, wenn auch ohne Koffer, genauso wie unsere Passagiere in ihrer Unterkunft.

12.–13. September
Nachdem wir am 11. September äußerst spät nachts im Hotel angekommen waren, schliefen wir am 12. erst mal aus und trafen uns dann als Crew zu einer Lagebesprechung.

Am Morgen des 13. September statteten wir den Passagieren unseres Fluges, die größtenteils in der St. Martin's Parish Hall untergebracht waren, in unserer Uniform einen Besuch ab. Was anderes zum Anziehen hatten wir ja nicht, und so waren wir für sie außerdem auch besser erkennbar.

Danach fuhr unsere gesamte Besatzung zum Flughafen. Wir gingen auf unser Flugzeug, um es so gut wie möglich zu säubern und für einen eventuellen Weiter- oder Rückflug vorzubereiten. Wir hofften, dass wir nun auch an unsere Koffer kommen würden, aber das durften wir nicht.

Nach der Rückkehr zum Hotel trampten wir am späten Nachmittag zum örtlichen Walmart. Das war für uns im

wunderbaren Gander eine ungefährliche und sehr erfreuliche Erfahrung! Daumen rausgestreckt, ein Auto hielt an. Der Fahrer fragte:
»Oh, are you some of the plane people? Where would you like me to take you? Welcome to Gander!«

Der Walmart war natürlich mittlerweile ziemlich gefleddert, aber trotzdem bekam ich noch zwei passende Unterhosen, zwei übergroße T-Shirts und eine zehn Zentimeter zu lange Hose, deren Beine ich hochrollte. Ich war einfach nur froh! Wenn in einem Städtchen mit nur etwa 12.000 Einwohnern unerwartet 6.200 Passagiere und Crews stranden, sind die Regale natürlich schnell leer geräumt.

Die nächsten Tage wechselten wir uns ab, damit jeden Tag einige von uns zu unseren Passagieren in der St. Martin's Hall gehen konnten, um sich mit ihnen zu unterhalten und sich einfach zu zeigen. Große Neuigkeiten konnten wir ihnen immer noch nicht mitteilen. Auch wir bekamen ständig nur widersprüchliche Auskünfte:
»Morgen früh soll's losgehen« – »Nein, jetzt doch erst am Nachmittag« – »Vielleicht am Abend« oder »Doch erst in ein paar Tagen« – »Wir fliegen dann zurück nach Frankfurt« – »Nein, wir fliegen doch nach Houston weiter.«

14. September
Ein Teil der Crew besuchte wieder die Passagiere. Der andere Teil fuhr zum Flughafen, um nun endlich, unter mehr als abenteuerlichen Umständen, unsere Crewkoffer aus dem Flieger herauszuholen. Am Flugzeug gab es weder einen Loadingbelt noch Loader, die für die Entladung des Gepäcks ausgebildet waren. Aber das war natürlich in dieser Situation auch nicht zu erwarten. Trotzdem gelang es, vom Dach eines herangefahrenen Vans aus die Luke zum hinteren Laderaum zu öffnen, und so konnten wir die Koffer herunterbugsieren.

Um 13:00 Uhr Ortszeit gab es ein Crew-Briefing mit dem inzwischen angekommenen SAT und CISM-Team unserer Airline aus Frankfurt. Sie hatten eine Ausnahmeerlaubnis, mit einem A320 von Frankfurt aus nach New York zu fliegen (der Luftraum war offiziell ja noch immer gesperrt), um die Crews dort zu betreuen. Anschließend kamen sie zu uns. Sie hatten für die gestrandeten Passagiere Hilfsgüter wie Decken, Wasserflaschen etc. dabei.

Zurück im Hotel erhielten wir die Mitteilung, dass wir jetzt als Nummer dreißig von siebenunddreißig Flugzeugen auf der Startliste ständen. Der Flughafen war bis zum letzten Winkel so vollgestopft mit Fliegern, dass nur die zuletzt angekommenen Maschinen eine Chance hatten, irgendwie zur Startbahn zu gelangen, sobald der Luftraum wieder geöffnet würde. Und wer von anderen Flugzeugen zugeparkt war, musste halt warten.

Um 18:00 Uhr gab es wieder ein Crew-Meeting, und es hieß, dass wir in der Nacht weiter nach Houston fliegen würden. Alle blieben also weiter in Bereitschaft, aber es tat sich nichts.

15. September
10:30 Uhr: Meeting mit dem SAT.
17:00 Uhr: Crew-Meeting und die Info, dass wir heute noch mit unseren Fluggästen weiter nach Houston fliegen würden. Abends dann ... wieder nix.

16. September
04:40 Uhr: Weckruf durch die Rezeption: Wir sollten uns sofort fertig machen, es gehe los!
05:00 Uhr: Die Cockpit-Crew fuhr schon mal zum Flughafen, um den Flieger startklar zu machen.
06:00 Uhr: Kaffee zusammen in der Lobby.
08:15 Uhr: wieder im Zimmer. Neue Info ... Abflug um 13:00 Uhr.

10:10 Uhr: Info, dass ein defekter Flieger, der vor uns stehe, unseren blockiere und wir deshalb nicht weg könnten.
10:35 Uhr: Es ging jetzt wirklich los! Der defekte Flieger war weggeschleppt oder repariert worden.

Wir fuhren zum Flughafen, wo wir die sehr nette Sabena Airlines Crew, die wir über die letzten Tage kennengelernt hatten, wiedertrafen. Sie sollte vor uns starten. Wir waren alle traurig, weil wir wussten, dass Sabena inzwischen insolvent war und die Crew nach Ankunft in Brüssel keinen Job mehr haben würde.

12:00 Uhr Ortszeit: an Bord! Wir mussten weiter warten.
16:30 Uhr Texas-Zeit: endlich Landung in Houston.

17. September
Rückflug von Houston nach Frankfurt mit Ankunft am 18. September. Diesmal Deadhead als Passagiere.

Die sieben Tage in Gander haben mir vor Augen geführt, dass es immer noch hilfsbereite Menschen gibt.
Was die Einwohner von Gander (und auch Halifax) für uns *Gestrandete* taten, war einfach nur wunderbar! Wildfremde Menschen hielten mit dem Auto an und fragten, ob sie uns irgendwohin fahren könnten. Viele kochten tagelang Essen für die zahlreichen gestrandeten Gäste und kümmerten sich auch sonst um vieles. Sie boten an, dass man bei ihnen zu Hause duschen oder einfach nur zu einem Kaffee oder Tee vorbeikommen könne. Oft fragten sie, was sie uns sonst noch Gutes tun könnten.

Im Jahr darauf ließ Lufthansa als kleines Dankeschön eine Delegation mit Vertretern aus diesen beiden Städten nach Frankfurt einfliegen, um einen unserer A340 auf den Namen *Gander/Halifax* zu taufen.

Ich hatte danach jedesmal, wenn ich mit diesem Flugzeug unterwegs war, eine Gänsehaut.
Die bekomme ich auch heute noch, wann immer ich über Neufundland fliege.

DANKE, Gander! Newfoundland is amazing!
– *Stephan Zehren*

Als Juliane Koepcke vom Himmel fiel

Am Tag des 24. Dezember 1971 bestiegen die siebzehnjährige Deutsch-Peruanerin Juliane Koepcke und ihre Mutter Maria, eine Zoologin, Flug 508 der peruanischen Fluggesellschaft *LANSA* nach Pucallpa. Von dort aus wollten sie weiter zum Weihnachtsfest nach Panguana im Regenwald des Amazonas fliegen, wo Julianes Vater Hans-Wilhelm als Ornithologe und Zoologe in der biologischen Forschungsstation arbeitete, die er und seine Frau 1968 gegründet hatten.

Unweit von Pucallpa geriet die Propellermaschine Lockheed L-188 Electra der *LANSA* in einen heftigen Tropensturm. Sie wurde während der starken Turbulenzen von einem Blitz getroffen, zerbrach und stürzte aus 3.000 Meter Höhe in den Dschungel.

Juliane, die in ihrem Sitz festgeschnallt war, überlebte den Absturz mit leichten Verletzungen. Sie trug lediglich einen Schlüsselbeinbruch davon und einen Schnitt im rechten Arm, zudem war ihr rechtes Auge zugeschwollen.
Als sie das Bewusstsein wiedererlangte, suchte sie ihre Mutter in den weit verteilten Flugzeugtrümmern, fand sie aber nicht.

Juliane, 1954 in Lima geboren, hatte schon längere Zeit bei ihrem Vater auf der Forschungsstation gelebt. Er hatte sie in Überlebenstechniken im Dschungel geschult, was ihr nun das Leben rettete.
Zehn Tage schlug sie sich allein im Urwald durch. Sie fand einen kleinen Wasserlauf, dem sie folgte, und gelangte zu

einem Fluss, an dessen Ufer sie schließlich einen kleinen Unterstand mit einem Motorboot fand.
Sogleich goss sie sich Benzin aus dem Motor auf ihren Arm, um die Maden zu bekämpfen, die sich bereits in der Wunde ausgebreitet hatten.
Wenige Stunden später wurde sie von Fischern gefunden, die sich auf dem Rückweg zu ihrer Hütte befanden. Die Männer brachten sie sofort mit dem Boot in ihr Dorf.

Am folgenden Tag flog sie ein von den Dorfbewohnern per Funk organisiertes Kleinflugzeug nach Pucallpa, wo ihr Vater zu ihr ins Krankenhaus kam.

Nachdem sich Juliane von ihren Verletzungen erholt hatte, half sie den Suchmannschaften, den Unglücksort zu finden.
Diese bargen dort die Leichen der zweiundneunzig Opfer, darunter auch die ihrer Mutter Maria, die am 12. Januar 1972 gefunden wurde.

Der deutsche Regisseur Werner Herzog war auf demselben Flug gebucht wie Juliane und ihre Mutter, um für seinen 1972 gedrehten Film mit Klaus Kinski *Aguirre, der Zorn Gottes* im Dschungel bei Pucallpa die geeigneten Drehorte zu suchen.
Herzog musste seine Planung in letzter Minute vor dem Abflug ändern und war dadurch nicht auf der verunglückten Maschine.

Nun wollte er unbedingt einen Film über Julianes Überleben drehen, konnte sie aber jahrzehntelang nicht kontaktieren, weil sie die Medien mied. Er fand schließlich über den Pfarrer zu ihr, der die Trauerfeier für ihre Mutter gestaltet hatte.

Juliane Koepcke begleitete Herzog auf einer Expedition zum Absturzort. Dies beschrieb sie als eine Art Therapie für sich selbst.
Der Regisseur drehte 1998 den Dokumentarfilm *Schwingen der Hoffnung* über Julianes Überleben.

Und so lernte ich Juliane Koepcke kennen:
Ende April 1972 wollte ich nach zwei Jahren Ausbildung in Lima, mittlerweile Stellvertretender Stationsleiter in Mexiko Stadt, von Lima über Frankfurt nach Mexiko fliegen.

Als ich am Flughafen Lima eincheckte, wurde ich von einem deutschen Bekannten angesprochen, ob ich mich auf diesem Flug um Juliane Koepcke kümmern könne.
Sie wolle für ihren Schulabschluss in die Heimat ihrer Eltern nach Kiel, habe aber nach dem Absturz panische Angst vor dem Fliegen.
Ich informierte Kurt Zimmermann, den sehr umgänglichen und allseits beliebten Kapitän der Maschine, der Juliane sofort herzlich ins Cockpit einlud.

Sie verbrachte den gesamten Flug nach Frankfurt über New York auf dem Jumpseat hinter dem Kapitän, weil auch die übernehmende Crew mit Julianes weiterem Verbleib im Cockpit einverstanden war.
Ich besuchte sie dort ab und zu, wo sie sich angesichts der gelassen ihren Dienst verrichtenden Cockpit Crew sehr wohl fühlte, wie sie mir sagte. So könne sie sehen, dass alles unter Kontrolle sei.

Die Cabin Crew versorgte sie im Cockpit sehr fürsorglich mit Essen und Trinken; so huschte sie nur gelegentlich schnell zur Toilette.

Ich war gerade wieder einmal im Cockpit, um nach Juliane zu sehen, als wir Schottland überflogen. Der Flugingenieur bemerkte schmunzelnd:
»Da unten in Edinburgh studiert mein Sohn. Jetzt bräuchte ich einen Fallschirm, um zu ihm zu springen!«, worauf Juliane trocken kommentierte:
»Das kann ich auch ohne Fallschirm. Ich habe das schon mal gemacht!«

Nicht nur mir lief es bei dieser Bemerkung eiskalt über den Rücken, wie mir Kapitän und Copilot nach der Landung bestätigten.

In Frankfurt wartete eine große Schar Reporter auf Julianes Ankunft, aber das Bodenpersonal von Lufthansa schirmte sie nach der Funkankündigung des Kapitäns ab und brachte sie unerkannt durch die Pass- und Zollkontrolle. Juliane nahm einen Zug nach Kiel, wo sie ihre Schullaufbahn bis zum Abitur fortsetzte. Anschließend studierte sie Biologie.

Nach dem Tod ihres Vaters im Jahr 2000 übernahm Dr. Juliane Diller, geborene Koepcke, an seiner Stelle die Leitung der Forschungsstation Panguana im Dschungel Perus.

Bis 2020 hatte sie Leitung der Bibliothek der Zoologischen Staatssammlung in München inne. Jetzt befindet sie sich im Ruhestand.

Ihr Buch *Als ich vom Himmel fiel* erschien im Jahr 2011, und ihre Geschichte wurde bereits zweimal verfilmt.
– *Michael Wurche*

Pionierzeiten der Lufthansa

– Michael Wurche

Lufthansa Flugpionier Berthold Alisch (1908-1986)

Flugkapitän Berthold *Bert* Alisch war in den Dreißigerjahren zunächst Pilot der Lufthansa in Berlin. 1934 flog er im Alter von sechsundzwanzig Jahren zum ersten Mal als Flugkapitän über den Südatlantik, worauf noch mehr als vierzig weitere dieser abenteuerlichen Flüge folgten.

1938 wurde Alisch nach Lima versetzt.
Am 24. Mai 1938 nahm die *Deutsche Lufthansa Sucursal Perú* mit zwei Ju 52 den Flugbetrieb auf. Dazu waren die beiden Lufthansa Piloten Dick Schirrmacher und Berthold Alisch in Lima stationiert worden, um einen planmäßigen Flugdienst auf der 1.178 Kilometer langen Strecke Lima–Arequipa–La Paz durchzuführen, der zweimal pro Woche operierte.

Bei diesen Lufthansa Flügen nach La Paz gab es Anschluss zur Verbindung der *Lloyd Aéreo Boliviano* nach Corumba und von dort weiter mit dem *Sindicato Condor* über Rio bis zum Endpunkt des Lufthansa Südatlantikdienstes in Natal.
Damit traf in Berlin abgesandte Post statt wie bisher nach wochenlanger Laufzeit nun schon nach fünf Tagen in Lima ein.

Anfang der Vierzigerjahre wurde Berthold Alisch wie auch sein deutscher Kollege mitsamt der Familie auf Betreiben der US-Regierung von den Peruanern interniert und dann nach Argentinien gebracht. Dort verlebten sie die Jahre bis zum Kriegsende in einem Lager bei Buenos Aires.

Alischs Frau war US-Amerikanerin, und so arbeitete er nach dem Krieg und der Wiederaufnahme der Lufthansa Flüge in die USA als Stationsleiter in Los Angeles (1960–1968) und San Francisco (1968–1970).

Den Ruhestand verbrachten die Alischs in Cuernavaca nahe Mexico City, wo ihre Tochter Gerda mit Ehemann lebte.

Dort lernte ich ihn 1972 kennen, als ich meinen Dienst als Stellvertretender Stationsleiter MEX ST/V antrat.

An meinen dienstfreien Tagen besuchte ich gern das sehr gastfreundliche Ehepaar und lauschte im herrlichen Garten den Erzählungen des Hausherrn aus seiner bewegten Zeit als Flugpionier der Lufthansa.

Bert Alisch starb 1986 im Alter von 78 Jahren in Mexico City. Er ist in Kalifornien begraben.

Seekadett Alisch lässt grüßen

Bevor die Südatlantikflüge zu Beginn der Dreißigerjahre aufgenommen werden konnten, mussten Bert Alisch und ein paar Kollegen ein halbes Jahr lang als Kadetten auf einem Segelschulschiff dienen, um für die Seefliegerausbildung unter anderem die Navigation auf See zu erlernen.

Dabei wurden er und seine Fliegerkameraden als *feine Pinkel* von den Seeleuten ganz schön rangenommen: Rost klopfen, Deck schrubben, Reling anstreichen ...

Ein Jahr später, als Bert Alisch gerade eben zum Flugkapitän befördert worden war, überflog er das Segelschulschiff mit seiner Ju 52, und nun gönnte er sich das Vergnügen, einen Funkspruch an das Segelschiff abzusetzen:
»Kommandant an Kommandant: Seekadett Alisch lässt grüßen!«

Im Tiefflug über den Südatlantik

Seit 1926 plante die damalige *Luft Hansa* einen regelmäßigen Luftpostdienst nach Südamerika, der schließlich 1934 für die mittlerweile in *Lufthansa* umbenannte Gesellschaft begann. Damit reduzierte sich die Reisezeit der Post von über zwanzig Tagen per Schiff auf zunächst fünfeinhalb, dann sogar auf drei Tage per Flugzeug.

In ihrer ersten Ausgabe vom 31. Dezember 1955 berichtete die Mitarbeiterzeitung der damals neugegründeten Lufthansa von diesen Flügen. Der Autor Wilhelm Küppers schrieb über Berthold Alisch und mehrere Besatzungen, über Piloten, ihre Bordfunker und Obermaschinisten, wie die mitfliegenden Mechaniker damals genannt wurden.

Diese Flüge begannen mit einer 300 km/h schnellen Heinkel He 70 in Berlin und führten über Stuttgart, Marseille und Barcelona nach Sevilla.

Dort übernahm eine Junkers Ju 52 die bis zu hunderttausend Luftpostbriefe und flog sie mit einer Zwischenlandung in Las Palmas bis ins afrikanische Bathurst in British Gambia.

Hier hievte ein Kran des Frachtschiffs *Westfalen* einen dritten Flugzeugtyp, das Flugboot Dornier Wal, mit den Postsäcken auf diesen schwimmenden Stützpunkt der Lufthansa, der dann anschließend sechsunddreißig Stunden in Richtung Südamerika dampfte.

In Flugreichweite der Küste wurde der zehn Tonnen schwere Dornier Wal mit einem Pressluft-Katapult von Bord gestartet.

Alisch erinnerte sich: »Vollgas! Köpfe angelehnt!

Dann gibt es einen Druck, der uns anderthalb Sekunden scharf an die Rückenlehne presst, und der Wal schwebt über dem Meer, langsam von hundertfünfzig Stundenkilometern aufholend, was ihm zur Reisegeschwindigkeit an Fahrt fehlt.«

Unter Ausnutzung des Bodeneffekts ging es tagsüber im Tiefflug auf nur fünf bis zehn Metern Höhe und nachts bis zu zweihundert Meter hoch über das Meer in Richtung Natal/ Nordbrasilien, das in dreizehn bis vierzehn Stunden Flugzeit erreicht wurde.

Von Natal führten dann weitere Postflüge bis nach Rio und Buenos Aires.

Mehrere Maschinen gingen in den folgenden Jahren verloren und verschwanden mit ihren Crews für immer über dem Südatlantik. Auch Alisch musste einmal mit Motorschaden im Sturm notwassern, behindert von schlechter Sicht und starkem Regen.

Er hatte aber sehr großes Glück und nutzte sein auf dem Segelschulschiff erworbenes seemännisches Geschick.
Vom verbliebenen Propeller geschoben, trieb die Maschine wild über hohe Wellen schaukelnd etliche Seemeilen, bis sie das über Funk geortete Mutterschiff erreichte und per Kran an Bord gehievt werden konnte.

Bis Mitte 1938 wurden von Lufthansa dreihundertfünfzig Südatlantiküberquerungen durchgeführt, von denen Alisch mehr als vierzig meisterte.

Notlandung in den Anden

An einem von Alischs freien Tagen verschwand die zweite in Lima stationierte und von Cpt. Dick Schirrmacher geflogene Ju 52 spurlos in den Anden.

Bert Alisch strich die anstehenden Flüge und suchte mit der verbliebenen Maschine und seinem Copiloten tagelang auf der planmäßigen Strecke nach dem verschollenen Flugzeug. Er fand es schließlich am dritten Tag, an einem Andenhang notgelandet und leicht beschädigt.

Ein Suchtrupp barg die Crew und die Handvoll Passagiere, darunter einen schwarz gekleideten Priester, der als Einziger bei der Notlandung durch einen Beinbruch verletzt worden war.

Wieder in Lima angekommen, kommentierte der unverletzt gebliebene Kapitän Schirrmacher seinem Kollegen Alisch gegenüber lakonisch:
»Ich hatte schon vor dem Flug so ein komisches Gefühl, als wenn das nicht gut gehen würde. Wenn man schon so einen schwarzen Vogel an Bord hat, das bringt Unglück!«

»Ist nur'n Mädchen!«

Bert Alischs US-amerikanische Frau Elfriede, eine ehemalige Lehrerin, erwartete 1939 in Lima ihr erstes und einziges Kind.
Als er mit der Ju 52 auf seinem wöchentlichen Umlauf nach La Paz unterwegs war, kam Tochter Gerda zur Welt.

Nun erfuhren die Alischs den selbst unter Peruanerinnen ausgeprägten *Machismo*.
Als Berthold nach Hause zurückkehrte, empfing ihn die peruanische *Muchacha*, ihre Haushaltshilfe, bloß mit einem bedauernden Schulterzucken und der Nachricht:
»Ist nur 'n Mädchen!« (*Es una niña, no más!*)

Fliegender Weihnachtsmann 1935

In der ersten Ausgabe der Mitarbeiterzeitung LUFTHANSEAT vom 31. Dezember 1955 erschien der folgende Artikel von Wilhelm Küppers:

Weihnachtsbäume am Aequator
Berthold Alisch als „fliegender Weihnachtsmann"/Von Wilhelm Küppers

Der Lufthanseat Nr. 1   Dez. 55

Überall in der Welt ist Weihnachten das Fest der Familie. Und überall in der Welt müssen an den Festtagen viele Männer darauf verzichten, bei ihren Familien zu sein. Männer, deren Arbeit es nicht erlaubt, dass sie an dem wohl schönsten Fest eine Pause machen. Zu ihnen gehören die Flugkapitäne, denn Passagiere und Post gibt es auch an Feiertagen. Und für viele wird auch in diesem Jahre der Weihnachtsbaum irgendwo in einem fremden Land, in einer fremden Stadt stehen, wird das Zu-

sammensein mit den Kameraden die Feier mit der Familie ersetzen müssen. Wie schon vor Jahrzehnten, als der Luftverkehr gerade begann, seinen Siegeszug anzutreten...

Damals, vor genau zwanzig Jahren, beflog die Lufthansa im regelmässigen Luftpostdienst den Südatlantik. Am Heiligen Abend startete Berthold Alisch, einer der bewährtesten Flugkapitäne im Südatlantik-Dienst der alten Lufthansa, mit seiner Ju 52 von Las Palmas auf den Kanarischen Inseln nach Bathurst in Westafrika. Überall auf den Stützpunkten der DLH sassen an diesem Abend die Techniker und Seeleute zusammen, auf den Katapult-

schiffen und auf den Stationen in Bathurst und Natal. Für sie hatte Alisch einen Sack voller Überraschungen eingepackt. Als „fliegender Weihnachtsmann" hatte er wirklich an alles und alle gedacht. Aus seinem Gepäck roch es nach knusprigem Weihnachtsgebäck, er brachte die Post aus der Heimat und für jeden Mitarbeiter ein Geschenk. Allein 60 Päckchen hatte in Berlin der bekannte „Schwabenwirt" Kottler gepackt, der als Pate immer um das Wohl der Besatzung des Lufthansa-Flugsicherungsschiffes „Schwabenland" besorgt war. Die Krönung des ganzen aber waren fünf grüne Tannenbäumchen, die die weite Reise von Deutschland in einer feuchten Verpackung zurückgelegt hatten. Immer wieder musste die Umhüllung mit Wasser begossen werden, denn sonst wäre von der Nadelpracht nicht viel übriggeblieben.

An Bord der „Schwabenland", die im Gambia-Fluss bei Bathurst vor Anker lag, war im grossen Messeraum die Tafel festlich geschmückt worden. Das Tannenbäumchen strahlte im Glanz der Lichter, wenn auch bei der Tropentemperatur bald durchbogen. Kapitän Kottas hielt die Weihnachtsansprache, und dann sangen die Männer auf dem vorgeschobenen Posten zum Klang der Schifferklaviere die Weihnachtslieder.

Schon am nächsten Morgen, noch vor Tagesanbruch hiess es für Alisch weiterzufliegen, diesmal mit dem 10 t Dornier-Flugboot nach Brasilien. Im Tiefflug brauste das Flugzeug einsam über den Atlantik. Noch ein Tannenbäumchen war an Bord, das mit einer frischen nassen Verpackung versehen worden war. Wenigstens einen Tag sollten die Nadeln noch frisch bleiben. Und die Sorgfalt, mit der das Bäumchen behandelt worden war, war nicht vergebens. Nach 16 stündigem Flug wurde dieser grüne Gruss der Heimat von Kapitän Dettmering auf dem Flugsicherungsschiff „Westfalen" bei der Insel Fernando Noronha unversehrt in Empfang genommen. Noch drei Tage vorher war die kleine Tanne in Deutschland – und nun stand sie hier, südlich des Äquators, in der Messe eines Schiffes; und wie auf der „Schwabenland" wurde es auch hier Weihnachten in den Herzen der Männer.

Flugkapitän Berthold Alisch, der jetzt in den Vereinigten Staaten lebt und seit dem 1. November als DLH-Verkaufsleiter für den Karibischen Raum tätig ist, wird noch heute, nach zwanzig Jahren, freudig schmunzeln, wenn er an seine „Weihnachtsmann-Rolle" von damals denkt. Alle Lufthanseaten, die an dem Aufbau unseres jungen Unternehmens mitarbeiten, wollen nicht versäumen, Berthold Alisch und seiner Frau ebenso schöne Weihnachten zu wünschen, wie er sie einst seinen Kameraden bereiten konnte.

3

Schlusswort
– Michael Wurche

Dieses Buch verdankt sein Entstehen der Zusammenarbeit von sieben Kolleginnen und Kollegen. Die noch aktiven oder auch schon pensionierten Lufthanseaten aus verschiedenen Unternehmensbereichen wählten gemeinsam die besten der in der Facebook-Gruppe *Lufthansa Senioren / Lufthanseaten* geposteten Geschichten aus.

Einige Fotos bereichern die Erzählungen ebenso wie die Illustrationen von Birgit Oko, die auch bei der Gestaltung des Buchcovers mitgewirkt hat.

Um Layout, Satz, Zusammenstellung des Glossars und die finale Erstellung des Covers (mit Unterstützung ihres Sohnes) kümmerte sich Christine Stark.

Birgit Forss lektorierte den Text und wirkte beim Optimieren des Satzes für den Druck mit.

Klaus-Peter Janke (Ansprechpartner für Fachinformationen bei technischen Themen), Bettina Neuenschwander, Peter M. Vöhringer und Michael Wurche (Koordinator der Redaktion) redigierten monatelang in virtueller Teamarbeit die Texte.

Im sehr ausführlichen Glossar finden sich Erklärungen von luftfahrtspezifischen Abkürzungen und Fachbegriffen, sodass sich alle Geschichten auch Nicht-Airlinern erschließen.

Wir, das gesamte Redaktionsteam, danken den Kolleginnen und Kollegen für ihre zahlreichen Beiträge.
In ihren Erzählungen schilderten sie, wie aufregend und oft auch herausfordernd die Arbeit von uns allen für Lufthansa und ihre Kunden ist.

Weltweit, am Boden und in der Luft:
Lufthansa war und ist unser aller Leben!

Das Redaktionsteam

Wir haben die Geschichten der Lufthanseaten gesammelt, gemeinsam geschaut, ob sie in dieses Buch *passen*, redigiert, korrigiert sowie mit Illustrationen und Fotos versehen. Die Aufgaben waren unterschiedlich verteilt, sodass die Stärke eines jeden zum Tragen kam.

Birgit Forss

Meine berufliche Laufbahn lässt sich kurz und knapp zusammenfassen: 1977 als FB bei Lufthansa begonnen (268. FBL) und 2015 als P1 in die Übergangsversorgung gegangen. Während dieser Zeit habe ich auch ein (Fern-)Studium absolviert und als *Staatlich geprüfter Übersetzer in der englischen Sprache* abgeschlossen, geheiratet, zwei Söhne großgezogen und bei einigen Sachbüchern mitübersetzt.

Seit 2016 bin ich freiberuflich bei Kantar tätig, hauptsächlich als Interviewerin im Auftrag von Lufthansa in den First Class Lounges am Frankfurter Flughafen.

Meine Hobbys sind: im Chor singen, englische und schwedische Krimis in der Originalsprache lesen, mit meinem Hund spazieren gehen.

Klaus-Peter Janke

Nach der im Februar 1979 begonnenen Ausbildung an der Lufthansa Fliegerschule in Bremen und Phoenix/Arizona ging es für mich im Frühjahr 1981 als Copilot auf der B727 mit dem Linienbetrieb los.

Es folgte die Langstrecke, zunächst als FO auf B747-200, gefolgt von B747-400 und A340 jeweils als SFO (Senior First Officer). Nach mehr als dreizehn Jahren wurde ich dann 1994 Kapitän auf A320.

Im Jahr 2011 hatte ich die interessante und schöne Gelegenheit, für neun Monate als Ausbilder bei *Lufthansa Italia* in Mailand stationiert zu sein.

Mein letzter Flug, und damit mein Abschiedsflug, fand im April 2020 auf dem A380 statt und war noch einmal ein ganz besonderes und unvergessliches Erlebnis: ein sogenannter Rückholflug wegen der Corona-Pandemie, mit dem Deutsche und auch andere Ausländer von Auckland/Neuseeland über Bangkok nach Frankfurt zurückgebracht wurden.

Bis zu meinem Ruhestand im Juli 2021 war ich dann im A380-Simulator tätig. Und da es mir nach wie vor viel Spaß macht, arbeite ich auch jetzt noch, wenngleich in deutlich reduziertem Umfang, als Ausbilder in den Simulatoren von A380 und A320.

Michael Wurche ergänzt Klaus-Peter Jankes zurückhaltende Vorstellung:
Was Klaus nicht erwähnt, ist die hohe Zahl der Flugstunden in seinen über 42 Jahren Fliegerei für Lufthansa: Bis zu seinem offiziellen Ruhestand kam er auf über 22.000 Stunden auf vielen verschiedenen Flugzeugmustern plus weit mehr als 5.000 Stunden im Simulator, zusammen genau 27.460 Stunden.
Das sind bei einem 24-Stunden-Tag 1.144 Tage oder 3,13 Jahre im Cockpit.

Bettina Neuenschwander

Die Jüngste im Bunde bin ich.
Nach einem erfolgreichen Abschluss als Physiotherapeutin wollte ich 1998 eigentlich nur mal *das berühmte halbe Jahr* die große weite Welt als FAZ (Flugbegleiterin auf Zeit) entdecken. Mittlerweile habe ich mein 25-jähriges Firmenjubiläum gefeiert.
Im Jahr 2001 wurde ich P1, 2015 dann P2.
Immer wieder bin ich aufs Neue fasziniert von den zwischenmenschlichen und interkulturellen Begegnungen, die uns unser Job ermöglicht, und von den großartigen

Kolleginnen und Kollegen, mit denen ich zusammenarbeiten darf.

Die Arbeit an diesem Buch hat mir deshalb so viel Spaß gemacht, weil die Geschichten genau das widerspiegeln: Binnen weniger Sekunden können sich auf deinem Gesicht Lachfältchen oder Sorgenfalten breitmachen.

Meine Freizeit verbringe ich mit meiner Familie und auf dem Gravelbike.

Außerdem singe ich mit großer Freude im Berner Bachchor.

Ich leide und freue mich regelmäßig mit meinem Heimatfußballverein, dem BSC Young Boys Bern, bei dem ich seit letzter Saison in der VIP-Betreuung arbeite.

Und wenn dann noch Zeit bleibt, liebe ich es, Bücher im Original auf Französisch zu lesen.

Birgit Oko

Seit 33 Jahren bin ich Teil der Lufthansa Familie, und zwar durchgehend in der Passage MUC.

Abseits vom Flughafen engagiere ich mich ehrenamtlich in der evangelischen Kirchengemeinde meines Heimatorts. Ich treffe mich auch gerne mit Freunden und Bekannten und genieße meine Rolle als Oma. Ansonsten finde ich immer was zum Werkeln: Stricken, Häkeln, Basteln und Malen.

Ja, das Malen ...! Ich male und zeichne leidenschaftlich gerne und bin auch seit kurzem Mitglied im Kunstkreis meiner Stadt. Meist male ich abstrakte Bilder auf Leinwand in Acryl. Während der Kurzarbeit in der Corona-Pandemie habe ich mich von den täglichen Horrornachrichten um Inzidenzen und besonders um das Fortbestehen unserer Firma damit abgelenkt, ein Kleingewerbe zu eröffnen und realistische Tierportraits in Aquarell zu fertigen und zu verkaufen.

Eigentlich könnte ich selbst ein Buch über meine Erlebnisse mit Passagieren und Kollegen schreiben, aber im Team macht

es einfach mehr Spaß, zumal ich meine Leidenschaft fürs Malen und Zeichnen in dieses Buch einbringen durfte.
Ich hoffe sehr, dass euch unsere gesammelten Geschichten gefallen, die beim Lesen einen meist augenzwinkernden Einblick in die Welt der Luftfahrt geben.

Christine Stark

Der Apfel fällt nicht weit vom Birnbaum! Als Tochter eines Lufthanseaten schnupperte ich erste eigene Lufthansa Luft 1980 bei den Rotkäppchen (Betreuungsdienst) in FRA, zunächst als Aushilfe und direkt nach dem Abitur als feste Angestellte. Nach Check-in, Ticketcounter und Reisestelle verließ ich die Front und arbeitete – mit kurzem Abstecher bei *Lufthansa// eCommerce* (LHE) – im Onlinemarketing und zuletzt im Onlinevertrieb.
Vor meinem Wechsel zu LHE absolvierte ich nebenberuflich meine Ausbildung zur Luftverkehrskauffrau (LVK).
Außerdem arbeitete ich (zwischen Ticketcounter und Reisestelle) zwei Jahre für *Thomas Cook Rennies Travel* und British Airways in Johannesburg (Südafrika).
So nebenbei habe ich auch noch einen Sohn großgezogen.
Nach 39 aktiven Jahren bin ich nun seit Juni 2022 im passiven Teil der ATZ und widme mich hauptsächlich der Musik (u. a. Klarinette im Lufthansa Orchester), dem Reisen und anderen schönen Dingen.

Peter M. Vöhringer

Nachdem ich bei der Luftwaffe Einblick in die Fliegerei bekommen hatte, wollte ich dies noch etwas vertiefen und begann 1974 als Steward bei Lufthansa (199. FBL).
Nach drei Jahren wechselte ich als Sachgebietsleiter zur LSG in FRA, später als Verkaufsleiter nach Hamburg.

1986 wieder Seiteneinstieg zu LH in den Verkaufs- und Verkehrsbereich; Blitzausbildung in HAM und CDG, danach Stellvertreter des Verkaufsleiters Nizza, Côte d'Azur und Korsika.

Ab August 1988 Verkehrs- und Verkaufsleiter in Algier, wo ich die Unruhen, die im Oktober begannen, voll miterlebte, inklusive des zerstörten Stadtbüros.

Ab 1990 war ich Stationsleiter in Dresden und nach Gründung der Abfertigungsgesellschaft *Lufthansa Airport Services Dresden GmbH* deren Geschäftsführer bis zu meinem Vorruhestand 2007.

Michael Wurche

Seit 1968 erlebte ich als Stations- und Verkaufsleiter 37 interessante und manchmal spannende Jahre in Deutschland, Peru, Mexiko, Bulgarien, Bolivien, Spanien, Ägypten und Nigeria, die meiste Zeit davon mit meiner mittlerweile vielsprachigen Familie.

Dramatisch war es für mich vor allem in La Paz/Bolivien, wo ich 1983 entführt wurde und mit Lösegeld von Lufthansa freigekauft werden musste. Aber auch in Westafrika, besonders in Nigeria, meinem letzten Posten vor dem Renteneintritt, gab es so manche ungemütliche Situation. Ich überstand alles unbeschadet und arbeite nun als Pensionär in flexibler Teilzeit als Unternehmens- und Sicherheitsberater in Kairo, wo ich das ganze Jahr über meinen Hobbys Tennis, Golf und Schwimmen nachgehen kann.

Anmerkungen zur Rechtschreibung

– Birgit Forss & Christine Stark

Beim Editieren, Korrigieren und Lektorieren der einzelnen Geschichten, die uns die Kollegen aus den unterschiedlichen Arbeitsbereichen zur Verfügung gestellt haben, sind wir oft an die Grenzen der korrekten deutschen Rechtschreibung gestoßen.

Es gibt im Airliner-Umfeld spezifische Ausdrücke, die sich nur bedingt den Rechtschreiberegeln der deutschen Sprache unterwerfen, aber genau *so* genutzt werden.

Zum Teil existieren die verschiedenen Schreibweisen auch nebeneinander.

Außerdem wird gerne eine Vermischung von deutschen und englischen Termini verwendet. Der geneigte Leser möge es uns daher nachsehen, dass einige Schreibweisen, wenn man es ganz genau nehmen würde, eigentlich *falsch* sind.

Seitens der Marketingabteilung von Lufthansa, die auch für die Corporate Identity verantwortlich ist, wurde festgelegt, dass die Wortmarke *Lufthansa* nie durch einen Bindestrich mit einem weiteren Begriff verbunden sein darf. Es heißt also z. B. *Lufthansa Flugplan* und nicht *Lufthansa-Flugplan*.

Glossar

Da dieses Buch wahrscheinlich nicht nur in *Airliner-Händen* landen wird, haben wir den Kreis der zu erklärenden Begriffe und Abkürzungen sehr großzügig gefasst.

3-Letter-Codes (IATA) von Städten und Flughäfen

ACC	Accra (Ghana)
ADD	Addis Abeba (Äthiopien)
AGA	Agadir (Marokko)
AKL	Auckland (Neuseeland)
ANC	Anchorage (Alaska, USA)
ASB	Ashgabat (Turkmenistan)
ASM	Asmara (Eritrea)
ATL	Atlanta (Georgia, USA)
BJM	Bujumbura (Burundi)
BKK	Bangkok (Thailand)
BOM	Bombay (seit 1997 Mumbai, Indien)
BRU	Brüssel (Belgien)
CAI	Kairo (Ägypten)
CCS	Caracas (Venezuela)
CDG	Paris, Flughafen Charles de Gaulle (Frankreich)
CGN	Köln (Deutschland)
CUN	Cancún (Mexiko)
DAR	Daressalam (Tansania)
DUS	Düsseldorf (Deutschland)
FCO	Rom, Flughafen Fiumicino (Italien)
FRA	Frankfurt (Deutschland)
GOT	Göteborg (Schweden)
GRU	São Paulo, Flughafen Guarulhos (Brasilien)
HAM	Hamburg (Deutschland)
HEL	Helsinki (Finnland)
JFK	New York, Flughafen John F. Kennedy (New York, USA)

KGL	Kigali (Ruanda)
KHI	Karachi (Pakistan)
KIN	Kingston (Jamaika)
KRT	Khartoum (Sudan)
LAX	Los Angeles (Kalifornien, USA)
LED	Leningrad / St. Petersburg (Russland)
LHR	London, Flughafen Heathrow (Großbritannien)
LOS	Lagos (Nigeria)
LPA	Las Palmas, Kanarische Inseln (Spanien)
MBA	Mombasa (Kenia)
MCT	Muscat (Oman)
MEX	Mexico City (Mexiko)
MIA	Miami (Florida, USA)
MID	Mérida (Mexiko)
MTY	Monterrey (Mexiko)
MUC	München (Deutschland)
NAS	Nassau (Bahamas)
NBO	Nairobi (Kenia)
NRT	Tokio, Flughafen Narita (Japan)
NUE	Nürnberg (Deutschland)
NYC	New York City (New York, USA); Bezeichnung der Destination ohne Spezifizierung des Flughafens wie z. B. John F. Kennedy, Newark oder La Guardia
PUJ	Punta Cana (Dominikanische Republik)
RIO	Rio de Janeiro (Stadt, Brasilien); Flughafen, den Lufthansa dort anfliegt, ist GIG (Rio de Janeiro-Galeão)
SEA	Seattle (Washington, USA)
SAH	Sanaa (Jemen)
SHJ	Sharjah (Vereinigte Arabische Emirate)
TIP	Tripolis (Libyen)
TRN	Turin (Italien)
TXL	Berlin, Flughafen Tegel (Deutschland)
ZRH	Zürich (Schweiz)

Flugzeugtypen, die in diesem Buch erwähnt werden

A300 / A306 / A310
Zweistrahliges Großraumflugzeug von Airbus Industries; Einsatz auf Kurz-, Mittel- und Langstreckenflügen.

A319 / A320 / 321
Zweistrahliges Schmalrumpfflugzeug von Airbus Industries; Einsatz auf Kurz- und Mittelstreckenflügen.

A330
Zweistrahliges Großraumflugzeug von Airbus Industries; Einsatz auf Langstreckenflügen.

A340-300
Vierstrahliges Großraumflugzeug von Airbus Industries; Einsatz auf Langstreckenflügen.

A380
Vierstrahliges Großraumflugzeug mit zwei durchgehenden Decks von Airbus Industries; Einsatz auf Langstreckenflügen.

Bobby
Liebevoller Spitzname von Besatzungen für die *B737*.

B707
Vierstrahliges Schmalrumpfflugzeug von Boeing mit markantem *Stachel* am Seitenleitwerk (HF-Antenne – High Frequency oder Hochfrequenz) für Langstreckenfunkverkehr, Einsatz auf Langstreckenflügen, gebaut von 1957 bis 1982.

B707F
Frachtversion der B707.

B727
Dreistrahliges Schmalrumpfflugzeug von Boeing; Einsatz auf Kurz- und Mittelstreckenflügen, gebaut von 1963 bis 1984.

B737
Zweistrahliges Schmalrumpfflugzeug von Boeing; Einsatz auf Kurzstreckenflügen und je nach Version auch auf Mittelstreckenflügen.

B747

Vierstrahliges Großraumflugzeug von Boeing mit zwei Decks (*Upper Deck* im Buckel); Einsatz auf Langstreckenflügen. Wird auch gern als *Jumbo* oder *Königin der Lüfte* bezeichnet.

- **B747-100/-200**: ältere Modelle; sind sich im Wesentlichen ähnlich – nur durch ein paar Fenster weniger (B747-100) im *Upper Deck* zu unterscheiden. Beide Modelle verfügten noch über ein Dreimann-Cockpit: zwei Piloten plus Flugingenieur.
- **B747-400**: neueres Modell des Jumbos mit einem heute üblichen Zweimann-Cockpit und einem verlängerten oberen Deck (*Upper Deck*).
- **B747-8**: Neueste Generation der B747 und derzeit eines der längsten Passagierflugzeuge der Welt (76,25 m).

B757

Zweistrahliges Schmalrumpfflugzeug von Boeing; Einsatz auf Kurz-, Mittel- und Langstreckenflügen.

CRJ2

Typenbezeichnung des Bombardier Canadair Regional Jets (CRJ200).

Dash 8

Kurz-Typenbezeichnung der Propellermaschine De Havilland DHC-8.

DC-9

Zweistrahliges Schmalrumpfflugzeug von McDonnell Douglas; Einsatz auf Kurzstreckenflügen.

DC-10

Dreistrahliges Großraumflugzeug von McDonnell Douglas; Einsatz auf Langstreckenflügen.

Dornier *Wal*

Bezeichnung der erfolgreichsten Flugboot-Baureihe von Dornier; zweimotoriges Propellerflugzeug (Hochdecker mit Motoren in Tandemanordnung), das im damaligen Lufthansa Postdienst mit einer Viermann-Besatzung flog: Kapitän, Erster Offizier, Funker und Flugingenieur.

He 70 *Blitz*
Einmotoriges Propellerflugzeug (Tiefdecker) von den Heinkel Flugzeugwerken; ursprünglich konstruiert und gebaut im Auftrag der damaligen *Luft Hansa;* spätere Modelle wurden auch für die deutsche Luftwaffe gebaut.

Die Luft Hansa Maschine hatte eine Zweimann-Besatzung bestehend aus einem Piloten und einem Funker; sie konnte vier Passagiere befördern, die *quer zur Flugrichtung* (je zwei links und rechts) saßen.

JU 52
Spitzname *Tante Ju* (im englischen Sprachraum *Iron Annie*); dreimotoriges Verkehrs- und Transportflugzeug von Junkers Flugzeugwerk AG in Dessau.

2019 stellte die *Deutsche Lufthansa Berlin-Stiftung (DLBS)* den Betrieb (Rund- und Streckenflüge) der letzten bei LH verbliebenen JU 52 (historische Kennung *D-AQUI*) ein.

Lockheed L-188 Electra
Viermotoriges Turboprop-Flugzeug von Lockheed; Einsatz auf Kurz- und Mittelstreckenflügen, wurde bis 1961 gebaut.

MD-11
Dreistrahliges Großraumflugzeug von McDonnell Douglas; Einsatz auf Langstreckenflügen. Nachfolgemodell der DC-10 mit Zweimann- statt Dreimann-Cockpitbesatzung.

TU154
Dreistrahliges Schmalrumpfflugzeug des russischen Herstellers Tupolev.

• Schmalrumpf
Flugzeug hat *einen* Mittelgang; Sitzaufteilung gewöhnlich bei Lufthansa, abhängig von der Reiseklasse: A/B/C & D/E/F; (A & F sind Fensterplätze; C & D sind Gangplätze).

• Großraum
Flugzeug hat *zwei* Gänge; Sitzaufteilung gewöhnlich bei Lufthansa, abhängig von der Reiseklasse:
A/B/C & D/E/F/G & H/J/K;
(A & K sind Fensterplätze; C/D & G/H sind Gangplätze).

Airlines, die in diesem Buch erwähnt werden

Aeroflot
Russische Fluggesellschaft, IATA-Code SU.

Air Jamaica
Ehemalige jamaikanische Fluggesellschaft, IATA-Code BW (zuvor JM); ging 2011 in Caribbean Airlines (BW) auf.

Air Zimbabwe
Nationale Fluggesellschaft Simbabwes, IATA-Code UM; steht seit Mitte 2017 auf der EU ASL (Air Safety List; europäische Flugsicherheitsliste). Hier aufgeführte Airlines dürfen den Luftraum der Europäischen Union nicht nutzen.

BOAC
British Overseas Airways Corporation (Vorgängerin von heutiger British Airways).

British Airways
Britische Fluggesellschaft, IATA-Code BA.

Condor
Deutsche Ferienfluggesellschaft, frühere Tochtergesellschaft von Lufthansa, IATA-Code DE.

Cubana
Kubanische Fluggesellschaft, IATA-Code CU.

DLH
ICAO-Code für Deutsche Lufthansa, IATA-Code LH.

German Cargo / GCS
German Cargo Services, IATA-Code FX, ehemalige Fracht-Charterfluggesellschaft und 100%ige Tochter der Deutschen Lufthansa AG; ging 1993 in Lufthansa Cargo auf.

JAL
Japanische Fluggesellschaft, IATA-Code JL.

KLM
Niederländische Fluggesellschaft, IATA-Code KL.

Korean Airways
Koreanische Fluggesellschaft, IATA-Code KE.

LANSA
Lineas Aéreas Nacionales S.A.; war früher eine peruanische Fluggesellschaft mit Firmensitz in Lima; stellte 1972 den Flugbetrieb ein.

Mexicana
Ehemalige mexikanische Fluggesellschaft, IATA-Code MX; stellte 2010 den Flugbetrieb komplett ein.

Nigeria Airways
Ehemalige nigerianische Fluggesellschaft, IATA-Code WT.

Sabena
Ehemalige belgische Fluggesellschaft, ging 2002 in Brussels Airlines auf, IATA-Code SN.

Swissair
Ehemalige Schweizer Fluggesellschaft, IATA-Code SR; ging 2002 in SWISS auf, IATA-Code LX.

Tyrolean Airways
Ehemalige österreichische Fluggesellschaft mit Sitz in Innsbruck, IATA-Code VO; ging 2015 in Austrian Airlines auf, IATA-Code OS.

VIASA
Ehemalige venezolanische Fluggesellschaft, IATA-Code VA; stellte 1997 den Flugbetrieb ein.

Begriffe und Abkürzungen aus der Airliner-Welt

2er, 3er- und 4er-Tür
In jedem Flugzeug sind alle Türen von vorne bis hinten durchnummeriert: 1L bis maximal 5L auf der linken Seite und 1R bis maximal 5R auf der rechten Seite in Flugrichtung. Die Bezeichnungen für die Arbeitspositionen der FBs richten sich nach der Tür, an der sie bei Start und Landung sitzen.

ACARS
Aircraft Communications Addressing and Reporting System; in der Luftfahrt genutztes digitales Datenverbindungssystem für die Übertragung von Kurznachrichten zwischen Flugzeug und Bodenstationen über Funk oder Satelliten.

Accessory Box / Access-Box
Die Accessory Gear Box beinhaltet an einem Triebwerk die Bauteile, die zum Antrieb der Zusatzaggregate dienen. Damit wird der Betrieb der Treibstoffpumpen, der Elektrik sowie der Hydraulik und Pneumatik sichergestellt.

AH
Air Hostess; auch: Stewardess oder Flugbegleiterin.

All-Economy-Version
Konfiguration eines Flugzeugs mit einer reinen Economy-Class-Ausstattung.

Amenities / Amenity kit
Give-away, kleiner Kulturbeutel in wechselndem Design, der mit Zahnbürste, -pasta, Socken für den Flug, Ohrstöpsel etc. ausgestattet ist.

AOG
Aircraft on Ground; Flugzeug, welches aus technischen oder anderen Gründen nicht starten darf/kann.

ATC
Air Traffic Control (Flugsicherung); meistens im Tower mit gutem Blick auf das Vorfeld positioniert.

ATZ
Altersteilzeit; Arbeitszeitmodell, das die Möglichkeit eines vorzeitigen Eintritts in den Ruhestand bietet.

Außenposition
Parkplatz eines Flugzeugs abseits des Terminals auf dem Vorfeld.

Außenstopp
Das Flugzeug parkt auf einer Außenposition; das Ein- und Aussteigen erfolgt über Fluggasttreppen.

Autopilot
Automatische Steuerung während des Fluges.

Baggage Pool
Die Freigepäckmenge einer Gruppe wird zusammengefasst und entsprechend in den Flugscheinen / im System vermerkt.

Baggage Tag
Gepäckanhänger mit Flugnummer und Zielflughafen.

Bellytür
Tür zum Frachtraum.

Boarden / Boarding
Einsteigevorgang; Passagiere steigen ins Flugzeug – oder bei Außenposition in den Passagierbus – ein.

Bordbuch
- Technical Logbook (TLB); Dokument, in dem technische Beanstandungen eingetragen werden.
- Cabin Logbook (CLB); Dokument, in dem Beanstandungen die Kabine betreffend eingetragen werden.

BOSTA
Booking Status; LH interne Bezeichnung des Buchungsstatus eines Fluges. Hier sind Buchungszahlen, Besonderheiten, spezielle Passagieressen, Fluggast-Status etc. aufgelistet.

Briefing
Einsatzbesprechung; Cabin Crew und Cockpit Crew haben zunächst getrennt voneinander Briefing. Danach informiert

die Cockpit- die Kabinenbesatzung über Streckenführung, Wetter, Besonderheiten etc. Es werden Absprachen speziell für diesen Flug getroffen und offene Fragen geklärt.

Busposition
Fluggäste werden per Passagierbus zum Flugzeug gebracht, das auf einer *Außenposition* auf dem Vorfeld parkt.

CAA
Civil Aviation Authority (Zivile Luftfahrtbehörde der USA).

C/Cl
Abkürzung für Business Class.

Check-in
- Registrierungsvorgang für einen bestimmten Flug.
- Schalter, an dem die Fluggastabfertigung stattfindet.

Cleaning
hier: Reinigung der Flugzeugkabine.

Cockpit- oder Jumpseat-OK
Erlaubnis für ID-Passagiere auf der Warteliste, auf einem Jumpseat im Cockpit oder in der Kabine mitzufliegen. Die Vergabe erfolgt ausschließlich durch den Kapitän.

Cockpitpedestal
Cockpitbereich zwischen den Piloten, auf dem in den meisten Flugzeugmustern unter anderem die Schubhebel, Funk- und Navigationsgeräte sowie der Landeklappenhebel montiert sind.

Company-Frequenz
Sprechfunkfrequenz, auf der man verschiedene Abteilungen der Firma über das Funkgerät direkt ansprechen kann.

Controls
Die *Controls* oder auch *Flightcontrols* sind die Steuerflächen des Flugzeugs, also Höhen-, Seiten- und Querruder.

Cpt. / CPT
Captain; Flugkapitän und Kommandant des Flugzeugs.

Crew Label

Spezieller Kofferanhänger, an dem erkennbar ist, dass es sich um das Gepäckstück eines Crewmembers handelt.

Crew Rest

Ein Compartment, das mit Betten ausgestattet ist, in dem sich die Crew auf Langstreckenflügen ausruhen kann.

Crosscheck

Gegenprüfung oder auch nochmalige Überprüfung z. B. einer Schalterstellung oder auch der richtigen Ausführung einer Aufgabe durch ein anderes Crewmitglied oder des Teams.

Deadhead

Besatzungsmitglieder, die als Passagiere dienstlich zu oder von einem Einsatz unterwegs sind.

Debriefing

- offizielle Nachbesprechung: Meist unmittelbar nach einem Flug kann ein Zusammentreffen der Crew i. d. R. durch den Kapitän beschlossen werden, um sich über Vorfälle oder besondere Ereignisse während des vorangegangenen Fluges auszutauschen und zu informieren, diese Begebenheiten zu analysieren, zu klären oder auch zu erklären.
- inoffiziell (im Crew-Umfeld): zwangloses Zusammensein nach einem absolvierten Flug.

Delay

Verspätung.

Dispo

Abkürzung für **Dispo**sition oder **Dispo**nent; Koordination des Personals / der Fracht etc.

Dokumenten-Checker

Meist externes, geschultes Personal, das vor dem Check-in die Reisedokumente der Passagiere auf ihre Vollständigkeit und Gültigkeit überprüft.
Dies ist vor allem bei Destinationen notwendig, wo Lufthansa Strafen zahlen müsste, wenn Passagiere ohne gültige Papiere einreisen würden.

Durchstarter
Durchstartmanöver, Go Around; Abbruch eines Anflugs.

Duty-Zeit
Flugdienstzeit (FDZ) beim fliegenden Personal; beginnt mit dem Briefing und endet mit dem Abstellen der Triebwerke plus einer festgelegten Zeit für Nacharbeiten. Die maximale Länge der FDZ ist sowohl gesetzlich als auch tarifvertraglich festgelegt und darf lediglich in geregelten Ausnahmefällen überschritten werden.

Eco
Kurzform für **Eco**nomy Class.

Elderly person
Ältere Person, um die sich der Betreuungsdienst bzw. das Bodenpersonal speziell kümmert.

ERI-Kollegen
Kollege von der Flugzeug-Wartung (*Maintenance*) mit einer Spezialisierung für elektronische Probleme; kümmert sich ausschließlich um die Computer und andere elektronische Bauteile.

ETA
Estimated Time of Arrival – voraussichtliche Ankunftszeit; wird aus der aktuell geplanten Abflugzeit durch Addition der Flugzeit ermittelt.

ETD
Wenn die STD (**S**cheduled **T**ime of **D**eparture – planmäßige Abflugzeit) nicht eingehalten werden kann, wird das ETD (**E**stimated **T**ime of **D**eparture – voraussichtliche Abflugzeit) berechnet und ins System eingegeben.

ex (z. B. USA)
Flug *aus* USA kommend.

Express-Zeiten
Zu Zeiten von *Lufthansa Express* gab es Kabinenbesatzungen, die ausschließlich auf Tagestouren eingesetzt wurden.

FAZ
Flugbegleiter auf Zeit; ein befristetes Arbeitszeitmodell bis Anfang der 2000er Jahre; davor auch Saison-Flugbegleiter genannt.

FB
Flugbegleiter/-in.

F/Cl
Abkürzung für First Class.

Ferry
Überführungsflug ohne Passagiere und/oder Fracht.

Final Approach
Letzte Phase des Landeanflugs, kurz vor der Landung.

Finger

- Fluggastbrücke, die mit dem Gebäude fest verbunden ist und vom Brückenfahrer an parkende Flugzeuge manövriert wird, damit die Fluggäste bequem und wettergeschützt ein- und aussteigen können.
- langgestreckter Gebäudeteil des Flughafens (z. B. A-Finger in FRA).

Flight Report
Bericht durch das Cockpit- oder Kabinenpersonal über eine Unregelmäßigkeit, einen Missstand oder spezielle Ereignisse verschiedenster Art.
Früher ein Papierformular, heutzutage erfolgt die Eingabe elektronisch.

Flugingenieur / FE (Flight Engineer)
Bei älteren Flugzeugtypen war dies der dritte Mann im Cockpit. Er saß hinter den Piloten und war für die meisten Schaltungen der technischen Systeme zuständig, wie etwa Hydraulik, Druckkabinensteuerung, Elektrik, Pneumatik, Treibstoffversorgung etc. In modernen Flugzeugen erfolgen diese Schaltungen meist automatisiert oder werden auch ggf. von den Piloten durchgeführt.

Flugzeugbrücke
siehe *Finger*.

FM / Flight Manager / Flightmanager
Der für die Fluggastabfertigung verantwortliche Teamleiter;
früher Sektionsleiter oder Schichtleiter genannt.

FO
First Officer oder Copilot.

FOC
Flight Operation Center (Flugbetriebszentrale);
Treff- und Ausgangspunkt des fliegenden Personals für den
Umlauf. Hier treffen sich die Crews zu ihrem Briefing.

FTL
Frequent Traveller = Vielflieger; Status im Bonusprogramm
Miles & More von Lufthansa.

Funkfeuer oder Beacon
Ein sich am Boden befindlicher Sender, der Funksignale zur
Navigation abgibt.

Galley
Flugzeugküche; Equipment für den Service während des
Fluges findet hier Platz. Auch die Trolleys werden passgenau
und sicher in diesem Bereich verstaut.

GAT
General Aviation Terminal; kann ein eigenes Gebäude, ein
abgetrennter Bereich oder auch nur ein Büro zur Abgabe von
Flugplänen sein. Hier können außerdem Unterlagen wie
Wetterkarten und Meldungen eingesehen oder abgeholt
werden.
Das ist an jedem Flughafen, da an die jeweiligen Bedürfnisse
angepasst, unterschiedlich.

Gepäckermittlung
hier: *Lost and Found*; Kunden können in diesem Büro, das
sich meistens in der Nähe der Gepäckausgabe befindet,
Unregelmäßigkeiten melden, die ihr Gepäck betreffen.

Gepäck poolen
siehe *Baggage Pool.*

Glareshield
An die Windschutzscheibe angrenzende Fläche oberhalb der Instrumententafel vor den Piloten.

GPS
Global Positioning System (Satelliten-Navigationssystem).

GSA
General Sales Agent; Firma – oft eine Fluglinie oder auch ein Reisebüro – welche eine andere Fluggesellschaft, die vor Ort kein eigenes Personal hat, in einer bestimmten Region oder einem Land repräsentiert.

Der GSA fungiert als Brücke zwischen der repräsentierten Airline und ihren Kunden in Bezug auf Verkauf, Marketing, Ticketing und Kundenservice.

Halle 5
Große Werfthalle in FRA.

Hangar
Wartungs-/Werfthalle; hier werden die Flugzeuge gewartet oder repariert.

Heading-Knopf (HDG)
Drehknopf zum Selektieren eines bestimmten Kurses, der dann am Kompass angezeigt wird. Dient gegebenenfalls auch zur Eingabe eines zu steuernden Kurses für den Autopiloten.

Holding
hier: vorgegebene Warteschleife vor dem Landeanflug; in der Warteschleife wartet man auf die finale Freigabe für den Landeanflug.

Homebase
Heimatbasis; Einsatzort, von dem aus die Umläufe der Crews beginnen.

HON
Honorary; ein Kundenstatus, der einem Fluggast früher von

Lufthansa auf bestimmte Zeit *verliehen* werden konnte. Dieser höchste Vielfliegerstatus muss heute *erflogen* werden, und der Kunde wird zum *HON Circle Member* für ein Jahr.

IATA

International **A**ir **T**ransport **A**ssociation (Internationale Luftverkehrs-Vereinigung); aktuell gehören circa 320 Airlines aus 120 Ländern diesem Dachverband der Fluggesellschaften an, der seinen Sitz in Montreal hat.

ICAO

International **C**ivil **A**viation **O**rganization (Internationale Zivilluftfahrtorganisation); eine spezielle Organisation der Vereinten Nationen (UN), die ihren Hauptsitz in Montreal hat.

ID-Ermäßigung

ID = Industrial **D**iscount; Angestellte einer Fluglinie können Tickets mit bestimmten einschränkenden Bedingungen zu einem vergünstigten Preis erhalten, beispielsweise Standby-Tickets ohne Buchungsmöglichkeit.

ILS / Instrumentenlandesystem

Speziell ausgerichtete Sendeanlage in Landebahnnähe am Boden, welche dem Flugzeug lateral und vertikal die richtige Flugrichtung zu dieser Landebahn anzeigt.

Je nach vorhandener Technik unterscheidet man zwischen drei Kategorien, die bei unterschiedlichen Sichtverhältnissen relevant sind (CAT 1, 2 oder 3).

Inbound

Flug zu einem Standort hinführend.

Info-Zentrale

In früheren Zeiten existierte ein Büro am Flughafen FRA, wo Kunden telefonisch Auskünfte rund um Lufthansa erhielten sowie Reservierungen und Umbuchungen tätigen konnten. Dieser Service wird heute ausschließlich über die Webseite lufthansa.com oder das Callcenter angeboten.

INS
Inertial Navigation System (Trägheitsnavigationssystem);
hierbei werden über die auf Massenträgheit basierenden
physikalischen Kreiselkräfte mit mehreren Sensoren die
wirkenden Beschleunigungskräfte gemessen und somit,
ausgehend von einer Anfangsposition, über die Zeit die
Position für die Navigation ermittelt. Dies erfolgte bis in die
Neunzigerjahre auf mechanischem Weg; später wurde hierfür
eine Lasertechnologie eingesetzt, was zu dem neueren und
heutigen Begriff *IRS* (Inertial Reference System) führte.

Jumbo
Liebevolle Bezeichnung für das Flugzeug B747 in Anlehnung
an die bauchige Rumpfform.

Jump / Jumpseat
Zusätzliche, meist klappbare Sitze für Crewmitglieder.
In Absprache mit dem Kapitän können dort bei Bedarf und
Verfügbarkeit auch ID-Wartelistenpassagiere sitzen.

Kabinenklarmeldung
Meldung des Pursers an den Kapitän, dass die Kabine klar
zum Start bzw. zur Landung ist.

Kaffee ohne Kekse
Beim fliegenden Personal die saloppe Bezeichnung für ein
disziplinarisches Dienstgespräch mit dem Vorgesetzten.

Keks-Purser
Scherzhafte Bezeichnung für einen Kurzstreckenpurser (P1),
besonders in Abgrenzung zum Großraumpurser.

Lademeister / Loadmaster
Der Leiter einer Beladungscrew und auch Ansprechpartner
der Cockpitbesatzung für alles, was die Beladung betrifft.

Layover
Aufenthalt abseits des Einsatzortes – bedingt durch Umlauf
und gesetzliche Ruhezeit.

Leg
Flugabschnitt.

LMC
Last Minute Change; sehr kurzfristige Änderung auf dem *Loadsheet* in Bezug auf Passagieranzahl oder Fracht.

Loadsheet / L/S
Das Formular wird auch als *Load and Trimsheet* bezeichnet und von der Flugzeugabfertigung oder dem Cockpitpersonal erstellt. Es enthält Daten und Berechnungen u. a. für Gewicht und Trimmung (Schwerpunkt während des Fluges). Mit diesem ausgefüllten Formular wird der Kapitän über die Beladung sowie den ermittelten Schwerpunkt des Fluges informiert. Er überprüft die Angaben und bestätigt mit seiner Unterschrift sowohl die Richtigkeit der Berechnung als auch die Einhaltung der Grenzwerte.

Lost & Found (Büro)
hier: Büro der Gepäckermittlung; es befindet sich meist in der Nähe der Gepäckausgabe. Hier kümmern sich Kollegen um Unregelmäßigkeiten rund um das aufgegebene Gepäck. Kein *Fundbüro* im eigentlichen Sinne.

Lounge
Wartebereich; hier: exklusiver Aufenthaltsbereich. Je nach örtlichen Gegebenheiten gibt es unterschiedliche Lounges für Statusgäste und Passagiere der First oder Business Class.

LSG
Ehemals **L**ufthansa **S**ervice **G**mbH; daraus ging Lufthansa Skychefs hervor. Das Cateringunternehmen war bis 2023 im Besitz von Lufthansa.

M5R (Crewsitz im A380)
Die Türen werden zur Unterscheidung im *Main Deck* mit M1L-M5L/M1R-M5R und im *Upper Deck* mit U1L-U3L/U1R-U3R bezeichnet.

M&M / Miles and More / Miles & More
Bonus-Programm von Lufthansa; Kunden können auf ihren Flügen Meilen sammeln, dadurch unterschiedliche Status (FTL/SEN/HON) erreichen und so Vorteile genießen, wie beispielsweise Upgrades.

Main Cargo Door
Hauptfrachtraumtür bei Flugzeugen, durch die Paletten und Container verstaut werden.

Main Deck
hier: Hauptdeck, wo die Passagiere in der B747 und dem A380 sitzen.

M/Cl
Abkürzung für Economy **Cl**ass.

Muster
hier: Flugzeugtyp.

Nebel-Ops
Flugbetrieb mit den Folgen, die dichter Nebel mit sich bringt, z. B. Flugausfälle/-unregelmäßigkeiten etc.

no light up
Das Triebwerk zündet beim Anlassvorgang nicht.

Observer-Sitz
Sitz im Cockpit hinter den Piloten.

Off-Blocks / off blocks
Zeitpunkt, wenn die Sicherungsblöcke am Bugrad entfernt werden und der Pushback beginnen kann.

On-Blocks
Zeitpunkt, wenn die Sicherungsblöcke am Bugrad platziert werden, nachdem das Flugzeug an seiner Parkposition zum Stillstand gekommen ist.

OPS / Operations
- Flugzeugabfertigung – im Büro oder auf dem Vorfeld / der Rampe.
- auch genereller Flugbetrieb.

Outbound
Flug vom Standort wegführend.

Overhead-Bin
Gepäckfach oberhalb der Sitze; Verstauraum für Handgepäck.

P1 oder P2, Purser
Der *verantwortliche Flugbegleiter* und Kabinenchef, weiblich oder männlich.
P1 ist der Purser auf Kurzstrecke; er fliegt auf Langstrecke als *zweiter Purser* und vertritt den P2 in dessen Ruhezeit an Bord. Nach einigen Jahren als P1 kann man sich zum P2, Purser auf Langstrecke, bewerben.

P43
Parkhaus für Lufthansa Angestellte auf der Lufthansa Basis bei Tor 21 in FRA.

PA
Public Address; Bordansagesystem.

PAD
Passenger available for disembarkation; Airline-Mitarbeiter, die zu einem bestimmten ermäßigten Flugtarif reisen und bei erhöhter Auslastung bevorzugt *abgeladen* werden können.

Passenger Tariff / PT
Ehemals ein von Lufthansa gedrucktes Nachschlagewerk, das aus mehreren Büchern mit bestimmter Gültigkeit bestand; diente als Basis für die manuelle Ticketberechnung IATA-basierter Tarife.

PAX oder PAXe
Kurzform für Passagier/e.

PCC
Purser Control Center; ehemals Arbeitsplatz des Pursers für Administratives auf Langstrecke, heute *PWS* (Purser Work Station) genannt.

PIL
Purser Information List; früheres Papierformular, auf dem alle Besonderheiten in Bezug auf Passagiere eines Fluges aufgeführt waren; existiert heute in digitaler Form.

Pilot Flying
Der Kapitän, Pilot oder Copilot, welcher gerade das Flugzeug steuert.

PIR
Property **I**rregularity **R**eport; Formular zur Erfassung von Unregelmäßigen bei der Gepäckbeförderung.

POI
Point **o**f **I**nterest (nicht nur im fliegerischen Bereich).

Position 4L
Position eines Crewmitglieds; hier z. B. an der vierten Tür von vorne gezählt, auf der linken Seite in Flugrichtung.

Preboarding / Pre-Boarding
Vorgezogenes Einsteigenlassen von Familien mit kleinen Kindern, VIPs etc.

Purser / Purserette
Chefsteward/ess und verantwortlicher Flugbegleiter an Bord; macht die Ansagen, leitet das Kabinenteam, ist Bindeglied zum Cockpit und Ansprechpartner der Stationsmitarbeiter.

Pushback / Push-back
Vorgang des Zurückschiebens eines Flugzeugs durch einen Flugzeugschlepper.

Radarvektoren / radar vectors
Durch den Fluglotsen angewiesener Steuerkurs.

Radio Management Panels
Gerät zum Wählen/Einstellen der Frequenzen von Radio- oder Funkstationen oder auch Funkfeuern.

Rampagent / Ramp Agent
Mitarbeiter einer Flug- oder Abfertigungsgesellschaft, der das Flugzeug auf der *Rampe* und auch auf dem *Vorfeld* abfertigt (Überwachung des Ladevorgangs, Dokumentation und auch Kontakt zum Cockpit und zum Gate).

Rampe
Arbeitsplatz bzw. -umfeld des *Rampagenten* in Flugzeugnähe.

Relais / Relay
Ein elektronisches Schaltelement.

Rotkäppchen/-dienst

Betreuungsdienst; diese Abteilung kümmerte sich um UMs (alleinreisende Kinder), ältere Passagiere, Behinderte, Kranke und andere Passagiere, die sich alleine nicht zurechtfinden würden.

Diese LH Abteilung am Flughafen Frankfurt musste aus rechtlichen Gründen aufgelöst werden bzw. wurde von Fraport übernommen.

Rwy / Runway

Start- und Landebahn.

SAT und CISM-Team

- Special Assistant Team; speziell ausgebildetes Team als Teil des Krisenmanagements zur Betreuung von Passagieren und Angehörigen.
- Critical Incident Stress Management; Konzept zur Verhinderung oder Reduzierung von posttraumatischen Belastungen. Ein speziell geschultes Team kümmert sich nach schwerwiegenden Zwischenfällen unter anderem in der Luftfahrt, aber auch bei Mitarbeitern der Polizei, des Katastrophenschutzes, der Feuerwehr sowie weiteren Rettungskräften um die Betroffenen und unterstützt sie bei der Bewältigung der Ereignisse.

Seeheim (QSH)

Lufthansa Schulungszentrum in Seeheim-Jugenheim an der Bergstraße; früher exklusive Nutzung durch LH, wird nach Verkauf heute auch von anderen Firmen genutzt.

SEN / Senator

Zweithöchster Vielflieger-Rang. (Ranking: FTL, SEN, HON).

SFO

Senior First Officer; Bezeichnung für einen Copiloten mit der zusätzlichen behördlichen Genehmigung, ein Flugzeug im Reiseflug auch vom Kapitänssitz aus mit dem Autopiloten zu führen.

Der SFO wird auf Langstreckenflügen zur Vertretung des Kapitäns benötigt, wenn dieser sich in seiner Pause befindet.

Shuttler
Bezeichnung für die Pendler unter den fliegenden Kollegen, die eine längere private Anreise mit dem Auto, der Bahn oder dem Flugzeug von ihrem Wohnort zum Dienstort haben.

SO
Ehemalige Lufthansa interne Abteilungsbezeichnung für die Flugzeugabfertigung.

SP
Ehemalige Abteilungsbezeichnung der Passage; z. B. FRA **SP**: Passagierdienst / Fluggastabfertigung.

Speedbrakes
Störklappen; diese sind oben auf der Tragfläche angebracht und können variabel ausgefahren werden. Sie erhöhen beim Ausfahren den Widerstand und reduzieren den Auftrieb der Tragfläche. Sie dienen zum Verringern der Geschwindigkeit, zur Erhöhung der Sinkrate und darüber hinaus auch zum zusätzlichen Abbremsen auf der Landebahn.

Stab Trim
Abkürzung für *Stabilizer Trim*; Bezeichnung für das Trimmen mit dem *Trimmable Horizontal Stabilizer* oder auch einfach *Stabilizer*, der waagerechten Steuerfläche am Heck des Flugzeugs, an der das Höhenruder befestigt ist.
Dieser Stabilizer kann bewegt werden, um das Flugzeug auszutrimmen und somit den Steuerdruck vom Höhenruder – etwa bei Geschwindigkeitsänderungen – zu reduzieren oder zu eliminieren.

Standby
• Gast ohne Buchung / auf Warteliste oder ohne generelle Buchungsberechtigung, wie z. B. Fluglinien-Mitarbeiter, die Tickets mit ID-Ermäßigung haben.
• auch: Kurzform für den Bereitschaftsdienst des fliegenden Personals, welches innerhalb von 60 Minuten einsatzbereit am Flughafen sein muss.

Standby-Annahme
Automatisierter Prozess am Gate, bei dem Passagiere, die auf der Warteliste sind, ihre Bordkarte mit Sitznummer oder die Information erhalten, dass für sie leider kein Platz auf dem gewünschten Flug ist und sie *stehen bleiben*.

ST-Büro
In früheren Zeiten das Büro des Stationsleiters.

ST/V
Ehemalige Bezeichnung des stellvertretenden Stationsleiters (z. B. MEX ST/V).

Streifen am Ärmel
hier: goldene Streifen am Ärmel der Uniformjacke oder auch auf den Schulterklappen der Uniformhemden.

Kabine:
- ein breiter Streifen: FB
- ein breiter und ein schmaler Streifen: P1
- ein breiter und zwei schmale Streifen: P2

Cockpit:
- drei breite Streifen: Copilot oder FO
- drei Streifen – zwei breite plus ein besonders breiter: SFO
- drei breite, mit rot abgesetzte Streifen: FE
- vier breite Streifen: CPT

Stretcher
Temporär eingebaute Krankenliege mit einem Vorhang als Sichtschutz.

Stuka-Pilot
Pilot eines **Stu**r**ka**mpfflugzeugs im Zweiten Weltkrieg.

SWQ
Stationswart mit **Q**ueraufgaben; Flugzeugmechaniker mit einer Doppelfunktion als OPS-/Rampagent und Mechaniker.

T/O / Takeoff / Take-off
Flugzeugstart.

Taxi
hier: eigenständiges Rollen des Flugzeugs zur Startbahn oder
zur Parkposition.

Taxi-Checklist
Prüfliste, die im Cockpit auf dem Weg von der Parkposition
zur Startbahn abgearbeitet wird.

Taxiway
Rollwege zwischen Flughafengebäude, Vorfeldparkposition
sowie Start- und Landebahn.

Terminal
• Flughafengebäude.
• EDV/Monitor, welche/r an das Reservierungs- und Check-
in-System angeschlossen ist.

Tix
Airline-interne Abkürzung für Ticket/s.

TLB
Technical Logbook.

Touristenklasse
Frühere Bezeichnung für Economy Class.

Trash-Compactor
Spezieller Mülleimer in der Bordküche, der den Abfall per
Knopfdruck automatisch komprimiert.

Trimm / Trimmprobleme
Ein Flugzeug befindet sich im Trimm, wenn keine Kräfte an
den Steuerflächen (Control Surfaces) anstehen, also beim
Loslassen der Steuerung die Fluglage des Flugzeugs
unverändert bleibt.
Ein Nachjustieren z. B. der Trimmung des Höhenruders kann
durch Geschwindigkeitsveränderungen notwendig werden,
denn diese verändern den Auftrieb und damit den Flugweg.
Will man den beibehalten, benötigt man das Höhenruder, an
dem sich nun Steuerdruck aufbaut, welchem man mit dem
Trimm entgegenwirken kann.

Auch Veränderungen der Landeklappenstellung erfordern Anpassungen der Höhenrudertrimmung.

Für den Start des Flugzeugs muss die richtige Trimmung des Höhenruders voreingestellt werden. Der Trimmwert ergibt sich aus der Schwerpunktlage, welche durch die Beladung bestimmt (und im Loadsheet ermittelt) wird.

Dieser Schwerpunkt muss sich in einem zulässigen Bereich befinden, um das Flugzeug problemlos steuerbar zu machen. Trimmprobleme entstehen, wenn sich die Schwerpunktlage den Grenzen des zulässigen Bereichs nähert. Diesem Problem kann man durch Änderung der Beladung oder auch durch Umsetzen von Passagieren begegnen.

Trolley
hier: kleiner *Schrank* auf Rollen.

Trouble Shooting
Abteilung der Flugzeugwartung (Maintenance) mit speziellen Fachleuten, die weltweit beraten; kann vom Cockpit über Funk kontaktiert werden, um sich bei komplizierteren Problemen Unterstützung, Ratschläge und Hilfe zu holen.

Übergangsversorgung
Die Möglichkeit für das fliegende Personal, mit 55 Jahren (oder auch später) in den vorgezogenen Ruhestand zu gehen. Bis zum Abschluss des 63. Lebensjahrs erhält man in diesem Fall seitens Lufthansa reduzierte Bezüge in Form einer sogenannten *Übergangsversorgung*.

Im Anschluss daran wechselt man in die gesetzliche Rente.

Umkehrzeit
Zeitraum, der benötigt wird, ein Flugzeug nach der Landung wieder für einen erneuten Start vorzubereiten.

Umlauf
Bezeichnung für eine geplante Tour mit mehreren Flügen. Langstreckenumläufe bestehen aus mindestens zwei Flügen wie z. B. FRA–JFK–FRA. Kurzstreckenumläufe bestehen aus meist mehreren Flügen pro Tag und erstrecken sich in der Regel über maximal fünf Tage.

UM / UMs
Unaccompanied Minor; unbegleitetes Kind (5–11 Jahre).

Unisys-System
Ehemaliges Computersystem, an dessen *Terminals* u. a. die Mitarbeiter von Check-in und Ticketcounter arbeiteten.

Upgrading / upgegraded
• hier: Beförderung eines Fluggastes aus operativen Gründen ohne Aufpreis in einer höheren Service-Klasse.
• Ebenso werden Upgrades bei Verfügbarkeit bis kurz vor Abflug gegen Bonusmeilen oder Cash verkauft.

Upper Deck
Obere Ebene bei A380 oder B747 (hier nur im *Buckel*), wo Passagiere sitzen, quasi der *erste Stock*.

UTC
Universal Time Coordinated; früher Greenwich Mean Time. Diese Weltstandardzeit, aus der sich die Ortszeiten ableiten lassen, wurde 1972 eingeführt.

V1
Geschwindigkeit (**V**elocity) während des Startvorgangs, ab welcher der Start zwingend fortgeführt werden muss – auch bei technischen Unregelmäßigkeiten.

Voucher
hier: Gutschein zur Kostenübernahme durch Lufthansa für beispielsweise Essen oder Getränke.

Wache
Zeitraum auf einem Langstreckenflug, bei dem sich ein Teil der Flugbegleiter planmäßig außerhalb der Servicezeiten um die Gäste an Bord kümmert, während sich die restlichen Crewmitglieder in der Pause befinden.

Weight Folder
Eine Mappe, in der die Beladungspapiere während des Fluges verwahrt werden.